D1752135

Hildegard Gramm...
Heilpraktikerin
Klassische Homöopathie
Julie Postel Str. 10
45699 Herten
Tel. 0 28 66 / 3 46 43

Ulrike Baureithel
Anna Bergmann

Herzloser Tod

Das Dilemma der Organspende

Klett-Cotta

Klett-Cotta
© J. G. Cotta'sche Buchhandlung Nachfolger GmbH, gegr. 1659,
Stuttgart 1999
Alle Rechte vorbehalten
Fotomechanische Wiedergabe nur mit Genehmigung des Verlags
Printed in Germany
Umschlaggestaltung und Foto: Zembsch' Werkstatt, München
Gesetzt aus der 10 Punkt Rotis Serif
von Offizin Wissenbach, Höchberg bei Würzburg
Auf säure- und holzfreiem Werkdruckpapier gedruckt
und gebunden von Ebner, Ulm

Die Deutsche Bibliothek – CIP-Einheitsaufnahme:
Baureithel, Ulrike:
Herzloser Tod : das Dilemma der Organspende / Ulrike Baureithel ;
Anna Bergmann. - Stuttgart : Klett-Cotta, 1999
ISBN 3-608-91958-9

Inhaltsverzeichnis

Einleitung 7

I. **Wie ein Spender entsteht: „Irgendwer kommt auf die Idee: ‚Das wäre was für Eurotransplant'"** 15
1. Zwei Fälle aus der Praxis 15
1.1 „Wir haben zu Svens Tod beigetragen": der „Fall" Rogowski   15
1.2 „Unsere Organe nimmt sowieso keiner":
 Renate Torsten über die Freigabe der Organentnahme bei ihrem Ehemann Werner Torsten 21
2. Das Gesetz 27
3. Der Spenderkreis 32
4. Organentnahme und Transplantation:
 ein Wettlauf mit der Zeit 35
5. „Wir sind nicht wild darauf, Patienten zu explantieren":
 das Problem mit der Spendermeldung 38
6. Transplantationskoordinatoren:
 „Wir haben es nur mit Toten zu tun" 45

II. **„Tod ist immer eine Definitionssache": die Praxis der Hirntoddiagnostik** 55
1. „Du sollst nicht merken": die medizinische Rationalisierung des hirnsterbenden Menschen 55
2. Zerstückelter Körper – zerstückelter Tod 61
3. Hirntote vor und nach 1968 69
4. Die Hirntoddiagnostik: Kneifen, Stechen, Eiswasserspülungen, Kontrastmittelinjektion im Gehirn 78
5. Hirntodprotokoll, Totenschein, Unterschriften:
 der Bürokratisierungsakt 87

III. **Die intensivmedizinische Vorbereitung eines Spenders: „Zu glauben, daß der tot sein soll, war das Paradox"** . . . 93
1. Arbeit auf der Intensivstation: ein Traum 93

2. „Zusehen, daß die Vitalfunktionen erhalten bleiben" ... 95
3. Arbeitsteilung im Krankenhaus:
   ärztliche Distanz und pflegerische Zuwendung 100
4. Das Pflegepersonal: „Sie finden keinen mit einem
   Organspendeausweis hier." 107

IV. Ergebnisoffener Auftrag: das Gespräch mit den Angehörigen 115
1. Verhinderte Trauer: das „Antigone-Erlebnis" 115
2. Wer stellt die Frage? 118
3. „Eine extreme Situation" 122
4. Das Phantom der Lebensrettung 130
5. „Lernen, kalt zu bleiben": die Ärzteschaft 133
6. „Die Probleme beginnen, wenn die Angehörigen
   zugestimmt haben": Trauer, Reue und Schuld 139

V. Vom Hirntod zum „totalen Tod": die Organentnahme ... 145
1. Zwischen Tabubruch und medizinischer Normalität ... 145
2. Die nächtliche Operation 148
3. Der anonymisierte Spender zwischen chirurgischer
   Apathie, Witz und Goldgräbermentalität 163
4. Die Verwandlung des Hirntoten in einen „richtigen Toten" 170
5. Pietätvolle Tabuverletzung 175

VI. Das „neue Leben" mit einem „neuen Organ" 183
1. Die Organempfänger und ihr Kampf ums Überleben:
   die Warteliste 183
2. Der einverleibte Unbekannte und das gehütete
   Geheimnis seiner Person 193
3. Organempfänger zwischen Delirium, Verwirrtheitszuständen, Angst und Depressionen 203

VII. Spendebereitschaft: „Das ist eine mentale Geschichte" ... 219

Ausblick: Vom „Sein zum Tode" zum „Tod für das Leben" ... 227

Anmerkungen 239
Literaturverzeichnis 253
Glossar 259
Biographische Hinweise zu den interviewten Personen 262

Einleitung

> „*Der Tod ist das ganz* Andere *des Seins, ein* unvorstellbar *Anderes, das sich der Kommunikation entzieht. Wann immer das Sein über dieses Andere redet, erkennt es, daß es mittels negativer Metaphern über sich redet.*"[1]
> **Zygmunt Bauman**

Am 1. Dezember 1997 trat in der Bundesrepublik Deutschland das *Gesetz über die Spende, Entnahme und Übertragung von Organen*[2] in Kraft.[3] Mit diesem Gesetz sollte nicht nur die Organisationsstruktur der Transplantationsmedizin geregelt werden, vielmehr stand eine grundsätzlich neue Todesvorstellung zur Disposition. Die Organtransplantation ist auf die gesellschaftliche Anerkennung einer Todesdefinition angewiesen, die den Menschen* als „lebende Leiche" zweiteilt. Das Hirntodkonzept beruht auf der Vorstellung, ein Patient sei als Person endgültig verstorben, wenn sein Gehirn tot, aber sein sogenannter übriger Körper noch am Leben sei. Schließlich ist das Gelingen einer Transplantation von der Lebensfrische des „hirntoten Körpers" abhängig, da die meisten explantierbaren Organe in ihrem vitalen Zustand entnommen werden müssen (z.B. Herz, Lungen, Leber). Um nicht in den Tötungsverdacht zu geraten, bestanden daher Transplantationsmediziner in drei Expertenanhörungen vor dem Gesundheitsausschuß des Deutschen Bundestages auf einer juridischen Gleichsetzung des Hirntodes mit dem Tod des Menschen. Andernfalls gelte ein Hirntoter noch als ein im Sterben begriffener Patient, also als ein lebender Mensch, und dann

---

*   Ohne jemals aus dem Blick zu verlieren, daß es sich bei allen hier angesprochenen Personen um Männer und um Frauen handelt, haben wir im Hinblick auf die Lesbarkeit des Buchs und die Tragik des Themas – um nicht immer wieder „der und die Hirntote" schreiben zu müssen – auf die weibliche Form generell verzichtet.

müßten sich Ärzte künftig jeglicher Transplantation komplett verweigern.[4] Dieser Forderung entsprach der Gesetzgeber, indem er im Transplantationsgesetz hirnsterbende Komapatienten als eindeutig verstorbene Menschen statuiert hat.[5]

Auch wenn dieses Gesetz verabschiedet ist, sind die kulturellen und auch medizinisch-wissenschaftlichen Konflikte im Hinblick auf die neue Todesvorstellung keineswegs bereinigt. Trotz ihrer juridischen Festschreibung stellt das Thema Organspende jeden, der durch Werbung oder berufsbedingt damit konfrontiert ist, immer wieder von neuem vor die offene Frage: „Ist ein Hirntoter tatsächlich tot?" Denn dem sinnlichen Eindruck nach ist ein hirntoter Mensch nicht von einem Lebenden zu unterscheiden: Dieses Todesmodell bricht radikal mit allen bisher gültigen und sicheren Todeszeichen wie Stillstand des Herzens und der Atmung, Leichenblässe, Totenstarre, Verwesungsprozesse oder Totenflecke. Durch die Neudefinition des Todes als Hirntod wurde nicht nur der Todeszeitpunkt vorverlegt und der eingetretene Tod auf ein sinnlich nicht wahrnehmbares, abstraktes Phänomen reduziert, es wird damit auch ein ontologisches Paradoxon kreiert: ein Wesen, das aus einem lebendigen und einem toten Teil besteht – eine tote Person einerseits und ein, so der Hirntoddiagnostiker Johann Friedrich Spittler, „noch überlebender übriger Körper" andererseits.[6]

Diese von der High-Tech-Medizin entwickelte Todesdefinition spricht vom Tod eines Menschen, wenn sein Gehirn in seiner Gesamtfunktion unumkehrbar geschädigt ist, obwohl sein Herz weiterhin schlägt und sein „übriger Körper" mit technischer Hilfe atmet. Wenn hirntote Patienten als Organspender in Frage kommen, werden sie in ihrem warmen und durchbluteten Status wie andere lebendige Menschen auch genährt und gepflegt. Alle in einem anderen Kontext medizinisch gültigen Zeichen des Lebens, wie etwa Bewegungen, Rötungen der Haut, Schwitzreaktionen etc., sind nun mit dem Status eines toten Menschen zu vereinbaren. Der Hirntoddiagnostiker muß eine große Zahl hochkomplizierter apparativer und anderer Untersuchungstechniken bemühen, damit er bestimmte Komapatienten als „Tote" erkennt, um sie dann in sozialer, juridischer und medizinischer Hinsicht in ihrem Status als Verstorbene für den Zweck der Organspende freigeben zu können.

Dieses Buch zeigt all die Probleme auf, vor denen vor allem diejenigen stehen, die mit der professionellen Durchführung der Organspende betraut sind. Die detaillierten Erzählungen von Hirntoddiagnostikern, Pflegern, Chirurgen, Anästhesisten, Operationsschwestern, Psychotherapeuten, Transplantationskoordinatoren sowie Angehörigen von Hirntoten eröffnen einen Horizont, der in den gängigen Diskussionen über das Für und Wider der Organspende ausgeblendet bleibt. Denn ein Patient, dessen Anblick allen gängigen Zeichen des Lebens entspricht, dem aber dennoch der Tod bescheinigt ist und der in diesem Status mit dem chirurgischen Messer zerteilt und ausgeweidet werden darf, bleibt für die an dem Prozedere der Organentnahme Beteiligten dubios und verwirrend. Die Tabuverletzung, die an ihm zu vollziehen ist, fordert mehr oder weniger von allen ihren Tribut.

Die neue Todesdefinition verlangt von jedem einzelnen, daß er bei dem Anblick eines hirntoten Patienten für sich immer wieder von neuem rationalisierende Wahrnehmungsstrategien entwerfen muß. Auch ist er mit allen ethischen Konflikten in bezug auf den Akt der Organentnahme allein. Schließlich verfolgt die verstümmelnde Operation der Explantation kein heilendes Interesse an dem jeweiligen hirntoten Patienten und widerspricht somit dem hippokratischen Eid, der den Arzt darauf verpflichtet, nur zum Nutzen seines betreffenden Patienten zu handeln: „Ist es nicht eine grauenhafte Szene", so fragte 1969 der Düsseldorfer Professor für Chirurgie und Nobelpreisträger der Medizin Werner Forßmann (1904–1979),[7] „wenn in einem Operationssaal Ärzte einem Patienten die Herz-Lungen-Maschine anlegen, während gleichzeitig in einem danebenliegenden Raum eine zweite Operationsgruppe die mit dem Tod ringende junge Frau mit gezücktem Messer umstellt, nicht um ihr zu helfen, sondern fiebernd vor Gier, ihren wehrlosen Körper auszuschlachten? Hier werden alle Schranken ärztlichen Denkens und der Humanitas brutal niedergerissen. [...] Man stelle sich vor, daß womöglich in irgendeiner Klinik Ärzte sehnsüchtig auf Unfallverletzte warten, nicht um ihnen zu helfen und sie zu heilen, sondern um ihren Körper und damit ihre Individualität zu

Material zu erniedrigen."[8] Mit diesen Worten warnte jener renommierte Repräsentant der modernen Medizin anläßlich der ersten Herztransplantation durch den südafrikanischen Chirurgen Christiaan Neethling Barnard (geb. 1922) im Dezember 1967 vor den grundlegenden Gefahren der Transplantationsmedizin. Vor dem Hintergrund der ihm selbst noch gegenwärtigen Erfahrungen mit der Medizin im Nationalsozialismus machte Forßmann auf das strukturelle Dilemma einer Heilkunst aufmerksam, deren Therapie vom „nützlichen" Tod anderer Menschen abhängig ist. Forßmann sah durch diese historisch neu geschaffene Beziehung zwischen Arzt, Patient und einem anderen sterbenden Patienten die ärztliche Ethik bedroht.[9] „Der sterbende Spender", so Forßmann, wird als Mittel zum Zweck medizinisch mißbraucht, und man unterwirft ihn dem Interesse, ihn „so früh wie möglich für tot zu erklären, um über ihn verfügen zu können".[10] Die ethische Fragwürdigkeit der Transplantationsmedizin, die Forßmann vor 30 Jahren anmahnte, hat in der alltäglichen Praxis der Organspende bis heute nichts an Aktualität eingebüßt, auch wenn die Organverpflanzung seit langem als etablierte Heilmethode praktiziert wird.

Wie die facettenreichen Schilderungen unserer Gesprächspartner zeigen, macht ihnen nicht nur der zweckorientierte und der soziale Umgang mit hirntoten Menschen zu schaffen. Die nicht mit Sicherheit zu beantwortende Frage, ob ein Hirntoter wirklich tot ist, rückt den Akt der Organentnahme in die Nähe der „Euthanasie" und berührt somit empfindlich das Tötungstabu. Einer der großen Philosophen des 20. Jahrhunderts, Hans Jonas (1903–1993), legte sein Veto gegen die Hirntoddefinition ein und forderte eine maximale Merkmalbestimmung des Todes, „bevor endgültige Gewalt stattgreifen darf [...]. Wer kann wissen, wenn jetzt das Seziermesser zu schneiden beginnt, ob nicht ein Schock, ein letztes Trauma einem nichtzerebralen, diffus ausgebreiteten Empfinden zugefügt wird, das noch leidensfähig ist und von uns selbst, mit der organischen Funktion, am Leben erhalten wird? [...] Der Patient muß unbedingt sicher sein, daß sein Arzt nicht sein Henker wird, und keine Definition ihn ermächtigt, es je zu werden".[11]

Solche ethischen Bedenken gegen die Transplantationsmedizin konnten selbst unter Spezialisten, aber auch unter praktizierenden Ärzten, Philosophen, Juristen, Theologen und Politikern bis heute nicht ausgeräumt werden.[12] Trotz der in Deutschland perfekt geregelten und gesetzlich abgesicherten Organisation der Organspende entstehen im Krankenhausalltag Konflikte, mit denen die in diesem Buch zu Wort kommenden Interviewpartner tagtäglich durch ihren praktischen Umgang mit Hirntoten konfrontiert sind. Die Interviews vermitteln eine Vorstellung über die Komplexität der Organspende und über die Tabuverletzungen, die ständig begangen werden müssen. Sie erschüttern die weitverbreiteten naiven Phantasien über die Transplantationsmedizin, die von subtilen Werbekampagnen als eine unkomplizierte Heilmethode suggeriert wird.

Seit Inkrafttreten des Transplantationsgesetzes im Dezember 1997 kann ein kostenloser telefonischer Infoservice der *Deutschen Stiftung Organtransplantation* von der Bevölkerung in Anspruch genommen werden, die auf Anforderung auch Werbebroschüren für Organspende verschickt. Neuerdings steht Interessierten auch ein Online-Infodienst zur Verfügung. Mit dem Impetus der Aufklärung wird in all diesen Materialien das in der Problematik des Hirntods steckende hohe Konfliktpotential völlig ausgeblendet. Unsere Gespräche mit Ärzten, Krankenschwestern, Pflegern, Psychotherapeuten und Angehörigen von Organspendern zeigen hinter den Kulissen der offiziellen Werbekampagnen das Bild einer ganz anderen Realität. Sie geben eine Vorstellung von den zu leistenden Rationalisierungen in der Wahrnehmung von hirntoten Patienten, von den Ängsten und Schuldgefühlen, die im Umgang mit Hirntoten ausgelöst oder von den Organempfängern selbst entwickelt werden können, aber auch von den Facetten der Widerstände bei Ärzten und dem Pflegepersonal gegen die Hirntoddefinition und die Praxis der Organentnahme.

Der Aufbau dieses Buches folgt in seiner Chronologie dem Prozedere einer Organspende. Wir haben zwischen Januar und September 1998 Gespräche mit Ärzten und Ärztinnen, Transplantationskoordinatoren, Pflegern, Krankenschwestern, Psychotherapeuten und mit Angehörigen von Organspendern geführt. Kriterium für die Auswahl unserer Gesprächspartner war, daß möglichst alle an der Organentnahme beteiligten Berufsgruppen zu Wort kommen sollten.

Völlig unberücksichtigt blieb der ökonomische Aspekt, also die Frage, wer, und mit welchen Summen, von der Organtransplantation profitiert. Fest steht, daß hier eine Menge Geld verdient wird: Die Transplantationsmedizin hat der Pharmaindustrie einen neuen Markt eröffnet, denn schließlich müssen alle Organempfänger bis an ihr Lebensende täglich hohe Dosen an Immunsuppressiva und Kortison einnehmen. Auch die Transplantation selbst ist eine aufwendige und entsprechend kostspielige Operation.[13]

Einige der von uns befragten Mediziner sind einer breiteren Öffentlichkeit bekannt. Stellte sich der Kontakt mit auskunftswilligen Neurologen und Chirurgen als relativ einfach heraus, so war die Suche nach Anästhesisten sehr mühsam. Mehrere der schon zugesagten Interviews wurden wieder abgesagt, und eine Anästhesistin bat schließlich um Anonymisierung. Wir interpretieren diese Zurückhaltung dahingehend, daß die Arbeit dieser Berufsgruppe besonders heikel ist. Anästhesisten spielen bei der Organentnahme eine doppelte Rolle: Sie sorgen zunächst für die Aufrechterhaltung der sogenannten Vitalfunktionen des Spenders und schalten dann am Ende die Herz-Lungen-Maschine ab.

Einen Überblick über das gesamte System der Organentnahme vermittelten uns die Koordinatoren der *Deutschen Stiftung Organtransplantation Berlin-Brandenburg* und *Niedersachsen-Ostwestfalen* mit Sitz in Hannover. Transplantationskoordinatoren sind u. a. mit der Öffentlichkeitsarbeit für Organspende befaßt. Sie organisieren im konkreten Fall den Ablauf einer Organentnahme und bilden die Klammer zwischen der europäischen Vergabezentrale der Organe *Eurotransplant* in Leiden (Niederlande), den einzelnen Kliniken in der Region und den Angehörigen der Spender.

Eine detaillierte Beschreibung der Praxis der Hirntoddiagnostik gaben uns der Professor für Neurologie Heinz Angstwurm aus München, der Neurologe und Neurochirurg Andreas Zieger (Oldenburg) und der Professor für Neurochirurgie Henning Harten (Pseudonym). Die Oberärztin Andrea Müller - spezialisiert auf Bauchchirurgie im Virchow-Klinikum Berlin - und der Herzchirurg und Oberarzt Matthias Loebe vom *Deutschen Herzzentrum Berlin* erklärten uns die Abläufe einer Organentnahme. Der Pionier der österreichischen Transplantationsmedizin, Professor

Raimund Margreiter, Leiter der Klinischen Abteilung für Chirurgie der Universitätsklinik Innsbruck, berichtete über die Anfänge der Verpflanzungsmedizin und die heutige Praxis in Österreich. Im Gegensatz zu Deutschland wird hier die sogenannte „Widerspruchslösung" praktiziert (vgl. Glossar). Gesprächsbereit zeigten sich auch der Chirurg Reinhard Steinmann vom Ulmer Bundeswehrkrankenhaus und der Oberarzt Wolfgang Peschke, der als Anästhesist am Berliner St.-Gertrauden-Krankenhaus tätig ist. Den Arzt und Psychoanalytiker Rainer Ibach (Pseudonym), der auf einer Transplantationsstation mit Organempfängern psychotherapeutisch arbeitet, befragten wir nach den besonderen psychischen Problemen der Organempfänger. Die medizinische Psychotherapeutin Hiltrud Kernstock-Jörns berichtete von ihren Gesprächen mit betroffenen Angehörigen.

Im Laufe unserer Arbeit mußten wir die Erfahrung machen, daß die vielbeschworene „Transparenz" der Organspende vor den Klinikpforten oft endet. Auf der anderen Seite zeigte sich das Pflegepersonal als sehr offen. Zu seinem Schutz haben wir die biographischen Daten im Anhang verändert. Über die Pflege von hirntoten Spendern gaben uns Jan Rosenberg, Grit Seibold und Eva Messner Auskunft. Im Operationssaal arbeiten Margot Worm und Johanna Weinzierl als Anästhesieschwestern sowie der Pfleger Georg Feldmann. Sie assistieren bei Organentnahmen. Die meisten der von uns interviewten Schwestern und Pfleger blicken auf eine lange berufliche Erfahrung in großen Kliniken zurück.

Besonders problematisch war für uns die Kontaktaufnahme mit Verwandten von Organspendern. Da diese Angehörigen nicht beruflich, sondern aufgrund ihrer individuellen Schicksale in das Transplantationsgeschehen involviert waren, waren die Gespräche von großer Traurigkeit überschattet, der auch wir selbst uns kaum entziehen konnten. Anders als die Interviews mit dem medizinischen Personal haben wir die Schicksale der Familien Rogowski und Torsten (Pseudonym) in ihrem vollständigen Zusammenhang vorgestellt. Unser besonderer Dank gilt Renate Torsten, Monika und Arthur Rogowski. Trotz der sehr schmerzhaften Erinnerungen waren sie zu einem Gespräch bereit.

Das Buch wäre nie zustande gekommen, hätten unsere Gesprächspartner nicht so entgegenkommend Zeit für uns aufgebracht. Häufig fanden die Interviews im Rahmen ihres harten Arbeitsalltags statt. Selbst in hektischen Situationen verloren sie nicht die Ruhe. Ihnen besonders und all jenen, die uns Hinweise gaben und Kontakte herstellten, gilt unser herzlicher Dank.

I. Wie ein Spender entsteht: „Irgendwer kommt auf die Idee: ‚Das wäre was für Eurotransplant'"

1. Zwei Fälle aus der Praxis

Vorbemerkung

Die im folgenden aufgezeichneten Fälle haben sich in den Jahren 1990 und 1998 zugetragen. Während die Entnahme der Organe von Sven Rogowski in die Zeit fällt, als es in der Bundesrepublik noch kein Transplantationsgesetz gab und die Organentnahme in einer rechtlichen Grauzone stattfand, ereignete sich der Hirntod von Peter Torsten wenige Monate nach Inkrafttreten des neuen Gesetzes. Der Fall Rogowski ist sicher ein sehr extremes Beispiel für die frühere Organentnahmepraxis in der Bundesrepublik, und es ist davon auszugehen, daß er sich heute nicht so wiederholen wird. Der Fall Torsten dagegen beleuchtet gerade in seiner Alltäglichkeit, daß die Praxis der Organspende auch nach Einführung des Transplantationsgesetzes insbesondere für die Angehörigen problematisch bleibt.

1.1 „Wir haben zu Svens Tod beigetragen": der „Fall" Rogowski

Am Tag zuvor ist noch Hubertusjagd gewesen, und das Wild treibt, ungewöhnlich für diese Tageszeit, aufgescheucht durch die umliegenden Felder und Wälder. So rechnet die junge PKW-Fahrerin an diesem sonnigen, klaren Samstagnachmittag nicht mit dem Reh, das ihr auf der B 191 plötzlich vor das Fahrzeug springt und sie zum Ausweichen veranlaßt. In einem zweiten PKW hinter der Frau versucht der 19jährige Sven Rogowski einen Unfall zu vermeiden und fährt gegen einen Baum. Es ist der 3. November 1990 gegen 14.15 Uhr.

Wenige Minuten später ist Dr. von O., ein in Dannenberg niedergelassener Internist, als zuständiger Notarzt vor Ort. Was sich dann ereignet, ist auch acht Jahre nach dem Unfall noch nicht eindeutig geklärt. Während man sich auf der Intensivstation des Dannenberger Krankenhauses auf den Notfall vorbereitet, bestellt Dr. von O. den Rettungshubschrauber aus Uelzen, der um 14.20 Uhr an der Unfallstelle eintrifft. Er veranlaßt, daß Sven Rogowski vom Rote-Kreuz-Wagen in den Hubschrauber verlegt und zunächst nach Uelzen in ein Vertragskrankenhaus der Medizinischen Hochschule Hannover geflogen wird. Dr. O., so wird die diensthabende Hubschrauberärztin Frau Dr. H. später aussagen, habe erklärt, er kenne Svens Vater, und dieser sei mit einer möglichen Organspende einverstanden. Dr. O. dementiert dies wiederholt, er sei lediglich zu Rogowskis gefahren, um sie vom Unfall zu unterrichten.

An der Unfallstelle haben sich mehrere Schaulustige eingefunden, die die Gespräche der Ärzte verfolgen. Nach der Aussage eines Zeugen soll schon an Ort und Stelle darüber gesprochen worden sein, daß „Sven wegkommt zur Organentnahme". Der Zeuge wundert sich, daß der junge Mann einen Organspendeausweis haben soll. Als Dr. O. die Familie Rogowski um 15.15 Uhr von dem Unfall unterrichtet, ist Sven schon auf dem Weg nach Hannover: „Der Transport erfolgt zwecks Transplantation", schreibt Frau Dr. H. zu einem Zeitpunkt ins Protokoll, als die Eltern Rogowski vom Unfall ihres Sohnes noch gar keine Kenntnis haben. Und in Hannover vermerken die Akten: „Angemeldet für die Neurochirurgie und zur Transplant als Empfänger."

Als wir das Ehepaar Rogowksi über sieben Jahre nach dem Unfall kennenlernen, sind die Eltern noch immer mit dem Tod ihres Sohnes Sven befaßt. Die Aktenberge im Haus zeugen vom jahrelangen Kampf um Klarheit darüber, was mit Sven geschehen ist. Die Rogowskis machen den Eindruck von Menschen, deren Einsatz für die Wahrheit zum Mittelpunkt ihres Lebens geworden ist und deren normaler Trauerprozeß durch die Umstände, unter denen ihr Sohn zum Organspender wurde, überlagert und drastisch gestört wurde. Für denjenigen, der die Zustimmung zur Organentnahme gegeben hat, sagt uns Sven Rogowskis Vater bitter, sei die Qual besonders groß, er könne sich nicht einmal beschweren.

Am Nachmittag des 3. November 1990 ahnen die Rogowskis noch nichts vom Schicksal des 19jährigen. Gegen 17 Uhr ruft Arthur Rogowski in Hannover an, doch Sven ist noch nicht in der Klinik eingetroffen, obwohl das Protokoll seine Ankunft in der Unfallchirurgie mit 16.15 Uhr vermerkt. Eine halbe Stunde später benachrichtigt der Transplantations-Koordinator, Herr K., die Eltern, daß „es sehr schlecht steht um Sven". Sie mögen in die Klinik kommen. Gegen 19.30 Uhr treffen die Rogowskis in Hannover ein und werden von Dr. Dr. K., der, wie sich später herausstellt, Krankenpfleger ist, und Dr. Hussen in Empfang genommen. Frau Rogowski berichtet über den Eindruck, den ihr Sohn in dieser Zeit auf sie macht: „Er sah normal aus, wie wenn Sie jemanden schlafend im Bett sehen. Sauber, ordentlich, keine Brillenhämatome, es war nichts zu sehen, keine äußeren Verletzungen. [...] Er sah auf keinen Fall aus wie tot."

Im folgenden übernimmt der Transplantations-Koordinator die Gesprächsführung. Sven sei hirntot. „Wir können ihn nicht länger halten", habe er gesagt, erinnert sich Herr Rogowski. Und: „Sie müssen sich jetzt entscheiden!" Der anwesende Dr. Hussen dagegen hält sich aus dem Gespräch heraus. Von „Hirntod" haben die Rogowskis damals, 1990, noch nie gehört, und es wird ihnen auch nicht erklärt, was er zu bedeuten hat.

Das Paar, insbesondere Monika Rogowski, fühlt sich völlig überfordert: „In dieser Situation, wo sich Ihr Sohn in höchster Lebensgefahr befindet und es schon schlimm genug ist, dies gefühlsmäßig auszuhalten, kommt jemand daher und fragt nach Organspende. Das kann man eigentlich noch gar nicht für sich verarbeiten, der ist ja gar nicht tot, und er sieht auch nicht tot aus. [...] Sie sollen verarbeiten, der Mensch kommt nicht wieder. Diese Situation und die Emotionen, die da in einem vorgehen, sind gar nicht zu beschreiben."

Die Mutter lehnt die Organspende rigoros ab, ist jedoch durch ihren Zustand kaum mehr ansprechbar und bekommt Beruhigungsmittel verabreicht. Statt diese Entscheidung zu respektieren oder die Eheleute zumindest in Ruhe beraten zu lassen, wirkt nun Herr Heinke „vor versammelter Mannschaft, er hat uns noch nicht mal zur Seite genommen" auf den blinden Arthur Rogowski ein und bedrängt ihn, seinen Sohn als Organspender freizugeben. „Richtig bearbeitet hat er mich. Ich muß leider sagen, ich bereue es heute noch. Ich sah nur meine Frau, die zusammengebrochen ist, und ich habe gesagt: ‚Nehmen Sie die Nieren und mehr nicht.' Dann sind wir los."

Die eingeschränkte Organfreigabe wird von Zeugen bestätigt, jedoch nicht schriftlich dokumentiert. Gegen 21 Uhr verlassen die Eltern die Klinik, um nach Hause zu fahren. In dieser Nacht geht es Monika Rogowski so schlecht, daß sie im Krankenhaus Dannenberg versorgt werden muß.

Als sie Sven vor der Beerdigung wiedersieht, ist sie entsetzt. Er habe den Eindruck eines Greises gemacht, wiederholt sie mehrmals, und der tiefe Schrecken ist bis heute spürbar. Der Anblick ihres toten Sohnes ist traumatisierend, und ihre Erinnerung an ihn wird für immer mit diesem letzten, schrecklichen Anblick verbunden bleiben: „Die Augen waren geschlossen, die konnte ich nicht sehen, die Zunge hing raus, im Körper steckten Kanülen, die Narbe fing hier unter dem Hals an, das war nicht nur ein Bauchschnitt." Sven, so die Mutter, sei innerhalb einiger Stunden gealtert, sein blondes Haar weiß geworden. „Er sah aus, als wenn er einen ganz schlimmen Todeskampf hinter sich hätte – gequält. Ich habe mich immer wieder gefragt, was da passiert ist."

Diese Frage stellen sich die Rogowskis bis heute. Wiederholt erwähnt Frau Rogowski in unserem Gespräch, wie sehr sie es bereut, ihre Zweifel damals nicht aufgedeckt zu haben. Der Leichenbestatter bestätigt ihnen schriftlich, noch nie einen solchen Leichnam, ohne Bauchverband, entgegengenommen zu haben. Langsam regt sich das Mißtrauen der Eheleute, zumal im Dorf Gerüchte über die Gespräche der Ärzte am Unfallort laut werden. In einem Gutachterbrief wird es später zynisch heißen, die Ärzte hätten gut daran getan, am Unfallort lateinisch zu reden.

Nach der Beerdigung beginnen Rogowskis allmählich mit den Recherchen. Sie fragen die beteiligten Ärzte, erhalten widersprüchliche oder überhaupt keine Antworten. Sie schreiben an den damals zuständigen (inzwischen verstorbenen) Professor Pichlmayr an der Medizinischen Hochschule Hannover, wollen wissen, wie es zu der Einlieferung nach Hannover kam und ob ihrem Sohn mehr Organe als nur die Nieren entnommen wurden. Pichlmayr beruhigt sie in einem Brief, Sven sei wie ein Lebender versorgt worden.

Die Eheleute tragen Aussage um Aussage zusammen, ein Indiz reiht sich an das andere. Bis heute kann die Neurochirurgie der Medizinischen Hochschule Hannover (MHH) beispielsweise keine befriedigende Auskunft über das Hirntodprotokoll geben. Während Sven Rogowski in den Nachtstunden des 3. November explantiert wurde und laut Totenschein um 23.55 Uhr verstorben ist, datiert das EEG zur Hirntodfeststellung, das nur *eine* Unterschrift aufweist, vom 4. November, 23.19 Uhr, und es wurde am 5.11. ausgewertet. Die Medizinische Hochschule erklärte dies mit einem Fehler beim Umspringen der Computeruhr. Die Röntgenbilder, stellen Rogowskis in ihren weiteren Recherchen fest, weisen auch nicht den behaupteten Schädelbruch auf. Mit Sicherheit jedoch wurden die Eltern wider alle Bestimmungen bereits um Organspende gebeten, als der Hirntod noch gar nicht offiziell bescheinigt worden war.

Rogowskis stellen 1992 beim zuständigen Amtsgericht Strafanzeige wegen „fahrlässiger Tötung". Der Amtsrichter will die Krankenakten beschlagnahmen lassen, wird jedoch von dem mittlerweile verstorbenen Staatsanwalt Dr. Liebeneiner in Lüneburg, der selbst auf eine Spenderniere wartet, daran gehindert. Das Ehepaar beschwert sich beim Justizministerium, ihre Beschwerde geht zur Generalstaatsanwaltschaft nach Celle. Vier Jahre dauert es, bis Rogowskis überhaupt an die notwendigen Unterlagen herankommen, „fast wie Detektive" hätten sie vorgehen müssen, erzählen sie. Ein Anwalt, der ihnen zunächst Unterstützung zusagt, legt das Mandat nieder, der Kripo werden die Ermittlungen aus der Hand genommen, die Presse, auch das Fernsehen, nimmt den Fall auf. Als sicher gilt, daß zum Zeitpunkt der Zuweisung Sven Rogowskis nach Hannover keine Genehmigung zur Organentnahme vorlag.

Die kriminaltechnische, gutachterliche und juristische Seite dieses Falles ist im einzelnen hier kaum nachzuzeichnen. Die von den Eltern beantragte Exhumierung von Sven Rogowski wurde vom zuständigen Generalstaatsanwalt Manfred Endler mit der Begründung abgelehnt, die Antragsteller müßten nachweisen, daß Sven ohne die Organentnahme überlebt hätte. Interessant ist, daß die neue Koordinatorin am Transplantationszentrum Hannover, kurz bevor diese Entscheidung fiel, Frau Rogowski dazu zu bewegen versuchte, den Antrag zurückzunehmen. Ein Indiz, so die Eheleute, daß es zwischen der MHH und der Staatsanwaltschaft eine Direktverbindung gegeben haben muß. Heute glaubt das Paar, daß die Strafanzeige der falsche Weg gewesen sei; eine Privatklage wäre möglicherweise erfolgreicher gewesen.

Ob Sven Rogowski überlebt hätte, wenn er nicht Organspender geworden wäre, wissen die Eltern natürlich nicht. Es geht ihnen auch nicht um diesen Nachweis, sondern sie glauben, daß Sven ohne Explantation anders, ruhiger gestorben wäre. Auch hätten sie ihren Sohn in anderer Erinnerung behalten und mit seinem Tod Frieden schließen können. Die Ereignisse des 3. November 1990 jedoch haben gefühlsmäßig etwas zwischen den Eheleuten in Gang gesetzt, das auch noch in unserem Gespräch zu spüren war, einen Konflikt, der mit der aufgrund der äußeren Situation nicht einvernehmlich getroffenen Entscheidung für die Organfreigabe zu tun hat. Was bleibt, ist die Erinnerung an die Ausnahmesituation und den enormen Druck, dem sie sich damals ausgesetzt fühlten. „Keinen Respekt vor ihrer Trauer" hätten die Ärzte gehabt, empört sich Herr Rogowski noch immer: „Es ging ihnen nur um die Organe." Immer wieder kommt das Gespräch auf die ungeheure Zumutung, daß sie in einer solchen Situation eine Entscheidung von solcher Tragweite treffen sollten: „In der Bevölkerung wird der Tod weggeschoben, niemand möchte davon reden. Und wenn Menschen damit konfrontiert werden wie wir – dieses Plötzliche –, dann soll man eine Entscheidung treffen. Das kann niemand. Das kann und darf niemand für andere entscheiden."

So ist das Verhältnis der Rogowskis gegenüber ihrem toten Sohn von Reue und Schuld bestimmt. Statt den Tod ihres Kindes als Schicksal hinnehmen zu können und ihn in ihr Leben zu integrieren, beherrscht er weiterhin das Leben des Paares, läßt es nicht zur Ruhe kommen. Explizit von „Schuld" spricht Herr Rogowski, die er, wie er sagt, jedoch für sich alleine bewältigen muß. Den Selbstvorwürfen begegnet dann Frau Rogowski: „Ich muß sagen, ‚Nein, du bist lediglich falsch informiert worden. Du hast es nicht besser gewußt.' Aber im Prinzip haben wir ja zu dem Mord beigetragen. Für mich war Sven ein Sterbender, und ich gehe mal davon aus, daß er auch so gestorben wäre. [...] Aber man weiß es nicht."

Zu Reue und Schuldgefühlen kommt die Unsicherheit hinzu, die nicht zuletzt durch die uneindeutige Sprache der Gutachter erzeugt wurde: „Mal war er ‚Patient', mal war er lebend, mal war er eine ‚Leiche' und tot." Daß sie als Eltern möglicherweise zum Tod ihres Sohnes beigetragen haben, ist für Rogowskis unerträglich und nur durch die enorme Aktivität, die die Eheleute entfaltet haben, zu verarbeiten. Diese jedoch ist selbst wieder belastend, der Druck von außen groß: „Wir werden abgestempelt, daß wir nicht mehr ‚ganz dicht' sind", erzählt Frau Rogowski. Sie glaubt, daß Menschen über die Unmöglichkeit der Trauer und die Art, wie mit ihnen umgegangen wurde, tatsächlich „durchdrehen".

Daß Svens Organe in einem anderen weiterleben, ist für sie kein Trost. „Das ist ja auch nicht so leicht: ‚Sein Herz ist jetzt mein'", fügt Frau Rogowski, die auch selbst kein Organ annehmen würde, hinzu. „Das kann doch gar nicht gutgehen, ich bleibe der Klinik nach wie vor erhalten, ich bin doch nicht gesund nach der Transplantation. Und ich muß doch andererseits von mir auch nichts abgeben", wehrt sie sich gegen die Spendezumutung, „das muß ich doch nicht."

Der „Fall" Rogowski ist gewiß kein alltäglicher. Zumindest nicht im Hinblick auf die Hartnäckigkeit, mit der Svens Eltern den Kampf gegen die, vorsichtig ausgedrückt, wenig auskunftswillige Ärzteschaft führte. In all den Jahren kamen sie in Kontakt mit vielen betroffenen Eltern und haben von vielen Schicksalen gehört. Die meisten, glauben sie, stehen das gar nicht durch und geben klein bei, einige werden sogar krank. Man braucht Bildung und Verbindungen, um überhaupt aktiv werden zu können. Der Anstoß für diese Aktivität, so Frau Rogowski, sei durch den Anblick des toten Sven ausgelöst worden: „Es gibt nur eins, entweder tut man nichts und wird depressiv, das ist fürchterlich, oder man ist aktiv. Aktivität ist besser, doch die wenigsten können das noch."

1.2 „Unsere Organe nimmt sowieso keiner":
Renate Torsten über die Freigabe der Organentnahme bei ihrem Ehemann Werner Torsten

Werner Torsten hatte sich schon einige Zeit nicht sehr wohl gefühlt, und nach seiner Lungenentzündung litt er verstärkt unter Atemnot. Als sich der 51jährige Diplomingenieur, der bis vor zwei

Jahren bei der Telekom gearbeitet hatte und nun in Rente war, beim Hausarzt untersuchen ließ, ergab das Routine-EKG keinen besonderen Befund. „Seine Beschwerden wurden damals einfach auf seine Behinderung geschoben", erzählt Frau Torsten, „ich kenne das von mir, immer wird einem gesagt: ‚Ihre Organe sind eingeengt, damit müssen Sie leben.'"

Herr Torsten und seine Frau leiden seit ihrer Kindheit an den Folgen einer Kinderlähmung. Während sich Frau Torsten relativ gut bewegen kann, trägt ihr Mann ein Korsett und ist Rollstuhlfahrer. In der Familie galt er als Jüngster von jeher als „Nesthäkchen" und wurde in Watte gepackt, bis seine Frau ihn „da ein bißchen herausholte". „Er ist ja nicht am Kopf kaputt", hielt sie der Familie entgegen, „und seine Arme sind auch gesund." Werner Torsten ist ein passionierter Bastler, der sich nicht nur um das eigene Heim, sondern auch um die Häuser der Verwandten und Freunde kümmerte: „Er hat sich so ein Gerüst gebaut, ist raufgeklettert und hat in unserem Haus alle Leitungen verlegt."

Als er sich an diesem Samstagabend für den Besuch bei einer Bekannten am anderen Ende der Stadt fein macht, um ihr ein Computerprogramm zu zeigen, geht es ihm noch gut. Frau Torsten frotzelt darüber, daß sich ihr Mann so in Schale wirft, und als der Bus plötzlich eintrifft, kommen die Eheleute nicht einmal mehr dazu, sich richtig zu verabschieden. Wenig später dann der Anruf der Freundin: Werner sei umgefallen. Frau Torsten reagiert sofort und läßt den Notarzt kommen. Herr Torsten wird in ein naheliegendes Krankenhaus gebracht, wo er vorläufig stabilisiert wird. Noch hat Frau Torsten nur die praktischen Dinge im Sinn, denn sie versorgt eine weitere Bekannte in einem anderen Krankenhaus der Stadt: „‚Ach Gott', dachte ich damals, ‚jetzt geht das *bei ihm* los: immer hin und her.'" Noch am gleichen Spätnachmittag stellen die Krankenhausärzte eine Gehirnblutung fest und verlegen Herrn Torsten in die Neurochirurgie der nächstgelegenen Zentralklinik. Als Frau Torsten dort eintrifft, wird sie beruhigt: Ihr Mann befinde sich im Koma, es würde drei Tage dauern, bis der Hirndruck nachlasse, und dann könne man operieren.

Als wir Frau Torsten kennenlernen, um dieses Gespräch zu führen – der Kontakt wurde uns durch einen Koordinator der Deutschen

Stiftung Organtransplantation vermittelt –, ist ihr Mann noch keine drei Monate tot. Wir haben mit dieser Situation überhaupt nicht gerechnet, und wir fühlen uns überfordert. Die kleine, noch in Trauer gekleidete Frau macht einen überraschend beherrschten Eindruck, doch gelegentlich übermannt sie die schmerzhafte Erinnerung.

An jenem Sonntagnachmittag geht sie, keineswegs mit dem Schlimmsten rechnend, mit ihren Geschwistern ins Krankenhaus und wird in das Dienstzimmer der Oberärztin gerufen: „Das werde ich bestimmt nie vergessen. Sie setzte sich so mit der halben Pobacke auf den Tisch, baumelte mit den Beinen, schaute uns an und sagte: ‚Ich habe Sie hereingerufen, weil ich Ihnen nur sagen wollte, daß Ihr Mann keine Chance mehr hat. Also, wissen Sie, da ist nichts zu machen.' Meine Schwägerin fing gleich an zu schreien. Als wir wieder herauskamen, dachten alle schon, es ist vorbei."

Für Frau Torsten, die eben noch bei ihrem rosig aussehenden, anscheinend ruhig schlafenden, sich warm anfühlenden Mann gesessen hat, wirkt diese Mitteilung wie ein Schock. „Wieso", fragt sie nach, „man hat mir doch gesagt, daß mein Mann auf die Operation warten muß. Ich denke, er liegt im Koma?" Ihr wird angedeutet, daß er dieses Stadium schon überschritten hat, „das wurde so zack, zack hintereinander gesagt, und weil meine Schwägerin gleich schrie, kam es zu keinen Erklärungen mehr."

Während Frau Torsten ihren Mann am Vortag noch gut versorgt sah und das Krankenhaus beruhigt verließ, weicht sie nun nicht mehr von seiner Seite. Noch am Samstag hat sie in einem medizinischen Wörterbuch den Begriff „Gehirnblutung" nachgeschlagen und die Symptome, die ihr Mann in der letzten Zeit gezeigt hat, daraufhin interpretiert. Jetzt beobachtet sie mißtrauisch die Schwestern, jede Handlung bekommt plötzlich eine neue Bedeutung: „Man sitzt da Stunden am Bett und kann mit demjenigen, der da liegt, nicht mehr reden. Ich merkte, wie die Schwestern ihn laufend mit einer Wärmedecke zudeckten und die Körpertemperatur maßen. Da kamen mir natürlich schon die ersten Gedanken mit den Organen."

Frau Torsten ordnet die Zeichen dem „neuen" Status zu, den ihr Mann für das Personal nun offenbar hat, und sie mißdeutet sie teilweise, denn die Wärmebehandlung dient nicht, wie sie vermutet, unmittelbar den Organen, sondern, wie sie später belehrt wird, der möglichst fehlerfreien Hirntoddiagnose. Richtig jedoch interpretiert sie die zunehmende Hektik auf der Station, eine Unruhe, die sie als störend empfindet: „Alles ist hell, bei den anderen wurde abgedunkelt. Nur hier kommt das Personal und macht alles taghell und unterhält sich von einem Türrahmen zum anderen. Wenn sie Schränke aufmachen, knallt es, und dann kommt auch noch die Rohrpost."

In der Nacht von Sonntag auf Montag werden weitere Untersuchungen durchgeführt. Um zwei Uhr nachts endlich erscheint der zweite für die Diagnose notwendige Arzt. Um sie vom Untersuchungsfeld fernzuhalten, wird Frau Torsten vorgeschlagen, „draußen spazierenzugehen". Sie weigert sich standhaft, besteht darauf, auf dem Gang zu warten, wo ihr eine Schwester sogar noch den Stuhl, auf dem sie sitzt, streitig machen will: „Sehr einfühlsam", resümiert Frau Torsten vorsichtig, „war das Ganze nicht." Sie hat das Gefühl, daß der Arzt „meinen Mann wie ein Fahrrad behandelt. Er hat gerade ein bißchen nachgeschaut, ob es sich lohnt, noch zu reparieren. Ich habe ihm gesagt: ‚Das halte ich nicht aus, wie Sie mir das erzählen. Ich bin mit ihm 31 Jahre verheiratet. Das können Sie nicht machen!' Und er: ‚Ja, die Untersuchung da...' Also immer ganz negativ, buff, baff, also wirklich so, daß ich es mit einem Fahrrad verglichen und ihm gesagt habe: ‚Sie brauchen mir jetzt weiter nichts zu erzählen, ich gehe jetzt.'" Für Montagmittag wird schließlich die dritte Hauptuntersuchung angesetzt, die jedoch nicht auf der Station stattfindet.

„Wer nimmt denn schon unsere Organe? Wir sind ja sowieso nicht gesund", hat Herr Torsten einige Monate zuvor noch zu diesem Thema bemerkt und es für sich persönlich erledigt, nachdem das Ehepaar einen Film über Organtransplantation gesehen hatte. Daran muß Frau Torsten denken, als sie in dieser Nacht bei ihrem Mann wacht. Daß sie als Behinderte als Organspender in Frage kämen, damit haben beide nicht gerechnet. Als Frau Torsten am nächsten Montagmittag mit dieser Frage dann tatsächlich konfrontiert wird, kommt sie trotzdem nicht so überraschend wie beispielsweise für ihre Neffen, die entsetzt fragen: „Wie kann man denn!" Als die Ärztin danach fragt, wie Peter Torsten zur Organspende gestanden habe, erklärt Frau Torsten, daß ihr Mann nicht geglaubt habe, daß man seine Organe haben wolle. Die Ärztin antwortet: „Wieso? Der Oberkörper ist gesund und kräftig. Erst einmal wird ja sowieso alles untersucht."

Die Situation in dem engen, verwinkelten Arztzimmer, in dem sich Frau Torsten, die Verwandten und die Ärzteschaft drängen und wo schließlich „die Frage" gestellt wird, ist denkbar „ungemütlich": zwei Stühle, zwei Tischchen, ein Computer, zwei eilig herbeigeholte Hocker. Frau Torsten und ihre Schwägerin sitzen, alle übrigen Familienmitglieder stehen. Die Ärzte hocken wartend auf der Tischkante: Die Hierarchien sind symbolisch markiert. „Es ging so schnell, da ist bestimmt keinem aufgefallen, daß er nicht gesessen hat. Doch ich konnte noch nicht mal alle sehen, weil das Zimmer um die Ecke ging." Die Bitte der Schwägerin um Bedenkzeit wird von der Oberärztin barsch zurückgewiesen: „So geht das nicht!" Ein Austausch der Angehörigen ohne Beisein der Ärzte ist nicht möglich. „Sie haben gesagt, das muß sofort sein."

Nach der zweiten Hauptuntersuchung will Frau Torsten jedoch Genaueres wissen, sie läßt sich die Befunde der Angiographie erklären. „Da wurde eben alles gezeigt, man konnte es ja richtig sehen, das Gehirnblut, daß alles zusammengequetscht wurde, daß der Gehirntod eingetreten ist und daß da nichts mehr zu machen ist. Ich meine, wenn man es dann sieht, dann glaubt man es schon." Auch in der Nacht zuvor hat Frau Torsten ihren Mann noch als warmen, rosigen und schlafenden Menschen wahrgenommen. Dieser sinnliche Eindruck gerät nun in Konkurrenz zu Bildern und Daten, die mittels technischer Apparate produziert werden. Während sie ihren Mann vorher „nicht hundertprozentig als Toten" betrachtet hatte, wirkt die nun vorgeführte „Objektivierung" und nimmt ihr die Hoffnung auf ein Versehen: „Viele Untersuchungen waren schon ein Irrtum, warum nicht auch jetzt? Die Hoffnung hatte ich die ganze Zeit noch, und trotzdem habe ich immer daran gedacht: ‚Was machen die denn, wenn es nicht so ist?'" Von einem Augenblick auf den anderen ist ihr Mann, an dessen Zustand sich gar nichts verändert hat, für sie „tot". Doch letzte Zweifel bleiben, „solange ein Mensch noch warm ist und da liegt ..."

Die Frage nach Organspende, die unter den Angehörigen zunächst umstritten ist, wird entschieden, als Frau Torsten auf die

Selbstlosigkeit ihres Mannes hinweist, die sie auch in unserem Gespräch immer wieder betont. „Mein Mann hat nie nein gesagt, er war immer für andere da. Und deswegen haben dann die anderen auch gesagt: ‚Wenn er selbst gefragt worden wäre, er hätte bestimmt auch hier nicht nein gesagt.'"

In die ärztliche Aufforderung, den „mutmaßlichen Willen" Peter Torstens zu rekonstruieren, mischt sich allerdings noch ein anderes Moment: die Vorbehalte der Ehefrau gegenüber der ärztlichen Kunst, mit der sie als Behinderte, wie sie uns später erzählt, eine lange Erfahrung hat. Sie willigt nur unter der Bedingung in die Organspende ein, „daß alle Organe genau untersucht werden, auch diejenigen, die man nicht nimmt. Ich wollte wissen, was er eigentlich hat, und den Bericht unserem Hausarzt zeigen, auf den ich damals fast sauer war, weil er für meinen Mann mehr hätte tun können."

An den Bericht gelangt Frau Torsten schließlich nur über Umwege, und er bestätigt ihren Verdacht, daß ihr Mann herzkrank gewesen ist. Dem Patienten werden schließlich Nieren, Herzkammern, Hornhäute und die Leber entnommen, für letztere findet sich kein geeigneter Empfänger. Nach der Explantation hat Frau Torsten ihren Mann nur, um das Versprechen an die Kinder einzuhalten, noch einmal gesehen. Es ist ihr wichtig, daß man ihm seine eigenen Kleider angezogen hat. „Ich habe natürlich nicht so hingeschaut wie die anderen, nicht richtig, ich bin wieder aus der Kapelle rausgegangen."

Ein „Trost" oder eine „Befriedigung" sei es für sie nicht, daß andere Menschen die Organe ihres Mannes erhalten hätten. Vielleicht sei jemand anderem geholfen worden, aber die Trauer sei dieselbe: „Es wäre schön, wenn jemand sagt: ‚Das ganze Herz schlägt irgendwo anders'. Aber der Mensch gehört zusammen, das ist nicht nur das oder das. Und wenn ich an ihn denke, denke ich nicht ständig daran, daß er irgend etwas gegeben hat. Das mache ich nicht. Da wird man ja ..., das kann man nicht machen. Es ist schlimm genug, daß man laufend daran denken muß, daß man immer daran erinnert wird."

In der Familie spricht man nicht gerne über die Organentnahme, und niemand wollte Frau Torsten zu unserem Gespräch begleiten.

Wenn ihre Verwandten nicht darüber reden wollen, sagt sie, möchte sie auch nicht weiter bohren. Ihr Nachbar dagegen, ein Österreicher, habe befremdet reagiert und ihre Entscheidung ablehnend kommentiert. Als wir Frau Torsten drei Monate später zu einer Nachbesprechung wiedersehen, erzählt sie, daß sich an der Zurückhaltung der Familie nichts geändert habe.

Auch jetzt steht sie noch hinter ihrer Entscheidung. Überreden lassen hätte sie sich auch in der damaligen Situation nicht, „da wäre ich einfach ‚rausgerannt'". Natürlich wäre es ihr lieber gewesen, wenn ihr Mann einen Organspendeausweis gehabt oder ihr gesagt hätte: „Wenn ich 'mal sterbe, dann spende ich meine Organe." Wiederholt weist sie darauf hin, daß er sich nicht habe einäschern lassen wollen, obwohl ihr die Grabpflege mit ihrer Behinderung schwerfalle. „Ich weiß nicht", schließt sie für sich ihren Frieden, „ob er es bei mir gemacht hätte, aber ich glaube nicht, daß er zu mir sagen würde: ‚Warum hast du es bei mir gemacht?' Das glaube ich nicht."

2. Das Gesetz

Das am 25. Juni 1997 vom Deutschen Bundestag mit 449 Stimmen – bei 151 Gegenstimmen und 29 Enthaltungen – verabschiedete Transplantationsgesetz (TPG)[1] füllte das bislang rechtliche Vakuum, in dem Transplantationsmediziner im wahrsten Sinne des Wortes „operierten". Schon Mitte der 70er Jahre hatte es entsprechende Gesetzesinitiativen im Bundestag gegeben. Sie scheiterten nicht nur an der Gesetzgebungskompetenz der Länder,[2] sondern auch am Hirntodkonzept, das unter den Abgeordneten damals sehr umstritten war. 1994 schließlich legte Hessen für die 16 Bundesländer einen Modellentwurf vor, der die sogenannte „Informationslösung" vorsah: Die Organentnahme sollte erlaubt sein, wenn die Angehörigen in Kenntnis gesetzt werden, wobei sie sich innerhalb einer gewissen Frist dafür oder dagegen erklären müssen.[3]

Die schließlich 1995 im Bundestag debattierte Vorlage verwarf die „Informationslösung" zugunsten der im Krankenhausalltag ohnehin schon praktizierten „erweiterten Zustimmungsregelung", die zwei Jahre später im Transplantationsgesetz auch verabschiedet wurde. Die „erweiterte Zustimmungsregelung" legitimiert die Organentnahme, wenn entweder ein Organspendeausweis vorliegt oder die Angehörigen des Spenders der Entnahme zustimmen. Die Vorlage des damaligen Gesundheitsministers Seehofer stellte insofern ein Novum dar, als in ihr der Hirntod als Todeskriterium sanktioniert und damit erstmals überhaupt eine Todesdefinition in ein Gesetz aufgenommen wurde.[4]

Das seit dem 1. Dezember 1997 im Bundesgebiet geltende Transplantationsgesetz regelt die „Spende und die Entnahme von menschlichen Organen, Organteilen oder Geweben zum Zweck der Übertragung auf andere Menschen". Es verbietet darüber hinaus den Handel mit menschlichen Organen. Ausgespart bleibt im Gesetz eine Regelung über die Transplantation von Fetalgewebe[5] und die Übertragung von Tierorganen.[6] Im folgenden werden nur diejenigen Teile des Gesetzes vorgestellt, die die Organentnahme eines hirntoten Spenders betreffen.

Laut Paragraph 3 ist die Organentnahme möglich, wenn ein Organspendeausweis vorliegt, der Tod des Patienten „nach Regeln, die dem Stand der medizinischen Wissenschaft entsprechen, festgestellt worden ist" und ein Arzt die Entnahme vornimmt. Der Tod ist dann eingetreten, wenn „der endgültige, nicht behebbare Ausfall der Gesamtfunktion des Großhirns, des Kleinhirns und des Hirnstamms" festgestellt ist (§ 3 Abs. 2). Den „Stand der medizinischen Erkenntnis", so regelt es Paragraph 16 des TPG, definiert die Bundesärztekammer durch „Richtlinien". Sie betreffen unter anderem das Verfahren der Hirntodfeststellung, die Regeln zur Aufnahme in die Warteliste und Maßnahmen zur Qualitätssicherung der entnommenen Organe. In jüngster Zeit entzündete sich die öffentliche Kritik an der Tatsache, daß einer nichtstaatlichen Stelle wie der Bundesärztekammer die Regelung und Kontrolle der Organverteilung übertragen wurde.[7] Daß der „Stand der medizinischen Wissenschaft" darüber hinaus auf „schwankendem Boden" agiert, werden wir in Kapitel II noch ausführlich beleuchten.

Soweit kein Organspendeausweis vorliegt, können auch die nächsten Verwandten um Organspende gebeten werden, und zwar in der üblichen rechtlichen Reihenfolge: Ehegatten, volljährige

Kinder, Eltern (soweit es sich um minderjährige Kinder handelt), die volljährigen Geschwister und schließlich die Großeltern. Voraussetzung für die Zustimmung ist, daß sie in den letzten zwei Jahren in Kontakt zum Organspender standen. Außer den nächsten Angehörigen sind auch Personen entscheidungsberechtigt, die zum potentiellen Organspender in engem Vertrauensverhältnis standen, also beispielsweise nichtverheiratete Partner. Die Entscheidung für oder gegen eine Organentnahme muß schriftlich festgehalten werden.

Bei der Zustimmung beziehungsweise Ablehnung einer Organentnahme soll, wie Paragraph 4 Abs. 1 regelt, der „mutmaßliche Wille" des möglichen Spenders ausschlaggebend sein. Diese Bestimmung ist, wie wir in Kapitel IV zeigen werden, außerordentlich konflikträchtig. Nicht berücksichtigt werden im Gesetz auch die Wünsche von noch minderjährigen, aber entscheidungsfähigen Kindern von alleinerziehenden Elternteilen.[8]

Eine Organentnahme ist nur rechtmäßig, wenn zuvor der Hirntod des potentiellen Organspenders durch „zwei dafür qualifizierte Ärzte, die den Organspender unabhängig voneinander untersucht haben" (§ 5 Abs. 1), festgestellt wurde. Die an der Diagnose beteiligten Ärzte dürfen ihrerseits nicht an der Entnahme und der Übertragung der Organe mitwirken. Den Angehörigen ist gesetzlich die Einsicht in die Untersuchungsunterlagen zu gewährleisten, was, wie der Fall Rogowski zeigt, bislang keine Selbstverständlichkeit war. In Paragraph 6 werden die Ärzte angehalten, die „Würde des Organspenders" zu achten und den Leichnam in „würdigem Zustand" zur Bestattung zu übergeben. Daß dies gesetzlich verankert werden muß, läßt Rückschlüsse auf das frühere Transplantationsgeschehen zu. Die Angehörigen haben außerdem das Recht, den Leichnam noch einmal zu sehen.

Ein weiterer Teil des Gesetzes betrifft die Organisation der Organentnahme und -übertragung. Transplantationen dürfen nunmehr nur noch in speziellen, zugelassenen „Transplantationszentren" durchgeführt werden, welche die „bedarfsgerechte, leistungsfähige und wirtschaftliche Versorgung" gewährleisten. Diese sind verpflichtet, Wartelisten zu führen und nach vorgeschriebenen Regeln über die Aufnahme der zu transplantierenden Patienten zu entscheiden. Im Unterschied zur früheren Situation verpflichtet das Gesetz nun ausdrücklich alle Krankenhäuser, Patienten als mögliche Organspender zu melden, bei denen es zu einem „endgültigen, nicht behebbaren Ausfall der Gesamtfunktion des Großhirns, des Kleinhirns und des Hirnstamms" gekommen ist; diese Mitteilung ist an die entsprechende Koordinierungsstelle weiterzuleiten (§ 11 Abs. 4). Die Organvermittlung wird von einer entsprechenden unabhängigen Einrichtung – im Geltungsbereich der Beneluxländer, der Bundesrepublik und Österreich ist dies die im holländischen Leiden ansässige Stiftung *Eurotransplant* – abgewickelt. Sowohl die Koordinierungs- als auch die Vermittlungsstellen sind beauftragt, für die strikte Anonymität des Transplantationsgeschehens zu sorgen.

In *Österreich* gilt dagegen – ähnlich wie in Belgien und vormals in der DDR – die sogenannte „Widerspruchsregelung".[9] Jeder Österreicher – und alle auf dem österreichischen Staatsgebiet lebenden Ausländer[10] – gilt als „potentieller Organspender", wenn er sich nicht ausdrücklich beim Österreichischen Bundesinstitut für Gesundheitswesen im sogenannten „Widerspruchsregister gegen Organentnahme" hat registrieren lassen. Hintergrund dieser Regelung sind die krankenanstaltsrechtlichen Richtlinien in Österreich, nach denen in öffentlichen Krankenhäusern grundsätzlich eine Obduktion an Leichen vorgenommen werden kann.

Nach einer Diskussion Ende der 70er Jahre, die in der Öffentlichkeit und im Parlament geführt wurde, regelt mittlerweile die Novelle des Krankenanstaltengesetzes vom 18. Juni 1982 die Organspende: „Es ist zulässig, Verstorbenen einzelne Organe oder Organteile zu entnehmen, um durch deren Transplantation das Leben eines anderen Menschen zu retten oder dessen Gesundheit wiederherzustellen." (§ 62 Abs. 1) Und weiter: „Die Entnahme darf nicht zu einer die Pietät verletzenden Verunstaltung der Leiche führen." Die österreichische „Widerspruchsregelung" sieht keine Information der Angehörigen im Falle einer Organentnahme vor. Von den rund 7,5 Millionen österreichischen Einwohnern haben zur Zeit lediglich 4400 ihren Widerspruch registrieren lassen.

Im Unterschied zum deutschen Transplantationsgesetz bedarf es in Österreich nur *eines* Arztes, der die Hirntodfeststellung durchführt. Wie in der Bundesrepublik darf auch er an der Organentnahme und -übertragung nicht beteiligt sein. Die Widerspruchsregelung hat die Folge, daß Österreich nach wie vor einer der europäischen „Spitzenreiter" bei der Organentnahme ist, obwohl hier – wie übrigens auch in der Schweiz – die bundesdeutsche Diskussion Wirkung gezeigt hat.[11]

In der *Schweiz* lag die Transplantationsgesetzgebung bislang bei den 26 Kantonen, wobei einzelne Kantone über keinerlei Regelung verfügen. In der Mehrheit der Kantone gilt wie in Österreich die Widerspruchsregelung, in manchen wird ausdrücklich die Information der Angehörigen gefordert, allerdings nur in vier Kantonen deren ausdrückliche Zustimmung. Insgesamt läßt sich im Hinblick auf die Spendebereitschaft der Schweizer Bevölkerung folgende Tendenz beobachten: Während in den deutschsprachigen Kantonen – womöglich aufgrund der deutschen Diskussionen – in den letzten Jahren die Spendebereitschaft zurückging, stieg sie in den französischsprachigen Kantonen an.

Um die kantonal sehr unterschiedlichen Regelungen zu vereinheitlichen, wurden die Schweizer Mitte Februar 1999 bei einer Volksabstimmung aufgerufen, über ein bundeseinheitliches Transplantationsgesetz zu entscheiden. Bei einer Beteiligung von 37,5 Prozent sprachen sich 87,8 Prozent der Abstimmenden für einen neuen Verfassungsartikel aus, der die Leitlinien für die Transplantationsmedizin festlegt. Die Verfassung gestattet nun die Organentnahme und -übertragung, sie verbietet den Handel mit menschlichen Organen und erlaubt ausdrücklich die Verpflanzung tierischer Organe (Xenotransplantation). Eine detaillierte Gesetzgebung soll nun ausgearbeitet werden und in zwei Jahren in Kraft treten.

Für eine Organspende können sich in der *Bundesrepublik Deutschland* alle Personen ab dem sechzehnten Lebensjahr entscheiden, Widerspruch kann bereits mit vierzehn Jahren dokumentiert werden. Da es sich im Sinne des deutschen Transplantationsgesetzes bei der Organspende um eine „gemeinschaftliche Aufgabe" handelt, sind neuerdings die zuständigen Behörden angewiesen, über die „Voraussetzungen der Organentnahme und die Bedeutung der Organübertragung aufzuklären", entsprechende

Unterlagen, etwa Organspendeausweise, bereitzustellen und diese in regelmäßigen Abständen durch die Krankenkassen an die Versicherten auszuhändigen (§2 Abs. 1). Wie schon Bundesjustizminister Schmidt-Jortzig während der Bundestagsdebatte 1997 erklärte, sollen die Bürger „bei möglichst vielen Gelegenheiten, zum Beispiel bei der Ausgabe des Führerscheins oder der Karte der gesetzlichen Krankenversicherung, mit der Frage nach ihrer Spendebereitschaft konfrontiert werden."[12]

3. Der Spenderkreis

„Ganz plötzlich rutscht das Hinterrad der schweren Maschine auf dem schmierig-nassen Asphalt in der Kurve weg. Das Motorrad neigt sich gefährlich zur Seite, schlittert, prallt auf den Betonpfeiler am Straßenrand. Eine Spritztour findet ihr jähes Ende. Trotz eines Integralhelmes hat sich Werner K. bei dem Aufprall auf den Betonpfeiler schwerste Schädel-Hirn-Verletzungen zugezogen. Nur wenige Stunden später ist der 22jährige tot: *hirntot.*"[13]

Solche Bilder sind es, die sich einstellen, wenn in der Bundesrepublik von Organspende die Rede ist. In ihnen vermischt sich das Mitleid mit dem tragischen Schicksal des jungen Menschen mit dem Wunsch, daß sein Tod durch eine Organspende nicht ganz „umsonst" sein möge. Darüber hinaus assoziieren derlei Szenarien die beruhigende Vorstellung, daß im Bedarfsfall junge, „frische" Organe zur Transplantation zur Verfügung stehen. Wenn die Deutsche Stiftung Organtransplantation (DSO) in ihrer neuesten, für ein breites Publikum verfaßten Broschüre über den Hirntod dieses Bild verbreitet, bewegt sie sich auf dem eingespielten Gelände medial in Szene gesetzter Katastrophen. Gleichzeitig wirkt sie an der Legende vom jungen, männlichen Organspender mit.

Während unserer Gespräche für dieses Buch ist uns ein Fall wie der dieses tödlich verunglückten Motorradfahrers nur ein einziges Mal begegnet, und dessen Bild hat sich der Intensivschwester Eva Messner traumatisch ins Gedächtnis eingeprägt (vgl. in Kap. II. den Abschnitt „Hirntote vor und nach 1968", in Kap. III „Zusehen, daß die Vitalfunktionen erhalten bleiben"). Ansonsten begegneten uns

Schicksale, die hinsichtlich des Alters, des Geschlechts und des Krankheitsbildes so unterschiedlich sind, daß sich aus ihnen kaum eine Typologie *des* Organspenders ableiten läßt. Zwar kann man, wie die DSO-Broschüre in das Thema einführt, tatsächlich „aus heiterem Himmel" zum Hirntoten werden, doch die Umstände sind so verschieden wie das Leben selbst.

Am ehesten erinnert noch ein Fall, von dem uns der Intensivmediziner Wolfgang Peschke erzählt, an den idealtypischen Motorradfahrer. „Wir hatten einen jungen Studenten, der zufällig in eine Schlägerei geraten war, dabei umgestoßen wurde und so unglücklich gefallen ist, daß er sofort ein massives Hirnödem entwickelt hat und hier bei der Aufnahme schon hirntot war." Meistens sind es die jüngeren Patienten, an die sich Ärzte und Pflegepersonal erinnern, Menschen, so führt der Oberarzt des Berliner St. Gertrauden-Krankenhauses aus, „die durch einen tragischen Unglücksfall aus dem vollen Leben gerissen wurden." Erfahrungsgemäß seien Spender jedoch, so fügt er hinzu, „nicht nur ganz junge Leute. Es sind zum großen Teil Patienten, die ein Trauma erlitten haben, das heißt Patienten, die durch einen Schlag oder durch einen Sturz auf den Kopf eine massive Hirnschwellung bekommen und dadurch eine Einklemmung im Bereich des verlängerten Rückenmarks erlitten haben, so daß das Hirn nicht mehr durchblutet wird. [...] Dann wiederum gibt es Patienten, die eine Hirnblutung erlitten haben aufgrund einer Gefäßmißbildung oder hohen Blutdrucks oder auch durch eine Verletzung."

Ein solcher Patient war Werner Torsten, dessen Schicksal wir zu Beginn dieses Buches vorgestellt haben. Mit 51 Jahren kollabierte er eines Tages völlig unerwartet von einer Minute auf die andere: Gehirnblutung. Ein „Regelfall" im Organspendealltag ist er im Hinblick auf seine primäre Hirnschädigung und auch in bezug auf sein Alter: Das Durchschnittsalter der Organspender stieg, wie die DSO mitteilt, zwischen 1991 und 1997 von 36,8 auf 43,4 Jahre, und 30 Prozent aller Organspender in Deutschland waren über 55 Jahre alt.[14] Den Mythos vom jungen Motorradfahrer als Modellfall eines Organspenders widerlegen nicht nur die Zahlen der DSO, sondern auch die Aussagen der befragten Ärzte. Vom extremsten Fall, einem 83jährigen, dem die Leber entnommen wurde, berichtet uns Professor Margreiter in Innsbruck.

Das andere Extrem begegnete uns während unseres Interviews mit Frauke Vogelsang, der Transplantationskoordinatorin an der Medizinischen Hochschule Hannover. Sie organisierte gerade die Explantation eines sieben Monate alten Säuglings, der infolge einer Meningitis für hirntot erklärt und von den Eltern zur Organspende freigegeben wurde. An einen ähnlichen „Fall" – die Explantation eines 18 Monate alten Kindes – erinnert sich ihr Berliner Kollege Onur Kücük vor allem auch deshalb, weil sich damals keiner der behandelnden Ärzte getraut hatte, die Eltern um Organspende zu bitten. Der Anteil der kindlichen Spender unter 16 Jahren ist seit Jahren rückläufig und liegt derzeit bei circa 6 Prozent.[15]

Erwartungsgemäß weisen jüngere Organspender häufiger sekundäre traumatische – also durch äußere Einwirkungen wie einen Unfall verursachte – Hirnschäden mit Todesfolge auf als ältere. Die über 55jährigen dagegen werden eher nach einer atraumatischen (primären) Hirnschädigung, zum Beispiel einer Hirnblutung, zu potentiellen Organspendern. Entgegen der gängigen Meinung stellen diese aufgrund atraumatischer Ursachen als hirntot diagnostizierten Patienten den größeren Teil der Organspender,[16] und das Verhältnis wird sich, so die Prognose, noch weiter in diese Richtung verschieben.[17] Interessant in diesem Zusammenhang ist, daß Patienten, die infolge eines Unfalls für hirntot erklärt werden, häufiger als potentielle Organspender gemeldet werden als Patienten, die mit einer nicht unfallbedingten Schädigung in ein Krankenhaus eingeliefert werden. Insgesamt sind 0,5 Prozent aller Todesfälle in der BRD auf eine primäre oder sekundäre Hirnschädigung zurückzuführen, doch seien das, so der Münchener Neurologe Professor Angstwurm, lediglich Schätzungen. Bei vielen Schädelverletzungen, ergänzt Intensivmediziner Peschke, seien die Patienten gar nicht hirntot, sondern entwickelten ein *apallisches Syndrom* – das heißt, sie blieben auf dem Weg aus dem tiefen Koma in einem Zwischenbereich stecken – oder sprächen nur geringfügig auf rehabilitative Maßnahmen an. Der Vollständigkeit halber zu ergänzen ist, daß – mit leicht rückläufiger Tendenz – noch immer knapp 60 Prozent der postmortalen – also nach dem festgestellten Hirntod vorgenommenen – Organspenden von männlichen Patienten stammen, während dagegen genau zwei Drittel der Lebendspenden von Frauen gewonnen werden.[18]

„Potentieller Organspender", so wird deutlich, kann also jeder Mann und jede Frau, unabhängig vom Alter und von der Art der Hirnschädigung, werden. Gerät ein Patient erst einmal in den Verdacht, hirntot zu sein, um dann als möglicher Spender in Frage zu kommen, wird er, wie Pfleger Jan Rosenberg formuliert, „auf die Schiene" des Transplantationssystems gebracht.

4. Organentnahme und Transplantation: ein Wettlauf mit der Zeit

Das gesamte Transplantationswesen ist von extremem Zeitdruck geprägt, der die Abläufe und Handlungsspielräume aller Beteiligten maßgeblich bestimmt. Ist der Hirntod einmal festgestellt und der Patient zum „potentiellen Organspender"[19] erklärt worden, dann läuft eine Maschinerie an, die eine rasche Entnahme der Organe des Spenders ermöglicht, um sie nach möglichst kurzer Konservierungszeit wieder zu implantieren. Es geht also zunächst darum, die Wege in den OP weitgehend abzukürzen, um Organe in möglichst „gutem", das heißt transplantierbarem Zustand zu erhalten. Je größere Entfernungen der potentielle Organspender zurücklegt und je länger er intensivmedizinisch betreut werden muß, desto geringer wird die Chance, daß die Organe keine Schäden davontragen, und um so größer wird die Gefahr, daß sie zusätzliche Komplikationen beim Empfänger verursachen.

Die Transplantationsmedizin ist also in außerordentlichem Maße darauf angewiesen, daß alle „Rädchen" reibungslos ineinandergreifen und funktionieren: der Transport des Patienten zur Erstversorgung und die Feststellung des Hirntodes; der unter Umständen notwendige Weitertransport in ein Transplantationszentrum; das Gespräch mit den Angehörigen; die intensivmedizinische Versorgung des Spenders bis zur Explantation und schließlich die Entnahme seiner Organe. An dieser Prozedur sind Rettungs- und Transportdienste, das intensivmedizinische Personal eines oder mehrerer Krankenhäuser, eventuell hinzugezogene Gutachter, die

Transplantationskoordinatoren, die Mitarbeiter von Eurotransplant im holländischen Leiden, die Labordienste, das OP-Personal und schließlich auch die Angehörigen beteiligt. Es müssen intern Transportmittel, Gerätschaften, Betten- und OP-Kapazitäten bereitgestellt werden, und extern muß eine Vielzahl von Koordinationsleistungen erbracht werden, bis ein Organ den Weg vom Spender zum Empfänger findet.

Deshalb dokumentiert die DSO auch voller Stolz, daß 94 Prozent aller Explantationen im Berichtsjahr 1997 innerhalb von 24 Stunden nach der Hirntodfeststellung und 61 Prozent innerhalb von nur 12 Stunden durchgeführt werden konnten.[20] Daß dieser Wettlauf mit der Zeit nicht nur dem Personal enorme körperliche Anstrengungen abverlangt, sondern auch zu erheblichen psychischen Belastungen führt, wird noch ausführlich beleuchtet.

So unterschiedlich die Ursachen für den Hirntod der Patienten sind, so verschieden sind auch die Wege, bis sie schließlich zum „Organspender" werden. Werner Torsten beispielsweise wurde zunächst in die nächstgelegene Klinik ohne neurochirurgische Abteilung gebracht und von dort in ein größeres Krankenhaus verlegt, wo die Hirntoduntersuchung durchgeführt wurde. Der Student, von dem Wolfgang Peschke berichtet, wurde direkt auf seine neurochirurgische Station eingeliefert, und dort wurde der Hirntod festgestellt. Erst dann wurde das Transplantationszentrum benachrichtigt, und die Koordinatoren übernahmen den weiteren Ablauf, bis der Patient schließlich in das Klinikum zur Explantation überstellt wurde.

Es kann jedoch auch sein, daß ein Patient oder eine Patientin direkt in ein Krankenhaus mit einer neurochirurgischen Abteilung eingeliefert wird. Dort steht dann nicht nur das ärztliche Personal bereit, um den Hirntod zu diagnostizieren, darüber hinaus kann die Organentnahme im gleichen Hause durchgeführt werden. Diese Möglichkeit verringert die Zeitspanne zwischen Hirntodfeststellung und Organentnahme erheblich und minimiert „Reibungsflächen" zwischen den verschiedenen Einrichtungen.

Stationsleiter Jan Rosenberg berichtet von einer Patientin, die er am Vorabend unseres Gespräches auf seine Station bekommen hatte: „Es handelte sich um eine junge Frau, die eine spontane intracerebrale Blutung erlitten hat. Wie sich fatalerweise im nachhinein erwies, hatte sie eine Gefäßmißbildung, die nach Ausräumung dieser Blutung wieder gerissen ist, das zweite Mal massiv einblutete, so daß sie von daher einfach nicht zu retten war. Der Hirndruck ist akut angestiegen, hat den Durchblutungsdruck des Kopfes praktisch überschritten, so daß die Perfusion zum Erliegen kam. Dann tritt der Hirntod ein. [...] Das junge Mädchen ist komplett zum Spender geworden, Leber, Herz, Nieren. Das wurde heute nacht alles herausgenommen." Die Patientin hatte, wie der Stationsleiter weiter berichtet, keinen Spendeausweis bei sich und wurde, wie nach wie vor 97 Prozent aller Organspender, von den Angehörigen zur Explantation freigegeben.[21]

Die seit vielen Jahren im OP eines Transplantationszentrums tätige Anästhesieschwester Margot Worm skizziert im folgenden die unterschiedlichen Wege, die die Patienten, die zum Organspender werden, zurücklegen. Ihre Erzählung macht deutlich, unter welch zeitlicher, organisatorischer und psychischer Anspannung das Personal steht, wenn es einen potentiellen Spender versorgen muß. „Es kommt darauf an, woher der Patient kommt. Einmal liegt er bei uns auf der Intensivstation und wird dann zum Spender. [...] Wenn er auf der Intensivstation liegt, ist die Gewähr gegeben, daß alle Papiere vorbereitet sind, daß die Unterschriften erledigt sind, daß mit den Angehörigen gesprochen wurde und nur ein kurzer Weg von der Intensivstation in den OP zurückzulegen ist. Das läuft dann am ruhigsten ab. Dann gibt es die andere Möglichkeit, daß die Patienten von draußen kommen, daß sie von einer anderen Klinik verlegt werden, das ist dann schon immer ein bißchen unangenehmer, weil es recht kurzfristig angesagt wird; dann stehen die Transporteure mit dem Arzt so halb im OP, weil der Notfallfahrstuhl im OP endet. Das bedeutet, daß man alle möglichen Perfusoren übernehmen muß und das Beatmungsgerät, und vielleicht ist bei dem gerade der Sauerstoff ein bißchen knapp, das heißt, wir müssen dann auf die Schnelle noch Beatmungsgeräte von uns 'rüberbringen. Die Notfallärzte, Sanitäter oder Feuerwehrleute wollen sehr schnell ihre eigenen Beatmungsgeräte wiederhaben. Wir fahren also mit diesem Menschen oder diesem Spender, der auf den OP-Tisch noch umgebettet werden muß, vom Flur in den Saal, und dann kann man erst nachschauen, ob alles an Papieren da ist, erledigt ist, ob alle Unterschriften geleistet sind. Und dann gibt es noch die dritte Sorte, das ist die aufregendste, wenn jemand als Spender in Frage kommt ..., also jemand kommt frisch von der Straße 'rein, sei es ein Selbstmord oder ein schwerer Unfall, wo operativ und pflegerisch nichts mehr getan werden kann, also ein potentieller Organspender. Er kommt dann vielleicht kurz auf die Intensivstation oder in den Aufwachraum, wird kurz mal schnell dazwischengeschoben. Und dann wird auf ganz rasante Art versucht, alle möglichen Unterschriften zu bekommen, damit die Spende durchgeführt werden kann. Das ist das Unangenehmste."

Ob ein Patient als „hirntot" diagnostiziert wird, ob der für hirntot erklärte Mensch als „potentieller Organspender" erkannt wird und ob aus dem potentiellen Organspender am Ende ein „tatsächlicher Organspender" wird, hängt von vielen Faktoren ab. Eine wichtige, wenn nicht gar die wichtigste Schlüsselfunktion zur Realisierung von Organspenden – darüber lassen alle an der Transplantation Interessierten keinen Zweifel – liegt bei den Klinikärzten und ihrer Bereitschaft, potentielle Organspender zu melden. „Das Problem", vermutet die *Ärzte-Zeitung* im Juni 1998, sei möglicherweise „gar nicht in erster Linie die mangelhafte Spendebereitschaft, sondern unzureichende Meldungen der Krankenhäuser an die Transplantationszentren".[22]

5. „Wir sind nicht wild darauf, Patienten zu explantieren": Das Problem mit der Spendermeldung

Ein nur flüchtiger Blick in die Meldestatistik genügt, um das von der *Ärzte-Zeitung* formulierte „Problem" zu erfassen: 1997, also noch bevor das Transplantationsgesetz in Kraft trat, ging statistisch gesehen noch nicht einmal von jedem zweiten der 1092 bundesdeutschen Krankenhäuser mit Grund- und Regelversorgung[23] eine Organspendemeldung ein, während andererseits jede der 95 Einrichtungen mit Zentral- und Maximalversorgung[24] durchschnittlich 11,14 Organspender meldete; bei den Häusern mit Zentralversorgung sind es 2,31.[25] Diese auffällige Diskrepanz in der Meldefrequenz der Krankenhäuser läßt sich keineswegs nur auf „objektive" Ursachen zurückführen, etwa auf die Art der zu versorgenden Patienten. Zwar liegt nahe, daß Patienten, die aufgrund eines Unfalls zum möglichen Organspender werden, vor allem in Häuser mit Zentral- und Maximalversorgung eingeliefert werden. Dies schlägt sich dann auch in den Meldungen von verunglückten Spendern nieder, während Patienten mit Hirnblutungen oder -infarkten zur Erstversorgung auch in Häuser mit niedrigerer Versorgungsstufe gelangen.

Seitens der Transplantationsmedizin knüpft sich an dieses Phänomen die Frage, ob die kleineren Häuser tatsächlich so selten hirntote Patienten betreuen oder ob diese – aus welchen Gründen auch immer – einfach nicht als mögliche Organspender gemeldet werden. Mangels einer gesetzlichen Regelung stand es den Einrichtungen bis zum Dezember 1997 frei, hirntote Patienten als Organspender zu melden. Es hing weitgehend von der Bereitschaft der jeweiligen Krankenhausärzte ab, ob die „Organressourcen" genutzt werden konnten oder nicht. Da eine Meldung erheblichen organisatorischen und medizinischen Aufwand nach sich zieht und für die Beteiligten auch psychisch nicht unproblematisch ist – „Ich persönlich habe damit nur Ärger", kommentiert der Neurochirurg Professor Henning Harten diesen Umstand –, mögen manche Klinikchefs einfach den Weg des geringsten Widerstands gegangen sein. Die vielerorts zurückhaltenden Spendermeldungen könnten allerdings auch für die ablehnende Haltung der Ärzte gegenüber der Organspende sprechen.

Seit dem 1.12.1997 sind die rund 1400 bundesdeutschen Krankenhäuser aufgefordert, Patienten zu melden, die als mögliche Organspender in Frage kommen: „Die Transplantationszentren und die anderen Krankenhäuser sind verpflichtet, untereinander und mit der Koordinationsstelle zusammenzuarbeiten. Die Krankenhäuser sind verpflichtet, den endgültigen, nicht behebbaren Ausfall der Gesamtfunktion des Großhirns, des Kleinhirns und des Hirnstamms von Patienten, die nach ärztlicher Beurteilung als Spender vermittlungsfähiger Organe in Betracht kommen, dem zuständigen Transplantationszentrum mitzuteilen, das die Koordinationsstelle unterrichtet."[26]

Da das Gesetz gleichzeitig die Organentnahme und -übertragung an die bislang 35 zentralen Transplantationszentren delegiert, scheint bei den Häusern, die nicht transplantieren oder nicht mehr transplantieren dürfen,[27] die Bereitschaft zur Spendermeldung zu sinken. Der gesetzliche Druck auf die Klinikärzte erscheint daher unverzichtbar. Detlef Boesebeck, ärztlicher Koordinator des Transplantationszentrums München, beklagte im August 1998, daß sich von den 90 Kliniken im südbayerischen Raum nur 30 an der Organspende beteiligten.[28] Ähnliche Mitteilungen kamen aus Rheinland-Pfalz. Zwar erhalten die transplantierenden Kliniken und ihre Teams derzeit eine „Aufwandsentschädigung" von rund 3000,- DM pro „Fall", die meldenden Kliniken gingen bislang jedoch leer aus. Neuerdings, teilt uns der Oldenburger Neurochirurg Andreas Zieger mit, gebe es einen Entwurf, „wonach geplant ist, ein Animationsgeld an diejenigen Ärzte zu zahlen, die ‚Hirntote' melden". Auf der anderen Seite wird auch über Sanktionen gegen kooperationsunwillige Kliniken nachgedacht: Nach dem Vorbild der USA, wo derzeit ein nationales Gesetz vorbereitet wird, das den Verstoß gegen die Meldepflicht mit Mittelkürzungen bestraft,[29] gibt es auch in Bayern und andernorts Überlegungen, wie man auf dem Verordnungswege die Krankenhäuser zur Spendermeldung zwingen kann.

Frauke Vogelsang, Transplantationskoordinatorin in Hannover, erlebt in ihrer täglichen Arbeit, daß in manchen Intensivstationen oft überhaupt nicht an die Möglichkeit einer Organspende gedacht wird, wenn bei einem Patienten der Hirntod festgestellt wird. Es gebe auch Häuser, die sich an der Organspende überhaupt nicht beteiligten. Über die Gründe könne nur spekuliert werden: „Es kann die Angst sein, den Ruf des Krankenhauses aufs Spiel zu setzen, mit dem Argument, daß kein Patient mehr in dieses Krankenhaus geht, weil dort ja gleich die Organe entnommen werden. Ein Mehraufwand an Arbeit kann ein Hinderungsgrund sein oder die Scheu, das Angehörigengespräch über eine mögliche Organentnahme zu führen." Entscheidend in der Praxis der Spendermeldung, so vermutet sie, sei die Haltung der jeweiligen Chefärzte gegenüber der Organspende, denn „auch wenn die Mitarbeiter dafür sind, werden sie nichts machen, was gegen die Meinung des Chefarztes ist".

Das Angehörigengespräch, glaubt auch der Berliner DSO-Mitarbeiter Onur Kücük, sei eine wesentliche Hürde bei den Krankenhäusern, von denen kaum Meldungen kommen. „Man hat fast gar keine Erfahrungen damit, und dann gibt es Blockaden, und dann möchten sie schon allein, um das nicht machen zu müssen, nicht melden." Für Kücük sind „eingefahrene Strukturen" und fehlende Lernwilligkeit die Ursachen für das Ausbleiben der Meldungen: „Wir sehen das auch, wenn neue Krankenhäuser entstehen wie in Berlin, oder wenn neue Ober- oder Chefärzte kommen, die vorher in Krankenhäusern mit aktiver Spenderfrequenz gearbeitet haben. Auf einmal geht es [die Spendermeldung, d. V.] auch in den Krankenhäusern, wo es vorher nichts gab."

Ob die gesetzliche Verpflichtung der Krankenhäuser allerdings zur erwünschten Steigerung der Meldungen führen wird, bleibt abzuwarten. Die mit der Praxis vertraute Frauke Vogelsang hat „persönlich Zweifel, ob dieser Passus im Gesetz entscheidend zu einer Steigerung der Organspende führt". Sie hat in den letzten Jahren die Erfahrung gemacht, daß es vor allem vom „persönlichen Engagement der beteiligten Personen abhing, ob eine Organspende realisiert werden konnte oder nicht". Und daß sich Menschen, die der Organspende ablehnend gegenüberstehen, von einer gesetzlichen Verpflichtung beeindrucken lassen, hält sie für unwahrscheinlich.

Diese Einsicht scheint sich auch in den Führungsetagen der Deutschen Stiftung für Organtransplantation und der Transplantationszentren durchzusetzen. Professor Gundolf Gubernatis, geschäftsführender Arzt der DSO, räumt ein, daß „diese Vorschrift nur zögerlich" umgesetzt werde. Auch er sieht in der Scheu der Klinikärzte, mit den Angehörigen das entscheidende Gespräch zu führen, einen wesentlichen Grund, daß so wenig Organspenden realisiert werden können.[30] Trotzdem wird die Gangart gegenüber den Kliniken härter: „Die ‚Hardliner-Kliniken'", droht Gubernatis in der Zeitschrift *Focus*, kriege man „nur durch Druck, notfalls durch Strafandrohung".[31]

Unterstützt wird Gubernatis von journalistischer Seite. So wird das Lesepublikum darüber aufgeklärt, wie das medizinische Personal künftig auf das Ziel „Organspende" eingeschworen werden soll: „Es kann jetzt aber nicht darum gehen, nur auf die Buchstaben des neuen Transplantationsgesetzes zu pochen und den Vorschriften mit aller Macht Gehör zu verschaffen. Vielmehr ist viel Einfühlungsvermögen, Informations- und Überzeugungsarbeit gefragt. Ärzte und Pflegende in den Kliniken müssen offenbar sehr intensiv darin geschult werden, wie sie potentielle Organspender erkennen, welche diagnostischen Prozeduren nach dem Hirntod notwendig sind und welche Bedingungen zur Organentnahme erfüllt sein müssen. Am schwierigsten ist aber, sie auf den Umgang mit den Angehörigen vorzubereiten."[32]

Ob jemand zum Organspender wurde oder nicht, war bislang, fast könnte man sagen, Zufall. Stationsleiter Rosenberg schildert diesen Vorgang lapidar: „Irgendwer kommt auf die Idee und sagt: ,Das wäre was für [Euro]Transplant [...], der könnte ein Spender werden.' Er ruft das Transplantbüro an, es wird vorab geklärt, wie die ganze Diagnostik zu laufen hat, welche Abteilungen involviert werden [...]. Dann kommt ein Arzt vom Transplantbüro oder von den Chirurgen oder von den jeweiligen Abteilungen und sieht sich die Werte an und sagt: ,Dies oder jenes ist ganz interessant, könnte man machen.' Irgendwann läuft dann die Diagnostik an."

Die „Aufklärungsarbeit" der Transplantationskoordinatoren in den Krankenhäusern zielt darauf ab, daß es nicht mehr dem Zufall überlassen bleibt, ob „irgendwer auf die Idee" kommt, wie von Rosenberg salopp formuliert, sondern daß Ärzte und Pflegepersonal darauf trainiert werden, eine mögliche Organspende immer in Betracht zu ziehen. Die Krankenschwester Grit Seibold erlebte diese Art der „Produktion" von Organspendern während ihrer Tätigkeit auf der Intensivstation als Zumutung: „Die Patienten wurden angemeldet, in der Regel vom Notarzt, wenn zum Beispiel jemand verletzt aufgefunden wurde oder ,verunfallt' war. Diese Patienten wurden, zumindest damals, häufig als sogenannte ,hirntote' Patienten angemeldet, bei denen man die Explantation möglicherweise in Erwägung ziehen sollte. Das weiß ich deshalb noch so genau, weil es mich damals wahnsinnig aufregte, daß man schon am Telefon darüber diskutierte, welchen der zuständigen Ärzte man anruft, wer käme in Frage. Dann wurden die Neurologen informiert, die Patienten kamen in die Computertomographie und schließlich zu uns auf die Intensivstation. Es lief die ganze Diagnostik, die notwendig ist, ab, Blutentnahme, EEG usw. Die konsultierenden Ärzte waren bereits informiert, wenn der Patient auf dem Weg in die Klinik war."

Seibolds Äußerungen verweisen auf eine Problematik, die mit dem Transplantationsgesetz, das die Organspende und -übertragung als höhere „gemeinschaftliche Aufgabe" (§ 11 Abs. 1 TPG) deklariert, noch deutlicher wird: An eine Organspende soll schon gedacht werden, bevor überhaupt klar ist, ob es sich bei dem Patienten um einen Hirntoten handelt. Die gesamten Abläufe werden in Bahnen gelenkt, die direkt auf die Organentnahme zusteuern. Zwar sind sich die an der Transplantation Interessierten durchaus bewußt, daß man dem Gesetz nicht mit der Peitsche „Gehör verschaffen" kann; es geht vielmehr darum, Ärzte und Pflegepersonal entsprechend „umzustimmen". „Wir sind nicht wild darauf, Patienten zu explantieren", bekräftigt Oberarzt Peschke die Haltung seiner Klinik, die dem Transplantationsziel überhaupt nicht ablehnend gegenübersteht. Er umschreibt damit wahrscheinlich die Einstellung vieler Krankenhäuser an der Peripherie, die am lukrativen und prestigeträchtigen Transplantationsgeschäft nicht beteiligt sind.

„Mangelnde Kooperationsbereitschaft und Unterstützung durch die Ärzte in den Krankenhäusern", meldet neuerdings auch ihr berühmter österreichischer Fachkollege aus Innsbruck, Professor Raimund Margreiter.[33] Im Gegensatz zur Bundesrepublik gilt in Österreich die Widerspruchslösung, das heißt, daß eine Organentnahme zulässig ist, wenn nicht eine gegenteilige Verfügung getroffen wird. In Österreich, teilt uns der Professor mit, hat das Krankenhaus im Prinzip das Verfügungsrecht über die Leiche, doch er beklagt die rückläufige Spendebilanz Österreichs: „Wir in Österreich leiden zunehmend unter Organmangel, die – in Anführungsstrichen – ‚paradiesischen Zustände' sind in Österreich schon lange vorbei."[34]

Uns gegenüber macht Margreiter allerdings die negativen Auswirkungen der deutschen Diskussion über das Transplantationsgesetz für den „permanenten Rückgang des Spendeaufkommens" in Österreich verantwortlich: „Wir haben in Innsbruck während über zwanzig Jahren nicht einmal erlebt, daß jemand von den Angehörigen aktiv gekommen ist und die Entnahme abgelehnt hat. Jetzt passiert das jedes Jahr öfter. Das muß ich schon mit einiger Bitterkeit festhalten."

Wenn, wie in Österreich, „diejenigen, die wirklich hirntot sind, als Spender zur Verfügung" stünden, so die Meinung von Chirurgin Müller, dann gäbe es „deutlich mehr Organe als jetzt". Eben die optimale Ausnutzung des anfallenden „Patientenguts" (Peschke) und damit die Steigerung des „Organangebots" (Transplantationskoordinatorin Grosse) ist das Ziel.

Die in der Öffentlichkeit verhandelten Begriffe – „Spendeaufkommen", „Spendebilanz", „Organressourcen", „Stoßgeschäft" und dergleichen – schöpfen nicht zufällig aus dem Sprachschatz der Ökonomie. Und so liest sich auch der Jahresbericht der DSO – obwohl sichtlich aufmerksam redigiert und entsprechende Termini vermeidend – wie eine Bilanz im Wirtschaftsteil einer Tageszeitung. Daß hinter all den Zahlen, den Statistiken und Grafiken, die auch wir bis zu einem gewissen Grad in diesem Buch bemühen müssen, Menschen stehen, die gestorben sind, und andere, die mit ihrem „neuen" Organ zurechtkommen oder möglicherweise damit ebenfalls sterben müssen, gerät völlig aus dem Blickfeld. Der auf die Zahl reduzierte Organspender ist ein hofiertes und kostbares „Gut" – so lange, bis er seine Organe tatsächlich zur Verfügung gestellt und der Allgemeinheit gegenüber „seine Schuldigkeit" getan hat.

Wie die Ökonomie meldet auch die Transplantationsmedizin nur rekordverdächtige Erfolge. Sie beziehen sich weniger auf die ökonomischen Kosten und Gewinne, denn es ist peinlich mitzuteilen, daß vom Geld zweier Herztransplantationen soviel Penicillin angeschafft werden könnte, daß damit 50 000 Säuglingen das Leben gerettet oder eine Stadt mit 10 000 Einwohnern medizinisch versorgt werden könnte.[35] Einen „Transplantationsrekord" verkündete die *Frankfurter Allgemeine Zeitung* im August 1998 für Niedersachsen/Ostwestfalen, wo die Bürger und Bürgerinnen mehr als sonstwo in der Republik Organe gespendet haben.[36] Statt 14 wie im Bundesdurchschnitt brachten es die Niedersachsen auf 24 Organspenden pro einer Million Einwohner und „überflügelten" damit den bislang europäischen Spitzenreiter Österreich. „Lediglich in Spanien sind in manchen Regionen noch bessere Ergebnisse erzielt worden."[37]

Das Lob dieses makabren internationalen Wettlaufs galt allerdings nicht nur den spendebereiten Einwohnern, sondern vor allem dem Einsatz der bei der DSO beschäftigten Koordinatoren, die die einzelnen Krankenhäuser „rund um die Uhr unterstützten". Entscheidend, so die Nachricht abschließend, sei indessen das „außergewöhnliche Engagement der Krankenhäuser Niedersachsens und Ostwestfalens" gewesen. Die konzertierte Aktion wurde übrigens unterstützt von Sozialministerin Heide Alm-Merk (SPD), die anläßlich des „Tages der Organspende" am 6. Juni die Klinikleitungen mit einem Brief an ihre Verantwortung in Sachen Organspende erinnerte.

Die signifikante Steigerung der Spenderzahlen in Niedersachsen läßt sich nicht zuletzt darauf zurückführen, daß die Medizinische Hochschule Hannover auf 150 Kooperationskrankenhäuser im ganzen Land zurückgreifen kann. Bislang waren es die Stadtstaaten, insbesondere Bremen, die zumindest die Meldestatistik anführten,[38] ein Indiz dafür, daß die peripheren Krankenhäuser in Flächenstaaten dem Einflußbereich der Transplantationzentren noch weitgehend entzogen sind. Diese „Versorgungslücke" zu schließen ist eine Schlüsselaufgabe der Transplantationskoordinatoren und -koordinatorinnen.

6. Transplantationskoordinatoren: „Wir haben es nur mit Toten zu tun"

Mit dem Transplantationsgesetz wurde nicht nur die rechtliche Grundlage für die Transplantationsmedizin geschaffen, sondern es regelt auch die organisatorische Trennung der Bereiche Organspende, Organvermittlung und Organtransplantation. Diese organisatorische Aufgabe, so sieht es das Gesetz in §11 über die „Zusammenarbeit bei der Organentnahme" vor, wird von einer Koordinationsstelle übernommen, die von der Bundesärztekammer, der Deutschen Krankenhausgesellschaft und den Dachverbänden der Krankenkassen eingerichtet wurde. Heute ist die Deutsche Stiftung Organtransplantation die einzige bundesweit arbeitende Einrichtung, die in 38 Organisationszentralen tätig ist. Ziel dieser Maßnahme war es, die ungeregelten, „wilden" Strukturen des Transplantationswesens zu entflechten. „Für die Öffentlichkeit soll deutlich gemacht werden", so benennt die seit 1990 in der DSO-Zentrale Berlin-Brandenburg tätige Transplantationskoordinatorin Katharina Grosse den Adressaten dieser Neuregelung, „daß es nicht irgendwie zu krummen Geschäften kommen wird, zu denen es natürlich auch vorher nicht kam. [...] Wenn die Gesellschaft möchte, daß Transparenz herrscht, dann sollte man diese auch herstellen."

Gegründet wurde die Deutsche Stiftung Organtransplantation 1984 in Frankfurt a. M. als „Ableger" des Kuratoriums für Dialyse und Nierentransplantation e. V. (KfH).[39] Sie fungiert als Vermittlungsinstanz einerseits zu Eurotransplant in Leiden, dem die Beneluxländer, die BRD und Österreich angeschlossen sind. Eurotransplant wickelt den internationalen Organaustausch ab und führt die Wartelisten der Organempfänger. Auf der anderen Seite hält die DSO den Kontakt zu den regionalen Krankenhäusern, die die „potentiellen Organspender" melden. Die Zentralen sind rund um die Uhr besetzt und verfügen über jederzeit abrufbare medizinische Bereitschaftsdienste. Das Transplantations-Datenzentrum (TDZ) in Heidelberg unterstützt das System logistisch: Dort sind die einzelnen Transplantationszentren und Organisationszentralen vernetzt, es sammelt alle verfügbaren Daten und stellt sie unter anderem zur Qualitätskontrolle der Organe bereit.[40]

Früher, so klärt uns Katharina Grosse auf, seien ihre Aufgaben direkt an den Transplantationszentren erledigt worden, heute dagegen sei sie Angestellte einer Organisation, die außerhalb steht. Das Bedürfnis, „Transparenz" herzustellen, betont auch ihre Hannoveraner Kollegin Frauke Vogelsang: „Transparenz, Datenschutz, Qualitätssicherung und Dokumentation sind nun gesetzlich festgeschrieben, entscheidend ist aber sicherlich die Trennung von Organspende, Organvermittlung und Organtransplantation und sind die daraus resultierenden Konsequenzen. Die Chancengleichheit der wartenden Patienten durch eine gesetzlich vorgeschriebene bundesweite Warteliste wird ein neu zu etablierendes Allokationssystem nach sich ziehen."

Der Beruf des Transplantationskoordinators ist relativ neu,[41] und die DSO ist derzeit bemüht, ihn aufzuwerten, indem sie nach außen hin immer wieder seine „außerordentlich wichtige Aufgabe" hervorhebt. Neben dem ständigen Kontakt mit den Krankenhäusern sind die Transplantationskoordinatoren angehalten, „durch Informations- und Vertrauensbildung ein Klima zu erzeugen, in dem möglichst viele Organspender gemeldet werden".[42] Mit dieser knappen Formulierung ist der Auftrag der Transplantationskoordinatoren auf den Punkt gebracht.

Dabei ist der Berufszugang – wie häufig bei neuen Berufsbildern – höchst unterschiedlich und teilweise auch zufällig. Katharina Grosse, die ursprünglich aus der DDR stammt und zunächst eine Ausbildung als Diplompsychologin absolviert hatte, spezialisierte sich nach ihrem Medizinstudium auf das Fach Urologie und war in Bremen erstmals an Nierentransplantationen beteiligt. In ihren jetzigen Beruf als DSO-Koordinatorin sei sie – ähnlich wie der ausgebildete Anästhesist und Intensivmediziner Onur Kücük – „hineingeschlittert". Auf „die andere Seite" gewechselt ist auch die Krankenschwester Frauke Vogelsang in Hannover. Davor betreute sie sechs Jahre lang leber- und nierentransplantierte Patienten auf der Intensivstation für Abdominal- und Transplantationschirurgie der Medizinischen Hochschule. Geplant war dieser Wechsel, als sie 1991 bei der DSO eintrat, nicht.[43]

Ihre Aufgaben als Transplantationkoordinatorin faßt die ehemalige Krankenschwester detailliert zusammen: „Wir sind verantwortlich für einen reibungslosen Ablauf der Organspende. Dazu zählt die Beratung der meldenden Krankenhäuser, die Gewährleistung, daß alle notwendig erhobenen Befunde zum Zeitpunkt der Organentnahme vorliegen, die Datenweitergabe an Eurotransplant, die Kommunikation mit den betreffenden Transplantationszentren, die Zeitplanerstellung, die Organisation der Teamtransporte, der Versand der entnommenen Organe und die sorgfältige Dokumentation einer durchgeführten Organentnahme. Weiterhin zählt es zu unseren Aufgaben, den Informationsstand zum Thema ‚Organspende' in den Krankenhäusern, die mit uns zusammenarbeiten, aktuell zu halten, etwa durch Jahresberichte, persönliche Besuche und Fortbildungsveranstaltungen. Außerdem halten wir Vorträge vor Laien, in Schulen und bei Verbänden."

Wenn die Spendermeldung aus dem jeweiligen Vertrags- oder Kooperationskrankenhaus eingeht, treten die Transplantationskoordinatoren auf den Plan. Sie leiten die medizinischen Daten des Spenders nach Leiden an Eurotransplant weiter, wo nach geeigneten Empfängern in den angeschlossenen Ländern gesucht wird. Der mögliche Spender muß, wie Katharina Grosse erklärt, daraufhin untersucht werden, „ob er sich für eine Organspende eignet und welche Organe sich eignen". In 353 Fällen wurde 1997 eine Organspende wegen Vorerkrankungen, Komplikationen oder wegen des Alters des Spenders nicht durchgeführt.[44] Die Koordinatoren veranlassen die Gewebetypisierung, die, so Grosse, unter Umständen „eine schwierige und komplizierte Angelegenheit" ist. „Sie müssen schon gewisse medizinische Kenntnisse über alle möglichen Erkrankungen haben, und unter Umständen ist eine bestimmte Zusatzdiagnostik notwendig, die wir zum Teil selber machen."

Die „letzte Entscheidung", ob ein Organ genommen wird oder nicht, erklärt ihr Kollege Onur Kücük weiter, träfen jedoch nicht er oder seine Kollegin, sondern die Transplantationszentren. Neben der Durchsicht der Unterlagen, „die häufig recht dünn sind, z.B. aufgrund des schnellen und schrecklichen Verlaufes nach einem Unfall", sind die Koordinatoren angehalten, nach der Vorgeschichte des Patienten zu fahnden, „indem wir bespielsweise mit dem behandelnden Arzt reden oder uns alte Krankenakten besorgen, um bestimmte Vorerkrankungen möglichst auszuschließen"; aber auch, wie Kollegin Vogelsang erklärt, um keine Organe umsonst zu explantieren.

Meist trifft die Meldung um die Mittagszeit in den Organisationszentralen der DSO ein. In Berlin, wo die DSO die Abwicklung der Organspende übernommen hat, fahren die Koordinatoren dann in aller Regel in die Krankenhäuser der Stadt oder ins Umland. In Hannover rückt nach einer Spendermeldung der sogenannte „Organentnahmedienst" aus, nicht immer von der Koordinatorin Vogelsang begleitet. „Es richtet sich nach den Wünschen des Krankenhauses, oftmals ist es sinnvoller, vom Transplant-Büro aus zu koordinieren. In besonderen Fällen, z. B. bei einer Organentnahme bei Kindern oder bei der ersten Organentnahme in einem Krankenhaus, versuchen wir, dabei zu sein." Gerade bei Kindern „ist das besonders belastend für alle. Und es ist für alle, die bei der Entnahme dabei sind, ganz gut, wenn man auch ein bißchen erzählt und schaut, wie es ihnen geht, und sagt, warum und wie wir etwas machen. Die Chirurgen, die am Tisch stehen, haben wenig Zeit und konzentrieren sich auf die Entnahme."

Die Transplantationskoordinatorin sieht sich also nicht nur als Organisationsbevollmächtigte, sondern auch als psychologischer „Puffer". Die Koordinatoren kommen von außen, stehen zwischen allen „Fraktionen" der an der Organspende Beteiligten und beanspruchen, „neutral" zu sein. Die von Gundolf Gubernatis, dem geschäftsführenden Arzt der DSO, eingeforderte „Vertrauensbildung" ist schließlich nur möglich mit den beteiligten Menschen. Zwar wissen Onur Kücük und Katharina Grosse von „Konflikten" mit einigen Krankenhäusern zu berichten, doch „insgesamt", so behauptet Grosse, „klappt es sehr gut. Und ich denke auch, daß die kollegiale Zusammenarbeit sehr gut ist. Es gibt einige Krankenhäuser, wo es ein bißchen schwieriger ist als anderswo." Und Onur Kücük bestätigt: „Wenn wir einmal die Chance hatten, dann rufen sie uns meistens wieder an."

Diese Aussagen sind keineswegs nur als Selbstbestätigung der Koordinatoren zu lesen. Sie verweisen darauf, daß der Auftritt der Koordinatoren, ihr Umgang mit dem Personal und den Angehörigen von entscheidender Bedeutung ist, wenn die Krankenhäuser für die Organspende gewonnen werden sollen. Als Vermittlungsinstanz zwischen dem Krankenhauspersonal, den Angehörigen und den Patienten, die auf Organe warten, befinden sich die Menschen, die diesen Beruf ausüben, selbst in einem ständigen Widerspruch: Nicht nur müssen sie laufend ihre „Rollen" wechseln,[45] sie sind auch und vor allem „Konfliktmanager", die die unausbleiblichen „Schnittstellenhavarien" an den Rändern des Transplantationssystems,[46] wie es der Transplantationsexperte Günter Feuerstein nennt, wenn schon nicht verhindern, so doch „neutralisieren" sollen.

Wenn die Koordinatoren, wie häufig der Fall, den Angehörigen die Bitte um Organspende vortragen, dann sind sie, wie wir noch ausführlicher darlegen werden, in deren Schicksal weniger involviert als die behandelnden Ärzte und Ärztinnen. „Dadurch, daß wir getrennt sind und die Vorgeschichte [der Angehörigen, d. V.] nicht kennen", so Onur Kücük, „können wir sehr neutral sein." Seine Kollegin Grosse empfindet die von ihr geforderten Abspaltungsleistungen sogar als entlastend: „Ich kann mich völlig wertneutral auf die Organspende an sich konzentrieren. Und ich glaube, das ist nicht nur Transparenz für die Öffentlichkeit, sondern auch einfach medizinisch gut, auch für meine Psyche, obwohl ich jetzt nur noch mit Toten zu tun habe. Ich habe damit keine Probleme [...], es ist keine zusätzliche Belastung, sondern ich empfinde das fast als eine Entlastung."

Was durch die Transplantationsmedizin räumlich und strukturell getrennt wird in Form von hierarchischen und funktionellen Arbeitsteilungen, wiederholt sich auf der psychosozialen Ebene. Das bestätigt auch Onur Kücük. Auf die Frage seiner Kollegen, ob es nicht „schlimm" sei, „immer nur mit Toten zu tun zu haben", entgegnet er regelmäßig: „Es ist im Gegenteil eher einfacher als vorher." Fraglich ist, ob diese Konzentration auf die „Toten" tatsächlich dauerhaft entlastend wirkt. Denn gerade die Koordinatoren sind es, die im Gespräch mit den Angehörigen mit den menschlichen Problemen konfrontiert werden. Sie müssen „für das Leben", nämlich das Überleben anderer Patienten, argumentieren, wenn sie die Angehörigen von der Organfreigabe überzeugen wollen.

Wenn die Zustimmung der Angehörigen für eine Organentnahme vorliegt, werden die Vorbereitungen für die Operation getroffen. Den Koordinatoren kommt dabei die Aufgabe zu, in einem bürokratischen Akt zu überprüfen, ob „die Papiere", das heißt die Hirntodbestimmung, korrekt vorliegen. „Sie [die Ärzte, d. V.] vertrauen uns inzwischen, daß wir das korrekt machen, und prüfen nicht noch einmal alles nach, schauen nur, ob alle Zettel richtig ausgefüllt sind, und gehen davon aus, daß die Ärzte, die den Hirntod festgestellt haben, das so gemacht haben, wie sich das gehört. Unter Umständen gehört auch noch die Frage dazu, ob der Patient auf ungeklärte Weise verstorben ist und man mit der Staatsanwaltschaft Kontakt aufnehmen muß, ob die Spurensicherung kommen muß und ob das Folgen für die Organspende hat."

Auch hier ist das Bedürfnis nach Transparenz unüberhörbar: „Wir haben nichts zu verbergen", betont Grosse. Die Berliner Koordinatoren nehmen regelmäßig an den Operationen teil und assistieren auch gelegentlich: „Wir sind auch Ärzte", so Onur Kücük, „und haben das [die Organentnahme, d. V.] auch mal gemacht, Frau Grosse länger als ich. Ich habe es seltener gemacht, aber Haken halten kann jeder Student, also können wir es dann auch. Es ist jedoch nicht unsere eigentliche Aufgabe."

Wenn die Operation abgeschlossen ist, sind die Koordinatoren verantwortlich für den Weitertransport der Organe. Je nachdem, ob es sich um Herz, Lunge oder Bauchspeicheldrüse handelt, steht ein Flugzeug bereit, das die Organe möglichst rasch in die Klinik, in der der Empfänger liegt, transportiert. Die eigenartigen Styroporbehälter, die uns bei unserem Gespräch in den Räumen der DSO Berlin so irritierten wie der gerade gelieferte Kühlschrank, dienen, wie wir von Koordinatorin Grosse erfahren, dem Transport von Organen und der Frischhaltung von Nieren: „Bei den Nieren hat man ein bißchen Zeit. Die Konservierungsmöglichkeiten sind etwas anders und längerfristig. Das führt unter Umständen dazu, daß wir am Schluß in diesen beiden Kisten die Nieren verpackt haben und dann hierher kommen oder auch direkt vom Krankenhaus aus den Weitertransport in eine andere Stadt organisieren." Ein „Organzwischenlager", wie wir vermuten, sei das DSO-Büro allerdings nicht: „Es handelt sich um keine riesigen Zeitspannen und ist nicht so, daß die sechs Wochen hier stehen, bis sich irgendwann einer für die Nieren interessiert. Die maximale Aufenthaltsdauer bei uns überschreitet selten vier Stunden."

Die Notwendigkeit, die Organe schnell und zuverlässig an ihren Bestimmungsort zu bringen, setzt viel Routine und die Fähigkeit voraus, belastende Eindrücke von sich fernzuhalten. Hinzu kommt ein hohes Maß an körperlicher Belastung im Organspendealltag, bei dem es sich laut Katharina Grosse um ein „Stoßgeschäft" handelt. Wie Frauke Vogelsang über ihr „Schlafdefizit", klagt auch sie über heftige Schlafstörungen. Kein Wunder bei Diensten, die morgens im Büro beginnen, mittags ins Krankenhaus, nachts in den OP und am nächsten Morgen wieder ins Büro führen, unter Umständen noch mit jeweils zwei Stunden Anfahrtsweg: „Es kann eben mal 20 Stunden dauern", meint Onur Kücük achselzuckend. „Es kann Probleme geben. Man muß den nächsten Tag vielleicht mal überspringen, es passiert auch, daß man bis zum nächsten Abend warten muß, bis zum OP. Da wechseln wir uns ab, dann geht der eine, wenn er schlafen will, mal kurz weg, legt sich zwei Stündchen hin."[47]

Daß die Tätigkeit als Transplantationskoordinator wie das gesamte „Explantationsgeschäft" unter den Ärztekollegen kein allzu großes Ansehen genießt, entnehmen wir mehreren Bemerkungen. „Es entsteht manchmal der Eindruck von Kollegen in der Klinik", wehrt sich Onur Kücük, „daß sie uns mitleidig angucken, als wären wir nur gescheiterte ärztliche Existenzen, die es zu nichts gebracht haben. So fühlen wir uns nicht." Seine Kollegin fügt hinzu, daß es „vielleicht auch nicht jedermanns Sache ist, das zu machen".

Die Attraktivität ihrer Tätigkeit sehen beide in der Vielfalt der Aufgaben und in der Flexibilität, die sie voraussetzt. Onur Kücük sah für sich außerdem die Möglichkeit, den üblichen Klinikhierarchien zu entkommen: „Wenn man nicht der Typ ist, der auf Kosten anderer vorankommen möchte und selbst gern Verantwortung trägt und Entscheidungen treffen möchte, dann sucht man sich das aus, dazu ist hier genügend Gelegenheit gegeben. Hier gibt es zwei Kollegen und einen Chef und nicht zwanzig Chefs, die zwanzig Ideen haben, denen man folgen soll. Darüber hinaus ist es ein Feld, das wenig erforscht und bearbeitet ist, das muß man sagen, alles dreht sich bisher um die Transplantation und um das Danach. Um das Bis-dahin hat man sich bisher wenig gekümmert, es ist wenig, sehr, sehr wenig gemacht worden auf diesem Gebiet."

Frauke Vogelsang dagegen gibt ideelle Gründe an, als wir sie fragen, was sie an ihrer Tätigkeit fasziniert: „Es hat mit den Empfängern zu tun. Ich freue mich, wenn eine Transplantation erfolgreich verlaufen ist." Die „Erfolgskontrolle" gehört zu den Aufgaben der Koordinatoren, wenn die Transplantation erfolgt ist. Insbesondere die Rückmeldung an die Krankenhäuser ist ein wesentliches Element der „vertrauensbildenden Maßnahmen", denn dadurch soll das Personal, das nur mit der belastenden Seite, der Explantation, zu tun hat, einbezogen und motiviert werden: „Das beteiligte

Personal hat großes Interesse am Ablauf, was nach der Organentnahme passiert, wie die Organe vermittelt werden, wer die Organe erhält, wann die Empfänger einbestellt werden", berichtet Vogelsang. „Das sind Fragen, die sie interessieren, denn sie sehen ja nur die Organentnahme."

Auch Katharina Grosse und Onur Kücük berichten regelmäßig an die Krankenhäuser, was aus den Organen geworden ist. „Wir haben immer ein Schreiben bekommen", bestätigt Oberarzt Peschke, „wie die Transplantation gelaufen ist, welche Organe transplantiert und ob sie erfolgreich transplantiert wurden. Das ist sowohl für uns als auch für das Personal der Intensivstation immer sehr wichtig zu wissen. [...] Das wollen wir auch erfahren, um zu sehen, ob der ganze Aufwand, der getrieben wurde ... nun, daß das ein befriedigendes Ergebnis hat."

Im Rahmen des Transplantationsgesetzes sind die Vermittlungsstellen mittlerweile auch verpflichtet, Berichte über Spenderzahlen und Organentnahmen zu erstellen und weiterzugeben.[48] Bei über 90 Prozent aller Spender im Bereich Berlin-Brandenburg, schätzt Koordinatorin Grosse, werden derzeit Multiorganentnahmen durchgeführt.[49] Ein nicht zu unterschätzender Tätigkeitsbereich ist, gerade seit Verabschiedung des Transplantationsgesetzes, die Öffentlichkeits- und „Aufklärungsarbeit" der Koordinatoren auch außerhalb der Kliniken. Dazu Katharina Grosse: „Wir haben einen großen Aufgabenbereich in der Öffentlichkeitsarbeit zu bewältigen, der ganz vielfältig ist, von der Information der interessierten Öffentlichkeit, Gesprächskreise, Landfrauen bis hin zum Unterricht in den Schulen, wenn diese das wünschen. Im vergangenen Jahr hat es zum Beispiel einen Projektunterricht für Gymnasiasten gegeben, die mit Unterstützung von Journalisten einen Zeitungsartikel schreiben durften. Einige haben sich nun für das Thema ‚Transplantation und Organspende' entschieden, allerdings erst, nachdem man sie darüber informiert hat. So etwas gehört dazu bis hin zu fachlicher Weiterbildung im Sinne von ärztlicher Fortbildung zu speziellen medizinischen Themen, die in diesem Bereich liegen."

Daß diese „Aufklärungsarbeit" inhaltlich bestimmt wird durch das Auftragsziel der DSO und ihrer Koordinatoren, bedarf keiner weiteren Nachfrage. Sie wird durch das neue Gesetz explizit abgesichert. Am Ziel selbst läßt die Transplantationskoordinatorin Grosse keinen Zweifel: „Das, was wir vor Augen haben, wozu wir da sind, [ist] die Steigerung der Zahl der Organspenden, die Bereitschaft in der Bevölkerung, [Organe] zu spenden, zu steigern auf annähernd die Basis, die sonst in Europa üblich ist."

II. „Tod ist immer eine Definitionssache": die Praxis der Hirntoddiagnostik

1. „Du sollst nicht merken": die medizinische Rationalisierung des hirnsterbenden Menschen

„Es ist ja etwas Neues und eine neue Erfahrung, die man sonst so nicht macht. Man hat als Mediziner Tote gesehen. Das gehört zur Ausbildung, daß man auch einmal einen Toten sieht. Oder man hat auch in der eigenen Familie Tote gesehen. Diese [Toten, d. V.] sind anders. Wo ist der qualitative Unterschied zu anderen? Die hirntoten Patienten liegen relativ rosig und unauffällig im Bett. Man muß sich das vergegenwärtigen und rational klarmachen. [...] Üblicherweise bemüht man sich um Patienten, und irgendwann sind sie trotzdem blau, oder das Herz bleibt stehen. Unsere hirntoten Patienten haben zwar einen Kopfverband, aber sonst sehen sie aus wie wir: rosig, warm, und trotzdem sind sie tot. Das ist ein bemerkenswerter Unterschied, der erfordert ein bißchen mehr Rationalität. Man muß sich vergegenwärtigen, was da eigentlich passiert." So schildert der Professor für Neurochirurgie, Henning Harten, seine Wahrnehmung eines hirntoten Patienten. Auf die Frage nach dem erstmaligen Eindruck eines Hirntoten waren es nur drei unserer Interviewpartner, die gar keine „mulmigen Gefühle" bekamen. Eben solche „mulmigen Gefühle" hatte dagegen der Transplantationskoordinator Onur Kücük bei seiner erstmaligen Begegnung mit einem Hirntoten. Auch die Transplantationskoordinatorin Frauke Vogelsang betont, daß es eigentlich niemanden gibt, der den Hirntod *sehen* kann. Dadurch entsteht eine doppelte Verunsicherung hinsichtlich des ohnehin unheimlichen, weder emotional noch rational faßbaren Phänomens Tod: „Ja, auch ich sehe den Hirntod nicht. Ich habe die gleiche Wahrnehmung wie die Angehörigen."

Im Operationssaal macht sich Unbehagen breit, wenn ein hirntoter Patient auf dem Operationstisch plötzlich noch so starke Lebensreaktionen zeigt, daß Blutdruck und Puls ansteigen, obwohl die in ihrem Image doch so absolut sichere Hirntoddiagnostik schon lange abgeschlossen ist. Die Anästhesie-Krankenschwester Margot Worm schildert eine solche belastende Situation. Die Verunsicherung ergreift dann nicht nur Krankenschwestern, sondern auch das ärztliche Personal: Um sich zu vergewissern, wird dann „plötzlich die gesamte Todzeitbestimmung noch einmal durchgeführt", so Margot Worm: „Alle Tests – außer dem Röntgen – werden dann im OP direkt auf dem OP-Tisch noch einmal durchgeführt, also Kaltwasser oder Schmerzreize und so weiter."

Diese prekäre Situation spiegelt ein grundsätzliches Dilemma, in dem die Hirntoddiagnostik seit ihren Anfängen in den 60er Jahren bis heute steckt: Der hirntote Mensch entspricht wegen seines lebendigen Erscheinungsbildes nicht unserer herkömmlichen Todesvorstellung. Auch für einen Mediziner gelten nach wie vor ein warm durchbluteter Körper, ein schlagendes Herz, spontane Bewegungen, Reflexreaktionen als Zeichen des Lebens. Nur für einen ganz kleinen Patientenkreis sind nun die ansonsten weiterhin allgemeinverbindlichen kulturellen, juridischen und vor allem medizinischen Maßstäbe des Lebendigseins aufgegeben: Hirntote müssen mit Hilfe apparativer und rationaler Beweistechniken als das genaue Gegenteil ihres lebendigen Erscheinungsbildes, nämlich als Leichen, wahrgenommen werden. Damit befindet sich zunächst jeder einzelne in einer paradoxen Lage. Ob Professoren der Chirurgie, Hirntoddiagnostiker, Pflegepersonal, Anästhesieschwestern – sie alle haben eine Rationalisierung ihrer Wahrnehmung und der damit einhergehenden Gefühle zu leisten. Sie geraten in eine schizoide Situation, in der sie nicht mehr wissen, ob sie ihren Augen oder einer Definition trauen sollen.

Der Anblick von sogenannten „spinalen Reflexen" hat die Transplantationskoordinatorin Frauke Vogelsang, wie sie sagt, „erst einmal erschreckt. Ich glaube, wenn ich nicht das Wissen gehabt hätte, hätte ich emotional gesagt: ‚Der bewegt sich noch und hebt die Arme, er kann doch gar nicht tot sein.'" Manche gewöhnen sich mit der Zeit an diese Vorstellung von Tod, andere wiederum sind schon während ihres Studiums „über die Definition des Hirntodes gestolpert", – so die Anästhesistin Gabriele Wasmuth. Sie nehmen auch nach zwanzig oder dreißig Jahren Berufspraxis einen hirntoten Patienten nicht als Leichnam wahr. Wasmuth hält daran fest, „daß Hirntote keine Toten sind, sondern Sterbende". Genauso empfindet und behandelt auch die Operationsschwester Margot Worm ihre hirntoten Patienten. Sie erinnert sich daran, wie sie 1968 zusammen mit anderen Krankenschwestern neugierig an das Bett einer hirntoten Patientin trat, weil der Anblick eines hirntoten Menschen damals für alle etwas ganz Besonderes und Neues war. Als tot habe diese Frau niemand wahrnehmen können: „Sie lag einfach da im Bett und war beatmet, wie sonst auch komatöse Intensivpatienten. Da war nichts davon zu sehen, daß sie tot wäre."

Die Psychotherapeutin Hiltrud Kernstock-Jörns bringt diesen Konflikt so auf den Punkt: „Ich glaube schon, daß die Irritation heftig ist, die es für einen durchschnittlichen Menschen bedeutet, wenn er nun plötzlich mit dieser Hirntoddefinition konfrontiert wird. Er muß sich ja irgend etwas darunter vorstellen! Er wird plötzlich in seiner Vorstellung von Tod getäuscht." Dieser tiefgreifenden Irritation kann auch der Krankenpfleger Georg Feldmann nicht entgehen. „Vom Gefühl her", so Feldmann, „würde ich jederzeit sagen, daß ein hirntoter Patient ein noch lebender Mensch ist. Vom Verstand her weiß ich es nicht. Ich weiß es wirklich nicht."

Die Diskrepanz zwischen dem Sinneseindruck eines Toten und der erstmaligen Konfrontation mit einem hirntoten Patienten, der ein Schädel-Hirn-Trauma erlitten hatte, beschreibt auch der Anästhesist Wolfgang Peschke. Für ihn ist die Hirntoddiagnostik eine Routineuntersuchung geworden. Seine erste Begegnung mit einem Hirntoten beschreibt er so: „Es war auf der Intensivstation. Jemand sieht aus wie lebend, und es wird einem erklärt, daß er nicht mehr lebt, weil das Gehirn abgestorben ist. Das ist etwas, worüber man als junger Mensch nachdenkt. [...] Das ist schon eine Belastung, mit der man fertig werden muß." So sieht die Psychotherapeutin Kernstock-Jörns keine Möglichkeit, der Irritation auf Dauer zu entgehen, denn der paradoxe Anblick eines Hirntoten bleibt: „Ich denke, die Menschen werden in der Zwiespältigkeit zwischen ihrer eigenen Wahrnehmung und dem, was ihnen quasi als Todesdefinition verordnet wird, sitzenbleiben. Daß sich das zur Deckung bringen läßt, das halte ich wirklich für ausgeschlossen. Aber wie ist ein solcher Zwiespalt auf die Dauer seelisch zu verkraften? Wie wirkt er sich psychisch und gesellschaftlich aus, und wie ist es, in einem solchen Zwiespalt hängenbleiben zu müssen? Die eigene Wahrnehmung muß geleugnet werden, damit gleichzeitig etwas geschehen kann, was gesellschaftlich positiv beurteilt wird, nämlich Organspende."

Die aus der Abstraktion der Hirntoddefinition resultierende Ambivalenz drückt sich auf vielen Ebenen aus: Bis auf den heutigen Tag konnte die Frage, ab wann ein Mensch *so* tot ist, daß man ihn rechtlich und medizinisch nicht mehr als Menschen behandeln muß, selbst von Spezialisten nicht übereinstimmend beantwortet werden. Und so gelten in verschiedenen Ländern unterschiedliche Kriterien für die Hirntoddiagnostik. Selbst in unseren Interviews stellte sich heraus, daß je nach Stil des Hauses bestimmte Techniken angewendet werden oder auf sie wegen ihrer umstrittenen Gefährlichkeit gänzlich verzichtet wird. Die Praxis der Hirntoddiagnostik ist seit ihren Anfängen von Unsicherheiten geprägt, hervorgerufen durch spontane Bewegungen, Reflexreaktionen, Blutdrucksteigerungen und Schwitzreaktionen von Hirntoten während der Organentnahme oder durch noch feststellbare Hirnströme und registrierbare Blutkreisläufe im Gehirn, die dann teilweise als Phänomene des „Artefakts" oder der „Vortäuschung" interpretiert werden.[1]

Neubestimmungen des Hirntodkonzepts seit seiner Entwicklung in den 50er Jahren sind nicht damit zu erklären, daß etwa der neueste Stand der Wissenschaft dazu verholfen hätte, die Todeszeitbestimmung mit einem größeren und besseren Wissen über den Tod zu präzisieren. Technisches und klinisches Know-how sind gleich geblieben, nur die Parameter und Beobachtungszeiten variieren (Hirnstrommessung, bildliche Darstellung des Blutkreislaufes im Gehirn, Reflex- und Atemstillstandprüfung). Die unterschiedliche Praxis der Hirntoddiagnostik wird wahrscheinlich unter anderem auf die Tatsache zurückzuführen sein, daß hirntote Patienten auch als sterbende, also noch lebendige Menschen interpretierbar sind und eine zu frühe Todeszeitbestimmung die große Gefahr der „Euthanasie" in sich birgt. Entsprechend wäre es auch für den

Anästhesisten Wolfgang Peschke, wie er sagt, „etwas ganz Fürchterliches, wenn man nicht auf einer sicheren Basis arbeiten würde. [...] Man kann ja nicht einem Sterbenden, einem noch Lebenden die Organe entnehmen. Das kann man nicht machen. Das kann man nur bei einem Toten." Was sich für Wolfgang Peschke und viele seiner Kollegen so eindeutig und sicher darstellt, ist jedoch immer noch Gegenstand juristischer und medizinischer Kontroversen. Der Tötungsverdacht, also die Nähe von Hirntodbestimmung und „Euthanasie", konnte innerhalb von dreißig Jahren selbst unter medizinischen Experten nicht ausgeräumt werden, und er beschädigt das Ansehen der Organtransplantationsmedizin immer wieder von neuem. So erklärt auch der Neurologe Andreas Zieger seine Konflikte mit der Hirntoddefinition. Er sieht ihre Funktion darin, „Ärzte vor dem Tötungsverbot zu schützen". Als Neurologe gehörte es zu Ziegers Aufgabengebiet, die Hirntoddiagnostik an seinen Patienten vorzunehmen. Mit der Zeit entwickelte er dazu, wie er sagt, eine „immer kritischere Distanz". In Absprache mit seinem Vorgesetzten „habe ich dann beschlossen, mich aus ethischen Gründen nicht weiter an der Hirntodbestimmung zu beteiligen. Das wurde toleriert." Andreas Zieger zählt zwar zu den wenigen Neurologen, die den Mut, die Zeit und die Energie aufbringen, um öffentlich diese schwierige Position zu vertreten, auch hat er die Konsequenzen im Krankenhausalltag zu tragen. Doch er steht mit seiner Haltung keineswegs alleine. So berichtet uns der Stationsleiter der Neurochirurgischen Abteilung, Jan Rosenberg, über „Sand im Getriebe", wenn es um die Durchführung der Hirntoddiagnostik geht.

Die Feststellung des Hirntodes stellt schließlich „das A und O" für den schwerwiegenden Akt der Organentnahme dar. Nur die ärztliche Dokumentation, daß es sich tatsächlich um eine Leiche und nicht um einen sterbenden Menschen handelt, rechtfertigt die Explantation. Wie Jan Rosenberg berichtet, hat er im Krankenhausalltag mit Neurologen zu tun, die zu dieser Legitimation nicht bereit sind: „Irgendwann läuft die Diagnostik an, auch sie ist abhängig davon, wer das EEG oder dies und das beurteilt. Nun gibt es Leute, die braucht man erst gar nicht anzurufen, weil sie durchweg – ich weiß nicht warum, aus Unsicherheit oder aus einem Widerstand heraus – kein EEG als Null-EEG interpretieren oder zumindest dokumentieren. [...] Also, in diesem Haus ist eine Person, die prinzipiell – ich habe das erlebt, da ist ein EEG, das ist so null, wie nur irgendwas – und das quittiert er einfach nicht." Der Hirntoddiagnostiker Professor Harten beklagt die Haltung vieler seiner Kollegen: „Die meisten halten sich raus aus dem Geschäft und wollen mit der ganzen Sache nichts zu tun haben." Schließlich habe das Ganze „ein Schmuddelimage, ganz klar". Für ihn sei es im Grunde „viel einfacher, den Totenschein auszufüllen". Wenn er als Hirntoddiagnostiker darauf verzichten würde, eine Explantation in die Wege zu leiten, wäre er „alle Sorgen los".

Da die Hirntoddefinition das Menschsein einmal durch einen verengten Lebensbegriff und auf der anderen Seite durch die vorgezogene Todeszeitbestimmung ganz neu festlegt, greift sie nicht nur elementar in die traditionelle Arzt-Patienten-Beziehung ein und berührt das Tötungstabu, sondern sie wirkt auf unsere gesamten sozialen Beziehungen, wie der Neurologe Andreas Zieger erklärt. Ziegers grundlegend andere Sicht auf die gesamte Problematik und die Behandlung komatöser Menschen stellt den menschlichen Kontakt und die Kommunikation (z. B. Berührung, Sprechen, Musik) in den Mittelpunkt. Er kennzeichnet den auf seiner Station praktizierten Ansatz auch als „Beziehungsmedizin": „Ich bin der Auffassung, daß wir uns in einer Entwicklungsphase befinden, in der die Biomedizin – im Gegensatz zur Beziehungsmedizin – erstens mit dem Hirntodkonzept ‚Euthanasie' einführt und zweitens definiert, wie der moderne Mensch ‚ist': Also nicht, wie er sein sollte, sondern wie er tatsächlich ‚ist'. Das wird unsere *Kultur* und unsere *Kultur des Zusammenlebens* entscheidend verändern. Wir werden in Zukunft immer auch potentielle Organspender ‚sein'." Diese Zeitdiagnose Ziegers faßt das zusammen, was eigentlich seit den 60er Jahren mit der Einführung der Hirntoddiagnostik in den Krankenhausalltag als grundlegendes Problem schon immer auftauchte, aber auch von Fachärzten und Juristen öffentlich geäußert wurde. Schließlich wirft die Hirntoddefinition einen grundsätzlich anderen Blick nicht nur auf hirntote, sterbende oder tote Patienten, sondern auf das Menschsein schlechthin.

2. Zerstückelter Körper – zerstückelter Tod

Die Hirntoddefinition geht grundsätzlich von einer zweigeteilten Leibvorstellung aus, die den Menschen in höhere und niedere Organfunktionen aufspaltet und einem einzigen Organ, nämlich dem Gehirn, menschliches Bewußtsein zuordnet. Das Gehirn gilt dieser Auffassung zufolge als Sitz der Personalität eines Menschen. Diesem Konzept liegt ein Körperbild zugrunde, das in Europa mit der Einführung der Leichensektion von hingerichteten Menschen im Rahmen großer festlicher, gesellschaftlicher Aufführungen im *Anatomischen Theater* zwischen dem 16. und dem 18. Jahrhundert entwickelt wurde.[2] Die Zerstückelung des Leichnams in einzelne Organe wurde ab dieser Zeit zu der neuen Erkenntnismethode schlechthin für das Wissen über den *lebendigen* Menschen. Aus dieser Epoche stammt auch die Vorstellung, daß der Körper unter der Direktive des Gehirns steht, das zum Sitz des Geistes, der Seele und des Bewußtseins erklärt wurde. Dem Absolutheitsanspruch des menschlichen Gehirns gemäß sprach man allen Tieren jede Art von Bewußtsein ab. Diesen Gedanken entwickelte am radikalsten der Philosoph René Descartes (1596–1650). In unserem Interview beruft sich auch der Neurochirurg und Hirntoddiagnostiker Professor Harten auf Descartes, um zu verdeutlichen, daß die Hirntoddefinition menschliches Leben mit menschlichem Bewußtsein gleichsetzt, das im Gehirn angesiedelt wird. Diesen zentralen Grundsatz der Transplantationsmedizin erklärt er so: „Für mich ist in der Tat – das ist berufsbedingt, ich bin eben Neurochirurg – das Hirn das zentrale Organ [...]. Alles andere, was wir so am Körper mit uns haben, ist zwar ganz hübsch, aber es dient eigentlich zur Unterhaltung dieses zentralen Organs." Aus dieser Grundannahme leitet sich die Wesensbestimmung eines hirntoten Patienten ab: Er ist aufgeteilt in sein totes Hirn einerseits, das den Ausschlag für seinen personalen Tod als Mensch gibt, und andererseits in seinen „lebenden Restkörper". Dieser „lebende Restkörper" gilt als Appendix des toten Gehirns und verliert jegliche Qualität für die Existenz als menschliches Wesen. Der Hirntote wird somit gesellschaftlich, juristisch und medizinisch als Leichnam bestimmt.

Der Hirntoddiagnostiker und Neurologe Professor Heinz Angstwurm präzisiert diese Sichtweise auf menschliches Leben und das daraus folgende Todesverständnis: „Es ist ein Unterschied – und zwar ein biologischer Unterschied – zwischen dem Leben des Lebewesens auf der einen Seite und auf der anderen Seite dem Leben von Zellen, Geweben, Organen, Organsystemen. [...] Der Organismus des Menschen ist nicht mehr als Funktionsganzheit vorhanden, wenn das Gehirn des Menschen ausgefallen ist. Zum Organismus gehört mehr, als daß zwei oder drei Organe miteinander zusammenarbeiten, es gehört vielmehr dazu, daß sie in der Weise zusammenarbeiten, wie es für das jeweilige Lebewesen kennzeichnend ist. Der Organismus des Menschen ist als Funktionseinheit etwas anderes als der eines anderen Säugetieres. Der Säugetierorganismus ist wiederum etwas anderes als der Organismus von anderen Tieren. Wenn man das nicht klar auseinanderhält, dann kommt man dazu zu sagen: ‚Alles bis zur Molekularbiologie herunter ist Leben.' Das ist natürlich richtig, daß das Leben ist. Aber das ist nicht das Leben des Menschen, und das ist nicht ein lebender Mensch, sondern in diesem Fall ein lebender Zellbestandteil." Ein „überlebender Körper" eines Hirntoten, so Professor Angstwurm weiter, sei „etwas anderes als ein lebender Mensch. Als Organismus ist der lebende Mensch eine Funktionseinheit, die von sich aus für sich selber tätig ist und sich selbst erhält. Und genau das tut der Körper des hirntoten Menschen nicht. Natürlich ist noch Leben im Körper des hirntoten Menschen: Das Herz schlägt, die inneren Organe arbeiten, solange sie durchblutet sind, die Gewebe arbeiten – das ist alles Leben. Aber das ist nicht ein lebender Mensch."

An dem von Angstwurm und Harten erläuterten Körperkonzept hält selbst unsere moderne Schulmedizin nicht mehr dogmatisch fest. Zum Beispiel greift sie mittlerweile auch asiatische Heilpraktiken auf, denen eine Hierarchie von Hirn und „Restkörper" völlig fremd ist, sie widerspricht ihnen sogar. Hier steht eher der Bauch, aber nicht als ein abgetrenntes, isoliertes Organ, sondern als ein mit allem in Verbindung stehendes energetisches Zentrum im Mittelpunkt des Körpers. Auch die Psychosomatische Medizin geht von einer hochkomplizierten Leib-Seele-Einheit aus.[3] Der Neurologe Andreas Zieger charakterisiert die hierarchische und rigide

Zweiteilung des Menschen in Körper und Gehirn als „eine gängige, aber schizoide Denkfigur". Zieger erläutert neuere Forschungsansätze, in denen die alte Trennung von Körper und Gehirn komplett aufgegeben ist:[4] „Das Gehirn kann ohne Körper nicht existieren oder funktionieren als Organ, wenn man einmal biologisch argumentiert. Während umgekehrt der Körper sehr wohl ohne Gehirn funktionieren kann, denn er hat ein Rückenmark. Neuere Forschungen haben ergeben, daß wir neben dem Kopfhirn ein zweites Gehirn, das Bauchhirn haben. Wir haben heute völlig neue Einsichten in die Autonomie des Körperlichen. ‚Körper' schließt für mich Kopf, Rumpf und Extremitäten mit ein."

Für Harten und Angstwurm gilt dagegen das von Zieger beschriebene sogenannte „Rückenmarkphänomen" als Beweis für die neue Todesauffassung: Angstwurm berichtet über Experimente an enthaupteten Katzen in den 40er Jahren und darüber, daß „in deren restlichem Körper", so Angstwurm, „intensivmedizinisch der Kreislauf erhalten wurde". Sein Schluß aus diesen Experimenten lautet: „Durch diese Phänomene weiß man, daß das sicher Rückenmarkphänomene sind, um die es immer in der Diskussion um Hirntod geht." Die Ansiedelung solcher Phänomene im Rückenmark beweist jedoch, wie Zieger entgegensetzt, keineswegs, daß menschliches Bewußtsein einzig und allein seinen Sitz im Gehirn hat. Experimentelle Enthauptungen von Tieren werden zum bevorzugten Schlüsselargument, um den Hirntod als Tod des Menschen zu legitimieren. Und so greift auch der Professor für Neurochirurgie Harten auf das enthauptete Huhn zurück, das schon tot sei, sich aber weiter bewegt, wenn man ihm „den Kopf abgeschlagen hat, das aber noch über den Hof flattert". Weiter bemüht Harten eine Legende aus der Geschichte der Hinrichtung im 15. Jahrhundert: „Störtebeker, der, nachdem man ihm den Kopf abgeschlagen hatte, angeblich noch an seiner Mannschaft vorbeigegangen ist." Im Rahmen dieses Argumentationsmusters greift Professor Angstwurm auch auf das Bild einer „inneren Enthauptung" zurück, um den Hirntod als Tod des Menschen plausibel zu machen.

Der Würzburger Professor für Neurochirurgie Joachim Gerlach erklärt hingegen, daß eine Ansiedelung menschlichen Bewußtseins im Gehirn naturwissenschaftlich nicht belegbar sei: „Das Problem der Beziehung von Hirn und Bewußtsein ist seinem Wesen nach unlösbar." Der grundsätzliche Fehler in der Gleichsetzung von Hirntod und Individualtod liegt darin, so Gerlach, „daß sie in naturwissenschaftlich unzulänglicher Weise das Gehirn zum ‚Sitz der Seele' macht". Der Begriff „Person" sei „im naturwissenschaftlichen Bereich nicht zuständig". Ebenso könne man den Tod der Leber zum „totalen Tod" des Menschen erklären: „Daß ein weitgehender Hirnausfall zum totalen Tod führt, stützt nicht die These, den Hirntod gleich als Menschentod zu setzen, weil z.B. auch ein totales Absterben der gesamten Leber zum totalen Tod führt." Darüber hinaus könne das Hirn „keinesfalls in toto oder ohne Rückenmark betrachtet werden", da es in einer untrennbaren Verbindung zum zentralen Nervensystem steht.[5]

In der herkömmlichen hirnzentrierten Auffassung über menschliches Leben werde, so Zieger, das Menschsein als neue Qualität von allem anderen, was lebt, getrennt. Diese Vorstellung sei nicht haltbar: „Daß das Gehirn das entscheidend Menschliche ist, hat niemand bewiesen. Das ist eine Unterstellung. Kein Mensch kann behaupten – es sei denn, er würde es wissenschaftlich nachweisen –, daß das Menschsein im Gehirn sitzt. Das ist eine ganz naive und zurückgebliebene Vorstellung." Auch der Chirurg Reinhard Steinmann hat durch seine ärztliche Tätigkeit zwar eine ganze Menge Erfahrung mit todkranken sowie sterbenden Patienten gemacht, die er auch begleitet. Er selbst hat mit der Transplantationsmedizin aber nichts zu tun und folgt deren Todesverständnis in keiner Weise: „Ich glaube, daß der Mensch in dem Moment, wenn er hirntot ist, irreversibel auf dem Weg zum Tod ist. Aber ich glaube nicht, daß er als Individuum im Moment des Hirntodes schon tot ist."

Ganz anders erklärt uns der auf seiner Station für die Hirntoddiagnostik verantwortliche Wolfgang Peschke seine Perspektive auf einen hirntoten Menschen. Was den Patienten als Person ausmache, sei gestorben, sei tot, sei weg. Nur noch „seine Organe, sein Körper" existierten weiter. Noch schärfer bringt Professor Harten diese Sicht auf den Punkt: „Was verstehen wir unter Leben? Erst mal nur Stoffwechselbereitschaft, nicht mehr, nichts Metaphysisches, nichts, was eine neue Qualität angeht. Ich würde das so sagen: was biologisch lebt, was in der Lage ist, Energie zu verwerten, hat nichts mit dem zu tun, wie wir menschliches Leben bestimmen müssen. Das ist eine andere Qualität. Kommunikation aufnehmen zu können, sich selbst zu erfahren, von mir aus sich ärgern, das kann dieses Herz-Lungen-Paket dann nicht mehr." In dieser Rhetorik offenbart sich das Menschenbild, aber auch der Haß gegen das für die moderne Medizin so unerträgliche Sterben. Harten benennt das Dilemma, das die naturwissenschaftliche Medizin durch die totale Technisierung auf den Intensivstationen selbst kreiert hat und das sie menschlich und seelisch selbst nicht mehr bewältigen kann. Was bleibt, ist Zynismus: Das ganze Hirntodproblem, so Harten, sei aufgetreten, „seitdem man einen Schlauch in den Hals von irgendeinem Wehrlosen reinstopft und da Luft reinlaufen läßt. Seitdem kann ich ein Herz am Laufen halten. Und weil ich das Herz am Laufen halte, halte ich den Restkörper am Laufen. Trotz des funktionierenden Herzens gibt es die Situation, daß kein Blut mehr in das Hirn gelangt. Und ein Hirn braucht Blut, sonst ist es nach acht Minuten tot. Es zermatscht, zerfließt, zerläuft."

Weil ein Hirntoter nicht mehr in der Lage ist zu kommunizieren, definiert man ihn zu einem Ding – zu einem „Herz-Lungen-Paket". Dagegen kritisiert Andreas Zieger die strukturelle Unfähigkeit der modernen Medizin, zu komatösen und sterbenden Menschen in Kontakt zu bleiben. Er erzählt von seinen Schlüsselerlebnissen auf einer Intensivstation, die bei ihm zu einer Sensibilisierung gegenüber komatösen Patienten im finalen Stadium geführt haben: „Dies war meine Erfahrung: Menschen zu spritzen, statt mit ihnen Kontakt aufzunehmen." Ein grundlegendes Problem der naturwissenschaftlichen Medizin sei, so Zieger, daß aus ihrem Bild vom Lebendigen „nicht meßbare Attribute wie Gefühle, Seelisches, Individuelles, Geschichte, Biographie und Soziales eliminiert werden. [...] Wenn man nur aus dieser Methode der Isolation – die Trennung des Natürlichen – die Realität erkennen will, kommt man in ein tiefes Dilemma."

Die Zerstückelung des menschlichen Körpers in einzelne Organe nach dem Modell der Maschine bedingt dessen Entseelung und eine konsequente Ignoranz gegenüber der jeweiligen besonderen, individuellen Geschichte, die dem einzelnen Krankheitsgeschehen immer auch zugrunde liegt. Die naturwissenschaftliche Erkenntnismethode dringt mittels technisch-bildlicher Darstellungsweisen sowie mit Hilfe des Messers in das tote Körperinnere ein: Durch die Leichenzergliederung versucht sie unserer leiblichen Wahrheit ausschließlich über optische Hilfsmittel auf die Spur zu kommen. Die seelisch-menschliche Seite muß notgedrungen, so Zieger, dabei auf der Strecke bleiben, weil keine Kamera der Welt in der Lage ist, unser Gefühlsleben zu visualisieren und somit zu objektivieren. Die moderne Medizin hat ihre Diagnostik und Therapie auf zwei Methoden konzentriert: einerseits auf die Sichtbarmachung und andererseits auf das „Isolieren, Wegnehmen und Hinzufügen von Organfunktionen"[6] – so kennzeichnet der Medizinhistoriker Thomas Schlich die beherrschende Methode der Schulmedizin seit dem 19. Jahrhundert. Genau in dieser Epoche liegen die Anfänge der Organtransplantationsmedizin begründet.

Auch die Hirntoddefinition basiert auf diesem organzentrierten und zerstückelnden Körpermodell. Es erfährt nun eine konsequente und logische Erweiterung auf unsere Todesvorstellung: Einzelne Stadien im Sterbeprozeß sind in dieser Definition isoliert und werden auf verschiedene Hirn- und Körperfunktionen reduziert, oder, mit Hartens Worten ausgedrückt: Menschliches Leben hat aufgehört zu existieren, wenn das Hirn aufgehört hat „zu funktionieren". Harten bemerkt weiter: „Unabhängig von dieser Hirnfunktion gibt es die Möglichkeit, Zellen, Zellhaufen, Organsysteme am Leben zu erhalten, wenn ich ihnen Blut mit Sauerstoff und Glukose zuführe. Beim Hirn hat das eben nicht mehr funktioniert, da hat das aufgehört. Deswegen gibt es dieses Hirn nicht mehr. Der Rest des Körpers kann diese rein formalen Kriterien, nämlich Leben zu sein, indem er ‚verstoffwechselt', aufrechterhalten. Damit sind diese Funktionen – die Funktion der Leber, die Funktion der Niere, die Funktion des Herzens, der Lunge und von mir aus auch die Funktion des Uterus – aber weiterhin vorhanden." Zeugung, Geburt, Leben und Sterben werden in diesem Denken radikal fragmentiert, so daß sowohl die Prozeßhaftigkeit des Sterbens als auch alle anderen Zusammenhänge von Körper und Seele methodologisch vernichtet werden.

Professor Angstwurm erklärt dieses mechanistische Modell am Beispiel des Erlanger Experiments im November 1992, bei dem versucht wurde, ein Kind in „dem hirntoten Körper" der schwangeren Marion Ploch mit maschinellen Methoden der Intensivmedizin zu gebären: „Das Kind wächst im Mutterleib, solange man es mit lebensnotwendigen Stoffen versorgt. [...] die Schwangerschaft wird nach der Entwicklung der Plazenta von ihr gesteuert und nicht von der Hypophyse." Die Plazenta und der Uterus sind diesem Denken zufolge Organfunktionen in einem lebenden „Restkörper" und einer medizinisch statuierten Frauenleiche. Leben und Sterben werden durch die Zerstückelung des Körpers in einzelne Organfunktionen in ein neues Verhältnis gebracht. Angstwurm nennt in diesem Begründungszusammenhang noch ein ähnliches Projekt, in dem in Bologna seit Jahren versucht wird, eine „künstliche" Gebärmutter zu entwickeln: „Wissen Sie, daß man ein Zicklein auf diese Weise in einem isolierten Uterus hat heranreifen lassen? Natürlich kann man sagen, ‚der Mensch ist keine Ziege', und das ist auch richtig so. Dennoch wäre das biologisch im Grunde beim Menschen wahrscheinlich genauso möglich."

Die Reduzierung des Menschen auf einzelne Organfunktionen spiegelt sich in der Sprache des Operationsalltags, z. B. wenn nur noch von „der Leber" oder „dem Darm" die Rede ist. Auf Grundlage eines solchen Körper- und Menschenbildes stellt die Entpersonalisierung von Hirntoten nur die Spitze eines Eisbergs dar. Im Zusammenhang mit der Fragmentierung des Hirntoten kursiert er in der Rhetorik der Transplantationsmedizin als „Organangebot" – ein Begriff, der sich als Terminus technicus etabliert zu haben scheint, denn in den Interviews bekamen wir ihn von allen Transplantationskoordinatoren und auch von anderen Gesprächspartnern häufiger zu hören.

Der Hirntoddiagnostiker Professor Angstwurm legt großen Wert auf eine strenge Unterscheidung zwischen Menschenbildern, die jeweils kulturell geformt werden, und naturwissenschaftlichen Tatsachen, die eine objektive Geltung beanspruchen: Der Hirntod „hat nichts mit einem Menschenbild zu tun, er ist aus der Biologie abgeleitet und nicht aus der Religion, aus der Philosophie, in denen Menschenbilder formuliert werden". Der Hirntod sei zwar insofern „kein natürliches Phänomen, als er ein Produkt der modernen Intensivmedizin ist. Aber er ist nicht etwas definitorisch vom Menschen Gesetztes, etwa wie Juristen ein gesetztes Recht haben. Der Hirntod und seine Bedeutung sind aus der Naturbetrachtung abgeleitet. Das ist ein großer Unterschied gegenüber menschlichen Festlegungen." Anders als Angstwurm räumt Harten ein, daß die medizinische Vereinbarung über den Todeszeitpunkt relativ und eine Frage der Definition sei: „Tod ist immer eine Definitionssache. Sie werden immer sagen müssen: ‚In meiner Kultur oder nach meinem Erkenntnisstand ist das *tot*'. [...] Das heißt, wir nehmen bestimmte Organkomplexe und definieren mit einer gewissen Plausibilität: Das ist ‚tot'. In unserer Gesellschaftsform hat das Herz offensichtlich einen so irrealen Stellenwert, wie es das nicht in Amerika oder in Frankreich hat. Das müßte wohl daran klar werden, daß die meisten Herzmedikamente in Deutschland genommen werden. [...] Offensichtlich gibt es da kulturelle Wertigkeiten." Zieger betont den zweckorientierten und daher beliebigen Charakter der Hirntoddefinition: „Es handelt sich um eine willkürliche und interessengeleitete Festlegung, zu sagen: ‚Der Hirntod ist der Tod des Menschen'. Das ist keine Formel, die unser menschliches Zusammenleben braucht, um es zu ermöglichen, sondern es ist eine Formel, die Machbares und technisch Mögliches festschreibt und neuerdings sogar durch das Transplantationsgesetz für alle handlungsanleitend verbindlich macht, auch wenn dadurch Sterbende aus dem Leben gerissen werden."

Der in der Medizingeschichte bewanderte Chirurg Reinhard Steinmann kennt die Vorläufigkeit medizinischer Definitionen, Diagnosen, therapeutischer Praktiken und Krankheitserklärungen, denn sie sind je nach Forschungsstand ständigen Veränderungen unterworfen und von Revisionen gekennzeichnet. Und so räumt Steinmann ein, „daß die Gleichung ‚Hirntod gleich Tod des Menschen' in 150 Jahren vielleicht gar nicht mehr stimmt. [...] Heute wird gesagt, daß nach dem jetzigen Wissensstand ‚Hirntod' den irreversiblen Zusammenbruch des Lebens bedeutet. Daß das irgendwann einmal anders definiert wird, glaube ich auch." Die Relativität der Hirntoddefinition wird sich nicht erst in den nächsten 150 Jahren herausstellen. Nur die allerwenigsten Ärzte wissen von den verschiedenen und widersprüchlichen Kriterien, die bereits in der relativ kurzen Geschichte der Hirntoddiagnostik jeweils *immer* den Status eines absolut sicheren und objektiv nachweisbaren Tatsachenbefundes beanspruchten.

Auch für Professor Harten steht es so gut wie fest, daß der Disput über den Hirntod als Vorbedingung für die Organgewinnung bald keine Rolle mehr spielen und nur noch eine Episode in der Entwicklung der Transplantationsmedizin darstellen wird: „Das muß man doch ganz klar sagen. Der Trend wird dahin gehen, daß man Zellkulturen dazu bringt, irgendwann eine Niere oder ein Herz zu werden, dann wird man das implantieren, um dieser ganzen Diskussion aus dem Weg zu gehen." In der Tat gibt es mehrere Forschungsanstrengungen, die das Ziel haben, sich vom hirntoten Patienten in der Transplantationstherapie zu emanzipieren. So soll etwa eine mit menschlichen Genen manipulierte Schweinezucht (Xenotransplantation), die dann neben jeder Transplantationsklinik auf Hochtouren arbeitet, ermöglichen, nicht mehr auf lebendige Herzen, Lungen oder Bauchspeicheldrüsen, die bislang nur aus hirntoten Menschen gewonnen werden können, angewiesen zu sein. Solange aber solche Projekte noch Visionen sind, wird sich die Organtransplantationsmedizin mit der Problematik „Hirntod", seinen dubiosen Definitionen und den daraus entstehenden Konflikten im Krankenhausalltag herumschlagen müssen.

3. Hirntote vor und nach 1968

Im Zentrum der Hirntoddiagnostik steht die Ermittlung des Todeszeitpunktes des Gehirns. Sämtliche dem Hirn zugeordneten Funktionen sollen auf ihr Erlöschen hin überprüft werden, und alle anderen, dem „überlebenden übrigen Körper" zugehörigen Lebenszeichen sind paradoxerweise in die Todesdefinition zu integrieren. Charakteristisch für diese Vorgehensweise der Hirntoddiagnostik ist das Prinzip der Isolation: Das Sterben eines Menschen wird nicht als Prozeß aufgefaßt, sondern der Tod wird nun auf einen einzigen Punkt hin fixiert, den es zu ermitteln gilt. Der Hirntoddiagnostiker hat einen Trennungsakt zu vollziehen. Er muß ein einziges Organ, das gerade einmal zwei Prozent des Gesamtkörpers ausmacht und das auch weiterhin mit dem lebenden „Restkörper" verbunden ist, isolieren, um seinen lebendigen bzw. toten Zustand zu bestimmen.

Wie wird dabei das Gesamthirn definiert? Zählt das Rückenmark als Teil des zentralen Nervensystems zum Gehirn? Und wenn nicht, welche Reflexe ordnet man dem Gehirn zu, welche nicht? Bemißt man, da Kinder grundsätzlich eine höhere Reflexaktivität zeigen, für sie denselben Beobachtungszeitraum wie für Erwachsene? Verzichtet man gänzlich auf die Hirntoddiagnostik zwecks Organentnahme von Kindern? Es gab durchaus Neurologen und Anästhesisten, die von Kinderexplantationen völlig absehen wollten. Wie viele EEGs innerhalb von welchem Beobachtungszeitraum müssen geschrieben werden, damit man ganz sicher von einem abgeschlossenen Sterbeprozeß des Hirns ausgehen kann? Es kann nämlich durchaus vorkommen, daß das EEG eine Null-Linie schreibt und acht Stunden später wieder Hirnströme registrierbar sind. Welche Beweiskraft besitzt ein EEG für die Hirntodfeststellung überhaupt? Erfaßt es alle Regionen des Gehirns? Welche Gefahren birgt die Kontrastmittelfüllung des Gehirns zur Darstellung des Blutkreislaufs im Gehirn (Angiographie)? Kann man durch Injektionsdruck die letzten noch lebenden Areale zerstören? Wie beweiskräftig ist ein Stopp der Blutzirkulation für den endgültigen Hirntod? Diese Frage mußte z.B. gestellt werden, nachdem Patienten nach einem Zirkulationsstillstand einen erneuten Blutkreislauf im Gehirn zeigten.[7] Welche Krankheitsbilder mit welchen Methoden muß man ausschließen, die einen Hirntod vortäuschen können (z.B. Zuckerkrankheit, Leber- und Schilddrüsenvergiftungen)? Wie verifiziert man ausgebliebene Reflexe, die dem Hirnstamm zugeordnet sind? In welchen anderen Fällen kann ein Hirnstammreflex auch noch zum Erliegen kommen? Wie wird das ausdifferenziert?

Der Teufel steckt im Detail, und so galt beinahe jedes einzelne Verfahren der aktuellen Hirntoddiagnostik im Laufe ihrer Entwicklung als umstritten. Die Aussagekraft der jeweiligen Diagnosetechniken für den Beweis des Hirntodes wird bis heute von Experten kontrovers interpretiert. Auch legte man in der ursprünglichen Hirntodkonzeption noch ein anderes medizinisches Verständnis hinsichtlich der Funktionen des Gesamthirns in seinem Zusammenhang zum zentralen Nervensystem (Rückenmark) zugrunde, so daß sich für die Hirntoddiagnostik entsprechend andere Todeskriterien ableiteten.

Historisch gesehen wurzelt die Entstehung einer Definition des Hirntodes in der Entwicklung technischer Wiederbelebungsverfahren. Im Zuge der künstlichen Aufrechterhaltung der Herz- und Atemtätigkeit machte man in den 50er Jahren die Erfahrung, daß bei bestimmten Patienten eine technisch erzeugte und erfolgreiche Wiederbelebung des Herzens nicht zwingend den Menschen wieder zum Atmen anregen konnte. Auch das volle Bewußtsein kehrte nicht zurück, weil im Gehirn bereits Sterbeprozesse stattgefunden hatten, die den Tod des Patienten ankündigten. Diese neue Problematik infolge des Einsatzes der Herz-Lungen-Maschine löste eine internationale Diskussion unter Kardiologen (Herzspezialisten) und Anästhesisten über die Frage aus, ab wann die künstliche Beatmung eingestellt werden dürfe, auch wenn das Herz des Patienten noch schlägt. Die ersten Diskussionsbeiträge zu diesem Problem wurden Ende der 50er Jahre vorgelegt.[8] Das Verständnis des Hirntods schloß zu diesem Zeitpunkt den Tod des zentralen Nervensystems noch mit ein, so daß er noch als der Verlust *aller* Reflexe gekennzeichnet wurde.

Die Entwicklung der Hirntoddefinition stand insofern anfänglich im Zeichen einer gänzlich anderen Fragestellung: Es ging ausschließlich um die medizinische Behandlung und das Schicksal einer durch die Intensivmedizin neuartig entstandenen Gattung von Komapatienten. Ab welchem Zeitpunkt befindet sich ein künstlich beatmeter Komapatient unwiederbringlich im Sterben, so daß Wieder*belebungs*maßnahmen im Sinne des Patienten unsinnig würden? Es ist also wichtig festzuhalten, daß der Hirntod ursprünglich von der Intensivmedizin als Problem aufgeworfen wurde, um die Grenze zu ermitteln, ab wann die therapeutischen Bemühungen gegenüber einem hirnsterbenden Menschen beendet werden dürfen. Die ethisch höchst prekäre Überlegung, ab wann bestimmte Komapatienten als verstorbene Menschen definiert und in dem zugeschriebenen Totenstatus deren Organe für die Therapie anderer Patienten nutzbar gemacht werden könnten, kam erst im Zuge der Transplantationsmedizin Ende der 60er Jahre auf. Daß die Hirntoddefinition *nicht* im Zusammenhang mit der Transplantationsmedizin entstand, darauf wird heute immer wieder gerne verwiesen, um zu unterstreichen, daß sie nicht zweckorientiert extra für die Bedürfnisse der Transplantationsmedizin erfunden wurde. So betont auch der Professor der Chirurgie Margreiter in unserem Interview diese historische Entwicklung, allerdings ohne den Verweis, daß es sich damals noch um hirntote Patienten ganz anderer Art handelte. Die hirntoten Komapatienten der 50er Jahre waren nämlich nicht mehr in der Lage, sich noch spontan zu bewegen oder mit Rückenmarkreflexen zu reagieren. Sie wären für die Interessen der Transplantationsmedizin weitgehend unbrauchbar gewesen.

Anfang der 70er Jahre begann Professor Margreiter die österreichische Transplantationsmedizin an der Universitätsklinik in Innsbruck zu etablieren. Er gilt als deren Pionier und mußte, wie er erzählt, Schwierigkeiten überwinden: „Der Hirntod als solcher war schon lange definiert. Aber auch das galt es hier in Innsbruck zu etablieren. Die meisten Leute hatten damals keine Ahnung, was ‚hirntot' ist." Professor Margreiter legte in den ersten Sitzungen mit den künftigen Hirntoddiagnostikern in seinem Haus unter der Leitung des damaligen Ordinarius der Neurologie, Professor Ganner, größten Wert darauf, „daß der Hirntod nicht definiert worden ist, um Organe zu entnehmen, sondern der Hirntod wurde definiert, um in absolut aussichtslosen Fällen intensivpflegerische Maßnahmen beenden zu können und dieses für alle Beteiligten leidvolle Geschehen einzustellen. Das war der Hauptgrund. Darauf habe ich immer Wert gelegt, daß der Hirntod nicht etwas ist, was man für den Transplantationschirurgen geschaffen hat. Das wird nämlich vielfach verwechselt."

In der Tat finden in historischen Rückbezügen auf den „Hirntod" viele Verwechslungen statt. Denn auch Ende der 60er Jahre, nachdem der Chirurg Christiaan Barnard im Dezember 1967 der Weltöffentlichkeit seine ersten Experimente mit Herztransplantationen spektakulär vorgeführt hatte und sich die Wege von Reanimationsmedizin und Transplantationschirurgie zu kreuzen begannen, hielt man bei der Hirntoddiagnostik zunächst an einem vollständigen Ausfall aller Reflexe fest.

Neben der aus den 50er Jahren stammenden Kategorisierung

eines hirnsterbenden Komapatienten bezieht sich die heutige Transplantationsmedizin zu Unrecht auf eine zweite Grundlage, nämlich auf die von einer Kommission der Harvard University ausgearbeiteten Richtlinien für die Hirntoddiagnostik vom 5. August 1968.[9] Auch dieser Kodex legte noch fest, daß der Hirntod erst dann eingetreten sei, wenn alle Reflexe und entsprechend die spontanen Bewegungen ausgefallen sind. Das heißt, in diesem Hirntodverständnis zählte die Medizin das zentrale Nervensystem morphologisch noch zum Gehirn.[10] Diese erhebliche Differenz zwischen einem den Harvardkriterien entsprechenden Hirntoten und einem heute als hirntot geltenden Menschen wird in der Selbstdarstellung der Transplantationsmedizin immer wieder unterschlagen und ist offensichtlich selbst in den eigenen Reihen unbekannt. So bezieht sich auch der Anästhesist Wolfgang Peschke auf den *„Hirntod"* der 60er Jahre: „Die Hirntodvorstellung ist zirka 1968 definiert worden. Aber es gab diese Vorstellung schon viel früher."

War der nach den Harvardkriterien definierte Tote zu keiner einzigen Reflexreaktion mehr fähig, so gelten mittlerweile in Europa und den USA 17 mögliche Reflexe beim Mann und 14 bei der Frau als mit der Todesdefinition vereinbar.[11] Laut Statistik der Transplantationsmedizin sind 75 Prozent aller Hirntoten noch in der Lage, sich zu bewegen.[12] Dazu gehören beispielsweise Reflexe der unteren Extremitäten, der Fußsohle, der Achillesferse, Nacken-, Finger-, Rumpf-Beugereflexe sowie Bauch-, Vaginal-, Unterleib- oder Analreflexe, wovon 11 durch Stiche ausgelöst werden.[13] Auch „Reaktionen auf Schmerzreize im spinalen Niveau" – also Symptome, die im Bereich der Wirbelsäule und des Rückenmarks angesiedelt werden – zählen zu den „klinischen Kriterien" des Hirntods.[14]

In den USA heißen solche sich bewegenden, hirntoten Komapatienten in der Fachliteratur „spinal man"; bei uns spricht man von „Spinalwesen". Für Andreas Zieger lassen sich solche Patienten folgendermaßen beschreiben: „Die sogenannten Spinalwesen sind in meinen Augen Menschen mit einem intakten Rückenmark, die wahrnehmen und erleben. Sie antworten motorisch und leben in Beziehung zu ihrer Umwelt. Es gibt überhaupt kein Lebewesen, das nicht in Beziehung zur Umwelt existiert. Von daher ist der ganze Denkansatz hochproblematisch. [...] Warum definieren wir diese Menschen als Nichtmenschen?" Wie ein solches motorisches Antwortverhalten eines hirntoten Menschen während seiner Organentnahme erlebt werden kann, erklärt die Anästhesieschwester Margot Worm. Sie schildert die Angst, die ein sogenanntes Spinalwesen im Operationssaal in ihr auslöst: „Wenn man danebensteht, und ein Arm kommt von einem Toten hoch und faßt einen so an den Körper oder um den Körper, das ist furchterregend."

Die Schulmedizin nennt solche Reflexreaktionen auch „Lazarus-Zeichen". Beruft sich die moderne Medizin normalerweise ausdrücklich in Abgrenzung von der Religion auf das Prinzip der Rationalität, so greift sie in diesem Zusammenhang auf die Theologie zurück: „Da kam der Tote (Lazarus) heraus. Noch steckten seine Füße und seine Hände in Binden, und sein Gesicht war in ein Schweißtuch gehüllt. Jesus gab ihnen die Weisung: ‚Befreit ihn davon und laßt ihn gehen'." (Joh 11, 44)[15] Der Neurologe Andreas Zieger hält dagegen die Trennung von Rückenmark und Gehirn für fragwürdig, denn erst sie erlaubt per definitionem, einen Komapatienten mit sogenannten Lazarus-Zeichen als toten Menschen zu betrachten: „Wenn man das Rückenmark vom Gehirn trennt, obwohl es eigentlich begrifflich zum zentralen Nervensystem gehört, ist das verrückt."

Die Definition, in der Hirntote auch auf Reize mit Bewegungen reagieren können, wurde seit 1968 parallel zu der älteren Hirntodversion in die internationale Fachdiskussion eingeführt. Noch im selben Jahr 1968, nachdem Christiaan Barnard den internationalen Wettlauf der Transplantationsmedizin initiiert hatte, begann man zweckorientiert für die Bedürfnisse der Transplantationsmedizin die weiter gefaßten Hirntodkriterien zurückzuschrauben und die bis dato noch gültigen Lebenszeichen in die neue Todesvorstellung zu integrieren.[16] Die Soziologin Gesa Lindemann vergleicht die vielen Verfahren und Hirntodkriterien bis Ende der 70er Jahre mit einem Flickenteppich.[17] Zum Beispiel umfaßte das Spektrum der vorgeschriebenen Beobachtungszeiten der Hirnströme zwischen zwei und 48 Stunden, um den eingetretenen Hirntod zu bewahrheiten.[18]

Die Intensivschwester Eva Messner beschreibt, wie die neue Todesdefinition selbst die Neurologen und Chirurgen Anfang der 70er Jahre noch irritierte. Eine Hirntodfeststellung für eine Nierenentnahme an einem 19jährigen verunglückten Motorradfahrer ist ihr besonders in Erinnerung geblieben: „Das war schlimm, weil die Neurologen stündlich kamen. Sie haben immer wieder die Reflexe getestet, und sie standen unter einem ziemlichen Zeitdruck, diese Nieren zu bekommen. Dann kam das ganze Team mit dem Chef. Das war ein Hin und Her. Niemand hat richtig gewußt, ob man das jetzt wirklich machen kann. Ja, ist er weg, oder ist er noch bei uns? [...] Das vergesse ich nie. Da war soviel Druck von seiten der Neurologen, und sie waren aber selbst hilflos, das hat man dem Team angemerkt. Sie haben sich richtig gegenseitig aufgeschaukelt. Der Transplantationschirurg fragte mich immer wieder: ‚Was glauben Sie?' Und ich sagte ihm, daß er meine Hand noch drücken kann, [...] obwohl laut Neurologen keine Hirnfunktion mehr da war. Es wurde immer wieder ein EEG gemacht – halbstündlich. Ja, das EEG ist immer wieder gelaufen, aber es zeigte keine Hirnaktivitäten. Für mich war das sehr eigenartig."

Das Null-Linien-EEG besaß für den Chirurgen zum damaligen Zeitpunkt noch nicht dieselbe Überzeugungskraft wie heute, denn er suchte bei der Intensivschwester Vergewisserung. Die Unsicherheit unter den Spezialisten in dieser konfliktreichen Situation war nicht mehr zu verheimlichen: „Der Chirurg kam fast alle fünf Minuten und fragte: ‚Wie schaut es denn aus?' Alle müssen unter Druck gewesen sein. Vielleicht war das für den Empfänger ganz lebensnotwendig. Das weiß ich nicht [...]. Aber mir kam es so vor, als ob es dem Professor auch nicht so gut dabei gegangen ist."

Die österreichische Anästhesieschwester Johanna Weinzierl erlebte während der Organentnahme in den 70er Jahren häufiger Blutdruckanstieg und Schwitzreaktionen bei Spendern. Solche Zeichen deutet die Medizin normalerweise als Zeichen des Schmerzes. Johanna Weinzierl berichtet davon, daß in den Anfangsjahren der Transplantationen „die Hirntoduntersuchungen nicht so genau waren wie in den späteren Jahren, also um 1990 herum. Da waren es dann weniger Patienten, die noch Schmerzreaktionen gezeigt haben. Für mich sieht es so aus, als wenn die Hirntoddiagnose in den Anfangsjahren noch anders gemacht wurde. Man hat da noch wesentlich schneller entnommen. Es gab zum Beispiel so Ausnahmesituationen, so daß der Patient noch nicht lange in der Klinik war und explantiert worden ist. Also, da war man weit weg von irgendwelchen Hirntodkriterien." Zu Beginn der Transplantationsmedizin, so Johanna Weinzierl über ihre Klinik, „hat es genaue Vorschriften der Hirntoddiagnostik nicht gegeben".

Inzwischen hat man Richtlinien für die Hirntoddiagnostik schriftlich festgesetzt. Zwei unabhängige Ärzte müssen heutzutage den Hirntod dokumentieren. Die wesentliche Veränderung in der aktuell gängigen Hirntoddefinition und der daraus abgeleiteten Todesdiagnostik besteht aber vor allem darin, daß der Todeszeitpunkt immer weiter vorgeschoben wurde, so daß heute keine Hirntoddefinition die Funktionen des Rückenmarks noch einschließt. Der Neurologe Martin Klein faßt die vier momentan in Europa und den USA nebeneinander gültigen Todeskonzepte zusammen. Er kritisiert die Willkürlichkeit dieser Modelle und die pragmatische Übereinkunft der jeweiligen Hirntoddefinitionen, weil sie „nicht den Sachverhalt beschreiben, den ihr Wortlaut vorgibt": „Herz-Kreislauf-Tod, (Ganz-)Hirntod (der aber [...] gar nicht feststellbar ist), Hirnstammtod (in Großbritannien gilt ein Mensch als tot, der keine Hirnstammfunktionen mehr hat), neokortikaler Tod (= Ausfall des Großhirns)."[19] Mit Ausnahme Englands, wo nur eine Untersuchung des Hirnstamms durchgeführt wird, gilt in den meisten europäischen Ländern, so auch in der Bundesrepublik Deutschland, die Ganzhirntoddefinition (Großhirn, Kleinhirn, Hirnstamm), die, wie auch Martin Klein andeutet, in ihrer Dokumentierbarkeit umstritten ist. Dieser Schwierigkeit entsprechend, hat sich z.B. der englische Gesetzgeber auf die Nachweispflicht des Hirnstammtodes beschränkt und verzichtet auf eine Dokumentation der Hirnströme (EEG).

Der sogenannte neokortikale Tod wird auch als „Teilhirntod" bezeichnet und repräsentiert die großzügigste Version aller Hirntodkonzepte. Er bezieht sich ausschließlich auf Funktionen der Großhirnrinde als Teil des Großhirns, wo die moderne Medizin die „höheren" menschlichen Bewußtseinsanteile lokalisiert. Ein Patient, der sich in einem unumkehrbaren Komazustand befindet, aber noch selbständig atmet, gilt in diesem Konzept bereits als toter Mensch (z. B. Apalliker). Diese Hirntoddefinition wurde insbesondere im Zusammenhang mit der Organspende von anenzephalen[20] Babys nicht nur in den USA, sondern auch schon 1985 in der Bundesrepublik brisant. Der Gynäkologieprofessor Fritz Beller vom Zentrum für Frauenheilkunde in Münster animierte eine schwangere Frau, ihr Kind, das in der pränatalen Untersuchung als anenzephal diagnostiziert worden war, bis zum Kaiserschnitt in der 36. Schwangerschaftswoche auszutragen, um dem Baby dann für einen 25jährigen Patienten die Nieren zu entnehmen.[21] Bellers Team wiederholte später noch solche Experimente. In einer Broschüre der Deutschen Stiftung Organtransplantation ist in diesem Zusammenhang folgende mathematische Gleichung aufgeführt: „Es wurde für die USA errechnet, daß durch die Heranziehung anenzephaler Kinder zur Organspende mehr als die Hälfte aller benötigten Spenderorgane für andere Kinder dieser Altersgruppe zur Verfügung stünde, in welcher der Mangel an Spenderorganen besonders eklatant ist. Dies entspricht etwa derjenigen Anzahl von Neugeborenen, welche aufgrund eines isolierten Organdefektes – zumeist Herz oder Leber – sterben müssen, da kein geeignetes Spenderorgan zur Verfügung steht."[22] Dieses Rechenexempel zeigt, daß die Teilhirntoddefinition eine logische, wenn auch sehr radikale Konsequenz der gesamten Hirntodproblematik und des mit ihr verbundenen Lebensrettungsprogramms darstellt. Die Teilhirntoddefinition kann letztlich überall dort potentiell praktisch werden, wo sich jede vorgezogene Todeszeitbestimmung an dem Zweck der Organentnahme orientiert.

Die gefährliche Nähe zum Teilhirntodkonzept – es könnte die „Organangebote" enorm erweitern – spiegelte sich auch in unseren Interviews. Die Hirntoddiagnostiker Harten und Angstwurm wandten sich strikt gegen Teilhirntoddefinitionen und grenzen sie vehement von der Ganzhirntodbestimmung ab. So Professor Angstwurm: „Das lehne ich – und nicht nur ich – ab, weil es eine Wertung beinhaltet und nicht eine Feststellung ist. Es ist eine Wertung, wenn man in verschiedenen Formen des Teilhirntodes, z. B. im Falle eines apallischen Syndroms, sagt, daß das kein menschenwürdiges Leben sei oder auch Verblödung oder eine entsprechend schwere Hirnschädigung. Aber allein schon die Formulierung, daß es kein menschenwürdiges Leben sei, verläßt die biologische Diskussionsebene, auf der die Bedeutung des Hirntods als sicheres Todeszeichen des Menschen beruht." Demgegenüber hält die Chirurgin Andrea Müller dieses Thema für diskussionswürdig: „Also, wenn mein Kind anenzephal wäre, würde ich das zur Verfügung stellen. Da sehe ich keinen Sinn. Von daher würde ich eine solche Diskussion zulassen. Aber ich denke, daß es nicht der richtige Schritt ist, das gesetzlich auszuweiten, sondern der Schritt muß in Richtung Aufklärung gehen."

In der Bundesrepublik Deutschland formulierte erstmals 1982 der Wissenschaftliche Beirat der Bundesärztekammer Kriterien des Hirntodes als Entscheidungshilfe für den jeweiligen Arzt.[23] Rechtsverbindliche Vorschriften traten erst fünfzehn Jahre später am 1. Dezember 1997 in Kraft – zu einem Zeitpunkt, als die Transplantationsmedizin sich schon fest etabliert hatte und die neue Todesdefinition schon lange praktiziert wurde. Das Gesetz hatte, wie auch unsere Interviewpartner bestätigten, keinerlei Auswirkungen auf die Praxis der Hirntoddiagnostik: „Real ist es so", berichtet der Chirurg Matthias Loebe aus dem Herzzentrum Berlin, „daß das jetzige Gesetz juristisch das festschreibt, was wir vorher immer gemacht haben."

4. Die Hirntoddiagnostik: Kneifen, Stechen, Eiswasserspülungen, Kontrastmittelinjektion im Gehirn

Die aktuelle Hirntoddiagnostik orientiert sich an den Richtlinien der Bundesärztekammer von 1982. Die Todesfeststellung erfolgt nach einem dreistufigen Diagnoseschema: Sie umfaßt eine Prüfung bestimmter Voraussetzungen des Hirntodes, eine klinische Untersuchung des Komazustands, des Atemstillstands und der dem Hirnstamm zugeordneten Reflexe, die ausgefallen sein müssen. Apparativ ergänzend wird ein Null-Linien-EEG über einen Zeitraum von 30 Minuten geschrieben oder alternativ entweder ein Stillstand des Blutkreislaufs im Gehirn mit Hilfe einer Kontrastmitteldarstellung

(Angiographie), einer Ultraschalltechnik oder einer Hirnszintigraphie erstellt. Die Beobachtungszeiten umfassen bei Erwachsenen im Falle einer sekundären Hirnschädigung 72, ansonsten 12 Stunden, bei Kleinkindern 24 und bei Neugeborenen 72 Stunden.

Da es sich um eine Ausschlußdiagnostik handelt, muß der Körper der Patienten provoziert und herausgefordert werden, so daß man die Hirntodfeststellung von ihrem Charakter her als eine höchst aggressive Vorgehensweise kennzeichnen kann. Sie ist von zwei Ärzten jeweils unabhängig zu dokumentieren. Der Patient muß daher das Prozedere zweimal über sich ergehen lassen. Professor Harten betont, daß er zwischen einer Hirntoddiagnostik zum Zweck einer Organentnahme und für die Entscheidung eines Therapieabbruchs differenziert: „Zuvor muß ich noch unterscheiden, ob ich eine Organexplantation ableiten will. Dann werde ich vorsichtiger und formaler sein, als wenn ich sage: Ich stelle den Hirntod fest und beende eine für mich unsinnige Therapie."

Die Diagnostik beginnt, wie Professor Angstwurm erklärt, mit einer Überprüfung der Voraussetzungen: „Das heißt, besteht und ist eine Erkrankung nachgewiesen, die überhaupt in der Lage ist, zu so einer ausgeprägten Drucksteigerung im Schädel zu führen, daß auf diese Weise die Hirndurchblutung ausfällt? Wenn die Grundkrankheit nicht klar ist, dann entspricht die Untersuchung der gesamten Differentialdiagnose der Bewußtlosigkeit." Professor Harten erläutert, wie er den Komazustand ausdifferenziert: „Ein Großteil der Leute, die wir behandeln, ist komatös. Koma ist definiert als ein Zustand, in dem jemand auf Ansprache oder das Setzen eines Schmerzreizes nicht reagiert. Wenn ich das festgestellt habe, muß ich versuchen, das Koma einzuteilen in Schweregrade. Diese Schweregrade gehen dann langsam über in den Hirntod. Das heißt, das tiefste Koma ist sozusagen der Beginn des Hirntodes." Demnach beginnt die Hirntoddiagnostik mit einer Provokation durch Schmerzreize.

Im nächsten Schritt wird überprüft, ob eine Vergiftung vorliegt, die einen Hirntod vortäuschen könnte. Diese wird pharmakologisch ermittelt, wie Professor Harten erklärt, „indem man eine Blut- und Urinprobe zum Toxikologen schickt". Der Neurologe Andreas Zieger stellt die invasiven Methoden der modernen Diagnostik generell in Frage. Mit dem Ziel der wissenschaftlichen Exaktheit scheinen sie jede Schmerzzufügung etwa durch Stechen, Spritzen und Zuführen von Kontrastmitteln zu legitimieren. Alle solchen Techniken werden auch in der Hirntodfeststellung angewandt: „Deswegen darf in jede Körperöffnung eine Sonde gesteckt oder Schmerzen dürfen zugefügt werden, weil sich dadurch die Meßgenauigkeit ableiten läßt."

Nachdem verschiedene Zustände, die einen Hirntod vortäuschen können, ausgeschlossen sind, prüft der Hirntoddiagnostiker fünf verschiedene Reflexmuster, die dem Hirnstamm zugeordnet sind. Man beginnt mit den Augen. Sie werden mit Licht gereizt, und die Hornhaut wird mit einem Gegenstand provoziert. Harten erklärt den Gang dieser Untersuchung: „Gibt es eine Antwort auf Licht? Ich reize die Augen mit Licht. Normalerweise gehen die Pupillen zu. Das tun sie nun nicht mehr. Dann überprüfe ich die Blinzelreaktion; wenn man die Hornhaut berührt, blinzeln wir sofort." Es folgt der Nachweis des sogenannten „Puppenkopfphänomens": Der Kopf wird rasch gedreht. Ein bewußtloser Patient macht eine Augenbewegung zur Gegenseite, während ein Hirntoter seine Augäpfel starr in der Ausgangsstellung hält. Im nächsten Schritt sticht der Hirntoddiagnostiker in die Nasenwand und reizt den Rachenraum mit Gegenständen, um zu sehen, ob der Komapatient auf die Schmerzstiche antwortet, noch husten, schlucken oder würgen kann: „Dann schaut man sich noch den Schmerzreflex des Trigeminus an, also den Schmerzreflex, der nur ins Hirn geht, ohne den Umweg über das Rückenmark zu machen, indem man irgendwo einen heftigen Schmerz setzt. Dann überprüft man die unteren Hirnstammreflexe, Schluckreflexe, Reflex im Nasenrachenraum durch Berühren und Kratzen am Tubus [Schlauch für die künstliche Beatmung, d. V.]. Dann überprüft man die vagalen [den Hirnnerv betreffenden, d. V.] Reflexe, indem man auch hier durch Absaugkatheter einen Reiz im Bronchialraum setzt." Zu den klinischen Untersuchungen zählt außerdem eine Prüfung des sogenannten „Bulbovagalreflexes": Die Augäpfel werden fest gedrückt, um zu sehen, ob es zu einer Pulsverlangsamung kommt. Dann folgt eine sogenannte „kaltcalorische Prüfung": in die äußeren Gehörgänge gießt man zirka 20 ml Eiswasser. Wenn der Patient zwar im Koma liegt, aber nicht hirntot ist, bewegt er seine Augen zur mit Eis geschockten Seite hin.

Der ehemalige Hirntoddiagnostiker Andreas Zieger gibt zu bedenken, daß in diesen Untersuchungen die Komapatienten auf einen Gegenstand reduziert werden, über den der Hirntoddiagnostiker mit seinem Werkzeugbesteck von Nadeln, Spateln, Eiswasser und seinen Kratz- und Kneiftechniken verfügt. Er beschreibt die Erwartungshaltung, die der Hirntoddiagnostiker während der Untersuchung seinem Forschungsobjekt gegenüber einnimmt: „Der Patient soll sich nicht bewegen. Bitte nicht! Daß er sich nicht bewegt, bestätigt mich ja darin, daß er auch nichts empfunden hat. Wer nicht reagiert, empfindet nichts. Das ist ja der rationale Trugschluß. Aber genau diese Rationalität wird verlangt." Auch kritisiert Zieger diesen methodischen Zugriff auf den sterbenden Patienten, „weil das Menschliche als Gegenstand nicht mit naturwissenschaftlichen Methoden beschreibbar ist [...]. Der Tod des Menschen ist ein Phänomen, kein Gegenstand." Auf die Frage, wie abstrakt eigentlich die Hirntodfeststellung für ihn sei, betont Professor Harten den sinnlichen Charakter dieser Diagnostik und die „diffizilere Beobachtungsgabe", die ihm als Hirntoddiagnostiker abverlangt werde: „Ich zwicke ihn, ich leuchte ihm in die Augen, ich wackele an seinem Tubus. Das sind sehr sinnliche Erfahrungen."

Die Anästhesieschwester Margot Worm schildert ihre Gefühle und „sinnlichen Erfahrungen", während sie einer Hirntoddiagnostik zuschaute. Ihr und den Kolleginnen führte man in der Klinik einen Demonstrationsfilm über den Verlauf einer Todeszeitbestimmung vor: „Da wurde die ganze Palette der Hirntoddiagnostik gezeigt: wie die Patienten reagieren können und was die Lazarus-Zeichen ausmachen und so weiter. Das wurde in Ruhe erklärt. Also, freiwillig muß man sich den Film nicht anschauen, denn der ist ganz schön hart. Da werden die Organspender in bestimmten Situationen gefilmt, die das so richtig demonstrieren. Da fährt einer den Rücken entlang, und dann bewegt sich ein Arm oder ein Bein, oder es werden die Mechanismen gezeigt, wenn man Wasser in die Ohren gibt. Das ist alles im Detail, aber mehr die wissenschaftliche Seite, dargestellt. Die Gefühle kommen in dieser Runde nicht so richtig zum Ausdruck."

Zieger stellt den rabiaten Umgang mit ohnmächtigen und vollkommen ausgelieferten Komapatienten grundsätzlich in Frage: „Es wird unterstellt, daß diese Menschen über keinerlei Innenleben mehr verfügen, weil das Gehirn eine nekrotische [abgestorbenes Gewebe, d.V.] Masse sei und kein Substrat für geistige Prozesse mehr da sei. Das ist eine Annahme, die ich für problematisch halte. Aber in der Logik der Hirntoddiagnostik wird ein aggressives Vorgehen gerechtfertigt. Ich kann mich nicht damit anfreunden, daß die letzten Reserven von Reagibilität gezielt durch Schmerzreize gefunden werden sollen. Für denjenigen, der das erleidet und der möglicherweise ungerechtfertigt für hirntot erklärt wird, kann das den Charakter einer Folter haben, und es kann ihn in seiner wehrlosen Befindlichkeit noch tiefer in das Koma treiben."

Nach den Reflexprüfungen folgt der Apnoe-Test: Jetzt wird das Atemzentrum mit Kohlendioxyd stark gereizt, um zu sehen, ob sich die Atmung spontan wieder einstellt. Diese Technik erklärt Professor Harten: „Man weiß, daß CO_2, also Kohlendioxyd, der heftigste Atemantrieb ist. Und man nimmt die Leute von der Beatmungsmaschine ab, bietet ihnen Sauerstoff an und sieht, wie das CO_2 ansteigt. Man weiß, wenn der CO_2-Anteil im Blut mehr als 65 mm Hg [Millimeter Quecksilber, d.V.] hat – die Schweizer gehen von 55 mm Hg aus – und das Atemzentrum setzt die Atmung nicht wieder in Gang, dann hat dieses Atemzentrum eine solche Schädigung, daß es sich nicht wieder erholen wird." Auch hier wird deutlich, daß es sich bei der Festlegung der Hirntodfestellung nicht – wie beim Herztod – um objektivierbare und für jeden Menschen sinnlich erkennbare Todesanzeichen handelt. Vielmehr orientiert sich die Hirntoddefinition an abstrakten Vorgaben, die je nach vereinbarten Parametern von Land zu Land (Schweiz – Bundesrepublik Deutschland) variieren können.

Der Leiter der Intensivstation Jan Rosenberg hält vor dem Hintergrund seiner Erfahrungen den Apnoe-Test für eine „völlig unsinnige Maßnahme": „Man versucht, durch einen CO_2-Gehalt das Atemzentrum so zu reizen, daß die Eigenatmung einsetzt. Wenn das nicht gelingt, ist das angeblich ein Beweis dafür, daß der Patient hirntot ist. Diesen Effekt habe ich bei vielen anderen Patienten auch schon gesehen. Das ist alles andere als ein sicherer

Beweis für Hirntod oder auch nur eine Farce. Das ist ein Gag." Ein solches Insiderwissen taucht in der Werbung für Organspende nicht auf. Im Gegenteil, die Diagnostik wird in den Reklamebroschüren und auch in unseren Interviews immer wieder als „todsicher" beschworen.

Wie todsicher die angiographische Visualisierungstechnik für den Beweis des Hirntods sein kann, erklärt Stationsleiter Jan Rosenberg. Die Angiographie stellt den Blutkreislauf mit Hilfe eines Kontrastmittels im Gehirn dar. Es wird mit einer Punktionsnadel im Halsbereich unter einem heftigen Injektionsdruck eingespritzt. Die Angiographie ist im Lehrbuch für Hirntoddiagnostik als das einzig sichere „absolute Beweismittel" unter allen zur Verfügung stehenden Methoden der Hirntoddiagnostik deklariert.[24] Jan Rosenberg beschreibt, wie mit dieser Methode der Hirntod überhaupt erst erzeugt werden kann: „Man stellt anhand einer Gefäßdarstellung fest, daß das Hirn einfach nicht mehr perfundiert [mit der Kontrastflüssigkeit durchströmt, d. V.] wird." Für solche Darstellungen der Gefäße sind Radiologen zuständig. An diesem Punkt kann der Ablauf der Hirntoddiagnostik empfindlich gestört werden, weil es Radiologen in der Klinik gibt, die eine Angiographie für eine Hirntoddiagnostik grundsätzlich verweigern: „Der Radiologe argumentiert so: Er macht keine Null-Angio, weil er damit unter Umständen die letzten Areale durch angiographische Mittel verschließt und die Hirndurchblutung dann komplett stoppt. [...] Der Beweis, daß Perfusion noch da ist, wäre verschwunden." Der potentiell tödliche Effekt dieser diagnostischen Methode, der auch durch die Giftigkeit des Kontrastmittels verursacht werden kann, wird sogar im Lehrbuch über den Hirntod von dem Wiener Neurochirurgen Gerhard Pendl eingeräumt.[25] Pendl zählt zuvor Möglichkeiten auf, die zu „tödlichen Komplikationen bzw. Verschlechterungen des klinischen Bildes führen könnten. Es könnte sogar das Bild des Hirntodes dadurch erst verursacht werden".[26]

Der Anästhesist Wolfgang Peschke problematisiert in unserem Interview die Angiographie – in seinem Hause wird sie nicht mehr angewandt –, aber er verwischt den potentiell tödlichen Wirkungszusammenhang auf möglicherweise noch lebende Hirnareale: „Die Angiographie ist eine relativ invasive Maßnahme, die auch zu weiteren Organschäden führen kann – nicht im Gehirn, das ist ja schon ausgeschaltet, aber an anderen Organen, durch allergische Reaktionen zum Beispiel, die auch möglich sind, wenn das Hirn tot ist." Peschke torpediert den diagnostischen Charakter seiner Tätigkeit, indem er den Hirntod bereits als feststehende Tatsache voraussetzt und das Untersuchungsergebnis vorwegnimmt. Wenn das Gehirn schon „ausgeschaltet" ist, wozu dann dieser enorme angiographische Aufwand? Wer soll vor allergischen Reaktionen geschützt werden – „der Tote" oder die Empfänger?

Eine ähnliche Argumentation entfaltet Professor Angstwurm, als wir ihn fragen, wie aussagekräftig die Messung der Hirnströme (EEG) für die Hirntoddiagnostik sei. Wir konfrontieren ihn mit Kritikern, die das sogenannte Null-Linien-EEG für eine Ganzhirntoddiagnose für nicht beweiskräftig halten, denn es erfaßt nicht wirklich alle Regionen des Hirns:[27] „Immer wieder wird gesagt, daß man das mit der klinischen Untersuchung nicht feststellen könne. Wenn man klinisch untersucht, findet man manchmal noch etwas beim EEG. Und wenn man beim EEG nichts mehr findet, findet man manchmal noch etwas mit der Durchblutungsuntersuchung. Da kann man nur sagen: das ist zweifellos richtig. Das muß so sein, und zwar deshalb, weil mit der Abnahme der Hirndurchblutung zunächst die Funktion ausfällt, dann die neurophysiologisch faßbaren Phänomene und zum Schluß dann die Perfusion selbst. Je nach dem Stadium dieser Entwicklung, je nach dem Zeitpunkt der Untersuchung muß es das geben, daß sich bei klinisch fehlender Hirnfunktion noch eine Restaktivität in irgendeinem Verfahren findet. Die entscheidende Frage ist aber nur, ob beispielsweise eine solche restliche Durchblutung dem betreffenden Menschen eine Chance bietet, daß seine fehlende Hirnfunktion wiederkehrt. Solange das nicht erreichbar ist, weil man den Hirndruck nicht beseitigen kann, hat der Betroffene überhaupt nichts von diesen Befunden. Sie verstehen schon, was ich meine?"

Professor Angstwurm beschreibt hier die Prozeßhaftigkeit des Hirnsterbens, die der Hirntoddiagnostiker als „Tod" auf einen einzigen Punkt hin zu fixieren versucht. Hier wiederholt sich die Methode der Fragmentierung, die dem Hirntodmodell zugrunde liegt: Um noch erkennbare Lebenszeichen im Gehirn zu erklären, greift Professor Angstwurm auf dasselbe Muster zurück, nach dem der Mensch bereits in ein totes Gehirn und einen lebenden „übrigen Körper" zweigeteilt ist; auch das Hirn wird nun noch einmal in einen wirklichkeitsmächtigen toten und einen für das „Faktum Hirntod" unwesentlichen lebendigen Teil aufgespalten. Für die Erklärung dieser Paradoxie bedient man wiederum die lebensverachtende Formel: „Restaktivität" im „Restkörper". Und dennoch kann diese Erklärung als ein Zugeständnis der Hirntoddiagnostiker gelesen werden, daß auch ihre Nachweistechniken lediglich dazu in der Lage sind, Komapatienten in einem gewissen Stadium des Sterbens erkennen zu können. Den ideologischen Charakter dieser Todeszeitbestimmung bringt noch einmal der Professor für Neurochirurgie Joachim Gerlach auf den Punkt: „Schon die *Annahme* eines genauen Todeszeitpunktes und der Versuch, ihn zu bestimmen, ist ein Vorurteil. Vorher ist nämlich die Frage zu beantworten, ob es einen solchen Zeitpunkt überhaupt gibt."[28]

Professor Harten veranschaulicht, daß es in der apparativen Hirntoddiagnostik (EEG, Angiographie, Doppler-Sonographie, Hirnszintigramm) in erster Linie um einen schriftlichen Nachweis des Hirntodes anhand graphischer Aufzeichnungen geht. Nach der formalmedizinischen Hirntodfeststellung läßt „man das vor der Explantation dann noch einmal von einem anderen, unbeteiligten Kollegen überprüfen. Und wenn zwei Leute dieser Meinung sind, dann wird man ein apparatives Verfahren anschließen, um etwas Schriftliches zu haben. Als einfachste Methode kann ein EEG abgeleitet werden."

Der Stationsleiter Jan Rosenberg verdeutlicht noch einmal den legitimatorischen Zweck der bildlichen Diagnosetechniken. Er schildert, in welchen Druck die apparative Diagnostik geraten kann, wenn der schriftliche Nachweis durch eine Hirnstromaufzeichnung im Haus von dem diensthabenden Neurologen abgelehnt wird, weil er der Hirntoddefinition gegenüber kritisch eingestellt ist und ein entsprechendes Null-Linien-EEG verweigert: „Dann müssen wir halt auf andere Dinge kommen, wie z.B., daß ein Null-Szintigramm läuft. Das ist ein bildtechnisches Verfahren, das aber einen großen Nachteil hat: Wir müssen den Patienten komplett mit allen Injektomaten, Perfusionen, Spritzpumpen und

Beatmungsmaschinen – also alles das, was existentiell ist – einpacken und ihn rüberschaffen. Dann kommt der Patient nach zwei, drei Stunden wieder – er ist natürlich mit den Werten völlig ausgerissen –, und dann läuft da einiges, um ihn wieder in eine physiologische Bahn zu bringen. Dann geht das seinen Gang. Wenn das abgeschlossen ist und die Werte für die Sedierung unter der Nachweisgrenze liegen, wird das Hirntodprotokoll entsprechend komplettiert."

Der „Hirntote" wird sediert, also medikamentös beruhigt, damit er die aufwendige Untersuchung übersteht. Und trotzdem gerät er physiologisch aus der Bahn. Es scheint sich hier um eine für den Patienten wie für das medizinische Personal anstrengende Diagnostik zu handeln, die aber nötig ist, um einen schriftlichen Beleg für den Hirntod besitzen. Im Gegensatz zu den vorausgegangenen Reflexuntersuchungen kann nur eine Maschine den sichtbaren Beweis in Form von Null-Linien, „Null-Angio" und „Null-Szinti" liefern. Das Prozedere der maschinellen Hirntoddiagnosetechniken scheint hier die Funktion eines Beruhigungsmittels zu gewinnen, um die Suggestion und den Glauben an den Hirntod zu stabilisieren. Der apparative Aufwand befriedigt das Bedürfnis, den sonst so abstrakten Tod sichtbar zu machen, indem er durch Linien und Röntgenbilder Gestalt annimmt, auch wenn diese abstrakt bleibt. Der Komapatient selbst kann im Zuge dieses aggressiven Verfahrens von niemandem mehr in seinem Sterbeprozeß wahrgenommen werden, denn der Beweisdruck diktiert den sozialen Umgang mit ihm.

Andreas Zieger problematisiert die gesamte Palette der Diagnosetechniken, denen ein sterbender Mensch in seiner Hilflosigkeit am Ende seines Lebens ausgesetzt wird: „Es wäre natürlich einmal darzulegen, ob sich sterbende Menschen einen solchen Umgang überhaupt wünschen und ob sie sich als Sterbende auf der Intensivstation dieser Prozedur unterziehen wollen. Ich denke, die meisten können das nur aushalten, wenn ihnen gesagt wird: ‚Du merkst das ohnehin nicht, du bist im Koma.'"

Alle an der Hirntoddiagnostik professionell Beteiligten unterliegen einer Irritation, weil der Hirntote mit der menschlichen Wahrnehmung kollidiert. Der überzeugte Hirntoddiagnostiker ist zu einer enormen Rationalisierung seiner eigenen Sinneswahrnehmung gezwungen. Er muß vor sich selbst sein aggressives Handeln legitimieren, das von vornherein außerhalb therapeutischer Hilfeleistung im Sinne seines Patienten steht. Die Ambivalenz, die die Hirntoddefinition jedem aufzwingt und mit der insbesondere jeder Diagnostiker fertig werden muß, formuliert der Stationsleiter Jan Rosenberg so: „Ich frage mich gerade, wo mein Herz ist: mein Herz im Hirn oder mein Hirn im Herz? Was ist denn richtig tot? Herztot – hirntot? Oder vielleicht beides? [...] Das Hirn wird tot sein, denn es ist ja länger als der Mensch tot. [...] ‚Herztot' ist gleich ‚richtig tot'. Okay, nur – dann kann man mit diesem Patienten nichts mehr anfangen. Dann verliert er ja den organspenderischen Wert, und dann wird er uninteressant. Es wird umdefiniert, und man sagt: ‚Hirntot ist auch richtig tot, ist gleichbedeutend mit herztot' – nur mit der Konsequenz, daß man mit diesem Patienten, mit diesem Organmaterial noch etwas anstellen kann... Ich denke gerade an den Buchtitel *Dies ist keine Pfeife*. Auf dem Buchumschlag ist natürlich eine Pfeife zu sehen, klar."

5. Hirntodprotokoll, Totenschein, Unterschriften: der Bürokratisierungsakt

Das Prinzip der Fragmentierung wiederholt sich wiederum in der Organisationsstruktur der Hirntodfeststellung. Schon am diagnostischen Verfahren arbeiten völlig unabhängig voneinander Spezialisten verschiedener Bereiche. Sie rekrutieren sich aus Toxikologen (Blut und Urin), Radiologen (Hirnkreislaufdarstellung), Neurologen (EEG), Intensivschwestern und Pflegern, Medizinisch-Technischen Angestellten im Labor sowie zwei Hirntoddiagnostikern. Diese sind in der Regel entweder Anästhesisten, Neurologen oder Neurochirurgen. Jede persönliche Beziehung zum Komapatienten ist als Maßnahme des Selbstschutzes soweit es geht wegorganisiert, so daß möglichst keiner seiner Therapeuten in Gefahr gerät, Gefühle zu empfinden. Alle Tätigkeiten sind in kleinste Arbeitsschritte aufgeteilt und in den großen Apparat *normaler Arbeit* integriert.[29] Die Todesfeststellung zwecks Organentnahme gewinnt das Ansehen einer normalen „therapeutischen" medizinischen Maßnahme, so daß in sozialpsychologischer Hinsicht die Tabuverletzung erträglich bleibt.

Die Tätigkeit der beiden Hirntoddiagnostiker bleibt dennoch besonders tabubelegt, denn schließlich sind sie es, die den potentiellen Organspender per definitionen von einem lebenden Patienten in eine Leiche verwandeln und den Totenstatus des ehemaligen Patienten schriftlich dokumentieren müssen. Die Organisationsstruktur der Hirntoddiagnostik entlastet sie einmal dadurch, daß sie zu zweit sind und unabhängig voneinander nach klar medizinisch festgelegten und objektivierbaren Parametern vorzugehen haben. Zum anderen sind sie von der Konsequenz ihrer Tätigkeit – der Organentnahme – völlig abgeschirmt. So hat zum Beispiel Professor Angstwurm als „alter Hase" der Transplantationsmedizin im Laufe seiner Tätigkeit seit den 70er Jahren noch nie einer Explantation beigewohnt: „Ich halte mich strikt an die Trennung der Todesfeststellung und der Explantation. Wenn ich da zuschauen würde, würde ich zwar nicht gegen die Vorschrift verstoßen, daß die beiden den Tod feststellenden Ärzte nicht an der Organentnahme mitwirken dürfen." Auf die Frage, ob Professor Angstwurm nicht neugierig auf den Vorgang der Explantation sei, lautet die Antwortet: Solange er als Neurologe tätig sei, wünsche er eine solche Konfrontation nicht. Auch der ehemalige Hirntoddiagnostiker Andreas Zieger hat sich die Erfahrung einer Explantation bisher erspart und fragt, welchen Sinn das haben sollte, wenn ein Hirntoddiagnostiker eine Organentnahme erlebt: „Naja, ich weiß nicht, ob das eine nötige Erfahrung wäre. Es liegt für mich auf einer ähnlichen Ebene, wie wenn man sagt, die Raucher müssen alle einmal eine schwarze Lunge sehen. [...] In gewisser Weise könnte es aber doch sensibilisieren zu erleben, daß ein ‚Hirntoter' bei der Explantation heftig zuckt."

Professor Harten besteht auf einer prinzipiellen Trennung zwischen seiner Arbeit und der der Chirurgen: „Wenn strikt getrennt wird, gibt es einen Behandler, der dann auch noch einer ganz anderen Klinik angehört. Ich bin ja Neurochirurg. Und es gibt die Bauchchirurgen oder die Thoraxchirurgen, die wollen die Organe haben. Beide haben erst einmal gar nichts miteinander zu tun.

Wenn das sauber getrennt ist, gibt es keinen Interessenkonflikt. Medizinisch und formal ist das eine ganz klare Trennung. Die würde ich auch wirklich immer haben wollen, solange ich das Geschäft mache." Die Vermeidung jeder Beziehung durch das Prinzip der Trennung bietet in sozialpsychologischer Hinsicht die Voraussetzung dafür, daß der Patient versachlicht werden kann. Wie Professor Harten selbst formuliert, geht es gerade darum, sich *kein Bild* von dem Patienten zu machen: „Wir trennen ja sehr bewußt die Leute, die einen Patienten behandeln, die ihn dann auch nur soweit behandeln, daß sie plötzlich feststellen müssen, daß er tot ist, und diejenigen, die explantieren. Die haben diesen Menschen ja mit Absicht vorher nicht gesehen."

Keine Gefühle, kein zweckorientierter und auch kein empathischer Blick auf den Hirntoten, eiskalte Rationalität allein ist gefragt, denn sie bietet sicheren Boden für ein reines Gewissen. Harten betont noch einmal, daß er derjenige ist, der die Voraussetzung für die Arbeit der Chirurgen schafft, aber – und das ist das Entscheidende – er bleibt von deren Tätigkeit abgeschnitten: „Das eine muß passiert sein, damit das andere folgen kann. Ich habe aber mit den Transplantationschirurgen nichts zu tun. Ich stehe bei denen auf keiner Publikationsliste. Ich habe nur Ärger mit der ganzen Geschichte." Statt im Rampenlicht wie die Transplanteure steht der Hirntoddiagnostiker eher auf der dunklen Seite der Organentnahme, die möglicherweise Schuldbewußtsein zurückläßt. Da aber Schuldgefühle generell unerträglich sind, tendiert man dazu, sie zu verlagern. Professor Harten antwortet auf unsere Frage, ob er die Explantation eines hirntoten Patienten als Tabuverletzung empfindet: Die Transplantationschirurgen „sind bereit, für ein übergeordnetes Ziel Schuld auf sich zu nehmen".

Umgekehrt beharren die Chirurgen ihrerseits darauf, daß sie selbst nichts mit der Hirntoddiagnostik zu tun haben. Professor Margreiter: „Wir sind als Transplantationschirurgen in die Hirntoddiagnostik und die ganze Problematik überhaupt nicht involviert." Auch die Chirurgin Andrea Müller holt sich die Legitimation ihres Handelns bei den Hirntoddiagnostikern: „Wir sagen: ‚Okay, schließt die Diagnostik ab, und wenn der Patient hirntot ist und es sich um einen Spender handelt, dann kommen wir.' [...] Wenn ich irgendwo hinfahre und mir dessen nicht sicher sein kann, das finde ich nicht gut. Ich möchte definitiv wissen, daß der Spender tot ist, daß das sauber gemacht ist. Dann kann der Spender auch zucken oder so."

Mit Hilfe des fragmentierten Prinzips wird Schuld durch ihre Verteilung auf ein großes Team neutralisiert. In diesem Zusammenhang scheint der Gebrauch von Sauberkeitsmetaphern eine zentrale Rolle zu spielen. Eine „saubere" Hirntodfeststellung wurde von vielen unserer Gesprächspartner eingefordert. Ihre Qualität stellt sich vor allem über das schriftliche Dokument her, so daß das *Hirntodprotokoll* einen exponierten Platz in dem Prozedere der Hirntodfeststellung einnimmt. Man findet es in beinahe jeder Werbebroschüre für Organspende abgedruckt.

Ganz oben in das Hirntodprotokoll werden Name, Geburtsdatum und die Diagnose des Patienten eingetragen. Danach ist exakt das Untersuchungsdatum, die Uhrzeit und die Protokollbogen-Nummer zu verzeichnen. Im folgenden ist der Gang der Hirntoddiagnostik präzise aufgelistet, die Punkte sind von den zwei Untersuchern jeweils mit „ja" oder „nein" auszufüllen. Zum Beispiel: Punkt 1.2 „Relaxation ausgeschlosssen"; Punkt 2 „Maßgebliche Symptome des Ausfalls der Hirnfunktion [...]; 2.5 „Trigeminus-Schmerzreaktion fehlt". Da die Überschrift dieser Todesbescheinigung die Antworten bereits vorgibt – „Protokoll *zur Festellung des Hirntodes*" –, wird sich selbstverständlich unter Punkt 2.1 bis 2.7, wo die ausgefallenen Symptome der Hirnfunktionen unter dem Stichwort „fehlt" zu verbuchen sind, kein *Nein*-Eintrag finden. Zwei Rubriken für die beiden unabhängigen Diagnostiker unterteilen das Formular. Das Protokoll ist in doppelter Form auszufüllen, wobei insgesamt acht Unterschriften zu leisten sind.[30]

Das Hirntodprotokoll steht für Seriosität und Wahrhaftigkeit des Hirntodes. Der Leichenstatus wird in eine bürokratische Ordnung gefaßt, die Sicherheit und Verantwortungsgefühle suggeriert. Es liefert für den Chirurgen, der den Hirntoten nur auf Basis dieses Papiers ausweidet, eine wichtige Legitimationsgrundlage, und es gewinnt für den Todesdiagnostiker eine beschwichtigende und stabilisierende Funktion. Denn es besitzt schließlich soviel Wirklichkeitsmacht, daß es vor jedem Gericht dieser Welt bestehen kann.

Professor Harten: „Da ist ein Zettel mit dem EEG oder mit einer Angiographie oder mit einem Dopplerbefund. Wenn jemand das anzweifelt, kann man das einem Richter hinlegen und zeigen, daß das richtig und sauber gemacht ist."

Das interessanteste Phänomen an diesem schriftlichen Prozedere ist, daß der Todeszeitpunkt des hirntoten Patienten mit dem Abschluß dieses bürokratischen Akts, also mit der letzten geleisteten Unterschrift, identisch ist. Auf dem anschließend auszufüllenden Totenschein wird als Todeszeitpunkt die Uhrzeit des Schriftaktes verbucht. Die Logik dieses Verfahrens erläutert Professor Angstwurm: „Mit dem Nachweis der Irreversibilität ist die Untersuchung abgeschlossen. Sie wird durch jeden der beiden Ärzte getrennt protokolliert und dann als gemeinsames Schlußergebnis bestätigt, wobei als Todeszeit die Uhrzeit angegeben wird, zu der die Untersuchungen abgeschlossen sind. Es wird ja festgestellt, *daß* der Tod eingetreten ist. Es wird nicht festgestellt, wann er eingetreten, sondern [...] daß er bereits eingetreten ist. Wann das vorher passiert ist, das kann man nicht genau sagen, obwohl es dafür Hinweise gibt. Aber man kann es eben nicht auf die genaue Uhrzeit rückdatieren."

Das Prozedere der Todesfeststellung regelt gleichermaßen den subtilen Eingriff in unsere soziale und kulturelle Beziehung zu einem sterbenden Menschen: Die Unterschrift des Hirntoddiagnostikers zwingt schließlich zum menschlichen Kontaktabbruch vor der Explantation. Die Transplantationskoordinatorin Katharina Grosse stellt diese Todeslogik plastisch dar: *„Der Patient ist tot in dem Augenblick, wo die Hirntoddiagnostik abgeschlossen ist und der Totenschein ausgefüllt wird.* Der Abschluß der Hirntoddiagnostik ist der Todeszeitpunkt, so steht das im Totenschein drin. Es ist nur so, daß der Tote anders aussieht, wenn die Geräte noch nicht abgeschaltet sind. Durch die Fortschritte in der Medizin ist der Kreislauf, das Herz eben nicht mehr auf die Funktion des Hirnstamms allein angewiesen. Wenn dieser abgestorben ist, kann man keine Luft mehr holen, und dann stirbt das Herz kurze Zeit danach, und dann sieht man eben wie ein Leichnam aus. Es zirkuliert kein Blut mehr. Dadurch verändert sich die Hautfarbe, und nach einer gewissen Zeit treten die Totenflecke ein. Das ist anders, wenn die

Geräte noch laufen und dafür sorgen, daß das Blut noch mit Sauerstoff versorgt wird. Dann hat der Patient dieses rosige Aussehen eines Beatmeten und unterscheidet sich in keiner Weise von jemandem, der aus dem OP kommt und beatmet wird – jedenfalls äußerlich nicht." Das Hirntodprotokoll und der Totenschein schneiden vom medizinischen und juristischen Standpunkt aus jede soziale Beziehung ab, verordnen ein Wahrnehmungsverbot und ersetzen unsere Sinnesempfindung durch die höhere, abstrakte Realität „Hirntod".

Dieser Todeslogik zufolge wird der Todeszeitpunkt eines Organspenders flexibel. Er kann – wie anfänglich in diesem Kapitel am Beispiel der wiederholten Hirntodfeststellung auf dem Operationstisch gezeigt – revidiert und neu festgelegt werden. Der Todeszeitpunkt ist nun von den organisatorischen Engpässen des jeweiligen Krankenhauses diktiert und hat nur noch bedingt mit dem Komapatienten etwas zu tun. Die Willkür und Absurdität dieser Todeszeitfeststellung verdeutlicht folgendes Beispiel: „Die erste Hirntoddiagnostik findet etwa freitags um 13 Uhr statt. Aufgrund von Personalmangel ist am Wochenende kein EEG oder eine cerebrale Angiographie möglich. Vielleicht ist auch nur ein Apparat defekt. Wenn außerdem wegen der anfallenden Arbeit nicht ausreichend lange zwei ÄrztInnen auf der Station sind [...], kann die zweite Hirntoddiagnostik erst am Montag durchgeführt werden. In diesem Fall wird der Patient erst am Montag versterben. Vielleicht wäre er schon Samstag um 1.00 Uhr morgens verstorben, wenn zu diesem Zeitpunkt die zweite Hirntoddiagnostik durchgeführt worden wäre."[31]

III. Die intensivmedizinische Vorbereitung eines Spenders: „Zu glauben, daß der tot sein soll, war das Paradox."

1. Arbeit auf der Intensivstation: ein Traum

„Meine Mutter war als Patientin auf der Intensivstation. Sie hatte eine Herzoperation hinter sich und hat noch lange danach gelebt. Nachdem sie dann gestorben war, hatte ich immer diesen Traum: Sie liegt auf der Intensivstation, aber unter Wasser. Um ihr zu helfen, mußte ich 'runtertauchen. Ich habe einen Schlauch, einen Schnorchel, mit dem ich tauche, und da liegt dieser Mensch, der, glaube ich, meine Mutter ist. Die Person liegt da, halb verwest und halb lebendig, genau zur Hälfte, es war grauenhaft. Ich schreie: ‚Das stinkt ja furchtbar!', und tauche wieder auf. Ja, genauso war es: die eine Hälfte verwest, die andere Fleisch und Blut."

Eva Messner ist Krankenschwester und hat fünfzehn Jahre auf der Intensivstation eines österreichischen Transplantationszentrums gearbeitet. Bereits Mitte der 70er Jahre pflegte sie hirntote Patienten. 1987 schied sie aus ihrer Tätigkeit aus, weil sie es nicht mehr ertrug, daß die „Apparatemedizin", wie sie sagt, die Patienten immer mehr „verdeckte". Die Erfahrungen auf der Intensivstation allgemein und mit hirntoten Patienten insbesondere verfolgen sie jedoch bis zum heutigen Tag bis in ihre Träume. Es sei möglich, glaubt sie, daß sie da etwas nicht verarbeiten konnte, denn „der Traum war sehr real. Ich habe lange versucht, das zu malen, und ich habe auch mit einem Therapeuten darüber gesprochen."

Eva Messner ist nicht die einzige, die ihre berufsspezifischen Erlebnisse (und die traumatischen Versagensängste) auf diese Weise zu verarbeiten versucht. Was an ihrem Traum besonders auffällt, ist die widersprüchliche Wahrnehmung der Mutter als Ertrinkende und als schon „halb Verweste" in einem Stadium zwischen Leben und Tod. Frau Messner interpretiert ihren Traum selbst so, daß sie den Beatmungsschlauch – ein in der Intensivmedizin unverzichtbares Instrument – zum Überleben benötigt, während ihre Mutter ertrinkt. In einem weiteren Traum, den sie uns mitteilt, gelingt es ihr nicht, die Schläuche schnell genug zusammenzustecken, um ein Kind vor dem Ersticken zu retten. Die Versagens- und Schuldproblematik drückt sich in der Traumsprache aus: „Man hat diesen Menschen soviel zugemutet", erinnert sich die Krankenschwester, sie mußten „so viele Schmerzen" aushalten, und „es wird einfach über ihren Körper verhandelt. Mir kamen diese Menschen manchmal vor wie Ertrinkende."

Auf einer Intensivstation zu arbeiten ist etwas Besonderes und fordert den Schwestern und Pflegern hohe Konzentration und auch psychische Einsatzbereitschaft ab. Der Streßpegel ist höher als auf einer Normalstation, und die Erfolgserlebnisse werden anders gemessen. Die meisten Patienten sind bewußtlos, so daß eine direkte Ansprache nicht möglich ist, und die Pflegekräfte müssen andere Wege gehen, wenn sie eine Beziehung zum Patienten herstellen wollen. „Es läuft", so Jan Rosenberg, seit 1976 Mitarbeiter und heute Pflegeleiter einer großen neurochirurgischen Intensivstation, „sehr viel emotional. [...] Es wird eine Verbindung aufgebaut zwischen Pflegenden und diesen Patienten, wohl auch hervorgerufen durch ihre besondere Hilflosigkeit, durch ihre neurologischen Ausfälle. [...] Das ‚cure and care', das Heilen und Pflegen [...] ist für die Ärzte einfach nicht mehr existent." Die Beziehungspflege auf der einen und die Überwachung der hochkomplexen technischen Apparaturen auf der anderen Seite markieren die beiden extremen Pole der Pflegetätigkeit.

Intensivpflege, so auch Grit Seibold, die viele Jahre auf verschiedenartigen Intensivstationen Erfahrungen gesammelt hat, ist „Rundumversorgung, bei der ich auf alles achten muß und jemandem etwas geben kann." Darin besteht der Reiz dieser Arbeit, und sie kennzeichnet zugleich ihr Dilemma. Denn nirgends ist der Tod so präsent wie auf einer Intensivstation, und die dort Tätigen müssen täglich in Kauf nehmen, den Kampf mit dem Tod zu verlieren. Was heißt es in einer solchen Arbeitskonstellation, „tote" Patienten zu pflegen?

2. „Zusehen, daß die Vitalfunktionen erhalten bleiben"

Wer auf einer Intensivstation arbeitet, so die übereinstimmende Auffassung, identifiziert sich mehr als üblich mit seiner Tätigkeit. Dies gilt für die Intensivstationen im allgemeinen und in noch höherem Maße für die neurochirurgischen Intensivstationen, auf denen die hirntoten Patienten liegen. Mitarbeiter, die hier einmal tätig sind, so Jan Rosenberg, quittieren entweder schon nach einem halben Jahr den Dienst oder bleiben über einen langen Zeitraum dabei.

Die Arbeit unter extremen Bedingungen setzt die optimale Kooperation im Team voraus. Störungen von innen und außen werden empfindlicher wahrgenommen als anderswo. Wenn ein Patient als „hirntot" diagnostiziert wird und zum potentiellen Organspender wird, betreten Außenstehende – die beratenden Gutachter, die Transplantationskoordinatoren, die Angehörigen und die Chirurgie – den Schauplatz und stören den Ablauf der kräfteraubenden, konzentrierten Intensivpflege.

In aller Regel, so haben wir festgestellt, ist das Personal auf diese besondere Situation wie etwa die Entscheidung über eine Organspende nicht oder kaum vorbereitet. Eva Messner hat während ihrer Ausbildung den Begriff „Hirntod" nie gehört, und ähnlich ging es auch allen anderen befragten Schwestern und Pflegern, nicht nur in der Intensivpflege, die ihre Ausbildung in den 70er Jahren absolvierten. Der erste Kontakt mit hirntoten Patienten fand für Eva Messner auf den Intensivstationen statt, und „der Schock", wie sie es ausdrückt, oder „das Erstaunen" darüber, daß dieser Patient „tot sein soll", so auch die Transplantationskoordinatorin Frauke Vogelsang, war in manchen Fällen Anlaß, sich theoretisch mit dem Hirntod zu beschäftigen.

Über die Erfahrung mit ihrem ersten hirntoten Patienten berichtet Grit Seibold ausführlich: „Das war ein junger Mann um die dreißig, der in einem kranken, aber wachen Zustand zu uns kam, doch innerhalb kürzester Zeit eintrübte. Die Diagnostik lief schnell an. Er mußte sehr schnell intubiert und beatmet werden, und man hat eine Massenblutung festgestellt. Er konnte nicht mehr operiert werden, sein Zustand war viel zu schlecht, und der Hirntod ist dann relativ schnell eingetreten, ohne daß ich heute den Zeitpunkt genau angeben könnte. Was mich dabei sehr beschäftigt hat, war einmal, daß der Mann sehr zugänglich war, als er zu uns kam, seine Frau war dabei. Und zum anderen das ganze Leid, das hinterher aufgebrochen ist, als es um Organentnahme ging."

Die Situation, die die Krankenschwester schildert, ist typisch: Der Patient wird „ganz normal" auf der Intensivstation eingeliefert und behandelt. Im Laufe der Routineuntersuchung erhärtet sich der Verdacht, daß der Patient hirntot sein könnte. An der Behandlung ändert sich nichts, der Patient wird gepflegt und beatmet. Doch dann kommt, wie schon gesagt, irgend jemand auf die Idee, den Patienten für die Explantation vorzuschlagen.

Von einem Augenblick auf den anderen ändert sich so nicht nur der „objektive" Status des Patienten vom Schwerverletzten zur hirntoten, „lebenden Leiche", sondern auch der Pflegeauftrag: Statt Maßnahmen, die dem Wohl des Patienten dienen, geht es nun um die zweckorientierte Aufrechterhaltung der „Vitalfunktionen" – also der lebenden Organe – mit dem Ziel, die Organe zu entnehmen. Dieser veränderte Behandlungsauftrag – die „Spenderkonditionierung" – bringt die Pflegenden in eine intellektuell und emotional schwer zu bewältigende Situation.

Denn, so Grit Seibold, der Patient bleibe ja derselbe, da „war überhaupt kein Unterschied. Auch wenn es hieß, der Patient ist hirntot, war das für mich nicht ganz greifbar, weil es immer gewisse Reaktionen gegeben hat." Auch Eva Messner erklärt, daß sich für sie mit der Feststellung des Hirntods nichts verändert habe, auch die Pflege sei dieselbe geblieben. In deren Mittelpunkt steht, so der Intensivmediziner Peschke, die übliche Therapie, Beatmung und Kreislaufstabilisierung. Oft gebe es Probleme mit dem Blutdruck und der Herzfrequenz, „etwas ‚Besonderes'" werde jedoch nicht unternommen. Neben der Grundpflege, also waschen, lagern, absaugen etc., müsse man, so Rosenberg, „zusehen, daß die Vitalfunktionen erhalten bleiben. Und da spielen natürlich auch pflegerische Maßnahmen eine Rolle, beispielsweise, daß die Beatmung richtig eingestellt wird, daß auf Elektrolytenverschiebung geachtet wird, daß diese Werte kontrolliert, umgesetzt, zugesetzt werden. Dabei ist eine zunehmende Technisierung im Spiel."[1]

Was allerdings den Behandlungsauftrag betrifft, geht Rosenbergs Interpretation einen Schritt weiter als die seiner Kolleginnen: Zwar hält auch er fest, daß sich an der Pflege eines hirntoten Patienten überhaupt nichts ändert, einen „Behandlungsauftrag" jedoch gebe es nicht mehr: „Die Verbindung, die das Pflegeteam als Auftrag versteht, in seinem Tun, in seinem Arbeiten, in der Versorgung und dem ganzen emotionalen Gefüge – dieser Auftrag ändert sich nicht, sondern er besteht nicht mehr."

Gemeint ist konkret die institutionelle Anforderung an das Pflegepersonal, die spezielle Zuwendung, das emotionale „Surplus", von den hirntoten Patienten „abzuziehen" und den „Toten" rein sachorientiert und im Hinblick auf das Ziel – Organentnahme – zu versorgen. Dies jedoch kollidiert mit dem professionellen Anspruch der Pflegenden und ihrer sinnlichen Wahrnehmung des „Toten". „Das ist schon ein optischer Unterschied", erklärt die Krankenschwester Seibold, wenn „jemand stirbt, sieht man, wie sich die Gesichtsfarbe verändert, wie auf der Haut Totenflecke auftreten, das ist der normale Sterbeprozeß". Die hirntoten Patienten dagegen „sehen entspannt aus, gut beatmet, sie haben eine normale Körpertemperatur. Man kann sehen, daß die Kreislauffunktion vorhanden ist. Das muß man auch sehen, um es begreifen zu können."

Mit der Pflege einer „Toten" beauftragt zu werden, dies hat auch Eva Messner in Konflikte gebracht. Sie erinnert sich an den Fall einer 21jährigen Lawinenverschütteten, die mit Schädelhirntrauma eingeliefert und für hirntot erklärt wurde. Eva Messner wurde zur Beobachtung der Patientin eingeteilt und schildert die Umstände: „Das war in einem Abstellraum, weil die Intensiv sehr überfüllt war. In diesem Raum standen die Dialyseapparate. Hier sollte ich mich um das junge Mädel kümmern, und das war sehr schwer für mich. [...] Ich habe in diesem Raum acht Stunden mit ihr verbracht, und das war ziemlich unheimlich, weil ich mir Gedanken gemacht habe, was ist mit dieser jungen Frau, was ist los mit ihr, stehe ich da jetzt neben einer Toten? Und doch waren die Körperfunktionen voll da."

Der optische Eindruck widerspricht der technischen Dokumentation auf den Monitoren, und der Pflegeauftrag als solcher gerät in Konflikt mit der vorgeblichen Tatsache, daß es sich bei den zu pflegenden Patienten um „Tote" handeln soll. Auch Jan Rosenberg gesteht zu, daß der Eindruck und Anblick eines hirntoten Patienten im Vergleich zu einem schwerverletzten Komapatienten unverändert ist und daß er von den unmittelbar mit der Pflege Betrauten als lebend wahrgenommen wird. Für ihn allerdings sei der potentielle Spender „so tot wie nur irgendwas". Früher habe er ebenfalls diese „emotionale Ambivalenz" gespürt, doch seine Probleme, so erläutert er weiter, „laufen nicht unbedingt auf der emotionalen Schiene".

Bevor wir auf die besonderen Schwierigkeiten eines Stationsleiters zurückkommen, sollen noch einmal die Pflegenden und ihre Erfahrungen mit hirntoten Patienten zu Wort kommen, weil sie zeigen, daß es sich bei den Wahrnehmungsunterschieden des ärztlichen und pflegerischen Personals auch um Kompetenzstreitigkeiten handelt, die dem medizinischen System innewohnen.

An den 19jährigen verunglückten Motorradfahrer, dessen Nieren entnommen werden sollten, wird sich Eva Messner lebenslang erinnern. Stündlich waren die Neurologen gekommen und hatten ihre Tests gemacht, es war ein von großem Zeitdruck und gleichzeitiger Unsicherheit geprägtes Hin und Her. „Ich hatte die Gewohnheit, den Leuten die Hand zu halten. Und da ist es mir so vorgekommen, als spürte ich einen Händedruck, als wäre da noch ein Händedruck, das war schlimm für mich." Sie habe dem transplantierenden Chirurgen diesen Eindruck mitgeteilt, doch „für die Neurologen war das ziemlich eindeutig, daß vom Gehirn nichts mehr ausgeht, das könne, so meinten sie, fast nicht möglich sein. Aber für mich war es so, als würde etwas über dem Jungen schweben und ... das ist ganz schwer zu beschreiben." Während sie im Fall der jungen Frau das Gefühl hatte, diese sei wirklich tot, und es ihr aus diesem Grund „unangenehm" war, sie pflegen zu müssen, hatte sie bei dem jungen Motorradfahrer, allen Null-Linien des EEG zum Trotz, den Eindruck, daß er noch lebe. Ihn zur Explantation vorbereiten zu müssen war „schlimm". Und in bezug auf die junge Frau erklärt sie sich ihre damalige Haltung rückblickend: „Das war meine erste Erfahrung. Vielleicht habe ich das später dann angezweifelt, ich habe das in Zweifel gezogen, denn ich war nicht einverstanden."

Die körperliche Berührung ist für Patienten, die nicht mehr in der Lage sind, sprachlich zu kommunizieren, von großer Bedeutung. Das wurde Eva Messner nicht nur von einer ehemals schwerkranken Herzpatientin bestätigt, sondern es deckt sich auch mit den Erfahrungen, die der Neurochirurg Andreas Zieger auf seiner Wachkoma-Station im Evangelischen Krankenhaus in Oldenburg macht.

Grit Seibold berichtet aus ihrer Zeit auf Intensivstationen von ähnlichen Erfahrungen: „Ich habe mit den Patienten gesprochen, ihnen erzählt, was ich mache, ich habe auch immer die Angehörigen aufgefordert, mit ihrem Angehörigen zu sprechen, weil ich denke, daß derjenige, der da liegt, etwas wahrnimmt. Auch wenn er hirntot ist, gibt es immer Kommunikationsformen, beispielsweise indem man nur dasitzt und ihm die Hände hält. [...] Der Patient erlebt, vermute ich einmal, mehr durch die Berührung, nicht durch das Gerät."

Es muß nicht unbedingt wie bei dem jungen Motorradfahrer ein Händedruck sein, sondern Reaktionen lassen sich, wie die heutige Stationsleiterin Seibold schildert, auch beim Umbetten ablesen, wenn sich die Leute nicht so einfach auf die Seite legen lassen, sondern einen „gewissen Widerstand" dagegensetzen. Das sei nur für denjenigen, der den Patienten berührt, erkennbar; andere, die einfach so am Bett stehen, erkennen es nicht. Seibolds Skepsis gegenüber der Hirntoddefinition rührt, wie sie sagt, auch von der Angst, daß die Ressourcen, die ein Patient vielleicht noch hat, nicht genutzt werden.

Ein Konkurrenzverhältnis in der Wahrnehmung von Pflegekräften und Ärzten beschreibt auch der Neurologe Andreas Zieger: „Was gemessen wird, wird als faktisch angesehen; wenn die Schwester ihre Hände auf den Kopf des Komapatienten legt und seine Lebendigkeit spürt, wird das nicht geglaubt. Aber wenn ich einen ‚Hirntoten' anfasse, merke ich, wie er ‚gestimmt' ist. Das sind sinnliche Dimensionen meiner Wahrnehmung."

3. Arbeitsteilung im Krankenhaus: ärztliche Distanz und pflegerische Zuwendung

Wenn man die Arbeitsteilung in einem Krankenhaus mit der in einer Familie vergleicht, dann lassen sich eindeutige geschlechtsspezifische Kompetenzen und Zuständigkeiten ausmachen, die in einem noch eindeutigeren Hierarchieverhältnis zueinander stehen: Auf der einen Seite figuriert der ärztliche Apparat, der all jene Eigenschaften ausbildet, die entsprechend der klassischen Geschlechterstereotypie Männern zugeordnet werden: gefühlsmäßige Distanz, Rationalität, scharfes analytisches Denken und Entscheidungskälte. Auf der anderen Seite sorgt die Pflege für den notwendigen „weiblichen" Ausgleich an emotionaler Zuwendung und Teilnahme, Fürsorge und Mitleid. Die Patienten wären dann, bleibt man in diesem Bild, die „hilflosen" Kinder, denen die beiderseitige Sorge gilt.

Im Unterschied zur traditionellen Familienideologie, die dieses auf unterschiedlichen Zuschreibungen fundierte Beziehungsgefüge als komplementär und mehr oder weniger konfliktfrei entwirft, ist die Realität eines Krankenhauses geprägt von Berufshierarchien, Leistungskonkurrenz und Profilierungsstreben. Nicht nur tragen die einzelnen medizinischen Abteilungen untereinander ihre Statuskämpfe aus, sondern auch das medial kolorierte Bild vom „starken Team" aus Ärzten und Schwestern hält im Krankenhausalltag nicht immer den hehren Zielen stand. Wie schon erwähnt, werden die unterschiedlichen professionellen Kompetenzen nicht gleichrangig gewürdigt und geraten im Hinblick auf das Therapieziel mitunter sogar in Konkurrenz. Es ist letztlich alleine die ärztliche Weisung – das gesteht sogar der auch in dieser Hinsicht kritische ärztliche Leiter Zieger ein –, die am Ende und unter Umständen gegen den Einspruch der Pflegenden über das Schicksal eines Patienten entscheidet.

In Österreich, wo das medizinische System traditionell stärker als in der Bundesrepublik ärztlichen Befehl und pflegenden Gehorsam kultiviert – dies vermitteln zumindest die Aussagen der von uns interviewten Krankenschwestern –, wird die „Kommunikationsunwilligkeit" der Ärzte nicht nur gegenüber dem Personal, sondern auch gegenüber den Patienten sensibel registriert. Für ihren Abteilungsarzt, erinnert sich Eva Messner, habe es nur Apparate und Blutwerte gegeben: „Er hat nie den Menschen gesehen." Geradezu Verachtung habe seine Haltung ausgedrückt, die sich auch im Sprachgebrauch manifestierte: „Wieder so ein Morbus Kawasaki, wieder so einer, dem nicht zu helfen ist ..." Ebendieser Arzt habe es auch nicht gerne gesehen, wenn sie den Intensivpatienten die Hand hielt.

Ein „mentales Gefälle" zwischen Ärzten und Pflegepersonal konstatiert auch die Chirurgin Müller: „Die Pflegekräfte sehen mehr den Patienten und das Leid, weil sie länger mit ihm konfrontiert sind. Wir sehen mehr das Medizinische und das Krankheitsbild und versuchen, das optimal zu behandeln. Mit jedem Patienten mitleiden könnte ich nicht." Klassische Arbeitsteilungen also, die uns die Chirurgin hier vorführt, und sie sind an die Profession und nicht an das Geschlecht gebunden. Was „optimal" ist, entscheiden natürlich der Arzt und die Ärztin, die jeweils über das medizinische Wissensmonopol verfügen.

Es ist aber weit mehr als nur die „Kommunikationsunfähigkeit" oder das „Kompetenzgerangel", wie Grit Seibold glaubt, oder gar „Unwilligkeit" zur Kommunikation (Jan Rosenberg), was hier bemängelt wird. Für den Stationsleiter, der zwischen Ärzteschaft und Pflege zu „moderieren" aufgefordert ist und eine funktionale Schnittstelle bildet, läuft das Problem ohnehin auf einer „anderen Schiene": „Es gibt im Team keine Loyalität mit Abteilungen, die das Verhältnis zum Patienten stören, und genau dieser Punkt tritt mit der Feststellung des Hirntodes ein. Dann gibt es Widerspenstigkeiten, dann gibt es Gerede.[...] [Die Pflegekräfte] sagen: ‚Was machen die nur mit meinem Patienten?'" Mit „Schnittstellen" sind die Transplantationskoordinatoren und die Hirntoddiagnostiker gemeint, also eben jene Abteilungen, die das Explantationsziel „sachlich" verfolgen. Sein Tätigkeitsprofil konfrontiert den Stationsleiter mit der kontrollierenden Koordination von Abläufen, die in bestimmten Fällen dem Ziel Explantation verpflichtet sind. Kommt es hierbei zu Problemen und Störungen, ist er angewiesen, zwischen den Konfliktparteien auszugleichen.

Um uns einen Eindruck zu vermitteln, wie nervenaufreibend, belastend und in gewisser Hinsicht auch schizoid die Tätigkeit auf einer neurochirurgischen Intensivstation sein kann, illustriert er das obige Statement mit dem folgenden, zum Zeitpunkt unseres Gesprächs ganz aktuellen Fall einer potentiell hirntoten Patientin: „Eine junge Dame, Unfall auf der Autobahn, kam primär auf die unfallchirurgische Intensivstation, weil hier alles dicht war. Vom diensthabenden Arzt wurde schon gesagt, sie würde die Nacht nicht überleben. Das war am Donnerstag. Am nächsten Tag wurde sie auf die Neurochirurgische verlegt, weil sie nur Kopfverletzungen hatte. Entgegen der Prognose des erstbehandelnden Arztes hat sie die Nacht doch überlebt. Der Arzt in seinem Wahn – ich weiß nicht was sonst, erfahrungsarm kann man nicht sagen, weil er schon 16 Jahre in diesem Beruf ist – sprach auch gleich mit den Angehörigen und sagte: ,Es sieht schlecht aus, aber wir wären an einer Organspende sehr interessiert.' Er hat also versucht, alles schon in die Wege zu leiten. Nur, das ist ein völliger Schwachsinn. [...] Vor allem, weil die Prognose nicht stimmte, es waren eine massive Contusion [Quetschung, d. V.], ein Ödem und eine massive Einblutung vorhanden, nur bildeten sich nachts nicht die Hirndrücke, die zum Perfusionsstopp [also zum Hirntod, d. V.] führen. Die Therapie ist dann normalerweise, großzügig zu entdeckeln, einen Knochendeckel rechts, links, je nachdem, wo die Contusion und die massive Schwellung ist. Der Knochendeckel wird entfernt, damit das Hirn Platz hat, um zu schwellen, und um den Druck von ihm zu nehmen. Wenn der Hirndruck über den arteriellen Mitteldruck geht, gibt es mittelfristig keine Perfusion des Hirns mehr, und damit tritt der Hirntod zwangsläufig ein. [...] Genau das war auch nach der Verlegung zu uns der Verlauf. Die Patientin war reflexlos, hatte keinen Pupillen- und Corneareflex [Lidschlagreflex, d. V.] mehr. Sie wurde weiterhin konservativ behandelt und zeigte massive Hirndrucklinien mit 60, 65 Quecksilbersäule. Dann handelte der Oberarzt, der sich das Elend, wie er sagte, nicht mehr ansehen konnte, und brachte sie in den OP. Er setzte die Contusionsblutung, den Herd, ab und entdeckelte. Damit hat die Patientin erfahrungsgemäß nicht mehr die Chance zu ,klemmen', das heißt, daß das Hirn einklemmt, die Perfusion gestoppt wird und der Hirntod eintritt. Mit der Folge, daß ihr Zustand identisch blieb, daß sie aber unter Umständen überleben wird, ohne im weiteren große

Chancen zu haben. [...] Das wird auf gar keinen Fall mehr als ein apallisches Syndrom. Nun stellen sich mehrere Fragen: Was macht das Pflegepersonal damit? Und wie gehen die Angehörigen damit um, die noch in der Unfallnacht um Organspende gebeten wurden?"

Der Fall verweist auf mehrere Konfliktpotentiale, die im Alltag einer Intensivstation zusammentreffen: Ein voreiliger, übereifriger Unfallarzt beunruhigt die Angehörigen mit der Frage nach Organspende, bevor überhaupt eine Hirntoddiagnose stattfindet; eine Patientin wird aufgrund von Engpässen „verschoben"; die Diagnose wird verzögert. Der in bezug auf die Station noch unerfahrene neue Oberarzt trifft, wie Rosenberg glaubt, die „rational" nicht begründbare Entscheidung, die Patientin zu operieren, mit der Folge, daß die Hirntodprognose verhindert wird, und das Pflegepersonal und die Angehörigen werden mit einem schwierigen Krankheitsverlauf konfrontiert: Die Frau fällt in ein apallisches Koma. Das Schicksal der Patientin selbst bleibt in der Sicht Rosenbergs dabei ganz ausgeblendet.

Verursacht werden Fälle dieser Art durch die moderne Intensivtherapie, die Rosenbergs Frage nach dem „Sinn des Lebens" und der Aufgabe der Medizin tabuisiert. Die extreme Widersprüchlichkeit seiner Aussagen – einerseits rechtfertigt er das Explantationsziel und kritisiert, wenn es durch Unterlassungshandlungen sabotiert wird; zum anderen reklamiert er, daß „die Beziehung" Patient-Pflege-Angehörige bei einer Organentnahme durch externe Instanzen „gestört" werde – läßt sich darauf zurückführen, daß er als Moderator die unterschiedlichen, teilweise widerstreitenden Interessen, Motivationen und Ziele der einzelnen Bereiche „versöhnen" soll. Gleichzeitig ist er sich der Ambivalenz vieler intensivmedizinischer Maßnahmen durchaus bewußt.

Die Konflikte verschärfen sich, so glaubt Rosenberg, durch „schlechte Kommunikation". Einen Ausweg aus diesem Dilemma sieht er interessanterweise jedoch nicht in kommunikativen, sondern in verfahrenstechnischen Strategien, die „Sicherheit" vermitteln sollen. Die Abläufe wünscht er sich weniger chaotisch, standardisierter: „Das wäre eine strukturierte Ablauforganisation mit festen Parametern und Rahmenbedingungen, an die sich jeder, aber ausschließlich jeder zu halten hat und die mit allen Beteiligten besprochen wird [...] die Diagnostiker, die Gerätemediziner und die Pflege, das gehört alles zusammen, die gehören an einen Tisch, und es müßte eine Meinungsbildung her. Daraus sollten sich die ganzen Rahmenbedingungen ergeben, die festgeschrieben und dokumentiert werden, an die sich jeder zu halten hat. Dann gibt es keine Mißverständnisse."

Die „mentale" Arbeitsteilung zwischen Ärzteschaft und Pflegepersonal und die Ausblendung des sozialen Kontextes ist in Wirklichkeit jedoch kein „Mißstand", sondern eine unabdingbare Notwendigkeit des gesamten Systems. Probleme ergeben sich in der Tat dort, wo die getrennten Sphären sich überschneiden und kollidieren. Auf einer Intensivstation haben die Ärzte – das vermerkt die Anästhesistin Wasmuth selbstkritisch – die Möglichkeit, einfach das Zimmer zu verlassen, wenn es ihnen zuviel wird. Diese arbeitsorganisatorisch abgesicherte, dem Selbstschutz dienende Rückzugsmöglichkeit steht dem Pflegepersonal nicht offen. Wasmuth vermutet außerdem, daß das Pflegepersonal auf eine Explantation „unter Umständen viel emotionaler reagiert", vor allem wenn es nicht in den Entscheidungsprozeß miteinbezogen wurde.

Neben dem Verhältnis von Ärzteschaft und Pflegepersonal gibt es noch eine weitere „Schnittstelle", die die Arbeit auf der Intensivstation erschwert: die Anwesenheit der Angehörigen des hirntoten Patienten. Ausführlich berichtet Grit Seibold über ihre Erfahrungen, die sie im Laufe ihrer Tätigkeit gemacht hat. Viele Angehörige, erzählt sie, beobachteten sehr genau, wie man mit ihren Leuten umging, und sie registrierten mißtrauisch, was nach der Hirntoddiagnostik getan wurde, und fragten auch nach. „Es ist ein schwieriges Arbeiten, bei uns durften die Angehörigen im Raum bleiben, und es gab, wenn sich das Prozedere über längere Zeit hingezogen hat, jeden Tag die gleichen Fragen: ‚Warum machen Sie dies und jenes?' oder ‚Warum reden Sie überhaupt mit ihm?' Und wenn wir dann einmal nicht am Bett gearbeitet haben, wurde gefragt, ob wir nun gar nichts mehr für ihn tun, weil wir die Diagnose kennen würden."

Die Krankenschwester hat diese Situation als „sehr schwierig" und manchmal sogar als „schrecklich" empfunden. Sie habe sich am Schluß so blockiert gefühlt, daß sie zwar mit den Patienten geredet, das Gespräch mit den Angehörigen jedoch vermieden habe und ihnen möglichst aus dem Weg gegangen sei, um in Ruhe arbeiten zu können. Immer mehr habe sie das Gefühl gehabt, den Angehörigen gegenüber etwas vertreten zu müssen, das gegen ihre eigenen Prinzipien verstieß, „das Verlogene, daß ich ihnen gegenüber das Gute am Tod dieses Menschen vertreten mußte".

Der Konflikt, den Grit Seibold hier schildert, ist ganz typisch für die Arbeit der Pflegekräfte auf der Intensivstation: Als Schwester fühlt sich Seibold ausschließlich dem Wohl des jeweiligen Patienten, den sie betreut, verpflichtet. Andererseits wollte sie die Angehörigen auch nicht zusätzlich belasten, indem sie ihnen ihre eigene Meinung aufdrängte. Um nicht ständig in diesen Widerspruch zu geraten, hat sich die Schwester schließlich völlig von der Angehörigenbetreuung zurückgezogen. Sie resümiert: „Die Arbeit erschien mir nicht paradox, aber daß ich glauben sollte, daß derjenige, der da liegt, gestorben ist, das war für mich das Paradoxe."

Damit bringt sie den Widerspruch, in dem sich das Personal bei der Pflege hirntoter Patienten grundsätzlich bewegt, auf eine knappe Formel, die sich auch umgekehrt lesen läßt: Rechtfertigt ein Patient, der für „tot" erklärt wird, den pflegerischen Aufwand, der anderen Intensivpatienten abgeht? „Der hat vielleicht mehr Zuwendung als ein anderer Patient, der daneben liegt, weil es ja um die Organe geht, die gut funktionierend entnommen werden sollen", faßt Margot Worm Gespräche mit ihren Kolleginnen zusammen. „Das gibt große Konflikte auf der Intensivstation, zum Beispiel, wenn zwei Patienten von einer Pflegekraft versorgt werden müssen und diese sich permanent um den Spender kümmern muß und für den anderen Patienten gar nicht mehr die Zeit hat, weil das so aufwendig ist. Das ist manchmal eine ununterbrochene medikamentöse Reanimation." Der Entscheidungskonflikt ist also überhaupt nur lösbar, wenn angenommen wird, daß der Patient lebt und Anspruch auf diese besondere Pflege hat. Gleichzeitig wissen die Pflegekräfte allerdings auch spätestens mit der Einverständniserklärung der Angehörigen, daß sie diesen Patienten auf jeden Fall verlieren werden.

Deshalb ist der Augenblick, in dem der hirntote Patient zur

Explantation in den OP gefahren wird, extrem emotionsgeladen und belastend. „Ich war immer sehr froh", gesteht Grit Seibold, „wenn ich nicht miterleben mußte, wenn ein Patient in den OP verlegt wurde. Da hätte ich mich immer sehr gerne darum gedrückt." Und nach ihren Gefühlen in diesen Momenten gefragt, bricht es aus ihr heraus: „Furchtbar, das ist ein ganz trauriges Gefühl. Das ist auch kein Abschiednehmen, sondern man fährt jemand weg, als ob man ihn zu einer Untersuchung brächte, doch man bekommt ihn nicht mehr zurück. Ich habe die explantierten Patienten hinterher nie gesehen, und ich möchte es auch nicht. Aber mein inneres Auge kann sich sehr gut ausmalen, was noch übrigbleibt von ihm, und das will ich nicht so genau wissen. Da funktioniert mein Abwehrmechanismus gut."

In der Regel kommen die Toten nach einer Explantation nicht mehr auf die Intensivstation zurück. Entsprechende Versuche, so Seibold, das Intensivpersonal zu verpflichten, die Toten in die Leichenhalle zu fahren, seien nach „großem Aufstand auf der Station" von der Stationsleitung, die das „ihrem Personal nicht zumuten" wollte, zurückgewiesen worden. In Österreich scheint dies dagegen häufiger der Fall zu sein, denn sowohl Eva Messner als auch die OP-Schwester Johanna Weinzierl berichten, daß das Intensivpersonal nach der Organentnahme für die „Herrichtung" zuständig gewesen sei. Weinzierl zitiert ein Gespräch mit einer Intensivschwester:

„Mit einer Kollegin habe ich letzthin darüber gesprochen, daß sie wahnsinnige Probleme haben, wenn sie jemanden pflegen, den man zum Explantieren gibt. Der kommt also in den OP, um ihm die Organe herauszunehmen, nicht, um ihn zu heilen, sondern – ja, daß er dann stirbt. [...] Dieser Tote kommt dann [...] wieder auf die Intensivstation, wo man ihn herrichten muß. Ich weiß, daß Kolleginnen mit psychischen Problemen zu kämpfen haben und daß es ihnen bei der Pflege solcher Patienten sehr schlecht gegangen ist. Wir hatten dort eine Kollegin, die ist deshalb weggegangen."

Die Passage faßt noch einmal das gesamte Dilemma zusammen, in dem sich das Pflegepersonal befindet. Am Ende bleibt, so Grit Seibold, „Leere" und das schleichende Gefühl von Schuld, das Eva Messner im Fall des jungen Motorradfahrers befiel. Damals, sagt sie, habe sie das Gefühl gehabt, da werde erst jetzt endgültig der Tod herbeigeführt. Aus der Sicht der Patienten erklärt Grit Seibold: „Wenn man stirbt, muß man in Ruhe sterben können. Und was heute in der Explantation passiert, ist für mich kein In-Ruhe-sterben-Können." „Der Sterbeprozeß", glaubt Pfleger Feldmann, der die hirntoten Patienten an der OP-Schleuse in Empfang nimmt, „fängt mit dem Unfallgeschehen an und hört mit dem Abstellen der Maschinen im Operationssaal auf." Solche Aussagen des Intensivpersonals deuten darauf hin, daß der Sterbeprozeß eben nicht auf der Intensivstation mit der letzten Unterschrift unter das Hirntodprotokoll endet.

4. Das Pflegepersonal:
„Sie finden keinen mit einem Organspendeausweis hier."

Daß Intensivmediziner im Unterschied zum Pflegepersonal durch das Geschehen auf den Intensivstationen „kaum berührt" würden, wie Martina Spirgatis annimmt,[2] können wir nach unseren Gesprächen nicht bestätigen. Sowohl die Neurologen als auch Anästhesisten zeigten „betroffene" Reaktionen, wenn wir auf ihren Kontakt mit den Angehörigen zu sprechen kamen. Zweifelsfrei weisen die Verarbeitungsmuster der Ärzteschaft, wenn wir beispielsweise die Aussagen von Gabriele Wasmuth und Andrea Müller interpretieren, andere Charakteristika auf als die der Krankenschwestern und Pfleger. Distanzierung, Rationalisierung und Rückzug auf den medizinischen Auftrag sind die vorherrschenden Verhaltensformen der Ärzte im Klinikalltag. „Offene Sabotage" der Transplantation durch die Krankenhäuser gibt es, wie im ersten Kapitel deutlich wurde, in den seltensten Fällen. Noch weniger ist dies von Angestellten zu erwarten, die in der Klinikhierarchie relativ weit unten angesiedelt und aufgefordert sind, die ärztlichen Weisungen auszuführen.

Im Hinblick auf die emotionale Verarbeitung des Transplantationsgeschehens auf der Intensivstation gibt es allerdings auch immer wieder Situationen, in denen das Pflegepersonal individuell oder kollektiv „Krach schlägt", wie Eva Messner es formuliert. In den 80er Jahren gab es auf ihrer Intensivstation Diskussionen über Organentnahme, „da waren viele nicht dafür". Einer Schwester, die dem Professor offen ihre Meinung sagte und „einen ziemlichen Wirbel" machte, „wollte man später sogar ein Disziplinarverfahren anhängen". Von kritischen Diskussionen in dieser Zeit in Tübingen berichtet auch Georg Feldmann.

Ebenfalls in den 80er Jahren gab es im Klinikum Berlin-Steglitz, wie Oberarzt Peschke etwas abschätzig bemerkt, eine „gewisse, ideologisch geprägte Gruppe" im Pflegepersonal, die dem Transplantationsziel sehr kritisch gegenüberstand und „eine Zeitlang große Schwierigkeiten" machte. Heute scheint es eher so, als ob die reservierte oder gar ablehnende Haltung im Pflegepersonal durch „Unterlassenshandlungen" zum Ausdruck kommt. Grit Seibold hat die Erfahrung gemacht, daß es „sehr kritische Pfleger, Schwestern und Ärzte gab, die den Kollegen widersprochen und die Sache sogar ein bißchen bewußt hinausgezögert haben. Sie haben viel mit den Angehörigen gearbeitet. Die Art, wie ich mich als Pfleger oder als Schwester einbringen und sagen konnte, ‚Halt, hier mal langsam, soweit sind wir doch gar nicht, erst muß man doch schauen ...', das war in den letzten Jahren [in der Intensivpflege, d. V.] eine sehr angenehme Erfahrung."

Von dieser Art „Macht", die das Pflegepersonal dadurch besitzt, daß es bestimmte Abläufe im Arbeitsprozeß auf der Station kontrolliert, weiß auch Jan Rosenberg zu berichten: „Wenn hier ein Assistent ist, der um solche Dinge nicht weiß, der so etwas [eine Organspende, d. V.] noch nicht mitgemacht hat oder nur ein- oder zweimal, und das Team ist hier in entsprechender Besetzung, läuft der komplett gegen die Wand, verzögert das Ganze um Stunden oder macht das von vornherein nicht. Dann ist die potentielle Spendeaktion zum Scheitern verurteilt. Das habe ich auch schon erlebt. Und die Möglichkeiten hat das Personal, weil sie [die Krankenschwestern und Pfleger, d. V.] alle schon sehr lange da sind und entsprechende Erfahrungen haben und viele Dinge wissen, die die Assistenten nicht wissen."

Obwohl das Konzept des Hirntodes in der Bevölkerung mittlerweile bekannt ist und die Ex- und Implantation zu einem „normalen" Geschäft im medizinischen Alltag zu werden scheint, bleiben die inneren und äußeren Konflikte des Personals bestehen. Daran ändern auch die Bemühungen der DSO, das Personal *pro* Transplantationsmedizin zu motivieren, wenig. Immerhin, darauf verweist Grit Seibold sehr nachdrücklich, reagiert man im Krankenhaus mittlerweile viel sensibler auf Einspruch und setzt mehr auf Kooperation statt wie früher auf Konfrontation.

Eine derartige „kooperative" Initiative starteten die Intensivmediziner Professor Jürgen Link und Oberarzt Hans Walter Striebel am Klinikum Benjamin-Franklin in Berlin, als sie 1990 das Pflegepersonal veranlaßten, ihre Erfahrungen mit hirntoten Patienten aufzuzeichnen.[3] Das ursprünglich zur Beruhigung und Befriedung konzipierte Buch ist eines der eindrucksvollsten und konkretesten Dokumente über das Explantationsgeschehen auf der Intensivstation und im Operationssaal; seine Lektüre verleitet eher dazu, einen Organspendeausweis zu vernichten als ihn zu erwerben.

Die Erfahrungen mit der Pflege hirntoter Patienten begleiten die Schwestern und Pfleger auch ins Privatleben. Grit Seibold erinnert sich an einen weit zurückliegenden Fall, der sie so sehr beschäftigte, daß er sie unter anderem veranlaßte, die Intensivstation zu verlassen, um eine Ausbildung als Stationsleiterin zu beginnen. Ein 18jähriger Junge hatte sich, weil er durch das Abitur gefallen war, mit Knollenblätterpilzen vergiftet und sollte gegen seinen Willen lebertransplantiert werden. Daraufhin „gab es einen gnadenlosen Aufruhr auf der Station". Am Ende ist er gestorben, doch die Situation hat die Krankenschwester noch monatelang nicht losgelassen, und sie hat sie immer wieder durchlebt. „Ich war damals in Urlaub, und es war so schlimm, daß ich aus dem Urlaub anrief und fragte, wie es dem Patienten geht, ob er noch lebt. Als es soweit war, habe ich mir gesagt, so darf es nicht weitergehen." Diese Art des individuellen Rückzugs, den auch Eva Messner hinter sich hat, ist ein typischer Verlauf einer Karriere auf der Intensivstation. Margot Worm weiß von Kollegen zu berichten, die das einfach nicht mehr aushalten konnten und aus der Intensivpflege ausschieden.

Offene individuelle Verweigerung dagegen ist äußerst selten. Das wird, so die übereinstimmende Auskunft, intern auf den Stationen und unter der Hand geregelt. Es gebe beispielsweise immer die Möglichkeit, sich aus einer Spenderschicht „auszuklinken", so Jan Rosenberg, aber daß jemand sagt, „Das will ich nicht machen", und deshalb gegangen ist, hat er nie erlebt. „Man hat sich nicht geweigert, darüber wurde nicht gesprochen", bestätigt auch Grit Seibold, „aber es gab die Möglichkeit zu sagen, ‚ich möchte es nicht so gerne machen, kannst du das übernehmen?'" Das kam, so Seibold, allerdings nicht sehr häufig vor, „weil jeder das Gefühl hatte, er muß es machen, man muß auch ungeliebte Arbeiten übernehmen".

Auf der einen Seite kollegiale Verpflichtung und andererseits das Tabu, über Organentnahme überhaupt zu sprechen, das beschreibt die Haltung der Schwestern und Pfleger, wenn sie eingeteilt werden, einen hirntoten Patienten zu betreuen. In größeren Stationen gibt es offenbar die Möglichkeit, diesen Diensten gelegentlich unauffällig auszuweichen; in kleineren Häusern oder bei den OP-Diensten ist das, wie Georg Feldmann und Grit Seibold bemerken, aus arbeitsorganisatorischen Gründen nicht möglich. Insofern ist Prof. Angstwurms Einschätzung, niemand werde gezwungen, an Explantationen teilzunehmen, und jeder habe das Recht, sich von diesen Diensten befreien zu lassen, etwas realitätsfern.

Daß die Intensivpflege von Hirntoten kein leichter Job ist und vom Personal allgemein als belastend empfunden wird, räumen auch alle von uns befragten Ärzte ein. Der Intensivmediziner Peschke sieht zwar keinen Zielkonflikt zwischen der Pflege von Hirntoten und anderen Intensivpatienten und interpretiert die „Ansprache" Hirntoter durch das Personal als „Schutzmechanismus", denn es „ist natürlich ein psychologisches Problem", zwanzig Stunden und mehr einen „Patienten zu pflegen und ihn als Toten zu akzeptieren". Indessen gesteht er zu, daß es auch in seinem Haus, einer katholischen Einrichtung, Vorbehalte gegenüber der Organspende gibt. Sie gingen allerdings nicht so weit, daß jemand sage, er pflege diesen Patienten nicht. Die Schwestern und Pfleger „stehen unserer ‚Ideologie'", so betont Peschke, „schon solidarisch gegenüber, aber sie sagen: ‚Ich würde keine Organe spenden und auch keine bekommen wollen.'" Daß es sich dabei keineswegs um die Haltung einzelner handelt, bestätigten durchweg alle Pfleger und Schwestern, die wir befragten: Gerade beim Intensivpersonal, so Pfleger Feldmann, kenne er keinen, der einen Organspendeausweis mit sich herumtrage. Und Jan Rosenberg pflichtet bei: „Sie finden keinen hier, der irgendeinen Schein ... wie heißt der noch? ... Organspendeausweis in der Tasche hätte."

So wie der junge Mann mit der Knollenblätterpilzvergiftung Grit Seibold bis in den Urlaub verfolgte, glauben auch alle anderen Pfleger und Schwestern, daß ihre Tätigkeit ihr Privatleben beeinflußt. Mitunter nehme sie ihre Stimmung aus der Dienstzeit auch nach Hause mit, räumt die DSO-Mitarbeiterin Frauke Vogelsang ein. Auch Pfleger Feldmann erklärt, daß ihn manche Operation auch noch zu Hause beschäftige, während er sich an anderen Tagen wiederum einfach nicht so intensiv mit den Patienten befassen wolle. Eva Messner fühlte sich von ihrer Tätigkeit auf der Intensivstation so belastet, daß sie sie, wie eingangs beschrieben, nur träumend „verarbeiten" konnte. Auch Grit Seibold hat vor dem anstehenden Stationswechsel „viel geträumt und viele Situationen im nachhinein noch einmal durchlebt". Während eines Urlaubs in Holland sei sie regelrecht „in ein Loch gefallen", sie wollte nur noch allein sein und kapselte sich von anderen Menschen ab. Wie sie schließlich da herausgefunden habe, wisse sie heute nicht mehr zu sagen. Selbst Stationsleiter Rosenberg, der großen Wert darauf legt, die Dinge „rational" zu beurteilen, ist sich sicher, daß er seine Erlebnisse „mit nach Hause" nimmt.

Ein durch die Arbeit mit den hirntoten Patienten hervorgerufenes „Schuldbewußtsein" in bezug auf Explantationen hat der Vorgesetzte bei seinen Kollegen und Kolleginnen allerdings noch nie festgestellt. Vielmehr beklagt er, daß ärztlicher Dilettantismus wie im Fall der verunglückten Frau „keine Konsequenzen" zeitige. „Schuld" im engen Sinn empfand auch Grit Seibold als Intensivschwester nicht, sondern eher das Gefühl von Überforderung. Die Tatsache, daß sie letztlich die Arbeit auf der Intensivstation aufgegeben hat, obwohl sie in ihr aufging, spricht jedoch für sich. Sie weist nachdrücklich darauf hin, bei der Pflege hirntoter Patienten nie an den Empfänger gedacht zu haben – und wenn, dann „mit wenig Sympathie".

Eva Messner schlägt sich bis heute damit herum, schuldig zu sein, weil sie im Fall des jungen Motorradfahrers zum Team gehörte, das dessen Explantation vorbereitete. Als dieser – nun tatsächlich leichenblaß und -starr – vom OP zurückgekommen sei, habe sie „gespürt, daß wir die Macher sind, die großen Macher dieser Schicksale. Und diese Materie ... ich glaube, ich habe überhaupt nicht verarbeiten können, was da passiert ist und was da auch mit mir passiert ist. [...] Ich hatte schon das Gefühl, daß er in diesem Fall, ganz kraß ausgedrückt, das war fast ...", sie macht eine lange Pause. „Das war schlimm."

Eva Messner steht mit ihren Gefühlen nicht alleine. Pflegepersonal, das viele Jahre auf transplantationschirurgischen Abteilungen gearbeitet habe, zeige häufig solche Reaktionen, attestiert die Psychotherapeutin Kernstock-Jörns. Die Schuldproblematik, beobachtet sie, werde „meistens mit einem großen Kraftaufwand für eine bestimmte Zeit unterdrückt". Das „Transplantationssystem", stellt Günter Feuerstein fest, sei deshalb stark darauf angewiesen, die Motivationen beim Pflegepersonal zu stärken, indem sie den „therapeutischen Effekt der jeweils beschafften Organe" und dessen „*konkreten* Nutzen" hervorhebe.[4] Auf die Briefe, die die DSO nach erfolgter Transplantation an die Spenderkliniken versendet, wurde bereits hingewiesen. Die Koordinatorin Frauke Vogelsang geht, wie sie sagt, regelmäßig auf die Transplantationsabteilungen, um sich vom Sinn ihres Tuns zu überzeugen. Gerade dieser Weg hatte bei Grit Seibold hingegen die gegenteilige Wirkung, weil sie dort schließlich auch mit gescheiterten Transplantationen konfrontiert wurde und sich beispielsweise in bezug auf Nierentransplantationen die Sinnfrage stellte: „Ich dachte, für diese Patienten gibt es eine Alternative. Es muß nicht sein, sie sind nicht von einer Spenderniere abhängig, sie müssen nicht sofort sterben."

„Wir denken natürlich daran, daß wir jemandem helfen können", beteuert Oberarzt Peschke. Demgegenüber ist sein Kollege in der Neurologie, Prof. Harten, sicher, daß er, wenn er einen Patienten behandelt, immer nur diesen sieht und dabei nicht an irgendeinen fremden Empfänger denkt. Der Gedanke an einen abstrakten Empfänger scheint den Pflegekräften noch viel ferner zu liegen. „Niemand sieht, damit werden andere Leben gerettet", beschwert sich Jan Rosenberg über die fehlende Motivation seiner Stationskollegen.

Ohne diese Konzentration auf diesen einen, konkreten – und in diesem Fall hirntoten – Patienten, zu dem eine Beziehung hergestellt werden muß, wäre die Pflegetätigkeit überhaupt nicht möglich. Auch Eva Messner berichtet, daß sie sich immer nur dem hirntoten Patienten, den sie gerade versorgte, verpflichtet fühlte: „Ich war eigentlich immer mit den Spendern ... nein, ich habe nicht daran gedacht, daß da jemand anderem geholfen wird. Für mich waren die Patienten dort meine Patienten, und das andere habe ich ja [nicht gesehen]. Das sehen die Ärzte besser."

IV. Ergebnisoffener Auftrag: das Gespräch mit den Angehörigen

1. Verhinderte Trauer: das „Antigone-Erlebnis"

Die Trauer um den Lebenspartner oder einen nahen Angehörigen ist eine Erfahrung, mit der fast jeder Mensch irgendwann in seinem Leben konfrontiert wird. Während des normalen Trauerprozesses, der ein oder zwei Jahre dauert und verschiedene Phasen durchläuft, versucht sich der Trauernde, den geliebten, verlorenen Menschen zu vergegenwärtigen. Erinnerungsgegenstände und der Gedanke an das letzte Beisammensein helfen dabei, die leibliche Vorstellung des toten Menschen zurückzurufen. Die Psychotherapeutin Hiltrud Kernstock-Jörns geht davon aus, daß die Erinnerung an den intakten Körper des Toten für den normalen Prozeß der Trauer unabdingbar ist. Besonders in der zweiten Phase der Trauer, wenn der erste Schock überwunden ist, spielt eine solche Vergegenwärtigung etwa durch ein Foto eine wichtige Rolle, oft haben die Überlebenden das Gefühl, der Tote sei körperlich anwesend. Menschen, die sich beispielsweise keine Fotos von ihrem Angehörigen anschauen können, machen häufig einen viel längeren und mühsameren Trauerprozeß durch.

Ist das Körperbild des Toten, z.B. aufgrund eines Unfalls oder eines Gewaltakts, versehrt, neigen die Überlebenden dazu, diese physische Erinnerung aus ihrem Gedächtnis zu streichen und damit auch den Tod dieses Menschen zu verdrängen. Die Trauer wird dann empfindlich gestört und blockiert. Frau Rogowski beispielsweise kam während unseres Gesprächs immer wieder auf das grauenvolle Erscheinungsbild ihres Sohnes Sven zurück, als sie ihn nach der Explantation wiedergesehen hatte. Frau Torsten wollte ihren Mann am liebsten gar nicht ansehen, sie schaute „gar nicht richtig hin", in der spontanen Absicht, sich das Bild, das sie von ihrem Mann bis dahin hatte, unversehrt zu erhalten.

In Gesprächen, die Hiltrud Kernstock-Jörns mit Eltern führte, die ihre Kinder zur Explantation freigegeben hatten, war die gestörte Erinnerung an die explantierte Leiche des Kindes immer wieder ein zentraler Bezugspunkt. „Antigone-Erlebnis" nennt die Psychotherapeutin den Wunsch der Eltern, sich in der Phantasie den Leib ihres Kindes unversehrt zu erhalten. Dieses „Antigone-Gefühl", glaubt sie, sei ein ganz zentrales Moment in der Trauerreaktion bzw. sei verantwortlich für die Verhinderung einer Trauerreaktion der Angehörigen, die ihr Familienmitglied zur Explantation freigegeben haben: „Antigone in Sophokles' Tragödie hat als erstes und unbeirrbar das Bedürfnis, ihren toten Bruder zu begraben. Ein Bruder, zu dem sie noch nicht einmal ein besonders gutes Verhältnis hatte, doch er muß begraben werden. Sie tut es, indem sie auf den Toten Erde häuft. Jede Nacht, immer neue Erde. Die Erde wird von den Soldaten des Königs immer wieder entfernt, und Antigone häuft jede Nacht neue Erde auf den Toten, obwohl sie weiß, daß das am Ende auch ihr Todesurteil sein wird. Sie sagt dann diesen wunderschönen Satz: ‚Nicht mehr zu hassen, zu lieben bin ich da' – was sich ganz auf die Handlung an ihrem toten Bruder bezieht."

Um eine „Liebesgabe" wirbt auch der „Arbeitskreis Organspende", wenn er Angehörige ermutigt, die Organe eines hirntoten Verwandten zur Explantation freizugeben. Das Angehörigengespräch, das in der Regel in der Klinik stattfindet, die den Hirntod diagnostiziert, ist der neuralgische Punkt der Transplantationsmedizin. Was bis dahin funktional und organisatorisch getrennt werden konnte, trifft hier zusammen: der hirntote Patient, das medizinische Personal und die außenstehenden, jedoch psychisch in hohem Maße in den Gesamtvorgang involvierten Laien. Soweit kein Organspendeausweis vorliegt, entscheidet das Gespräch mit den Angehörigen darüber, ob ein Organ „gewonnen" werden kann oder nicht.[1] Die Realisierung der Organtransplantation ist also sehr davon abhängig, ob es den entsprechenden Spezialisten gelingt, die Angehörigen von der Organspende zu überzeugen.

Wenn wir in unseren Gesprächen mit der betroffenen Ärzteschaft auf dieses Thema kamen, wurde eines von allen einhellig bestätigt: Es handelt sich offenbar um eine Ausnahmesituation, die an alle Beteiligte hohe emotionale Anforderungen stellt, die aber in die Abläufe des Klinikalltags integriert werden muß. „Wir sind ja keine Unmenschen, sondern es wird um die Organspende gebeten." Diese entschuldigende Formulierung der in Berlin tätigen Transplantationskoordinatorin Katharina Grosse offenbart die Ambivalenz der gesamten Situation und den Widerspruch zwischen Mitgefühl und Auftrag.

Auf der einen Seite agiert ein ärztliches Personal, das berufsmäßig Distanz kultiviert und die „unfaßbare Situation" (Grosse) in rationalen Bildern und Begriffen faßbar machen soll; auf der anderen gibt es die unter Schock stehenden Verwandten, die zu reagieren aufgefordert sind. Statt, um im Bild von Kernstock-Jörns zu bleiben, das Leichentuch für den Sterbenden zu richten und den Toten gnädig mit Erde zu bedecken, werden sie genötigt zu entscheiden, den hirntoten Patienten bar zu entkleiden, ausbluten zu lassen und zu „ent-organ-isieren". Die Zumutung, die für beide Seiten in der Frage nach einer Organspende steckt, wird auch von der Ärzteschaft als Überforderung und Angst formuliert.

„Die Frage" zu stellen heißt immer, wie Herr Rogowski sagt, die Trauer der Angehörigen nicht zu respektieren. Immer wieder scheint in den Gesprächen das ärztliche Unbehagen durch, in diesen Prozeß der Trauer einzugreifen. Die zurückhaltende Meldebereitschaft der kleineren Krankenhäuser hat, neben allen organisatorischen Problemen, die eine Organspende mit sich bringt, vor allem den Grund, daß „niemand gerne fragt". Die „Kunst" des Angehörigengesprächs besteht einerseits darin, Menschen in einer Situation zu überzeugen, in der sie „überzeugenden" Argumenten gegenüber gar nicht offen sein können, und andererseits in der Fähigkeit, angesichts menschlichen Leides den Auftrag – Organspende – nicht aus den Augen zu verlieren. Insofern ist es für den Ausgang des Gespräches von entscheidender Bedeutung, wer mit den Angehörigen spricht, oder, wie der Ulmer Chirurg Steinmann meint: „Ich kann ein und dieselbe Sache in ganz unterschiedlichem Licht darstellen, so daß am Ende das herauskommt, was ich möchte."

2. Wer stellt die Frage?

Wie hoch die Hemmschwelle für Ärzte ist, den gerade eingetroffenen Angehörigen den Hirntod eines Patienten zu erklären, ihnen nahezubringen, daß die Lage hoffnungslos ist, und im gleichen Atemzug um die Freigabe der Organe zu bitten, macht ein Fall deutlich, von dem der Transplantationskoordinator Onur Kücük berichtet. Es handelte sich um einen 19jährigen Patienten mit einer spontanen Hirnblutung, der in ein Krankenhaus eingeliefert wurde. Für den Vater des Patienten ist der dramatische Verlauf der Krankheit unerklärlich, und er hat auch keine Zeit, sich mit dem Tod seines Kindes abzufinden. Der behandelnde Arzt hat für die Situation des Vaters großes Verständnis und hat selbst auch Angst, mit ihm über eine mögliche Organspende zu sprechen. Das ist um so verständlicher, als es sich bei dem Jungen um seinen eigenen Patienten handelt, dem er nicht helfen konnte. „So sagt er sich: ‚Es ist [für die Eltern, d. V.] alles schon schlimm genug, da kann man doch jetzt nicht fragen.'" Nach Einschätzung Kücüks ist diese Hemmschwelle ein maßgeblicher Grund dafür, daß viele potentielle Organspender nicht gemeldet werden.

Wer mit den Angehörigen spricht, das ist von Fall zu Fall und von Einrichtung zu Einrichtung verschieden. In kleineren Krankenhäusern, berichtet die in Hannover tätige Koordinatorin Frauke Vogelsang, übernehmen die dortigen Ärzte das Gespräch, und die Transplantationskoordinatoren treten nur in Aktion, wenn sie eigens darum gebeten werden. Im Fall von Sven Rogowski war es der klinikinterne Transplantationskoordinator im Beisein des behandelnden Arztes, der sich in der Sache allerdings zurückhielt. Frau Torsten wurde von der behandelnden Oberärztin informiert und um die Freigabe gebeten, der regionale Transplantationskoordinator kam erst dazu, als das Gespräch schon weitgehend beendet war.

Es gibt die Tendenz, daß die behandelnden Ärzte, meist die Oberärzte, das Gespräch übernehmen. Professor Angstwurm, der seit Jahrzehnten konsiliarisch in der Hirntoddiagnostik tätig ist, erzählt, daß er früher zusammen mit den behandelnden Ärzten die Angehörigen gefragt hat, „weil es nicht gut ist, wenn jemand von außen kommt, den sie nicht kennen und der ungewöhnliche Fragen stellt". Heute überläßt er die Frage in der Regel den behandelnden Ärzten alleine.

Worauf der Münchener Neurologe insistiert, ist das notwendige „Vertrauensverhältnis" zwischen Arzt und Angehörigen, um diese Frage überhaupt stellen zu können. Der behandelnde Arzt sei „sozusagen die Vertrauensperson der Familie" und am ehesten geeignet, die Bitte um Organspende zu formulieren. Auch der Pfleger Jan Rosenberg berichtet, daß in erster Linie die diensthabenden Ärzte mit den Angehörigen redeten, dem Pflegepersonal stehe „die Frage nach Organspende nicht zu". Auch hängt es häufig davon ab, ob es im Haus oder vor Ort Transplantationskoordinatoren gibt oder nicht. Der Zustimmungserfolg, so Günter Feuerstein, ist jedenfalls in hohem Maße vom „Vertrauensmanagement" und der „organisatorisch-verfahrensmäßigen Neutralisierung von emotionalen Barrieren" abhängig.[2]

Diese „emotionale Barriere" jedoch läßt sich nicht einfach wegrationalisieren. Die Ärzte fühlen sich zerrieben zwischen der konkreten Konfrontation mit dem Leid der Angehörigen und der geforderten Verantwortung für die potentiellen Organempfänger. Handelt es sich um leitende Ärzte wie Professor Harten, haben sie Skrupel, die unangenehme Aufgabe einfach an andere zu delegieren: „Ich sehe das [die Frage, d. V.] als meine Aufgabe. Die Hirntoddiagnostik muß ja in irgendeiner Aktion münden, wenn man Organspende macht. Irgendeiner muß fragen, und ich mache es hier bei uns, damit nicht der Eindruck entsteht, daß da andere mitspielen. Also muß ich hingehen und sagen: ‚Er ist tot, ich kann nichts mehr machen.' Und dann könnte ich hinzufügen: ‚Da gibt es den Kollegen aus der Transplantationschirurgie, der hat noch eine Frage.' Das mache ich dann gleich selbst. Im Regelfall ist das besser, weil ich zu den Leuten ein Verhältnis habe, ein gutes oder ein schlechtes, aber ich habe eins. Ich habe ja schon vorher mit ihnen gesprochen. Nein, das mache ich schon selbst."

Auch Professor Harten betont die Beziehung zwischen Arzt und Angehörigen, die die Transplantationschirurgen beispielsweise nicht haben. Matthias Loebe vom *Deutschen Herzzentrum Berlin* etwa ist froh, daß er in der Regel mit den Angehörigen nichts zu tun hat, das entlaste ihn sehr. Allerdings gibt es auch Ausnahmefälle: „Wir haben hier gelegentlich schon Patienten im Hause gehabt, die nach der chirurgischen Operation verstorben sind. Da haben wir mit den Angehörigen gesprochen, daß sie die Organe bitte freigeben mögen für die Transplantation [...]. Und natürlich ist das eine belastende Situation, sich zu entscheiden und zu den Angehörigen zu gehen und zu sagen: ‚Wir haben zwar Ihrem Mann, Ihrem Sohn, Ihrer Ehefrau nicht helfen können, aber wir möchten trotzdem gerne, daß Sie etwas tun für andere, daß wir die Organe entnehmen dürfen und damit anderen helfen können.'"

Das Beispiel erhellt nicht nur die in diesem Buch später noch ausführlicher beschriebene schwierige Situation, wenn ein Arzt als Heiler „versagt" und gleichzeitig um Organspende bitten muß. Das macht auch den Wunsch vieler Ärzte verständlich, sich dieser unangenehmen Aufgabe zu entziehen: So wird entweder der potentielle Organspender nicht als solcher „erkannt", oder man überläßt das Gespräch spezialisierten Kräften.

Insbesondere die Transplantationskoordinatoren der Deutschen Stiftung Organtransplantation springen in diese „Vertrauenslücke". Sie scheinen ihre Rolle als geschulte Moderatoren zwischen Arzt und Patient durchaus zu begrüßen. Sie nehmen es auch hin, daß sie in prekären Situationen von den übrigen Kollegen manchmal verständnislos angeschaut werden nach dem Motto: „Wie können Sie jetzt noch fragen?" Und Katharina Grosse räumt ein: „Auch nach vielen Jahren klopft mir dann noch das Herz, und ich denke: ‚Mensch, kannst du jetzt noch danach fragen?' Aber man kann fragen. Es gibt ja einfach keine andere Möglichkeit, als danach zu fragen. [...] Es macht die Situation nicht schlimmer. Sie ist so schlimm, man kann sie einfach nicht schlimmer machen."

Betrachtet man sich den beruflichen Werdegang der drei von uns befragten Transplantationskoordinatoren, dann fällt auf, daß es im Ausbildungsweg Nahtstellen gibt, die auf die spätere Tätigkeit, so zufällig die Laufbahn letztlich auch eingeschlagen worden sein mag, hinweisen. Katharina Grosse beispielsweise war ursprünglich Diplom-Psychologin und hat erst später Medizin studiert. Frauke Vogelsang ist als Krankenschwester ohnehin an der Schnittstelle von Medizin und Krankenpflege angesiedelt, und Onur Kücük betont in unserem Gespräch wiederholt die „Empathie", die für seine Tätigkeit notwendig sei. Die „moderierende" Rolle, welche die Koordinatoren übernehmen, setzt voraus, daß sie zu den unmittelbar Betroffenen, den hirntoten Patienten und den Angehörigen, keine emotionale Beziehung haben. „Für uns ist es einfach, neutral zu bleiben, weil wir das alles nicht kennen", erklärt Kücük. Anders als die behandelnden Ärzte können die Koordinatoren „direkt fragen, ungeachtet der Verhältnisse".

Zu ihren Aufgaben gehört es, für eine ungestörte Atmosphäre zu sorgen. Nach der Vorstellung Onur Kücüks sollte das Gespräch „natürlich in keinem schmucken", sondern in einem „nüchternen, sachlichen", aber genügend großen Raum ohne Publikumsverkehr stattfinden, in dem „es etwas zu schauen gibt" und der Fenster hat. Für alle Beteiligten sollten darüber hinaus genügend Stühle vorhanden sein, um in gleicher Augenhöhe zu sprechen. Frau Grosse ergänzt, daß in solchen Fällen das Telefon leise gestellt und den Angehörigen Gelegenheit gegeben werden müsse, sich untereinander, ohne Beisein der Ärzte, zu verständigen. Die in einer solchen Situation aufgewühlten Gefühle sollen also subtil unter Kontrolle gehalten werden, indem man die Angehörigen zum Sitzen auffordert und ihnen „etwas zum Schauen" angeboten wird.

Um Ärzte und insbesondere die Transplantationskoordinatoren auf diese Tätigkeit vorzubereiten, hat die DSO das *European Donor Hospital Programme* (EDHEP) ausgearbeitet, das entsprechende Schulungen zur Gesprächsführung anbietet und in zwanzig europäischen Ländern zum Einsatz kommt. Finanziell unterstützt wird das Programm von der Firma Sandoz, wichtigster Hersteller von Immunsuppressiva.[3] Ziel des Programms ist die „Erhöhung der Handlungskompetenz" all derer, die im Zusammenhang mit der Organspende mit den Trauernden zu tun haben. Der Workshop[4] wendet sich allerdings nur an diejenigen, die bereits eine „prinzipiell positive Einstellung gegenüber der Organtransplantation" haben.

Sowohl das Team Grosse und Kücük als auch Frauke Vogelsang haben an solchen Seminaren bereits teilgenommen. Auf dieses Programm angesprochen, verwahrt sich Koordinatorin Grosse energisch gegen die Behauptung, das Gespräch mit den Angehörigen sei manipulativ eingeübt: „Das sind keine Programme, die

die Leute trainieren und ihnen beibringen sollen, wie man eine Zustimmung zur Organspende entlockt. Es sind im Grunde Supervisionsmöglichkeiten, wo man sich auf der ärztlichen und pflegerischen Ebene über die schrecklichen Krankenschicksale austauschen kann, oder eine Übung zur Gesprächsführung, um die Bitte um Organspende äußern zu können."

Offenbar, das lassen Grosses Worte jedenfalls vermuten, ist es eben doch „eine Zumutung", die Frage nach Organspende zu stellen. Nicht Charakterschwäche, falsches Temperament oder fehlende Schulung sind die Ursachen für den fortwährenden Überwindungsakt, der selbst einer berufsmäßig Routinierten wie Katharina Grosse noch „das Herz klopfen" läßt, sondern das Dilemma liegt in der Situation selbst, in der das Gespräch stattfinden muß, und in dem Tabubruch. Ganz ähnlich nämlich wie beim vorgeschriebenen Beratungsgespräch, das das „Schwangerenhilfegesetz" vorschreibt, soll auch die Bitte um Organspende „zielorientiert" und gleichzeitig „ergebnisoffen" formuliert werden. Diese Diskrepanz zwischen Aufklärung und dem Ziel „Organfreigabe" stellt sich im konkreten Erfahrungshorizont der Anästhesistin Wasmuth, die dem Hirntodkonzept distanziert gegenübersteht, folgendermaßen dar: „Ich kann mich gut an einen Fall erinnern, an einen Patienten, der ideal zum Explantieren war, um es einmal so zu sagen, die Interessen waren also sehr klar. Ich als Arzt, der das Aufklärungsgespräch mit den Angehörigen führen sollte, fühlte mich ziemlich unter Druck gesetzt, nach dem Motto, das Gespräch muß funktionieren, die Angehörigen müssen unbedingt einwilligen. Das war eine Situation, bei der ich mich mit meiner Überzeugung sehr unwohl gefühlt habe."

3. „Eine extreme Situation"

Das am 1. Dezember 1997 in Kraft getretene Transplantationsgesetz erlaubt, wie bereits dargestellt, die Organentnahme mit Zustimmung der nächststehenden Angehörigen, soweit kein Spendeausweis vorliegt. Dabei hat der „Angehörige bei seiner Entscheidung den mutmaßlichen Willen des möglichen Organspenders zu beachten". Das Gesetz verpflichtet den Arzt, den Angehörigen auf diesen Umstand hinzuweisen, und es eröffnet dem Angehörigen gleichzeitig die Möglichkeit, mit dem Arzt zu vereinbaren, „daß seine Erklärung innerhalb einer bestimmten, vereinbarten Frist widerrufen werden kann".

Freiwilligkeit unter Berücksichtigung des mutmaßlichen Willens des Organspenders ohne äußeren Druck, vor allem ohne Zeitdruck, so ließe sich der Geist des Gesetzes zusammenfassen. Ruft man sich die Umstände in Erinnerung, unter denen die von uns befragten Angehörigen um die Organfreigabe gebeten wurden, dann muß man sagen, daß dieser Geist des Gesetzes nicht durchzuhalten war. In beiden Fällen fanden sich die Beteiligten erheblich unter Druck gesetzt, es wurde ihnen mit ausdrücklichem Hinweis auf die drängende Zeit eine Entscheidung geradezu abgerungen. Während allerdings Herr Rogowski durch seine Zustimmung einfach nur der unerträglichen Situation entrinnen wollte, gab der „mutmaßliche Wille" ihres Gatten für Frau Torsten den wesentlichen Ausschlag, um in die Organspende einzuwilligen. Das im Transplantationsgesetz bereits angelegte Moment der „Verantwortungsentlastung"[5] ist in ihrem Fall besonders evident.

Demnach wird stets jeder Anschein von äußerem Zwang heftig dementiert. Auf den bloßen Verdacht, die Entscheidung für eine Organspende könnte nicht freiwillig erfolgen, reagieren die Befürworter der Transplantation allergisch. Man müsse klarstellen, erklärt beispielsweise Professor Angstwurm dezidiert, „daß die Angehörigen nicht unter Zeitdruck gesetzt werden", sondern es sei genau das Gegenteil der Fall. „Wir sagen ihnen, daß sie soviel Zeit für den Abschied zur Verfügung haben, wie sie sich nehmen wollen."

Auf unseren Hinweis, daß sich die eine oder andere Familie eben doch unter Druck gesetzt gefühlt habe, konzediert er, daß dies, wenn das zuträfe, der gesamten Transplantationsmedizin schade. Im gleichen Atemzug jedoch meldet er grundsätzlichen Zweifel an derartigen Aussagen an. So gebe es immer wieder Leute, die öffentlich behaupteten, „daß der Hirntod falsch festgestellt wurde". Wenn er diesen Anschuldigungen dann nachginge, würden sich solche Behauptungen immer als falsch erweisen.

Auch der österreichische Transplantationschirurg Margreiter

betont ausdrücklich, daß der Hirntod „den Laien verständlich gemacht" werden müsse, wobei es dabei schon Akzeptanzprobleme geben könne. Da in Österreich die Widerspruchslösung gelte, lege man zwar keinen großen Wert auf die Zustimmung der Angehörigen, es werde mittlerweile jedoch, gerade aufgrund des Einflusses der deutschen Diskussion, die Informationslösung praktiziert, das heißt, die Angehörigen werden zumindest informiert und im Bedarfsfall aufgeklärt. Der gesprächsführende Arzt sollte den Hirntod mit einfachen Worten verständlich machen. „Wenn man den Leuten im Fernsehen zuhört, die eine Viertelstunde brauchen, bis sie einem Laien erklärt haben, was der Hirntod ist, dann ist schon irgend etwas faul."

Den Hirntod zu erklären ist offenbar keine einfache Angelegenheit; und dennoch soll er en passant einem Laien, der sich in einer „unfaßbaren Situation" befindet, so verständlich gemacht werden, daß er ihn akzeptieren kann. Oberarzt Peschke will in seiner Krankenhauspraxis als Intensivmediziner ebenfalls nichts von Zeitdruck hören, von „überhaupt keinem Druck. Bevor wir Druck ausüben, verzichten wir lieber auf den Patienten, der ein möglicher Kandidat für eine Organspende wäre." In seinem Haus, einer katholischen Einrichtung, lege man Wert darauf, daß den Verwandten Zeit bleibt, sich zu beraten, „viele wollen dann auch mit einem Geistlichen sprechen, mit anderen Verwandten und Freunden. Wenn am Ende eine weitgehend negative Einstellung herauskommt, dann lassen wir es."

Ähnliche Erfahrungen macht auch der Pflegedienstleiter Jan Rosenberg, der auf seiner Intensivstation mit den Angehörigen in Kontakt ist. Die Gespräche, bei denen er anwesend war, fanden, wie er jedoch versichert, nie unter Druck statt. Daß es Druck geben könnte, hält er immerhin für denkbar und verweist auf den bereits geschilderten Fall der jungen Frau auf seiner Station, bei welcher der diensthabende Arzt übereifrig, bevor überhaupt eine Hirntoddiagnostik stattgefunden hatte, die Angehörigen um Organspende bat. „Man kann sich dann fragen, wie die Angehörigen, die die Patientin in dieser Nacht noch erlebten, mit dieser Gesprächssituation umgehen."

Rosenbergs Kollegin Grit Seibold sieht die Umstände, unter

denen die Gespräche mit den Angehörigen stattfinden, kritischer. In der Regel frage in ihrem Haus der Oberarzt, und es gebe unter den Ärzten durchaus die Neigung, sich vor dieser Aufgabe „zu drücken". Früher habe sie erlebt, daß die Gespräche unter Zeitdruck stattfanden, und in bestimmten Ärztegruppen sei die Transplantation auch heute noch der erste Gedanke. „Ich habe oft gesehen, daß Ärzte sehr versessen darauf waren, daß eine Explantation durchgeführt wurde, und daß es ihnen an Sensibilität fehlt." Die hektischen Umstände eines ‚Aufklärungsgesprächs' illustriert sie folgendermaßen: „Es kommt auch vor, daß das Gespräch zwischen Tür und Angel geführt wird. Wenn ein Patient kommt, dann gibt es sehr viel Umtrieb und Hektik, und einer muß fragen. Irgendwann sprintet dann ein Arzt hinaus, die Angehörigen sitzen da, der Arzt setzt sich zu ihnen, fragt und rennt wieder weg. Die Angehörigen bleiben zurück und haben, na ja, Zeit zu überlegen."

Selbst wenn sich die fragenden Ärzte dessen nicht bewußt sind und von sich aus keinen Druck ausüben wollen, strukturieren Inhalt und Ziel der Frage sowie die Abläufe im Transplantationssystem das Gespräch und tragen so zum ohnehin extremen Streß der Angehörigen bei. Viele Ärzte finden sich im Dienst der Medizin damit ab. Andreas Zieger etwa, der das Hirntodkriterium kritisiert, erinnert sich an den Fall einer jungen Motorradfahrerin, die sehr schnell verstarb und für hirntot erklärt wurde. Als junger Arzt habe auch er damals dies alles akzeptiert: „Ehe die Familie überhaupt die Tragweite der Verletzung begriffen hatte, wurde ihr schon die Frage gestellt, ob die Organe entnommen werden dürften. Es wurde korrekt das zweite Hirntodprotokoll gemacht, und dann war die junge Frau plötzlich nicht mehr da. Die Angehörigen fragten mich, ob sie sie noch einmal sehen dürften, und ich mußte sagen: ‚Ja, wenn sie nachher aus dem OP kommt, können Sie sie noch einmal sehen.' Das war eine sehr unangenehme Situation, aber für mich war ein solches Vorgehen damals der Preis für die moderne Medizin: alles sehr schlimm, aber richtig, das muß so sein."

Die im Idealfall reibungslosen, funktional aufeinander abgestimmten Abläufe und Techniken werden durch die Angehörigen, ihre Emotionen, ihre Zweifel und Fragen, ihre nicht berechenbaren Handlungen und ihren Eigensinn empfindlich gestört. Im Angehörigengespräch finden nicht nur die fragmentierten Teile des Transplantationssystems wieder zusammen, sondern es bildet einen „Knoten", ein Hindernis, das das effektive und seinerseits Rationalität stiftende Laufband des Klinikalltags aus dem Takt bringt. Um die schizophrene Situation zu erfassen, muß man sich in die konkrete Situation hineinversetzen: Eben noch haben die Angehörigen am Bett ihres plötzlich verunglückten oder erkrankten Verwandten gesessen, seine warme Hand gehalten, in sein rosiges Gesicht geblickt, ihm vielleicht den Schweiß von der Stirne getupft. Die menschlichen Lebenszeichen, die er zeigt – Schweiß, Farbe, Wärme und Atem –, lassen die Angehörigen hoffen, daß es „gutgehen" wird, daß er aus dem offensichtlichen Koma wieder erwacht. Diese Hoffnung, die letztlich erst mit den unübersehbaren Zeichen des Todes erlischt, wird konterkariert durch die ärztliche Diagnose: Hirntod. Dieser „Hirntod" ist sinnlich nicht wahrnehmbar, sondern lediglich ein maschinell erstelltes, schriftlich festgehaltenes Konstrukt.

Von einem Augenblick zum nächsten sind die ohnehin geschockten Angehörigen mit einer völlig neuen Situation konfrontiert: statt Hoffnung Hoffnungslosigkeit, statt pflegender Zuwendung Abschied. Es sei ungeheuer schwer, meint Pfleger Feldmann, von jemand Abschied zu nehmen, der nur schläft oder schlafend aussieht. Oft sind die Krankheitsverläufe rasant und ist der Intensivaufenthalt kurz; „die Angehörigen", so Frauke Vogelsang, „haben keine Möglichkeit gehabt, sich vorzubereiten, da die Patienten aus völliger Gesundheit heraus verstorben sind. Ich muß also das Gefühl haben, daß sie wissen, daß es keine Hoffnung mehr gibt."

Doch die meisten Angehörigen, so erklärt dagegen die Psychotherapeutin Kernstock-Jörns, verkennen in diesem Moment völlig die reale Situation. Die betroffenen Menschen befinden sich in einem Zustand der Betäubung, sie sind nicht imstande zu glauben, daß der geliebte Mensch, der da liegt, tatsächlich gestorben sein soll. Ihr sinnlicher Eindruck steht wie bei Frau Torsten im Widerspruch zu dem ihnen vermittelten medizinisch-rationalen, künstlich hergestellten Bild des Todes. Der Hirntoddiagnostiker Angstwurm setzt in dieser Situation auf Transparenz. Die Praxis gehe dahin, die Angehörigen in die Hirntoddiagnostik miteinzubeziehen: „Wir bieten ihnen an, die Untersuchung selbst zu beobachten.

Das Transplantationsgesetz legt fest, daß die Angehörigen ein Anrecht auf Einsichtnahme in die Unterlagen der Todesfeststellung haben. Doch wir haben aus dem Bestreben, Vertrauen herzustellen, schon vorher angeboten, Einblick zu nehmen. Wenn man selbst sieht, da ist keine Atmung, dann ist das vielleicht etwas anderes, als wenn man das nur gesagt bekommt."

Der Wahrnehmungskonflikt für die Angehörigen ist mit der Behauptung medizinischer Autorität jedoch nicht entschärft. Zwar kapitulieren sie in der Regel als „Normalbürger" vor den „Spezialisten" und deren Deutungsmacht über Leben und Tod, was wiederum die abgehobene Stellung der Ärzteschaft bestätigt; es sei ihm in seiner Praxis noch nie vorgekommen, behauptet Professor Angstwurm, daß jemand am Hirntod als Todeszeichen ernsthaft zweifelte. Daß diese Zweifel aber möglicherweise gar nicht explizit geäußert und die sich widersprechenden Erfahrungen und Bilder des Todes verdrängt werden könnten, ist dieser medizinischen Logik fremd. Wo gegenüber dem medizinischen Definitionsmonopol Bedenken angemeldet und solche von nichtmedizinischen Autoritäten formuliert werden, neigen die Mediziner dazu, die Einwände zu bagatellisieren und die Kritiker der persönlichen Befangenheit zu bezichtigen.

Herzchirurg Loebe etwa, mit dem wir uns über die verunglückte Tochter Klaus Kinkels und dessen Weigerung, sie zur Organentnahme freizugeben, unterhielten, spricht dem ehemaligen Außenminister schon aufgrund der eigenen Betroffenheit die Kompetenz ab, sachlich über die Transplantationsmedizin zu urteilen. „Das sind Leute", meint er, „die einfach nicht wissen, was Tod und was Sterben ist, und ein extremes Problem damit haben, Tod zu akzeptieren und zu definieren." Der damalige Außenminister Klaus Kinkel hatte während der Beratungen über das Transplantationsgesetz bekanntlich vehement für die enge Zustimmungslösung votiert. Der „Fall Kinkel" offenbart darüber hinaus, daß die Rekonstruktion des „mutmaßlichen Willens" für die Angehörigen nicht nur entlastend wirken kann, sondern ihnen im Gegenteil oft eine fast übermenschliche Leistung der Selbstdistanzierung abverlangt.

Loebe kritisiert, daß Klaus Kinkel gerade hierzu nicht fähig gewesen sei: „Kinkel hatte eine Tochter, die verunglückte, sie war hirntot. Er wurde nach der Organspende gefragt, und er verneinte das. Später unterhielt er sich in der Familie, und die Familie sagte: ‚Hast du nicht gewußt, daß deine Tochter unbedingt ihre Organe spenden wollte?' Er hatte sich nicht einmal getraut, die Familie zu fragen, sondern er hat quasi machomäßig gesagt: ‚Nein! Meine Tochter nicht', ohne die Tochter zu kennen, ohne die Wünsche der Familie zu kennen, ohne sich mit der Familie zu besprechen. Das ist ein Konflikt, der sicher häufig ist und den man ihm nicht direkt vorwerfen kann, weil er sozusagen normal und gesellschaftsimmanent ist. Aber anstatt einzugestehen, daß er hier einen Fehler gemacht hatte, der menschlich ist, nämlich aktiv zu sein in einer Situation, in der er hilflos war, und falsch gehandelt, nämlich nicht im Sinne seiner Tochter entschieden hat, leitet er aus seiner Erfahrung ab, daß man den Leuten, die in die gleiche Situation kommen wie er, diese Entscheidung per Gesetz ersparen und ihn nachträglich davon freisprechen müßte, daß er halt menschlich falsch gehandelt hat."

Warum aber hatte Kinkels Tochter, wenn sie so gerne ihre Organe spenden wollte, keinen Organspendeausweis, der die Familie von der Last der Entscheidung enthoben hätte? Warum ist es ein „Fehler", daß Kinkel seine eigenen emotionalen oder rationalen Vorbehalte gegen eine Explantation zum Maßstab der Entscheidung machte, mit der er und nicht seine Tochter leben muß? Und warum darf diese existentielle Erfahrung nicht einfließen in das Urteil dieses Politikers? Die Selbstdistanz, die das neue Transplantationsgesetz den Angehörigen abverlangt, findet ihre Entsprechung in einer medizinischen Rationalität, die Angst, Zweifel oder einfach die Demut vor dem Sterben und den Respekt vor den Toten nicht gelten lassen darf.

Die Reaktionen vieler Angehöriger, die mit der Frage nach einer Organspende konfrontiert werden, verweisen darauf, daß sie sich maßlos überfordert fühlen. Das Verhalten, so geben die Interviewpartner übereinstimmend Auskunft, sei sehr unterschiedlich: „Die einen", so die Erfahrung von Grit Seibold, „nehmen es gar nicht richtig wahr, die verdrängen total. Man fragt nach Organentnahme, und sie fragen: ‚Ja, meinen Sie, er wird wieder gesund?' Eine vollkommen paradoxe Reaktion. Viele ziehen sich total zurück, wollen überhaupt nichts hören, vor allem die [erwachsenen] Kinder." Und irgendwann, fügt sie hinzu, „rennen sie alle weg".

Auch Vogelsang bestätigt die große Bandbreite der Reaktionen. Voraussetzung für das Gespräch sei, daß die Angehörigen verstanden hätten, daß dieser Patient verstorben sei. Sie müßten den Hirntod verstanden haben und dürften nicht noch Hoffnung haben und denken: „Wenn ich ja sage, stirbt er bestimmt." Eine Antwort, so die Transplantationskoordinatorin Grosse, bekomme sie immer, die Antworten seien jedoch ganz unterschiedlich: „Mit mir nicht!" oder „Ich bin zwar dagegen, aber ich weiß, daß mein Sowieso dafür war, deswegen stimme ich dem zu". Unter Umständen erfolge die Antwort auch mit einer entsprechenden Einschränkung: „Ich möchte nicht, daß das Organ entnommen wird." Manche bäten sich Bedenkzeit aus, um sich mit anderen Angehörigen zu beraten: was, wie die Praxis zeigt, bei dem extremen Zeitdruck oft gar nicht möglich ist.

Neben Abwehr und Verdrängung sind auch aggressive Verhaltensmuster nicht selten. Gerade Zorn, so Seibold, habe sie einige Male erlebt: „Ehefrauen brechen in Schimpftiraden aus und empören sich darüber, was man da von ihnen erwartet, von wegen ‚Kaum im Krankenhaus und schon abgeschrieben' und ‚Man denkt nur an andere, aber nicht an den, der da liegt'. Ich würde das als Enttäuschung bezeichnen."

Wut, Verzweiflung und Abwehr sind häufige Reaktionsmuster, wenn um Organspende gebeten wird. Grosse erklärt, daß man ja nicht einfach sagen könne: „Ihr Mann ist jetzt tot, das war es dann", sondern man müsse schon versuchen, den Angehörigen zu erklären, worum es geht. Auch sie räumt ein, daß das in dieser Situation sehr schwierig sei. „Das bedarf Zeit. Wenn das geklärt ist – das ist ja ein langer Prozeß, sich mit dem Tode eines Menschen abzufinden als Hinterbliebener –, dann bitten wir um Organspende." Der offensichtliche Widerspruch, der sich in diese Aussage eingeschlichen hat – natürlich kann Katharina Grosse mit ihrer Frage nicht warten, bis sich die Angehörigen mit dem Tod ihres Verwandten abgefunden haben –, konzediert uneingestanden die Tatsache, daß es Zeit braucht, bis die Todesnachricht ins Bewußtsein dringt und der Trauerprozeß beginnen kann. Es ist eben nicht so, wie Grosse gleichzeitig annimmt, daß die Angehörigen „Zeit haben für die Trauerarbeit, bis er [der Patient, d. V.] verstorben ist". Oft seien die Ärzte unfähig, so die Psychotherapeutin Kernstock-Jörns aus ihren Erfahrungen mit Angehörigen, sich in dieser Situation wirklich zugewandt und teilnahmsvoll mit den Menschen zu unterhalten. Die Todesnachricht in einem Atemzug mit der Bitte um Organspende zu formulieren, dies habe viel Unverständnis ausgelöst.

Ist der Wille des hirntoten Patienten hinreichend bekannt, wirkt dies offenbar entlastend, doch dächten die meisten Menschen, wie der Neurologe Professor Harten meint, zu Lebzeiten überhaupt nicht über das Problem nach. In solchen Fällen würde, so die Erfahrung von Grit Seibold, oft keine Entscheidung getroffen, weil aus Angst jeder dem anderen die Verantwortung zuschöbe. Das Mißtrauen der Angehörigen erfahren auch die „fremden" Transplantationskoordinatoren. „Wenn ein Arzt fragt", so Onur Kücük, „sind sie [die Angehörigen, d. V.] renitenter, blockieren, weil sie irgend etwas spekulieren oder vermuten, wir hätten einen persönlichen Gewinn." In solchen Fällen suche er sich immer den „‚Vernünftigsten', also den Rationalsten" aus dem Familienkreis heraus, von dem er vermute, man könne sich mit ihm unterhalten. Wenn der dann die Frage mit seinen Angehörigen diskutiere, würde sie ganz anders behandelt werden und unter Umständen ein anderes Ergebnis bringen. Es ist bezeichnend, daß der Transplantationskoordinator eben denjenigen als „vernünftig" betrachtet, der den Wunsch nach Organentnahme in seiner Familie am ehesten vermitteln kann. Wer sich diesem „rationalen" Ziel verweigert, gilt als „unvernünftig".

4. Das Phantom der Lebensrettung

Der Gedanke, daß der geliebte Mensch mit seinem Tod noch „etwas Gutes" tun könne, hat für viele Menschen etwas Tröstliches. „Es kann", glaubt Intensivmediziner Peschke, „für die Angehörigen auch ein positiver Aspekt sein zu sagen: ‚Na ja, es lebt etwas von meinem Angehörigen weiter und hilft jemandem'. Das ist ein tröstlicher Gedanke für viele." Peschke glaubt, daß die Organspende ein „Gebot christlicher Nächstenliebe" sei; als wir Professor Harten fragen, ob er Organspende als etwas spezifisch „Christliches" bezeichnen würde, weicht er aus und verweist auf die Stellungnahmen der katholischen und evangelischen Kirche. In der Tat hat kürzlich einmal mehr der deutsche Kurienkardinal Joseph Ratzinger in einem Interview die Organspende als einen „Akt der Liebe" gegenüber jenen bezeichnet, die selbst auf ein Fremdorgan angewiesen seien. Er selbst trage stets einen Organspendeausweis bei sich.

Daß mit „einem Stück Papier Leben [zu] retten oder ‚neues Leben' zu schenken" sei, ist in der Tat das stärkste Argument der Transplantationsmedizin, das von den Medien bereitwillig verbreitet wird. Berichte wie die von der Angestellten, die ihrem Chef ihre Niere spendet, weil sie „so gerne für ihn arbeitet",[6] suggerieren, mit dem Ausfüllen eines Organspendeausweises gleich in die Nähe des lieben Gottes zu rücken, der – zumindest in der christlichen Tradition – „Leben spendet".

Zuvörderst wird diese Vorstellung genährt in den Broschüren der Transplantationsmedizin, in denen unablässig auf die lebensrettende Wirkung der Organspende hingewiesen wird. In der meistverbreiteten Werbeschrift der DSO wird beispielsweise ein vorgeblich authentischer Brief abgedruckt, in dem die Eltern einer mit 25 Jahren verunglückten Tochter, deren Herz und Nieren zur Organspende entnommen worden waren, bekunden: „Sie werden es nicht glauben, in all unserem Schmerz empfanden wir Freude, daß einige Menschen, die genauso gerne lebten wie unsere Tochter, noch eine Chance haben, und sei es nur für einige Jahre."[7]

Insbesondere die Eltern hirntoter Kinder scheinen bereit zu sein, die Organe anderen kranken Kindern „zur Verfügung" zu stellen. Dem als extrem sinnlos empfundenen Tod eines „unschuldigen Kindes" wird auf diese Weise ein Sinn zugeschrieben. Onur Kücük berichtet vom Fall eines achtzehn Monate alten Säuglings, bei dem selbst er sich nicht getraut habe zu fragen: „Es war schrecklich. Da kamen die Angehörigen und fragten: ‚Ja, sagen Sie mal, kann man das machen mit der Organspende bei unserem Kind? Wir möchten, daß anderen Kindern geholfen wird.'"

Eltern, beobachtet Frauke Vogelsang, seien altruistischer und im Falle eines Kindes eher mit einer Organspende einverstanden als Erwachsene bei anderen Erwachsenen. Während wir unser Gespräch mit ihr führen, organisiert sie gerade die Explantation eines sieben Monate alten Säuglings, der an Meningitis erkrankt ist und für hirntot erklärt wurde. Die Eltern, die laut Vogelsang sehr gefaßt wirkten, hatten sich überlegt, ihr Kind zur Organspende freizugeben. Sie wollten auf diese Weise anderen Eltern den Verlust ihres Kindes ersparen. Befragt, ob er sich vorstellen könne, die Organe seiner Tochter freizugeben, glaubt Chirurg Steinmann, der Abschied von ihr fiele ihm leichter, wenn er wüßte, daß jemand anders mit ihren Organen leben könne.

Daß dieser tröstliche „Deal" mit dem Tod nur eine vorübergehende Linderung des Schmerzes bedeutet, weiß die Psychotherapeutin Kernstock-Jörns: „Wir haben die Erfahrung gemacht, daß dieses Argument der Lebensrettung nur im Augenblick des Schocks tatsächlich eine gewisse euphorisierende Überzeugungskraft hat. Es reißt die Angehörigen einen Moment lang von dieser fürchterlichen Tatsache, diesen Tod annehmen zu müssen, ihn akzeptieren zu müssen, hinweg. Insofern würde ich wirklich sagen, dieser Hinweis auf Lebensrettung hat eine narkotisierende oder eine euphorisierende Wirkung." Die Todeserfahrung stellt eine schwere Erschütterung im Leben eines Menschen dar, es reißt ihn aus seinem normalen Lebensgefüge, „ver-rückt" ihn. In diesem „Zustand der Verrückung" jedenfalls, meint Kernstock-Jörns in Übereinstimmung mit anderen Fachkollegen, sei niemand imstande, eine Entscheidung zu treffen, die sowohl ihm selbst als auch dem Sterbenden Gerechtigkeit widerfahren lasse.

Daß es Ärztinnen und Ärzten nach übereinstimmender Auskunft gerade bei Kindern besonders schwerfällt, „die Frage" zu stellen, ist indessen nicht nur die Erinnerung an die „Unschuld" des auf ein „Spendergut" reduzierten Menschen; das Zögern erweist auch den Trauernden einen letzten Rest Respekt. Denn die Frage ist, wie Professor Harten eingesteht, „eine Zumutung", nicht nur für die Angehörigen, sondern auch für die betroffenen Ärzte: „Die Angehörigen sind mit dem Schmerz beschäftigt und wollen nicht noch daran denken, daß andere vielleicht auch leiden. Sie wollen trauern. Das zerreißt ja ein Leben. Nein, das ist eine Zumutung, jemand fragen zu müssen. Wenn man mich losschickt und ich fragen muß, ist das für mich eine Zumutung. Das ist etwas, was man nicht gerne macht, das ist nicht *business as usual*. Es ist ja eine abartige Situation, in die man da kommt, das muß man schon so sehen."

5. „Lernen, kalt zu bleiben": die Ärzteschaft

Als junge Ärztin auf einer Intensivstation, erzählt Chirurgin Andrea Müller, habe sie auch das „Vergnügen" gehabt, mit den Angehörigen von hirntoten Patienten zu sprechen. Der unfreiwillige Sarkasmus, mit dem sie ihre damalige Tätigkeit beschreibt, läßt darauf schließen, daß ihr diese Aufgabe nicht sonderlich angenehm war. Ihr ist, wie allen anderen Chirurgen, auch die Erleichterung anzumerken, daß sie heute nichts mehr damit zu tun hat. Die meisten Mediziner legen keinen großen Wert darauf, mit dem Leid der Angehörigen konfrontiert zu werden.

Den Ärzten, bestätigt Grit Seibold, falle es schwer, sich auf die Psychologie der Angehörigen einzulassen, sich in das, was da ablaufe, hineinzuversetzen. Die meisten seien weniger sensibilisiert als das Pflegepersonal, und diejenigen, die sich einfühlsamer zeigten, dächten auch nicht unbedingt daran, daß die Angehörigen Hilfe und Betreuung benötigen. „Vielleicht hat das gar nichts mit Unsensibilität zu tun, sondern mit der enormen Arbeit auf der Station, sie können an derlei gar nicht denken."

Was Grit Seibold, wie viele ihrer Kollegen und Kolleginnen, wiederholt als „Unsensibilität" bezeichnet, ist eine typische Reaktion auf die Überforderungen, die das Transplantationssystem selbst produziert. Die Abwehr des „menschlichen Faktors" hat System, bestimmte „Medizinertugenden" wie beispielsweise „Kälte", „Härte" und „Rationalität" werden kultiviert, und die Frage nach Schuld kommt gar nicht erst auf. Folgerichtig, so der an ethischen Überlegungen interessierte Arzt Reinhard Steinmann, fragt auch niemand: „Dürfen wir verschiedene Dinge überhaupt tun?"

Koordinator Kücük weist wiederholt darauf hin, daß vor allem junge Ärzte Angst haben und Scheu zeigen, nach einer Organspende zu fragen. Viele Ärzte hätten sich seiner Ansicht nach viel zu wenig mit dem Tod auseinandergesetzt. Doch zur Qualität des Arztes gehöre es auch, logisch zu sein, seine Emotionen zurückzustellen: „Ich muß kalt bleiben, ich muß wirklich kalt bleiben, kalt berechnen und schauen, wen kann ich am ehesten retten. [...] Man kann das wirklich lernen, kalt zu bleiben in diesem Moment. Das wirkt für andere sehr hart. Aber das ist der beste Weg, diesen Job zu machen."

Diese Form von „Abhärtung" wird ermöglicht, indem die technisch-handwerklichen Tätigkeiten in der Medizin getrennt von den pflegerischen, zuwendungsorientierten Bereichen organisiert werden. Onur Kücük traut sich zwar durchaus zu, seiner Mutter Organe zu entnehmen, er würde es jedoch lieber nicht machen, „es würde sicherlich schwer sein für mich, es hängt ja was dran, da kann ich nicht kalt bleiben". Außerdem fürchtet er, daß er „sein Leben lang mit den Vorwürfen der Angehörigen" zu tun hätte, wenn „etwas schiefgeht". Professor Margreiter seinerseits legt großen Wert darauf, keine Details über das Schicksal der Patienten, deren Organe er entnimmt, zu erfahren. Die Anästhesieschwester Worm wiederum würde „schreiend davonrennen", wenn sie gezwungen wäre, an der Explantation eines Bekannten teilzunehmen.

Was als Überforderung strukturell in der Transplantationsmedizin angelegt ist und, wie Professor Harten konstatiert, als „Zu-mut-ung" empfunden wird, wird umgemünzt in eine individuelle Charaktereigenschaft des Arztes oder der Ärztin: „Man kann Mut fassen, etwas zu machen, was sowieso in einem steckt." Mut zu fassen impliziert, daß es Überwindung kostet, die Frage zu stellen. Gelingt das der oder dem Betreffenden nicht oder wird die Frage an jemand anderen delegiert, dann „ist das eine Form von Feigheit", und die wolle er sich, so Professor Harten, nicht vorwerfen lassen.

Diese Seite der Transplantationsmedizin – die Ängste und Verletzungen, die, wie Kollege Zieger glaubt, die Ärzte sich selbst zufügen – darf im medizinischen Alltag nicht thematisiert werden. So wird tagtäglich die „Flucht nach vorn" praktiziert. „Männertugenden" wie Mut, Unempfindlichkeit und Sachlichkeit dienen der notwendigen Schmerzabwehr, um im Krankenhausalltag funktionieren zu können. Insbesondere Frauen, beobachtet die Anästhesistin Wasmuth, seien es in ihrer Berufsgruppe, die das

Thema vermieden, sich „betont intellektuell" gäben und versuchten, das Emotionale wegzuschieben, einfach, um in vielen Situationen in der Klinik besser klarzukommen. Die massiven Ängste gerade im Anästhesiebereich würden verdrängt und „überspielt".

Besonders belastend wird das Gespräch mit den Angehörigen, wenn einem Arzt ein Patient auf dem Operationstisch „wegstirbt". Auch für den Neurochirurgen Henning Harten gehört dies zu den Situationen, in denen er sich „nicht traut" zu fragen: „Wenn ich operiert habe nach bestem Wissen und Gewissen, ich habe jemandem zur Operation geraten, sie technisch gut gemacht, und trotzdem ist der Patient gestorben, mir persönlich als Operateur, dann gehört schon Mut dazu, anzurufen und zu sagen: ‚Also, ich habe Ihren Mann oder Ihre Tochter gut operiert, sie ist gestorben, wollen Sie nun noch die Organe spenden?' Also, da gehört eine gewisse Kälte dazu, die man nicht immer hat. [...] Es gibt schon Situationen, wo einen der Mut verläßt."

Den Augenblick, wenn ein Patient auf dem Operationstisch „stirbt" und dieser von einer Minute auf die andere vom „Patienten" zum „potentiellen Spender" wird, empfinden die meisten Ärzte als extrem kränkend und belastend. In dem Moment, wo sie in ihrem ärztlichen Auftrag als Heiler gegenüber diesem Patienten „versagt" haben, sind sie aufgefordert, an einen anderen, anonymen Empfängerpatienten zu denken und für ihn zu handeln. Als Chirurg, so Harten, stehe man zu seinem Patienten immer in einem Verhältnis der Schuld, und wenn „mir einer stirbt, habe ich, nach unseren Kriterien, erst mal Schuld. Das ist eine emotionale Frage: Wie werde ich mit meiner Schuld fertig? Und aus meiner Schuldsituation heraus [nach Organspende, d. V.] zu fragen, ist wesentlich komplizierter."

Erstaunlich, daß der Neurochirurg, der erklärtermaßen „zu seiner Rationalität steht", sein „Schuldverhältnis" dem Patienten gegenüber als „emotionale Frage" deklariert. Für diese narzißtische Kränkung zeigt auch der ansonsten so „kühle" DSO-Mitarbeiter Kücük Verständnis. Nicht nur die Chirurgie, sondern auch die Intensivmedizin sei ein Fach, in dem man auch Mißerfolge wegstecken müsse, wenn man es nicht geschafft habe, einen Menschen wieder gesund zu machen. Der Tod eines ihm anvertrauten Patienten, resümiert Reinhard Steinmann, sei für einen Arzt immer auch eine Kapitulation, ein Verlust, den nicht nur die Angehörigen erlitten.

Diesen Verlust in einen „Gewinn" umzumünzen, dem Tod einen Sinn abzugewinnen, dies unternimmt die junge Ärztin Müller, die sich selbst als „pragmatisch" und „realistisch" sieht: „Hier können wir halt nichts mehr machen", sagte sie den Angehörigen ihrer hirntoten Patienten, „unsere Intensivmedizin ist hier zu Ende, da geht nichts mehr. Das einzige, was er [der Patient, d. V.] noch Gutes tun kann, ist, daß er seine Organe jemand anderem zur Verfügung stellt." Statt diese von ihr selbst erkannten „Grenzen" der Medizin tatsächlich anzuerkennen und den Patienten sterben zu lassen, werden diese Schranken annulliert, indem der Tod des einzelnen in den Dienst eines „Kollektivinteresses" gestellt wird.

Diese Form von Sinnstiftung bemühte auch Andreas Zieger als junger Arzt. Die Geschichte, die er erzählt, offenbart darüber hinaus, welche moralischen Allianzen mit diesem Sinnversprechen beispielsweise zwischen Medizinern und Seelsorgern hergestellt werden: „Ich war in meinem Dienst mit dem Hirntodprotokoll beschäftigt und wurde zum Angehörigengespräch gebeten. Diese hatten einen Pastor mitgebracht. Ich hatte dann das Gespräch auf den Sinn der Organspende gebracht, daß dieser Tod das Leben eines anderen retten könnte. Die Angehörigen gingen dann weg und weinten fürchterlich, der Pastor kam noch einmal zurück und sagte, er hätte bisher immer Schwierigkeiten gehabt mit dem Hirntodkonzept, aber daß ich gesagt hätte, der Tod des einen Menschen hätte für den anderen einen Sinn, indem er seine Organe erhält, das habe er noch nie gehört, das sei ein neuer Aspekt."

Das Argument vom „Sinn der Organspende", das den Arzt in seiner künftigen Laufbahn selbst nicht überzeugen sollte – es habe ihn eingeholt, erzählt Zieger, weil er es für eine „nebulöse Formulierung" halte und heute so nicht mehr äußern würde –, war für den zweifelnden Pastor offenbar überzeugend. Mehrere unserer Gesprächspartner berichten, daß die Angehörigen oft um den Beistand eines Pfarrers bitten, wenn sie um Organspende angegangen werden. Von ihm erhoffen sie sich einerseits theologischen Rat in einer Situation der Verunsicherung und Angst. Gleichzeitig versprechen sie sich jenen Trost, den die Ärzteschaft nicht in der Lage oder bereit ist zu spenden.

Brüchig wird dieses Konstrukt „nützlicher Nächstenliebe" jedoch, sobald die Beteiligten auf den konkreten Patienten oder die Patientin treffen. Kernstock-Jörns weiß von einem Fall, bei dem der Krankenhausseelsorger hinzugezogen wurde, um die Eltern von der Sinnhaftigkeit einer Organspende ihres Kindes zu überzeugen. Das Kind war hirntot, und die Eltern entschieden, den Beatmungsschlauch wegzunehmen. Doch anstatt daß das Kind, wie sie hofften, nun einen „sanften" Tod starb, wandte es sich noch einmal mit unendlich hilfesuchendem Blick an die Eltern, und sein Gesicht lief blau an, bis es schließlich erstickte. Die Szene war so erschütternd, daß sich der Pfarrer nicht mehr für die Organspende dieses Kindes einsetzen mochte, während sich der behandelnde Arzt beleidigt mit den Worten abwandte: „Ein Jammer um so schöne Organe." Obwohl das Kind am Ende gar nicht explantiert wurde, berichtet Kernstock-Jörns weiter, seien sowohl die Eltern als auch der Pfarrer noch lange danach von starken Schuld- und Schamgefühlen gequält worden.

Wer die Frage nach der Organspende stellt, tut dies mit einem klar definierten Ziel: „Organgewinnung", wie es im offiziellen Vokabular heißt. Anders hätte die Frage keinen Sinn, und daran lassen auch die von uns befragten Transplantationskoordinatoren keinen Zweifel. Dieser Zweck kollidiert, wie gesagt, mit dem Grundsatz der Ergebnisoffenheit, der Freiwilligkeit, auf dem das gesamte Transplantationssystem basiert. Es muß also jederzeit der Eindruck verhindert werden, daß die Angehörigen im Gespräch „über den Tisch gezogen" werden beziehungsweise daß ihre Situation der Trauer und des Schmerzes ausgenutzt wird. Die Transplantationsmedizin ist in hohem Maße auf das Vertrauen der Bevölkerung angewiesen: Das betrifft sowohl die „saubere" Hirntoddiagnostik als auch die zugesicherte Uneigennützigkeit, das Versprechen, daß sich niemand an den Organen bereichert.

Aus diesem Grund reagiert die Transplantationskoordinatorin, nach ihrem Auftragsziel im Angehörigengespräch befragt, auffallend nervös. In der Gesprächssituation, versichert Katharina Grosse, „wird nur gefragt. Sie können auch niemanden überzeugen, der eine gefestigte Meinung oder bestimmte Vorstellungen über das Leben nach dem Tode oder darüber, was passiert, wenn jemand gestorben ist, hat. [...] Und in einem Gespräch mit den Angehörigen eines Verstorbenen können Sie erst recht niemand überzeugen. Das verbietet sich auch."

Die „Überzeugungsarbeit" muß nach Auffassung der Transplantationskoordinatorin also bereits in der Öffentlichkeit stattgefunden haben und kann „nicht am Krankenbett" geleistet werden. Im konkreten Gespräch allerdings ist die Haltung des Arztes oder des Koordinators entscheidungsleitend, insbesondere für jene Angehörigen, die sich vorher nie Gedanken über Organspende gemacht haben. Professor Angstwurm, seit vielen Jahren mit Angehörigengesprächen betraut, setzt in solchen Fällen durchaus auf „Überzeugung": „Ich kann ihnen [den Angehörigen, d. V.] meine Argumente vortragen und versuchen, ihnen diese zu erklären. Ich kann versuchen, sie zu überzeugen. Das ist etwas ganz anderes, als etwas durchzusetzen. Wir wollen nichts durchsetzen, wir wollen nur überzeugen."

Ebendiese ärztliche „Überzeugungsarbeit" wird am Ende wieder einer Erfolgskontrolle unterzogen. Die Anästhesistin Gabriele Wasmuth, die gegenüber der Transplantationsmedizin immerhin Zweifel hegt, fühlte sich während ihrer Tätigkeit auf der Intensivstation vom Auftragsziel der Organgewinnung „unter Druck" gesetzt und empfand es als „Versagen", wenn die Angehörigen trotzdem ablehnten. Drastischer noch formuliert es Professor Harten: „Die meisten haben nie darüber [über eine Organspende, d. V.] nachgedacht und gesprochen. Dann muß man ihnen etwas an die Hand geben, worüber sie nachdenken können. Da ich Transplantation für eine sinnvolle Sache halte, muß ich auch eigentlich in der Lage sein, meine Argumente dafür zu vermitteln, herüberzubringen. Wenn mir das nicht gelingt, habe ich etwas falsch gemacht, und ich bekomme eine Absage."

„Wir tun dem Spender einen Gefallen, indem er noch jemandem hilft", so wird sinngemäß der uneigennützige Dienst der Chirurgie an der „Sache" immer wieder herausgestellt. Überrascht hat uns, daß die Transplantationskoordinatorin Grosse diesen Anspruch auf „höhere Weihe", vor allem wenn es um Organspenden von Kindern geht, weit von sich gewiesen hat. Sie habe noch niemals das Argument bemüht, so erklärt sie dezidiert, daß der Tod eines Kindes durch die Spende seiner Organe einen Sinn erhielte. Dies käme eher von den Eltern selbst, aber „mir persönlich würde es sich verbieten, ein solches Argument überhaupt in den Mund zu nehmen".

Offenbar kollidiert hier die berufsmäßige „Rationalität" der Koordinatorin mit der emotional argumentierenden Legitimierung der Organspende. Die Sinnstiftung, spekuliert Andreas Zieger, sei eine subjektive Frage, die von den Hardlinern der Medizin als mystisch zurückgewiesen werde. Indessen appelliere die Sinnfrage, die im Falle von Kinderspendern besonders klar zutage trete, an die gemeinsame Betroffenheit der Eltern der kleinen Spender und Empfänger, und dieses Element des Zwischenmenschlichen sei sehr verführerisch, zumindest bis zu dem Augenblick, wo der explantierte Tote seinen Angehörigen noch einmal vorgeführt werde.

6. „Die Probleme beginnen, wenn die Angehörigen zugestimmt haben": Trauer, Reue und Schuld

Der Bericht über die Organentnahme Sven Rogowskis zu Beginn dieses Buches hat gezeigt, daß das Wiedersehen mit dem explantierten Sohn für die Eltern der Auslöser war, die Umstände seines Todes genauer zu erforschen. Frau Rogowski erlebte diesen Anblick als so traumatisch, daß sie auch viele Jahre nach Svens Tod nicht darüber hinweggekommen ist. Dies deckt sich mit den Erfahrungen, die die Psychotherapeutin Kernstock-Jörns in Gesprächen mit den Eltern explantierter Kinder gemacht hat. Aufgefallen sei bei fast allen, „daß sie zutiefst erschüttert und entsetzt gewesen seien, als sie nach der Explantation noch einmal ihre Kinder, Jungen – meist 18- oder 19jährige Buben – gesehen haben". Dieses Bedürfnis, sich von einem Toten zu verabschieden, sei ja etwas ganz Normales und Spontanes. „Die Begegnung mit diesem Wesen, das ihnen dann auf der Totenbahre präsentiert wurde, war eben – und deswegen gebrauche ich das Wort ‚Wesen' – von einer solch fürchterlichen Fremdheit gekennzeichnet, auch von dem Gefühl der Verunstaltung dieses vorher vertrauten und geliebten Kindes, daß die Eltern oft monate-, manchmal sogar jahrelang mit diesem Bild nicht mehr zurechtgekommen sind und aufgrund dieses Bildes massive Schuldgefühle – und meistens Schuldgefühle, die alles aufgefressen haben, was vielleicht an Trauer möglich gewesen wäre – entstanden sind."

Die durch die Verunstaltung hervorgerufene „Fremdheit" zerstört das Erinnerungsbild der Eltern an das tote Kind und verhindert dadurch den Trauerprozeß. Diese Erfahrung vieler Angehöriger steht in eklatantem Widerspruch zu der Versicherung der Transplantationsmedizin, die Integrität des Organspenders nicht zu verletzen und seine körperliche Unversehrtheit nach der Explantation wiederherzustellen. Die Bemühungen, den explantierten Patienten nach der Organspende wiederherzurichten, ihn oder sie, wie OP-Helfer Feldmann sagt, „wieder in einen ordentlichen Zustand zu bringen", bleibt in aller Regel dem Pflegepersonal überlassen. Auch die Anästhesieschwester Worm hat sich nach vielen Jahren im OP-Saal nicht an den Anblick der Explantierten gewöhnen können. Ihre österreichische Kollegin Weinzierl erklärt, daß sich zu ihrer Zeit die Ärzte beim Herrichten nicht viel Mühe gegeben hätten.

Möglicherweise rühren daher Unsicherheit und Vorsicht vieler Angehöriger bei der Entscheidung, ihre Toten nach einer Organspende noch einmal zu sehen. Die meisten verabschieden sich nach Angaben der Berliner Transplantationskoordinatoren vor der Explantation am Bett. Doch der Leichnam, darauf insistiert Onur Kücük nachdrücklich, würde „fach- und sachgerecht" verschlossen, so daß, so seine Kollegin Grosse, die Toten hinterher aufgebahrt werden könnten und die Angehörigen „nichts sehen" würden. „Wir sagen das den Angehörigen immer, damit sie das Wort ‚Ausschlachten' nicht in den Mund nehmen."

Ihre Hannoveraner Kollegin Frauke Vogelsang macht ebenfalls die Erfahrung, daß die Angehörigen den Verstorbenen nach der Organentnahme lieber nicht mehr sehen wollen. „Viele Angehörige möchten den Verstorbenen so in Erinnerung behalten, wie sie ihn auf der Intensivstation gesehen haben." Die Irritation, die es für die Angehörigen bedeutet, sich auf der Intensivstation von einem Menschen zu verabschieden, der lebendig aussieht, kann allerdings auch die Koordinatorin nicht leugnen: „Sie nehmen von einem

Toten Abschied. Aber was sie sehen, spricht nicht dafür. Das EKG läuft auf dem Monitor, die Beatmungsmaschine läuft, dadurch hebt und senkt sich der Brustkorb, und sie können das als Laie nicht mit ‚Tod' assoziieren. Sie sehen ja den Hirntod nicht."

Der Trost, den die Angehörigen möglicherweise durch die Entscheidung für die Organfreigabe verspüren, ist vielfach nur von kurzer Dauer. Die entlastende Vorstellung, „etwas Gutes getan zu haben", verblaßt in dem Maße, wie die Zurückbleibenden den Verlust realisieren und sich über das Schicksal des Toten Gedanken machen können. Die Trauer, meint auch Professor Harten, beginne erst später. „Normalerweise sackt man ja erst in ein Loch. Man ist eigentlich besinnungslos. Man fällt in ein Loch, das man noch nicht gekannt hat. Und dann kommt langsam die Trauerarbeit, wie man mit diesem Problem fertig wird. [...] Soweit sind die Leute in dem Moment nicht, wenn ich sage: ‚Das Kind ist jetzt tot'. Zu diesem Zeitpunkt kommen Argumente wie: ‚Das wird die Bestattung verzögern, wie werden die Nachbarn reden?'"

Setzt der Trauerprozeß erst einmal ein, muß auch die in einer Extremsituation getroffene Entscheidung in das Leben der Hinterbliebenen integriert werden. In der Regel sind die Angehörigen dann nicht nur mit ihrem Schmerz alleine, sondern auch mit dem Zweifel, ob sie richtig gehandelt haben. Möglicherweise zeigen Freunde oder Bekannte Unverständnis gegenüber dieser Entscheidung oder machen den Angehörigen Vorwürfe. Sie müssen sich außerdem mit der Vorstellung auseinandersetzen, daß Teile des geliebten verstorbenen Menschen in anderen Menschen weiterleben oder, wenn die Transplantation mißlungen ist, vielleicht sogar zu dessen Tod beigetragen haben.

Möglicherweise hat der letzte Anblick des Toten die Hinterbliebenen so aufgewühlt, daß sie sich Vorwürfe machen und sich fragen, ob sie sich mit der Einwilligung zur Organentnahme selbst schuldig gemacht haben. Es sei symptomatisch, so Kernstock-Jörns, daß in den Gesprächen immer wieder Begriffe wie „Beraubung", „Zerstückelung" oder „Verstreuung" fielen; denn die Angehörigen wüßten nicht, wohin die Organe gehen, wer sie bekommen hat und ob sie tatsächlich zu einem „neuen" Leben verholfen haben. Außerdem seien Menschen, so die Psychotherapeutin weiter, „im allgemeinen nicht so ungeheuer altruistisch, daß ihnen langfristig über Monate, ja über Jahre hinweg die mögliche, in Wirklichkeit allerdings fragliche Lebensrettung von fremden Menschen so wichtig wäre, daß diese Vorstellung tatsächlich alles andere ausgleicht, was an Unglück, an Trauer, an Entsetzen vielleicht da war."

Sie könne sich durchaus vorstellen, daß Angehörige die Entscheidung später bereuten, meint die Intensivmedizinerin Wasmuth. Dies sei ihm in seiner Praxis noch nie vorgekommen, behauptet dagegen Professor Angstwurm, der nur vom umgekehrten Fall zu berichten weiß: „Ich betrachte es als meine Aufgabe, mit Angehörigen zu sprechen, die sich später Vorwürfe machen, weil sie eine Explantation abgelehnt haben und meinten, damit ‚etwas Gutes getan zu haben'." Die Soziologin Spirgatis kommt in ihrer Studie allerdings zu dem Schluß, daß in der Literatur von derartigen Fällen kein einziges Mal berichtet werde.[8]

Daß in dieser Phase „Schuldgefühle" und „Ängste" virulent werden können, räumt sogar die Werbebroschüre des *Arbeitskreises Organspende* ein. Dort wird den Trauernden empfohlen, mit Ärzten und Pflegepersonal über ihre Gefühle zu sprechen. Die Ärzte, das ist deutlich geworden, fühlen sich dieser Anforderung jedoch wenig gewachsen; welche Probleme es für das Pflegepersonal mit sich bringt, mit den Fragen und Zweifeln der Angehörigen konfrontiert zu werden, haben wir bereits ausführlich dargestellt.

Neben einigen Selbsthilfeeinrichtungen hat auch die Deutsche Stiftung Organtransplantation diese Lücke erkannt und den Versuch unternommen, über die Transplantationskoordinatoren den Kontakt zu den Angehörigen zu halten. Ein kurzer, standardisierter Dankesbrief im Namen der Organempfänger gebe ihnen die Möglichkeit, Verbindung aufzunehmen.[9] Oft seien es nur organisatorische Dinge, bei denen die Angehörigen Unterstützung benötigten, beispielsweise die Bestattung. Häufig jedoch, so Grosse, würde auch die Bitte formuliert mitzuteilen, was aus den Organen geworden ist, und manchmal erwarteten die Angehörigen der Spender sogar einen Dankesbrief vom Empfänger. „Das ist natürlich nicht möglich, man muß ihnen dann klarmachen, was es für sie bedeuten kann, wenn sie denjenigen, der jetzt mit diesem Herzen ihres

Sohnes oder ihrer Tochter herumläuft, wirklich kennenlernen würden, welche Probleme das eventuell bereiten könnte."

Von ähnlichen, „pragmatischen" Anfragen berichtet auch Frau Vogelsang. Angehörige wollten beispielsweise wissen, welche Organe entnommen worden seien und wie es den Empfängern gehe. Seit 1996 wendet sich die DSO Niedersachsen nach einem Jahr noch einmal an diejenigen Angehörigen, die einer Organspende zugestimmt haben, und macht ihnen ein Gesprächsangebot. „Die Resonanz ist ganz erfreulich im Hinblick auf die wenigen Rückmeldungen nach unserem ersten Brief", erklärt die Transplantationskoordinatorin. Da liege der Rücklauf nur bei fünf Prozent. Oft sei sie überrascht, wie banal die Fragen seien, mit denen sich die Angehörigen häufig wochen- und monatelang herumquälten, und wie einfach sie in der akuten Situation zu klären gewesen wären.

Meist wollen die Spenderfamilien wissen, ob die Transplantation erfolgreich verlaufen ist. Wie auf ein mögliches Mißlingen reagiert würde, weiß Frauke Vogelsang nicht zu sagen, denn gerade diese Angehörigen hätten sich nicht gemeldet. Überhaupt, so ihre durchaus realistische und selbstkritische Einschätzung, würden sich diejenigen, die im nachhinein Probleme mit ihrer Entscheidung haben, kaum an sie wenden. Aufgefallen ist der Koordinatorin, daß Verunsicherungen immer dann aufträten, wenn das Thema in Radio- oder Fernsehsendungen kritisch erörtert werde. Die Angehörigen sähen sich im Verwandten- und Freundeskreis dann mit Vorwürfen von der Art „Wie konntet ihr euer Kind ausschlachten lassen?" konfrontiert.

Katharina Grosse, die über eine längere Erfahrung verfügt, hat schon erlebt, daß sich Angehörige an sie wandten und darum baten, mit den Empfängern in Kontakt zu kommen. Die Entscheidung als solche, so behauptet auch sie, werde jedoch nie in Frage gestellt. Da das Transplantationsgesetz strikt auf der Anonymität von Spendern und Empfängern bestehe, versuche sie den Angehörigen zu helfen, indem sie Kontakt zu anderen Organempfängern herstelle, die von ihren Erfahrungen erzählten.

Neuerdings hat die DSO Berlin-Brandenburg in Zusammenarbeit mit der Berliner Charité diesen Kontakt institutionalisiert und in eine Werbeaktion für Organspende umgemünzt. Ein Sommerfest in einem Luxushotel am Griebnitzsee bei Potsdam führte Ende August 1998 Transplantierte mit Angehörigen, die einer Organspende zugestimmt haben, zusammen.[10] Bei Tombola, Tanz, Blasmusik und anderen Lustbarkeiten durften die Empfänger ihren „zweiten Geburtstag" feiern. „Denn es ist so", sagt Frau Grosse, „daß sich für alle Transplantierten am Tag der Transplantation das Leben entscheidend verändert hat. Das ist für sie ein zweiter Geburtstag."

Daß dies gleichzeitig der Todestag eines Menschen ist, um den die Angehörigen trauern, ist der Transplantationskoordinatorin zwar bewußt, doch welchen Zynismus es bedeutet, diesen in einer Art Volksfest zu begehen, entzieht sich offenbar dem Vorstellungsvermögen der Veranstalter. Im Gegenteil: Die Angehörigen sollen, so Katharina Grosse gegenüber der Presse, „in dem Gefühl bestärkt werden, daß ihre Entscheidung richtig war".[11] Man stelle sich einmal das Szenario vor, wenn den Angehörigen irgendwelche „Ersatzempfänger" vorgeführt werden, im Wissen, daß der tatsächliche Empfänger des Herzens oder der Leber ihres Kindes vielleicht gerade verstorben ist. Oder man überlege, was es für diese bedeutet, sich auszumalen, daß hier vielleicht ein Mensch mit dem Herzen ihres Kindes vor ihnen steht.

Die Aktion verdeutlicht noch einmal auf einer anderen Ebene das Prinzip der Austauschbarkeit und Entpersonalisierung von Menschen, das dem gesamten Transplantationsgeschehen zugrunde liegt. Nicht mehr individuelle Menschen, die ihre „Gabe" einem konkreten Menschen reichen, treten hier als Akteure – Spenderinnen und Empfänger, Empfängerinnen und Spender – auf, sondern ein anonym verstricktes Kollektiv von Spendenden und Empfangenden, Opfernden und Nehmenden, die in einem bewußt verdunkelten Verhältnis der Schuldlast zueinander stehen.

Die Verarbeitung der Zustimmung zur Explantation bleibe ein „Stachel im Fleisch der Angehörigen", berichtet die Psychotherapeutin Kernstock-Jörns aus ihrer Erfahrung. Von schnelltherapeutischen Techniken, die Angst und Verzweiflung und Fragen nach der Schuld im Schnellverfahren aufzufangen versuchten, halte sie wenig. „Daß man Menschen damit desensibilisiert für diesen ungeheuerlichen Vorgang des Zerstörens eines Sterbenden", urteilt sie abschließend, „das finde ich infam."

V. Vom Hirntod zum „totalen Tod":
die Organentnahme[1]

1. Zwischen Tabubruch und medizinischer Normalität

Der Akt der Organentnahme stellt einen heiklen Punkt im Ablauf der Organspende dar. Gleich mehrere Tabus werden jetzt an einem als tot definierten Menschen überschritten. Immerhin wird nach allen Regeln der medizinischen Kunst in den „lebenden Restkörper" auf eine aggressive und zerstörerische Weise eingegriffen, die einer ganz eigenen Operationslogik folgt und das Programm des Ablaufes setzt. Die Organspende steckt prinzipiell in einer schizoiden Situation: Während der Entnahme muß die enorme Spannung zwischen den zu vollziehenden Tabuverletzungen und dem Anspruch, die Illusion einer ganz normalen Operation aufrechtzuerhalten, irgendwie bewältigt werden. Auf unsere Frage, ob und wie eine Multiexplantation, die immerhin eine vielfache Zerstörung des hirnsterbenden Menschen beinhaltet, sich von einer normalen Operation unterscheidet, antwortete die Transplantationskoordinatorin Katharina Grosse gereizt: „Ich habe Ihnen doch gerade erklärt, was eine normale Operation ist, was ich unter einer normalen Operation verstehe: einen Eingriff, der unter den Bedingungen einer Operation durchgeführt wird. Es ist nicht das, was die Leute ‚Ausschlachten' nennen, und man kommt und reißt einfach den Toten auf. Es werden auch die anatomischen Strukturen, die nicht zur Organentnahme notwendig sind, nicht verletzt." Onur Kücük bekräftigt die Erklärungen von Katharina Grosse: „Es ist kein Unterschied, und meiner Meinung nach ist die Explantation die schwierigste Operation [...]. Man bespricht vorher eine Operation, [...] trifft dann im ärztlichen Konsens die Entscheidung. Man erklärt die Befunde, kommt unter Kollegen zu einer Diagnose, man redet darüber und beschließt eine Operation. Wenn das Operationsziel eine Explantation ist, dann wissen wir, es handelt sich um einen Toten. Das Ziel ist die Explantation, die anatomisch korrekt fach- und sachgerecht durchgeführt wird."

Diese Äußerungen verdeutlichen, wie wichtig es der Transplantationsmedizin ist, der Organentnahme das Image einer ganz normalen Operation zu verleihen. Sie pflegt diese Illusion, um zu suggerieren, daß es sich um einen Eingriff handelt, der allen gängigen medizinischen Standards entspricht und unter dieser Voraussetzung in den Arbeitsprozeß des Krankenhausalltags unauffällig integriert ist. Jeder einzelne Arbeitsschritt erweckt schließlich, wie eben von dem Transplantationskoordinator Kücük erklärt, den Anschein einer üblichen medizinischen Handlung.

Der Vergleich mit einer ganz normalen Operation hinkt dennoch aus mehreren Gründen und verhüllt den eigentlichen Charakter der Organentnahme: Das Operationsziel ist nicht an der Heilung des Patienten orientiert. Es verfolgt keinen therapeutischen Nutzen für denjenigen, der unter das Messer gerät. Mit den Worten von Professor Harten ausgedrückt: „Natürlich, der Tote hat nichts mehr davon, daß man ihn operiert." Der Patient befindet sich also *per se* in einem verdinglichten Status. Im Falle einer Multiorganentnahme wird er vom Brust- bis zum Schambein aufgeschnitten. Keine Stelle seines Körpers – Kopf, Rumpf, Knochen – muß verschont bleiben. Ob Augäpfel, Luftröhre, Dünndarm, Gehörknöchelchen, Bauchspeicheldrüse, Lungen, Herz, Nieren, Leber, Kniegelenke oder Haut – alles, was verwertbar ist, kann potentiell herausgeschnitten werden. Der soziale und medizinische Umgang mit dem Spender stellt sich als höchst gewalttätig dar, weil der „Tote" mit diversen Messern, Säge, Hammer und Meißel in seiner Integrität verletzt wird.

Der Patient gilt als verstorben und wird mit einem Totenschein in den Operationssaal gefahren. Schon per Gesetz besitzt er als Leichnam einen Anspruch auf einen pietätvollen Umgang. Laut § 168 „Störung der Totenruhe" schützt das bundesdeutsche Strafgesetzbuch den Verstorbenen mit Eintritt seines Todes vor der Straftat der Leichenschändung.[2] Damit wird das Todestabu befolgt, das den Toten vor der Bemächtigung anderer in seinem unberührbaren, „heiligen" Status schützt. Auch in unserer Kultur wird dieses Tabu durch die Wahrung und Pflege unserer Toten gewahrt, und es wird u. a. auch durch die juristisch gesicherte Protektion des Leichnams realisiert. Wie ist dieses Recht auf Totenruhe mit dem Akt der chirurgischen Zerstückelung überhaupt vereinbar?[3]

Auch wenn man der Hirntoddefinition folgt und den Patienten als einen endgültig verstorbenen Menschen anerkennt, überschreitet die Organtransplantationsmedizin das Todestabu, denn durch den Akt der Organentnahme wird die Integrität des „Leichnams" gravierend verletzt. Die chirurgische Zergliederung des Organspenders in Augen, Herz, Luftröhre, Dünndarm etc. entspricht dem Akt einer Leichenschändung. Die anatomische Verstümmelung des Leichnams – sei sie auch noch so rational, wissenschaftlich und gleichermaßen christlich fundiert – stellt eine *per se* mit Ekel, Angst und vor allem Schuld beladene Tabuüberschreitung dar. Dieses Phänomen wird in vielen Kulturen wahrgenommen und ist im psychoanalytischen Erklärungszusammenhang anthropologisch gedeutet worden.[4] Das heißt, normalerweise löst eine Leichensektion Gefühle von Ekel, Angst und Schuld aus. Die Überwindung und Verdrängung solcher Affekte wird gleich zu Beginn des Medizinstudiums im Sektionskurs rituell exerziert. Eine solche „Initiation", die den allerersten Patienten als Leiche vorsieht und ihn zerstückeln lehrt, so die Psychologin Christine Linkert,[5] hat das in der Explantation beteiligte Pflegepersonal in seiner beruflichen Sozialisation nicht erfahren. Während der Explantation treffen also zwei Berufsgruppen mit einer sehr konträren Beziehung zum Akt der Leichenschändung und dem sozialen Umgang mit Toten aufeinander.

Wie schon wiederholt erwähnt, kann die „Leiche" während der Organentnahme ein bemerkenswertes Spektrum an sonst gültigen Lebenszeichen aufweisen, die dem Totstatus des Patienten absolut widersprechen. Einmal abgesehen von dem lebendigen Herzen, dessen normaler Schlag auf dem laufenden EKG-Monitor bildlich und akustisch im Operationssaal gegenwärtig ist, ist bei Hautschnitten oder bei der Öffnung des Bauchfells mit einer ansteigenden Herzfrequenz und einem höheren Blutdruck, außerdem mit Hautrötungen, Schweißsekretionen oder mit Bewegungen („Lazarus-Zeichen") zu rechnen – wie es auch das Lehrbuch für Hirntoddiagnostik beschreibt.[6]

Wenn ein solches Antwortverhalten des Spenders auf die Traktierung seines Körpers mit Schneideinstrumenten den normalen Ablauf der Operation stört, werden anästhesiologische Maßnahmen notwendig. Den Bewegungen oder dem Blutdruckanstieg wirkt man mit einem Narkotikum oder einem Muskelrelaxans entgegen. Wenn dann tatsächlich ein Opiat verabreicht wird, widerlegt diese Maßnahme die Behauptung, daß es sich um einen wirklichen Toten handelt. Verzichtet die Anästhesie auf die präventive Ruhigstellung des „Toten", müssen alle Anwesenden solche Lebensäußerungen in ihrer Unheimlichkeit ertragen. So oder so – der mit Lebenszeichen reagierende „Tote" sorgt im Operationssaal für Unruhe und Verunsicherung, was sich zu Angst, Grauen und Schrecken steigern kann.

Bestimmte an der Organentnahme beteiligte Berufsgruppen erleben den Augenblick, wenn der „Restkörper" des Patienten stirbt. Das heißt, dem Herztod wird zugeschaut, entweder wenn direkt das Herz entnommen wird oder wenn der Patient ausblutet. Sein Erscheinungsbild verwandelt sich dann rigoros von einem lebend aussehenden Menschen in einen richtigen Toten. Da dieser Moment von Beginn der großen Operation an, für alle voraussehbar, feststeht, kann im Bewußtsein des medizinischen Personals das Tötungstabu empfindlich berührt und die Explantation als großes Unrecht erlebt werden. Das Gefühl, selbst aktiv und systematisch an dem endgültigen Tod des Patienten mitzuwirken, kann eine Lawine von Schuldgefühlen lostreten.

2. Die nächtliche Operation

Aufschlußreich ist das Phänomen, daß sowohl in den USA[7] als auch in Europa Organentnahmen in der Regel nachts stattfinden. Wir fragen den Herzchirurgen Matthias Loebe nach dem Grund für diese Gepflogenheit: „Ja, also das ist eine gute Frage. Die kann ich auch nicht beantworten. So ganz genau weiß ich das auch nicht." Loebe lacht und sucht nach einer Erklärung: „Das simpelste Argument ist, daß Organentnahmen in Krankenhäusern, die in den seltensten Fällen transplantieren, Leistungen sind, die außerhalb des Routineprogramms verlaufen. Diese Krankenhäuser möchten nicht, daß ihre OP-Säle belegt sind, wenn das normale Programm läuft." Dem arbeitsorganisatorischen Argument widerspricht die Transplantationskoordinatorin Frauke Vogelsang. Wir bitten auch sie um eine Erklärung für die nächtliche Durchführung der Explantation: „Das weiß ich nicht. Die Spendermeldungen erreichen uns überwiegend mittags, nachmittags. Dann wird die Hirntoddiagnostik durchgeführt, [...] dann wird das Angehörigengespräch geführt, dann werden alle relevanten Daten erhoben, und die Organentnahme wird in den meisten Fällen parallel organisiert. Das dauert alles seine Zeit." Ein arbeitsorganisatorisches Motiv kann Frauke Vogelsang nicht wirklich erkennen: „In vielen Krankenhäusern sind die Säle bis 16.00 Uhr besetzt. Wenn dies der einzige Grund wäre, könnten die Organentnahmen ja alle am frühen Abend durchgeführt werden [...]. Für unseren Bereich kann ich sagen, daß die ‚späten' Organentnahmen nicht an der fehlenden OP-Kapazität liegen, sondern daran, daß die Untersuchungen ‚spät' abgeschlossen sind." Wieder anders argumentiert der Transplantationskoordinator Onur Kücük: „Nachts finden die Explantationen auch deshalb statt, weil die Hirntoddiagnostik in den Tagdiensten gemacht wird, das heißt, sie ist meistens erst gegen Mittag, Nachmittag abgeschlossen." Bis die Angehörigengespräche geführt sind, so Kücük weiter, sei es 13 oder 14 Uhr. „Und wir brauchen dann noch Zeit, um uns ein Bild von der ganzen Sache zu machen, die Behandlung zu optimieren, die Organe anzubieten, bis sie angenommen werden. Die Organisation bedarf minimal sechs Stunden." Das sind sehr widersprüchliche Aussagen, vor allem was die Chronologie bzw. Gleichzeitigkeit des Prozedere betrifft: Spendermeldung, Hirntoddiagnostik, Angehörigengespräch, „Organangebot" bei Eurotransplant. Wenn man berücksichtigt, daß allein schon der Beobachtungszeitraum der Hirntoddiagnostik auf mindestens zwölf Stunden anberaumt ist und daß – wie Frauke Vogelsang als erfahrene Transplantationskoordinatorin erklärte – die meisten Spendermeldungen mittags oder nachmittags erfolgen, dann fällt der optimale Explantationszeitpunkt nicht zwingend in die Nacht. Der Transplantationskoordinator Onur Kücük erklärt, daß außerdem die größeren Krankenhäuser ohnehin „vierundzwanzig Stunden in mehreren Sälen" arbeiten, in diesem Falle müßte die reguläre Operationszeit gar nicht mehr berücksichtigt werden, und hier könnten dann Explantationen auch tagsüber stattfinden.

Dennoch hat sich die Operation der Organentnahme in die Nacht „geschlichen", und niemand weiß so recht, warum. Die Koordinatorin Katharina Grosse gibt eine atmosphärische Beschreibung des Szenarios am Ende einer Organentnahme: „Wir müssen um sechs Uhr immer aus dem OP raus sein, weil man natürlich das normale OP-Programm nur in Ausnahmefällen stören möchte, denn das Krankenhaus ist ja im wesentlichen dazu da, Patienten gesund zu machen [...]. So ist es eben auch in den großen Krankenhäusern, [...] die Behandlung der Lebenden geht vor." Die Nacht den Toten und der Tag den Lebenden.

In unserer Geschichte fällt der Nacht eine besondere Symbolik zu. Sie hat in vielen Kulturen eine mystische Bedeutung. Die Nacht bietet die Atmosphäre für das kultische Opferritual, für Hinrichtungen, in ihr erwachen die Toten, der Vampirismus, die Geisterwelt und findet das Verbrechen statt. Die Nacht ist mit dem Unheimlichen, mit Angst und Grauen besetzt. Schließlich werden auch heutzutage in den USA Hinrichtungen oder der Beginn von Kriegen (z.B. „*Operation* Wüstensturm" 1991, „*Operation* Wüstenfuchs" 1998) im Schutz der Dunkelheit inszeniert. Die Nacht repräsentiert kulturgeschichtlich die dunkle Seite des Lebens und stellt einen Gegenpol zum sogenannten „hellichten" Tag dar. Wir fragen den Krankenpfleger Georg Feldmann, wie er den Brauch interpretiert, daß die Organentnahmen in die Nacht verlegt sind. „Manchmal erinnern die Explantationen auch etwas an Nacht- und Nebelaktionen, wobei ich denke, daß das eher gefühlsmäßig so ist", sagt er.

Krankenpfleger oder Anästhesieschwestern holen den Spender von der Intensivstation ab und fahren ihn in den Operationssaal. Hier wird er von ihnen auf den Operationstisch umgebettet. Schon diese Aufgabe kann sich schwierig gestalten, und die Schwestern sind froh, wenn sie das Umlagern bewältigt haben. Der Hirntote wird durch Bewegungen während der Umbettung stimuliert. Schon jetzt können spinale Reaktionen Verwirrung stiften. Speziell in dieser Situation besteht die Möglichkeit, daß der „Tote" mit einem Nackenreflex auf das Umlagern reagiert.[8] Wenn der Kreislauf des Spenders nicht stabil ist, kann das zu grundlegenden Problemen führen. Die Anästhesieschwester Margot Worm erklärt diesen Vorgang: „Bei den meisten ist der Kreislauf instabil, dann reagieren diese Patienten bei jeder Bewegung sehr stark. Das heißt, man muß sofort mit Medikamenten gegensteuern. Also, man hebt den Patienten an, denn er muß ja vom Bett auf den OP-Tisch, und in diesem Moment kann der Blutdruck absacken. Oder er muß kurz von der Beatmung genommen werden; das führt dazu, daß der Blutdruck stark reagieren kann. Dann kommt es darauf an, wie viele Menschen da sind, um ihn auf den OP-Tisch rüberzukriegen. Wenn man zu dritt ist, ist das ausgesprochen schwierig, wenn da noch diverse Drainagen in dem Körper sind, die alle gleichzeitig mitbefördert werden müssen. [...] Das ist dann schon immer eine große Tat, wenn der richtig auf dem OP-Tisch liegt, wieder richtig beatmet ist und alle Werte im Gleichgewicht sind."

Es kann auch vorkommen, daß der Hirntote mit so akuten Kreislaufproblemen zu kämpfen hat, daß man versucht, seinen Herztod bis zur Organentnahme medikamentös zu unterdrücken und hinauszuzögern: „Wenn der so auf der Kippe steht, daß der Kreislauf sehr instabil ist und die Operateure Sorge haben, daß sie die Organe nicht rechtzeitig herausbekommen und man eben nicht mehr medikamentös reanimieren kann, das kann viel Druck und Hektik auslösen." So schildert Margot Worm die prekäre Situation, die sich zwischen Maßnahmen zur Wiederbelebung eines „Toten" vor der Organentnahme und dem aktiven ärztlichen Herbeiführen des Herztodes durch die Organentnahme abspielt.

Wenn der Hirntote auf dem Operationstisch liegt, so Margot Worm, „bekommt er auch noch den Gurt über die Beine – das muß man sich einmal vorstellen –, und die Arme sind meistens auch festgemacht." Das Festgurten der Arme und Beine dient als Vorsichtsmaßnahme gegen mögliche Bewegungen des „Toten": „Wenn der Arm nicht festgemacht ist und der Operateur zum Schnitt ansetzt, und wenn dann die Pulsfrequenz hochgeht oder der Blutdruck steigt, dann ist es im gesamten Operationssaal dramatisch."

Liegt der Spender erst einmal auf dem Operationstisch, erweckt die Organentnahme für einen kurzen Augenblick den Anschein einer Operation wie jede andere. Die Illusion, daß es sich um einen klassischen medizinischen Eingriff handelt, versucht die Transplantationskoordinatorin Katharina Grosse zu festigen. Der Hirntote wird jetzt desinfiziert, mit sterilen Tüchern abgedeckt, und Anästhesisten treten in Aktion. Katharina Grosse: „Es geht in den OP, wie man das kennt: Bettung auf den OP-Tisch, Lagerung der Patienten. Das Narkosegerät wird angeschlossen. Im Regelfall geht es ohne Narkosemittel, höchstens Muskelrelaxantien, um spinale Reflexe zu unterdrücken. [...] Normaler Infusionsanschluß wie bei jeder OP. Man ist da, wenn der Patient eingeschleust wird, man kümmert sich um ihn, genauso wie um einen Lebenden. Er wird gelagert, dann wird er abgedeckt. Ein Chirurg kommt, und die OP-Schwester hat alle Instrumente vorbereitet, zieht sich steril an, wäscht den gesamten Bereich, der operiert werden soll, mit einer Desinfektion. Dann wird steril abgedeckt."

Gleich zu Beginn der Organentnahme muß der Anästhesist entscheiden, ob er eine Narkose, muskelentspannende Mittel verabreicht oder ob er auf eine medikamentöse Ruhigstellung des Hirntoten gänzlich verzichtet. Die Anästhesistin Gabriele Wasmuth erläutert das Problem: „Das ist nun sehr umstritten. Relaxantien werden manchmal gegeben. Manche Kollegen sagen, man sollte *Fentanyl* geben, um auf spinaler Ebene Reflexe zu unterdrücken. Fentanyl ist ein Opiat. Das ist immer wieder eine Diskussion wert bei uns in der Abteilung, weil der eine oder andere sagt: ‚Warum ein Opiat? Das ist doch ein Toter!'" Auch hier drückt sich wieder die große Irritation selbst unter den zuständigen Spezialisten aus, und so bleibt es häufig den Anästhesisten überlassen, welche Mittel sie verabreichen. Letztlich prägt ihre Entscheidung die Stimmung im Operationssaal während der Organentnahme und bestimmt darüber, ob sich der „Tote" bewegt oder ob eine solche Situation von vornherein medikamentös vermieden wird.

Auch den Herzchirurgen Matthias Loebe lassen Bewegungen des „Toten" nicht kalt: „Es ist natürlich schon erschreckend, wenn plötzlich Muskelreflexe auftreten, die man in dem Moment nicht erwartet hatte." Für den Chirurgen Reinhard Steinmann, der selbst niemals in der Transplantationsmedizin gearbeitet hat, ist die Vorstellung höchst beängstigend, daß sich der „Tote" während der Operation auf einmal bewegen könnte: „Ich glaube, daß ich in dem Moment vielleicht erschrecken würde und sich das Gefühl bei mir verstärken würde, daß der Patient ja noch lebt." Im Lehrbuch der Hirntoddiagnostik wird dieser Aspekt berücksichtigt. Dort heißt es, daß der Spender – insbesondere auf elektrische Schneideinstrumente hin – Muskelbewegungen, spinale Reflexe, eine Rötung des ganzen Gesichts und „ein schmerzstimulationsbezogenes Verhalten" entwickeln kann. Solche Reaktionen des Spenders seien „in der Lage, Unsicherheit bei der Beurteilung des tatsächlichen Status des Organspenders auszulösen".[9] Wenn darüber hinaus Puls und Blutdruck ansteigen, entsteht im Operationssaal Unruhe: „Ja, was ist? Was ist los?" – so beschreibt die Anästhesieschwester Margot Worm die allgemeine Verunsicherung. In solchen Fällen verabreicht man „synthetische Opioide (Fentanyl) und nichtdepolarisierende Muskelrelaxantien (z. B. Pancuronium)",[10] wie es im Lehrbuch der Hirntoddiagnostik heißt. Darüber informiert auch unter der Überschrift „Empfinden Hirntote Schmerzen?" die Broschüre über den Hirntod: „Die deutlichsten Reaktionen zeigen sich beim Hautschnitt sowie bei Präparationen am Brust- und Bauchfell und dem Abbinden größerer Gefäße. Neben Blutdruck- und Pulsreaktionen kann es zu Muskelzuckungen durch elektrische Schneideinstrumente sowie zu flächenhaften Hautrötungen und Schwitzen kommen. Um diese Reaktionen zu mildern, werden bei einer Organentnahme oft in geringen Dosen Schmerzmittel (Opioide) und muskelentspannende Pharmaka gegeben."[11]

Diese Konfliktsituation ist und bleibt vertrackt. Letztlich weiß im Operationssaal niemand mehr so genau, warum dem „Toten" Opiate oder muskelentspannende Medikamente verabreicht werden. Ist diese Maßnahme medizinisch oder psychologisch begründet? Wer soll beruhigt werden: das Personal oder „der Tote"? Oder vielleicht alle zusammen, um in eine vertraute Realität zurückzukehren und sich die Illusion von einer normalen Operation zu verschaffen? Das fragen wir Margot Worm: „Ich weiß nicht genau. Es kann ja auch zu unserer eigenen Beruhigung sein. Sie sind ja hirntot, das ist ja untersucht. Und ich bin eigentlich froh, und das sind wir dann alle, wenn wir einen Anästhesisten haben, der von vornherein ein Betäubungsmittel und ein Relaxans spritzt." Hier wird offenbar, daß die mit dem Sicherheitssystem der Rationalität ausgestattete moderne Medizin auf dem Terrain des Todes hilflos ist. Sie verleugnet die Angst, die bei jedem Menschen durch den Anblick eines sich bewegenden Toten mächtig wird. Das Unheimliche dieser Situation artikuliert sich dennoch, allen rational auferlegten Gefühlsverboten zum Trotz. In dem Erscheinungsbild des Hirntoten verbleibt ein zu großer unerklärlicher Rest, der mit Hilfe des selbst fabrizierten Gespenstes „Hirntod" nicht mehr rational erfaßt werden kann.

Der Neurochirurg Andreas Zieger kommentiert dieses Dilemma: „Was ich darüber weiß, ist, daß etwa fünfzig Prozent der explantierenden Kliniken eine Narkose bei der Organentnahme durchführen. [...] Das sind Mittel, die Streß- und Schmerzreaktionen ausschalten, und mittels einer Relaxierung werden unangenehme Bewegungen verhindert. In einem gewissen Sinn ist das ein Eingeständnis, denn hier wird eine Äußerung von Autonomie unterdrückt zum Zwecke der störungsfreien Organentnahme. Der Chirurg könnte ja vor Schreck sein Messer verlieren. Jedenfalls sind diese Reaktionen Schutzreflexe. Ein uraltes Vermächtnis oder ein archaischer Lebenswille müssen unterdrückt werden, weil sie stören und Angst machen."

Ob Chirurgen, Anästhesisten oder Krankenschwestern – alle an der Explantation beteiligten Berufsgruppen haben mehr oder weniger Angst zu bewältigen. Die Anästhesieschwester Johanna Weinzierl erlebt solche Erfahrungen als unheimlich, ohne diese rationalisieren zu wollen: „Ich habe gesehen, wie Patienten während der Explantation mit dem Blutdruck und mit dem Puls schneller wurden, was ja Zeichen einer Schmerzreaktion sind. Dann wurden während der Organentnahme Schmerzmittel und Muskelrelaxantien gegeben, damit man besser explantieren konnte. Bei einem Patienten, der mit dem Blutdruck sehr schnell hinaufgeht, ist das ja eine normale Schmerzreaktion. Ja, und das hat man bei diesen Patienten gesehen, auch daß sie sehr stark geschwitzt haben – aber nicht bei jeder Explantation."

Neben der Narkose und der muskelentspannenden Medikation

muß die Anästhesie eine spezielle Unterstützung des Kreislaufs leisten. Die Anästhesistin Gabriele Wasmuth erklärt ihre Aufgabe: „Ich bin zuständig für die Aufrechterhaltung der Vitalfunktionen des Patienten, wenn man das so noch sagen kann, solange bis das letzte Organ explantiert ist, so daß die Organe eben in einem guten Zustand sind." Wasmuth unterstreicht den dubiosen Charakter ihrer Tätigkeit während einer Organentnahme. Sie soll die „vitalen", also die lebendigen Funktionen eines „Toten" nur bis zu einem bestimmten Punkt aufrechterhalten, und zwar bis das letzte vitale Organ entnommen ist. Wie beinahe alle unsere Interviewpartner mit den Begriffen „Spender", „Patient", „Hirntoter", „Sterbender", „Toter" ins Stottern gerieten, weiß auch Wasmuth nicht mehr, welche Terminologie die eigentlich richtige ist: „Die Patienten oder Toten – das ist begrifflich schwer, ich bleibe jetzt bei Patienten –, die explantiert werden sollen, haben immer ein massives Kreislaufproblem. Die Organe, die entnommen werden, müssen gut perfundiert sein, um die Qualität zu erhalten. Es muß also ein guter Kreislauf aufrechterhalten werden. Dafür bin ich mit einer entsprechenden Therapie zuständig. Ich muß Medikamente und vor allem Volumen, also Flüssigkeit, Blut, Frischplasma, verabreichen und eine entsprechend ausgeglichene Stoffwechsellage herstellen. Das ist meine Funktion als Anästhesist."

Die Tätigkeit der Anästhesisten während einer Organentnahme bewegt sich in einer Paradoxie, die auch allen weiteren explantierenden Tätigkeiten anhaftet. Nachdem der Anästhesist den „Toten" vorbereitet hat, beginnt das chirurgische Prozedere. Nach den Angaben der Transplantationskoordinatorin Katharina Grosse handelt es sich in etwa neunzig Prozent der Organentnahmen um eine Multiorganspende. Mehrere drei- bis fünfköpfige Entnahmeteams aus verschiedenen Orten, teilweise auch aus verschiedenen europäischen Ländern, fliegen mit einer Kühlbox unter dem Arm per Hubschrauber oder Flugzeug die Klinik an, wo der für sie vorbereitete Spender liegt. Hektik, Anspannung und Aufregung prägen die Atmosphäre im Operationssaal, zwischen zehn bis zwanzig Personen bringen Unruhe in den Raum.

Margot Worm erinnert sich an ihre erste Multiorganentnahme in den 70er Jahren: „Da sind die Teams von überall gekommen, aus

London, Italien oder Holland. Und sie haben ihre OP-Schwester mitgebracht. Dann wurde der Spender in den Saal gebracht, und Schilder wurden aufgehängt, damit nicht so viele Unbefugte hereinkamen, weil ohnehin sehr viele im OP sind bei einer Multiorganentnahme. Es kamen also die Teams, haben sich geholt, was sie brauchten, haben das schnell in ihr Säckchen gepackt und sind mit dem Flugzeug weg." Als Anästhesieschwester erlebt Margot Worm, ebenso wie auch Krankenpfleger, Operationsschwestern und Anästhesisten, eine Organentnahme von Anfang bis zum Ende. Darüber hinaus sieht sie, am Kopf des Toten stehend, das Gesicht des Spenders hinter dem Abdeckungstuch. Im Vergleich zu den Chirurgen verfügen Anästhesieschwestern über einen völlig anderen Erfahrungshorizont, da die Entnahmeteams nur für kurze Zeit zur Entnahme eines Organs auf der Bühne des Geschehens erscheinen. In der Regel kommen die Chirurgen von außerhalb, betreten fremdes Terrain, und für sie steht mehr die organisatorische Bewältigung der Organentnahme im Mittelpunkt. Sie haben eventuell Sprachprobleme zu meistern und stehen unter Zeitdruck. Entsprechend stellt sich eine Organentnahme aus chirurgischer Perspektive vollkommen anders dar. Wir fragen den Herzchirurgen Matthias Loebe nach der Besonderheit einer Organentnahme: „Das Spannende an der Explantation ist die ganze Organisation, die Krankenwagen, Hubschrauber – all diese Dinge. Die Operation als solche ist nicht aufregend." Auch für die Chirurgin Andrea Müller stehen organisatorische Probleme im Vordergrund: „Manchmal muß man sich auf fremde Instrumente einstellen. Manchmal ist die Schere zu groß, zu spitz, zu lang oder die Pinzette zu dick. Also, da muß man sich schon auf gewisse Dinge einstellen, das geht aber alles. Ich beschränke mich dann auf die Sachen, die wichtig sind [...]. Die Leute sind eigentlich sehr nett und kooperativ. Wenn man zügig operiert, und sie sehen, daß man das gut macht, dann sind sie auch nachsichtig im Hinblick auf sprachliche Probleme."

Der Herzchirurg Matthias Loebe schildert den organisatorischen Verlauf einer Herztransplantation so: „Wenn der Hirntod beim Spender festgestellt ist, dann wird der Spender an Eurotransplant gemeldet. Dann werden wir von Eurotransplant benachrichtigt, daß z. B. in Holland – oder wo auch immer – ein Spender für einen unserer Patienten zur Verfügung steht. Dann wird von uns aus der Transport organisiert, das heißt, es wird dann ein Charterflugzeug oder ein Hubschrauber, je nach Entfernung, bestellt. Dann fliegen wir dorthin. Dort erwartet uns ein Krankenwagen, der uns in das Krankenhaus fährt. Wenn wir ankommen, haben meistens die anderen Entnahmeteams schon begonnen, weil nämlich das Freilegen der Leber sehr viel länger dauert als die Entnahme des Herzens. [...] Das geht sehr, sehr schnell. Aber das Herz wird als erstes Organ entnommen. Wir kommen aber als die letzten, weil wir nicht viel vorbereiten müssen."

Wie von Matthias Loebe erwähnt, wird der Bauch zuvor schon von einem anderen Chirurgen-Team geöffnet. Bei einer Multiorganspende setzt man kurz unter dem Brustbein den Schnitt an, der mit einem Bogen um den Nabel am Schambein endet. Mit einem elektrischen Messer wird dieser Schnitt dann vertieft. Die Operationsschwester Monika Grosser aus dem Berliner Klinikum Benjamin Franklin hat diesen Vorgang und ihre Gefühlssituation, die entsteht, während sie assistiert, niedergeschrieben: „Blutstillung. Danach wird mit dem elektrischen Messer tiefer geschnitten, alle Schichten werden durchtrennt. ‚Bauchtuch – Messer' – und wieder zerschneidet es, zerteilt. Diesmal jedoch von der Mittellinie ausgehend, auf der linken Seite zum Beckenkamm ziehend. Wieder Blutstillung. Dann wieder die Durchtrennung aller Schichten mit dem elektrischen Messer. Der spitzwinkelige Bauchdeckenlappen, der durch diese Schnittführung entstanden ist, wird nach außen geklappt und mit einer Klemme fixiert. Noch einmal wiederholt sich das Schneiden auf der anderen Seite und endet mit dem Fixieren des Bauchdeckenlappens. Nun liegt er da mit einer riesigen Wundhöhle und bietet uns seine Bauchorgane an. Nie würden sie einen Lebenden so verletzen! Das ist es: diese riesige Wunde, diese unermeßlich große Verletzung, die dies so schrecklich sein läßt."[12] Grosser artikuliert das, was in der Transplantationsmedizin tabuisiert wird. Der enorme Verletzungsgrad, der während einer Organentnahme am Spender vollzogen wird, ist mit einer normalen Operation eines Patienten, die ein therapeutisches Ziel verfolgt, keineswegs mehr vergleichbar. Schließlich schneidet man hier den gesamten Menschen auf, und viele seiner Organe werden offengelegt: Herz, Harnleiter, die Nieren, Dickdarm, Leber, Bauchspeicheldrüse, Dünndarm, Aorta und so weiter. Wenn ein Vergleich im chirurgischen Bereich treffend ist, dann entspricht das Prozedere einer Explantation eher einer Leichensektion. Nur verhüllen – wie bei jedem anderen Eingriff auch – Abdecktücher den Hirntoten, und so kann wiederum die Illusion einer normalen Operation aufrechterhalten werden.

In einem ganz anderen Zusammenhang kommt Andrea Müller auf die Einzigartigkeit der Organentnahme zu sprechen. Denn auch für sie steht die Explantation außerhalb des normalen Operationsalltags einer Bauchchirurgin. Müller beklagt, daß die Explantation für die medizinische Ausbildung zum Facharzt, also für die zu absolvierende Anzahl von Operationen im Rahmen eines festgelegten Katalogs, keine Berücksichtigung findet. Schließlich stelle der Hirntote für einen Bauchchirurgen ein besonders „geeignetes Übungsfeld" dar, und es werden hier so viele einzelne Organe freigelegt wie bei keiner anderen Operation: „Also, für den Facharztkatalog zählt eine Explantation nicht, weil das per definitionem ein Spender ist. Wobei das Quatsch ist, weil das eine relativ große Operation ist, wenn man Leber und Pankreas mit entnimmt. Es ist sicherlich auch eine ganz gute Übung, wenn man später einmal größere Abdominal-Chirurgie machen möchte. Man sieht auch sehr viel Anatomie, so gut, wie man sie sonst nie sieht."

Die Entnahme der einzelnen Organe benötigt ein perfektes Timing: Sie erfolgt nach einer ganz bestimmten Reihenfolge, die sich an den unterschiedlichen Haltbarkeitszeiten (sog. Ischämie) der Organe orientiert: Das Herz und die Lunge werden zuerst herausoperiert, da Verwesungsprozesse in diesen Organen am schnellsten einsetzen. Aus diesem Grund müssen sie noch in derselben Nacht implantiert werden, so daß die Einpflanzung parallel organisiert ist. Dann folgen Leber, Bauchspeicheldrüse, Nieren etc. Das Problem der Konservierbarkeit prägt den ganz eigenen Ablauf der Organentnahme, weil für eine besondere Frischhaltung der Organe zu sorgen ist. Wie eben beschrieben, orientiert sich die Operationslogik genau an dieser Schwierigkeit. Bevor die Organe herausgeschnitten werden, durchspült man sie mit einer sogenannten „kalten Perfusion" (4 °C): einer Lösung, die sich aus Zucker und

Nährsalzen (Elektrolyte) zusammensetzt und die für die Ernährung der Organe während des Transports sorgt. Wenn diese kalte Perfusionslösung in den noch „lebenden Restkörper" eindringt, um damit sein Blut auszuschwemmen, kann es vorkommen, daß der Blutdruck oder die Herzfrequenz „des Toten" ansteigen; auch ist er in dieser Situation noch in der Lage, mit Zuckungen zu antworten.[13]

Der Herzchirurg Matthias Loebe erklärt uns genauer den operativen Vorgang: „Wenn man das Herz entnimmt, steht der Kreislauf still, und dann beginnt auch das, was wir ‚Ischämiezeit für die anderen Organe' nennen, also daß kein Blut mehr in die anderen Organe gelangt. Dadurch müssen alle auf uns warten. Aber wir sind die ersten, die wieder wegfahren [...]. Dann treten wir an den Tisch, legen das Organ frei, durchspülen es erst mit einer Schutznährlösung, und dann entnehmen wir es, verpacken es auf Eiswasser und transportieren es. Dann fahren wir wieder zurück zum Flughafen, zurück nach Berlin, wobei die Zeit zwischen dem Stillstehen des Herzens im Spender und dem Zeitpunkt, wenn es wieder im Empfänger schlägt, nicht länger als vier Stunden sein sollte. Das heißt, es muß alles ziemlich schnell gehen."

Monika Grosser beschreibt dieses Prozedere aus der Sicht einer Operationsschwester. Sie erlebt die sukzessiv verlaufenden Organentnahmen der verschiedenen Teams in ihrem ganzen Geschehen: „‚Pinzette – Schere' – die Präparation der Hohlvene beginnt. Jetzt müßte das Operationsteam für die Herzentnahme eintreffen. Ich lasse mir noch einmal steriles Eis geben und zerklopfe es, um es so zerkleinert in die vorbereiteten Schüsseln zu geben. [...] Die Tür öffnet sich, und der Transplantationskoordinator kommt mit dem Operationsteam für die Herzentnahme herein. [...] Während zwei von ihnen sich die Hände desinfizieren, bringt der dritte die Kühlbox und einen Koffer in den Operationssaal. Meine Kollegin bitte ich nun, die Kanister mit der vorbereiteten Perfusionslösung aufzuhängen. In der Zwischenzeit reicht mir einer der Herzchirurgen das Spülsystem und die Verpackungsutensilien für das Herz. Nachdem die Kanister hängen, schließt meine Kollegin das Spülsystem für die Nierenperfusion an. Dann bringe ich den Katheter an und entlüfte das System. In der Zwischenzeit füllt meine Kollegin kalte, sterile Kochsalzlösung in die Schüsseln mit dem Eis. Somit ist alles für die Spülung bereit."[14]

Die Operationsschwester ist auch hier wieder sehr speziellen psychischen Anforderungen im Umgang mit einer „lebenden Leiche" ausgesetzt. Die in jedem Menschen wurzelnden archaischen Ängste vor einem Toten sind in dieser Phase in keinen einzigen Ritus eingebunden, der die Furcht vor dem „Toten" und vor allem auch vor der an der „lebenden Leiche" vorgenommenen Tabuverletzung bändigen könnte. Die ganz eigenen Tätigkeiten der Operationsschwester, die nun von ihr zu leisten sind – Eis zerkleinern, der Umgang mit der Kochsalzlösung, die Spülung der Organe mit der kalten Perfusion –, können die Angst vor dem Toten noch verstärken, weil sie an der Verletzung des Spenders unmittelbar mitarbeitet. Auch muß sie die aggressiven Instrumente reichen, deren Anwendung bei allen Anwesenden eine hohe Anspannung erzeugt: „Die Herzchirurgen sind mit der Desinfektion ihrer Hände fertig und sind dabei, die sterilen Kittel anzuziehen. Schließlich beantwortet der Herzchirurg meine wiederholt gestellte Frage, ob er mit dem vorbereiteten Instrumentarium zurechtkomme. Sein Blick streift die Instrumente. Wo denn die Säge sei, die würde er vermissen. Nein, eine Säge haben wir nicht. Wir haben nur einen Sterummeißel und einen Hammer. Die will er nicht haben. Sein Kollege holt aus einem Koffer ein Instrumentensieb [...]. Als ich mich wieder dem Sieb zuwende, sehe ich, daß die Säge – ein mir unbekanntes Fabrikat – erst zusammengesetzt werden muß. Solche kleinen ‚Überraschungen' können eine Instrumentierende ganz schön ins Schwitzen bringen. Nach mehreren Versuchen gelingt es mir, die Säge zusammenzusetzen. Da wird sie auch schon verlangt. Das Brustbein wird der Länge nach mit der Säge durchtrennt [...]. Der Herzbeutel wird geöffnet – und da wird es sichtbar, das schlagende Herz eines Toten."[15]

Bis auf das Ende, so die Chirurgin Andrea Müller, sei eine Explantation „exakt das gleiche" wie eine normale OP: „Wenn man den Schluß erlebt, versucht man, ihn eher kurz zu halten. Das ist nicht so schön. Da versucht man sich nicht so lange damit zu belasten." Wie hier von Andrea Müller geschildert, meiden Chirurgen die Konfrontation mit der von ihren eigenen Händen geschändeten

Leiche. Die Anästhesieschwester Margot Worm schildert das Szenario nach einer Organentnahme, das durch die mit Blut gemischte Flüssigkeit der Perfusion eine eigene Qualität bekommt: „Es sieht aus wie nach einer riesigen OP mit einer Blutschlacht. Die Sauger nehmen natürlich am meisten an Flüssigkeit auf, aber wenn der Operateur unachtsam damit umgeht, und er läßt den Sauger auf den Boden fallen, dann läuft das rückwärts wieder heraus, und dann sind entsprechende blutige Flüssigkeiten auf dem Fußboden. Das muß man sich nicht so wahnsinnig blutig vorstellen, denn das meiste wird ja abgesaugt, die sechs Liter gehen in den OP-Sauger."

In der Regel sind die Krankenpfleger und Schwestern damit betraut, den Toten wieder herzurichten. Dem Herzchirurgen Matthias Loebe ist bewußt, daß auf die Schwestern eine Arbeit abgewälzt wird, die zu emotionalen Verstrickungen führen kann, denen die Chirurgen lieber aus dem Wege gehen. Aber auch diese Situation, die bei *jeder* Organentnahme zu bewältigen ist, kennt er nur aus seiner eigenen Klinik und nicht aus seiner auswärtigen Tätigkeit als Entnehmer: „Natürlich ist es häufig so: Wenn wir einen Spender bei uns im Hause haben, dann kommen die Kollegen, entnehmen die Organe. Solange die Organe entnommen werden, stehen tausend Leute herum und interessieren sich dafür. Und danach, wenn es darum geht, die Leiche zu verschließen, dann steht plötzlich die OP-Schwester alleine da."

Der Krankenpfleger Georg Feldmann geht davon aus, „daß die Ärzte schon denken, ,Den letzten, den beißen die Hunde'. Wenn ein Arzt noch da ist, hat er ab und zu Skrupel und hilft noch ein bißchen, legt ein Tuch über das Gesicht, vielleicht auch als Schutz, daß er ihn nicht mehr als Patienten betrachten muß, als Person." So bleiben die Chirurgen von dieser emotional hoch belastenden Tätigkeit verschont, und sie wird Teil der *Pflege*. Georg Feldmann beklagt, daß er sich am Ende um die Toten zu kümmern habe. Eigentlich sollte es die Aufgabe der Ärzte sein, „weil sie ja behandeln und es ihre Patienten sind, die unter ihren Händen gestorben sind".

Die Anästhesistin Gabriele Wasmuth und Georg Feldmann erleben am Schluß einer Multiorganentnahme den Leichnam als „leere Hülle". Die Angst vor dem Toten wird durch seinen verstümmelten

Zustand potenziert. Für Feldmann war es, wie er sagt, „ein echter Schock", eine Organentnahme zum ersten Mal erleben zu müssen und zu sehen, „wie sich der Mensch warm anfühlt und lebt und nachher einfach nur noch als eine Hülle da war". Johanna Weinzierl erzählt, daß in ihrer Klinik die Herrichtung des Toten aus dem Operationssaal völlig ausgelagert wurde. Niemand wollte noch etwas mit der Leiche zu tun haben, und schließlich betraute man sogar die Intensivschwestern mit dieser Arbeit: „Da war eine gewisse Gewalttätigkeit. Das habe ich immer wieder beobachtet, daß der Tote nachher irrsinnig unordentlich im Bett lag, oder er wurde der Intensivstation zurückgegeben. Die haben ihn dann immer herrichten müssen."

Für das Pflegepersonal wird wegen seiner direkten Konfrontation mit der ausgeweideten Leiche der Wunsch nach einem menschlichen, würdevollen Abschied um so dringlicher. Die pflegerische Arbeit bringt es mit sich, daß man dem Toten nicht vollkommen beziehungslos aus dem Weg gehen kann. Georg Feldmann entfernt nach der Organentnahme alle Kanülen, richtet den Toten her und bedeckt ihn mit einem Tuch, bevor er ihn aus dem Operationssaal hinausfährt: „Mir ist es wichtig, den Toten hinterher noch zu versorgen, damit ich von ihm Abschied nehmen kann. Wenn ich ihn schon hereinbringen und wieder herausbringen muß, nehme ich mir noch fünf Minuten Zeit, um Lebewohl zu sagen." Auch Margot Worm schildert den für sie schmerzhaftesten Augenblick der Organentnahme. Zunächst hat sie nach ganz praktischen Dingen zu schauen, „daß die Augen richtig zu sind, und wir kleben sie dann zu. Dann muß man nach den möglichen Zahnprothesen forschen, die werden eingesetzt. Dann wird der Unterkiefer hochgebunden, damit das ordentlich aussieht. [...] Oft müssen wir auch noch alle möglichen Kanülen, Blasenkatheter oder Drainagen herausziehen und Verbände anlegen, weil das meistens noch etwas nachsuppt. Und dann muß das Bett vorbereitet werden. Meistens verwenden wir viel Moltex, damit das Bett nicht beschmutzt wird. Und wenn er dann ins Bett kommt, müssen wir sehen, daß uns jemand hilft, die Leiche ins Bett zu legen, wie wir das möchten, also mit Pietät [...]. Und was ich dann noch mache: Ich streichele die noch und sage ein kleines Gebet. (Pause) Jetzt bin ich ganz traurig."

3. Der anonymisierte Spender zwischen chirurgischer Apathie, Witz und Goldgräbermentalität

In der Organisation der Organentnahme herrscht das Prinzip der Trennung und ein noch höherer Grad der Arbeitsteilung, als dies bei normalen Operationen und auch bei der Hirntoddiagnostik zuvor der Fall ist. Die speziell für die Organentnahme bewußt vorgenommene Anonymisierung des hirntoten Patienten und der konsequente Ausschluß jeder menschlichen Beziehung zu ihm garantieren für die Organentnehmer eine strenge Neutralität und Sachlichkeit. Keiner der Chirurgen ist ihm zuvor von Angesicht zu Angesicht begegnet, und niemand hat ihn zuvor gesprochen. Jeweils auf ein bestimmtes Organ spezialisiert, kommen und gehen diverse Entnahmeteams: für das Herz ein herzchirurgisches, für die Nieren ein urologisches, für die Leber ein viszeralchirurgisches Team, für die Hornhaut ein Augenarzt oder für die Haut ein Dermatologe.

Der Patient verschwindet während dieses arbeitsteiligen Geschehens komplett in der Anonymität unter einem ihn verhüllenden Tuch. Ohne diese Entpersonalisierung des Spenders wäre der reibungslose Ablauf der chirurgischen Zerstückelung, vom psychologischen Aspekt aus betrachtet, undenkbar. Ein einziges Entnahmeteam würde bei dieser Arbeit wahrscheinlich zusammenbrechen oder zumindest in ähnliche Konflikte geraten wie das Pflegepersonal.

Der Herzchirurg Matthias Loebe hat während seiner Laufbahn weit über 200 Herzen entnommen. Es gab Jahre, in denen er zwei- bis dreimal wöchentlich zur Explantation fuhr. Für ihn ist diese Operation Routine und psychisch ein „leichtes Spiel", denn er ist in das Vorher und Nachher praktisch nicht involviert: „Ein Chirurg – und speziell derjenige, der das Herz entnimmt, kommt in eine Klinik, wo man mit dem Spender als Person nicht viel zu tun hat. Man ist nicht konfrontiert mit dem Hirntoten in seiner Ganzheit. Denn man kommt dorthin, die Operation ist schon begonnen, der Brustkorb, der Bauch sind eröffnet. Man ist wirklich *im* OP, so daß man keine direkte Konfrontation hat." Loebe betritt meistens erst dann den Operationssaal, wenn andere Teams das Herz bereits freigelegt haben, und dann „ist die Herzentnahme eine Operation, die vielleicht 15 oder 20 Minuten dauert". Auch die Bauchchirurgin Andrea Müller ist mit dem Spender nicht konfrontiert. Mittlerweile, so Müller, hat sie „bestimmt schon 150 Organe entnommen, dann berührt es einen irgendwann nicht mehr so stark". In der Regel bleibt auch ihr der Anblick des Spenders erspart: „Der Spender wird ja abgedeckt wie jeder andere Patient. Es blutet wie bei jedem anderen Patienten. Man denkt dann nicht unbedingt über die Tragik nach, darüber, wie es dem Spender ergangen ist. [...] Wir haben mit dem Spender wenig zu tun."

Georg Feldmann erlebt in seiner Funktion als Krankenpfleger die Organentnahme von Anfang bis zum Ende und verfügt – wie die anderen Operationsschwestern auch – nicht über das Privileg, sich gefühlsmäßig abstinent halten zu können. Er beobachtet die chirurgischen Teams in ihrem Kommen und Gehen und reflektiert diese Situation. Er hat festgestellt, daß genau diejenigen Chirurgen, die von außerhalb angereist kommen, im Operationssaal am härtesten auftreten. Sie haben die größte Distanz zum Organspender: „Vor allem die fremden Chirurgen sind Leute, die voll und ganz hinter dem stehen und die das auch machen wollen [...] und auch keine Skrupel haben beziehungsweise sich keine Gedanken um die Patienten machen. [...] es gibt einfach eine Abkopplung zwischen dem Patienten als Person und dem Patienten als lebendes Lager."

Den chirurgischen anatomischen Blick auf die Organe kommentiert Feldmann so: „Ich denke, daß die Ärzteschaft bei solchen Geschehnissen immer nur isoliert die Organe sieht und nicht den Patienten. Ich glaube nicht, daß sie sich Gedanken über den Patienten selbst machen, sondern nur über den Zustand der Ersatzteile, die sie brauchen: Kann man sie verwenden? Kann man sie nicht verwenden? Prinzipiell sind sie nur kurze Zeit da zur Entnahme ihres speziellen Organs und verschwinden dann wieder." Die Anästhesieschwester Margot Worm stößt sich an einem bestimmten chirurgischen Habitus, der das Bild von fündigen Goldgräbern wachruft: „Was wir immer wieder erleben, ist, wenn Teams von draußen kommen, dann wird das Herz entnommen, und der Operateur sagt: ‚Was für ein schönes Herz! So ein schönes Herz! Nein, so ein schönes Herz!' Ach, ich könnte ihn dann nehmen und schütteln." Georg Feldmann beschreibt, wie die Chirurgen immer von einer „gewissen Euphorie" gepackt sind. Krankenpfleger und Schwestern versuchen dieser offensichtlichen Verdinglichung ihrer Patienten zu begegnen, indem sie in den Beobachterstatus flüchten. Für Organentnahmen habe sich, so Margot Worm, unter Kollegen der Begriff „Tupper-Party" eingebürgert: „Jeder kommt mit seinem Schüsselchen, nimmt, was er braucht, und geht dann wieder."

Daß aber diese fragmentierte Sicht auch bei einem Chirurgen ganz schnell wie ein Kartenhaus zusammenstürzen kann, erzählt Georg Feldmann: „Einmal habe ich das Erschrecken eines Arztes, der an einer Explantation beteiligt war, mitbekommen. [...] Das war ein kleines Highlight – als er am Schluß der Explantation den Patienten, den Menschen sah, sagte er: ‚Mensch, den habe ich doch als Notarzt 'reingeholt!' Ich dachte nur: ‚Was sind das für Menschen, die ihre Patienten nicht ansehen?'" Auch der Herzchirurg Matthias Loebe schildert, um wieviel schwerer es ihm fiel, als er das Herz eines zweijährigen Kindes explantieren mußte, mit dem er zuvor für einen kurzen Moment in Kontakt gekommen war und „wo ich der einzige war, der die Organe entnahm. Das heißt, ich habe dieses Kind mit von der Intensivstation abgeholt, in den OP gebracht und abgedeckt."

Normalerweise müssen die Organentnehmer nicht wegschauen; vielmehr gibt es für sie erst gar keine Gelegenheit hinzuschauen: „Wenn Sie eine abgedeckte Fläche haben – das ist wie ein Tischtuch, worin ein Loch ist. Den Patienten als Person zu betrachten ist dann bestimmt sehr schwierig", erklärt Georg Feldmann. Er holt die Patienten von der Schleuse ab und bringt sie nach der Explantation in den Kühlraum. Daher empört er sich über die Beziehungslosigkeit der Chirurgen und bietet für die menschliche Apathie der Chirurgen folgende Erklärung an: „Wenn ich den ganzen Tag Patienten sehe, wie sie nackt und bloß vor mir liegen, dann ist das einfach eine andere Geschichte, als wenn ich so eine kleine Öffnung sehe." Der menschliche Gefühlshorizont wird von vornherein arbeitsorganisatorisch so begrenzt, daß er der Tabuüberschreitung nicht mehr im Wege steht.

Die Psychotherapeutin Hiltrud Kernstock-Jörns hebt hervor, wie wichtig die Anonymität des Spenders für die Schuldabwehr der Chirurgen sein kann. Ein Transplantationschirurg brüstete sich in einem persönlichen Gespräch damit, daß er „sich im Gegensatz zu seinen ganzen anderen Kollegen die ausgenommenen Leichname ‚sogar anschauen' würde. Er deckte das Tuch dann ab und sah sich die Gesichter an. Und das hat er sich als eine sehr tapfere und eine sehr standfeste Leistung selbst zugute gehalten. Also, offenbar machen die anderen das nicht. Ich denke, das ist etwas, was nicht geleistet werden kann im Rahmen eines doch sehr tiefsitzenden und sehr schmerzhaften Schuldgefühls. So sagt auch unsere Sprache so treffend: ‚Dem kann ich nicht mehr ins Gesicht schauen.' Ich glaube, in dieser kleinen Handlung, daß man den Explantierten nicht anschauen will, drückt sich deutlicher als in manchen Erörterungen aus, wie tief doch ein Gefühl des Raubes und vielleicht des Schuldseins in den Chirurgen sitzt."

Während Chirurgen operieren, bedienen sie sich bekanntermaßen des Witzes. Das Bedürfnis, der gefühlsmäßig hochkomplizierten Situation zu entrinnen, wenn der Chirurg zum „heilenden Messer" greift, läßt es nur allzu menschlich erscheinen, wenn er zu Techniken greift, die es ihm ermöglichen, sich von seiner *per se* gewalttätigen Handlung zu distanzieren. Der Witz bietet eine perfekte Möglichkeit, sich aus einer heiklen Affektlage zu befreien, sie in eine humor- und lustvolle umzuwandeln und sich schließlich vom eigentlichen Geschehen zu distanzieren. Freud hat unter anderem am Beispiel des Galgenhumors gezeigt, wie sich der Witz bestens dazu eignet, intensives Mitleid zu hemmen und Gleichgültigkeit der Situation gegenüber entstehen zu lassen: „Da wurden solche Witzchen gemacht", schildert Margot Worm, „wir haben gesagt, das kann ja wohl nicht sein, da stirbt gerade jemand, er wird explantiert, und da machen die irgendwelche Sprüche. Und die anderen lachen noch dazu." Der Herzchirurg Matthias Loebe deutet die Funktion des Witzes für die Chirurgen so: „Wenn man routiniert ist und Teams zusammenkommen, die sich häufig unterwegs treffen, kann es passieren, daß man vielleicht am Operationstisch flapsig wird, oder man erzählt untereinander Witze und Geschichten. Das wird dann natürlich von dem Personal des Hauses nicht richtig verstanden. [...] Normalerweise erscheint dieses Verhalten für einen Außenstehenden nicht immer als korrekt."

Da Anästhesisten und das Pflegepersonal während der Operation mehr mit dem Hirntoten konfrontiert sind, ist es ihnen gefühlsmäßig nicht erlaubt, am Witz teilzunehmen. Sie realisieren die Organentnahme als eine Situation, in der ein Patient verstirbt, und aus diesem Grund ist ihnen keineswegs nach Lachen zumute. Auch die Anästhesistin Gabriele Wasmuth stößt sich an den Ablenkungsmanövern durch das Scherzen der Chirurgen während einer Organentnahme: „Ich habe schon erlebt, daß die Operateure am Tisch standen und beim Explantieren herumgeflachst haben, zwar nicht über den Patienten, aber irgendwie hat man deutlich gemerkt, daß sie versuchen, sich abzulenken, um die Situation besser bewältigen zu können. Das hat mich sehr gestört. Das ist eine Respektlosigkeit dem Menschen gegenüber."

Ähnlich wie der Witz kann Musik die Funktion übernehmen, einer Situation ein völlig anderes Gesicht zu verleihen. Musik ist in der Lage, eine bestimmte Stimmung zu erzeugen, einen oder auch Tausende von Menschen in eine völlig andere Sphäre zu tragen und ästhetisch die Wirklichkeit zu überdecken. Das Phänomen, daß Ärzte während ihrer Selektionspraktiken in den Konzentrationslagern klassische Musik hörten, steht genau in diesem Zusammenhang. Die Ethnographin Linda Hogle hat in den USA sogenannte „Feldstudien" während Organentnahmen betrieben, sie begleitete eine Transplantationskoordinatorin während ihrer nächtlichen Arbeit. Hogle beschreibt die Atmosphäre am Ende einer Explantation: „Metall berührt Metall, [...] abgesetzte Gerätschaften klappern, begleitet vom leisen, beständigen Pfeifen der Monitore. Jemand hat klassische Musik auf die Lautsprecher in den OP gelegt. Der Wechsel in meinen eigenen sinnlichen Eindrücken versetzt mich in eine andere Befindlichkeit."[16] In diesem Fall führte Beethovenmusik die Arbeitenden in eine andere Welt. Professor Margreiter empört sich, wenn er in eine fremde Klinik kommt, „und da läuft während der Organentnahme Popmusik, das sind Dinge", so Margreiter, „die ich persönlich nicht dulde".

Mit Hilfe einer ganz anderen Technik der Schuldabwehr während der Explantation wird der Spender gegen die Empfänger ausgespielt. Dieses Legitimationsmuster wird schon in der Öffentlichkeitsarbeit der Transplantationsmedizin minuziös bedient. Das Personal und die Ärzte sollen *während der Organentnahme* an den

Nutzen für die Empfänger denken: „Man konzentriert sich auf das, was man tut, und denkt eigentlich an den Patienten, der das Organ danach bekommt", so die Chirurgin Andrea Müller. Die Legitimation für das Handeln der Explantationsteams gegenüber dem Hirntoten wird in dem imaginierten therapeutischen Nutzen für die dem Team unbekannten Empfänger gesucht. Professor Margreiter rechtfertigt die Organentnahme mit dem heilenden Aspekt gegenüber „Leben" und bekräftigt diesen Standpunkt mit der Religion: „Es macht Sinn, Leben zu retten, Leben zu verlängern und Lebensqualität zu verbessern. Und damit ist die Transplantationschirurgie insgesamt gerechtfertigt. Dem stimmen auch die Führer aller großen Religionen zu."

Was den Chirurgen so leichtfällt, stellt sich für das medizinische Personal konfliktreicher dar, denn es erfährt die Organentnahme in ihrer verstümmelnden und unheimlichen Dimension. Die Anästhesieschwester Johanna Weinzierl erklärt, daß im Falle von Zweifeln, die von ihr und ihren Kolleginnen formuliert werden, „einem immer wieder die Patienten, die ein Organ bekommen, vor Augen geführt werden [...]. Wenn man dagegenspricht, dann ist man ja gegen diejenigen, die gesund werden." Schuldabwehr verwandelt sich in Erzeugung von Schuld. Die sonst auf mehreren Ebenen geforderte schizoide Wahrnehmung des Hirntoten wird hier noch einmal auf die Spitze getrieben: Auf der einen Seite wird der Spender bis hin zur „Unperson" anonymisiert, niemand soll sich ein Bild von ihm machen, während man sich parallel dazu das Schicksal unbekannter, abstrakter und gleich mehrerer Empfänger in Holland, Österreich – oder wo auch immer – vergegenwärtigen soll. Mit dem imaginären Bild des Empfängers suggeriert man die „heilende" Tat der Organentnahme, verläßt aber gleichzeitig deren Realität. Die Prinzipien der Anonymität und Neutralität, auf denen die transplantationsmedizinische Organisation normalerweise beruht, versucht man nun in der Beziehung der Explantierenden zu den fiktiven Organempfängern wiederum zu löschen. Zwangsläufig beinhaltet diese Logik eine Kosten-Nutzen-Rechnung, die in bestimmten Fällen nicht einmal mehr aufgeht: „Wenn man sich überlegt", so Margot Worm, „wenn ein 78jähriger spendet, dann fragt man sich auch, wie das für den Empfänger ist, diese Nieren zu bekommen."

Darüber hinaus erleben Krankenschwestern und Pfleger auch das Elend der transplantierten Patienten auf den Intensivstationen, sie kennen die Risiken und Komplikationen von Organtransplantationen. Der Krankenpfleger Georg Feldmann erklärt seine Perspektive auf das Wechselverhältnis von Ex- und Implantation: „Die Empfänger sind in einem miserablen Zustand. Sie haben große Operationen hinter sich, die sehr viele Medikamente erfordern und Hilfsmaßnahmen pflegerischer Art. Sie müssen häufig noch einmal transplantiert werden, und die zweite Transplantation ist dann noch schwieriger für die Patienten, weil es für den Körper einen noch größeren Eingriff bedeutet und sie dann auch sehr lange auf der Intensivstation liegen. Ich glaube, daß das die Kollegen eher mißmutig macht in bezug auf die Transplantation. Deswegen verurteilen sie auch die Explantationen. Sie können das nicht isoliert sehen, sondern die Transplantation wird als Folge der Explantation gesehen."

Georg Feldmann erklärt, warum das Pflegepersonal gegenüber der von der Chirurgie praktizierten Fragmentierung immun ist. Das Pflegepersonal tritt professionell zu dem jeweiligen Patienten als Person in Kontakt, so daß in seinen Tätigkeiten die Komplexität des Wirkungszusammenhangs von Krankheit und Heilung eines Menschen durch Berührung, Kommunikation, Ernährung etc. berücksichtigt wird. Die für die chirurgische Mentalität typische Fixierung auf ein einziges Organ folgt dem Prinzip „teile und herrsche": Je mehr ein Mensch in viele Organe aufgespalten ist, um so einfacher gestaltet sich auch die Heilung eines aus dem Zusammenhang gerissenen Organs.

Die Psychotherapeutin Hiltrud Kernstock-Jörns erklärt die chirurgische Härte damit, daß sie sich nur unter der Bedingung einer „großen Energie und eines enormen Kraftaufwands für die geleistete Verdrängung" durchsetzen kann. Die österreichische Anästhesieschwester Johanna Weinzierl beschreibt die emotionale Verfassung der Chirurgen mit dem Begriff „Selbstvergessenheit": „Naja, Chirurgen sind eigene Menschen. Sie stehen nicht nur hundertprozentig, sondern zweihundertprozentig hinter ihrem Beruf. Und sie müssen eine gewisse Selbstvergessenheit haben, denn sonst kann man das nicht machen. Sie stehen zwanzig Stunden am Operationstisch, und sie gehen dann immer noch irgendwohin und arbeiten weiter. […] Ich habe einmal bei einer Lebertransplantation etwas erlebt – da mußte ich lachen. Da ist vorher der Professor von der Operation weggegangen und hat sich dann auf ein Bett im Gang gelegt. Da habe ich gedacht: ‚Jetzt hat der es auch mal nicht geschafft.' Das ist ja eine wahnsinnige Anstrengung. Mit der Vorbereitung waren es mehr als 15 Stunden, und da mußte man die ganze Zeit dabei sein. Normal denken hat man da nicht mehr können."

4. Die Verwandlung des Hirntoten in einen „richtigen Toten"

„Ich denke, daß so ein *richtiger Toter* eher ein drastischer Anblick ist als der eines Hirntoten, eines Kranken, der im Bett liegt" – so beschreibt die Transplantationskoordinatorin Katharina Grosse das Erscheinungsbild eines Hirntoten im Vergleich zu einem, wie sie sagt, „richtigen Toten". Das Besondere einer Organentnahme besteht nun gerade darin, daß sich während dieser Operation die sanfte Erscheinung des Spenders unerbittlich in die „drastische" Version verwandelt. Dieser Augenblick, in dem sich der Hirntote in eine „richtige" Leiche transformiert, ist von dem Pflegepersonal, mit dem wir gesprochen haben, durchweg als ein traumatisches Ereignis geschildert worden. Denn die Verwandlung des Hirntoten in einen „richtigen Toten" wird *systematisch* vollzogen, entweder direkt durch die Herzentnahme, oder der Patient blutet aus – wenn das Herz nicht freigegeben oder unbrauchbar ist. „Man weiß, der wird hier aufgelegt, und er wird hier sterben", so die Anästhesieschwester Johanna Weinzierl. „Die Operation endet mit dem Herzstillstand." Der „drastische Anblick" einer Leiche wird in dieser Situation um so unerträglicher, als der Tote auch noch aufgeschnitten auf dem Operationstisch liegt und das Sterben des überlebenden Körpers im aufgeklappten Leibesinneren zu beobachten ist. Auch nach diesem Augenblick muß an dem Leichnam weitergearbeitet werden, und nicht jeder am Operationstisch kann, wie etwa der Herzchirurg, dieser Situation entfliehen.

Henning Harten, Professor für Neurochirurgie, beschreibt die erste Explantation, die er erlebte: „Das ist in der Hinsicht bemerkenswert, weil pathophysiologisch etwas abläuft, was man sonst nie sehen würde. Es wird ein Organ kalt und weiß, plötzlich hören alle auf, etwas zu tun. Man steht da mit der Leiche – komisches Gefühl." Die Anästhesieschwester Johanna Weinzierl schildert die Atmosphäre im Operationssaal und ihre Gefühlslage: „In dieser Situation ist immer eine gewisse Spannung. Vorher ist man beschäftigt und gibt dem Patienten Medikamente, da ist etwas zu tun. Und dann kommt irgendwann der Augenblick, in dem der Patient sehr viel Blut verliert, und man steht daneben und schaut zu, wie das Herz aufhört zu schlagen. Für mich ist diese Situation furchtbar. Ja, manchmal bin ich auch gegangen. Es schaut in diesem Moment so aus, als wenn ich erlebe, wie ein Patient stirbt." Der Moment des „richtigen Todes" steht von vornherein fest, denn er wird in gemeinsamer Arbeit am Operationstisch selbst erzeugt: „Man schaut zu, und das ist berechenbar. Man sieht ja, wie die Todeszeichen sich einstellen. Da ist einem der Schauer über den Rücken gelaufen." Johanna Weinzierl empfindet dann, „daß das nicht richtig ist".

Von dem Krankenpfleger Georg Feldmann wird dieser Moment als der eigentliche Todeszeitpunkt wahrgenommen. Wenn die Beatmungsgeräte abgestellt sind, werde die ganze Situation ruhiger: „Die Leute stehen nicht mehr so unter Strom [...]. Für mich ist es in diesem Moment deutlich, daß der Mensch nicht mehr lebt, und für mich ändert sich das dann gefühlsmäßig. [...] Es ist einfach etwas anderes, mit einem Toten im Raum zu sein als mit einem noch Lebenden. [...] Für mich ist das ein besonderer Augenblick, ein Einschnitt, weil die Explantation nicht fertig ist, sie läuft weiter, die anderen Organe werden ja noch entnommen. [...] Das Verblüffende ist dann zu sehen, wie schnell der Patient zu Tode kommt. Die Haut wird fahl, läuft leicht bläulich an [...]. Für mich ist das der Todeszeitpunkt: wenn das Herz nicht mehr schlägt."

Georg Feldmann hat einmal, ohne es zu wollen, die vorgeschriebene Logik des Hirntodes nicht nachvollzogen und das auch noch schriftlich dokumentiert. Denn in ihm hat sich ein Tötungsbewußtsein festgesetzt: „Es ist einfach eine unbegreifliche Sache, daß Tod durch Menschenhand geschieht. Es ist keine natürliche Todesursache. Ich habe das auch einmal auf einem Fußzettel unter ‚unnatürlicher Todesursache' angekreuzt. Das war nicht so beliebt, weil es als eine ‚natürliche Todesursache' durch das Unfallgeschehen definiert wird. Das hatte ich damals nicht begriffen, und die haben sich anschließend über mich deshalb beschwert." Ganz ähnlich schätzt der Chirurg Reinhard Steinmann eine Explantation ein. Er selbst hat nie Organe entnommen, schaute aber in seiner Klinik einer Explantation zu: „Tja, also in meiner Situation und als jemand, der mit diesen Dingen nicht routinemäßig zu tun hat, hatte das etwas Endgültiges. [...] Für mich hat die Funktion des Herzens für das ganze Leben eine Bedeutung. Deswegen hat bei mir das schon das Gefühl ausgelöst, der Chirurg ‚tötet' jetzt den Patienten."

In unserer abendländischen Kulturgeschichte symbolisiert das Herz das Zentrum des Lebens. Es gilt als Sitz der Gefühle, der Liebe und wurde oft auch mit dem Weiblichen assoziiert.[17] Unsere Sprache verrät, wie tief diese Symbolisierung des Herzens verinnerlicht ist: Jemand „hat das Herz am rechten Fleck", das Herz kann „brechen", „entflammen"; es kann jemandem „ein Stein vom Herzen fallen"; jemand ist ein „herzensguter Mensch", wir verabschieden uns in Briefen „mit herzlichen Grüßen" usw. Abgesehen von dieser Metaphorik macht das Herz die Verbindung von Leib und Seele unmittelbar spürbar. Es ist durch seine rhythmische Bewegung für jeden Menschen sinnlich erfahrbar und ruft sich durch das sogenannte Herzklopfen in Situationen der Angst, Aufregung, Trauer oder Wut in Erinnerung. Es ist das sich zuerst im Embryo bewegende Organ, und sein Rhythmus hört mit dem Tod auf. Insofern galt der letzte Herzschlag bis dato als das Kennzeichen des Todes schlechthin.

Selbst die moderne Medizin war dieser kulturellen Symbolisierung des Herzens bis ins 20. Jahrhundert hinein noch verpflichtet, so daß eine Operation am Herzen bis Ende des 19. Jahrhunderts ein Tabu darstellte. Einen um so größeren Einschnitt bildete daher die erste der Öffentlichkeit präsentierte Herztransplantation am 3. Dezember 1968 durch den Kapstadter Chirurgen Christiaan Barnard. Das Spektakuläre dieser Operation war ja nicht ihr Gelingen – alle herztransplantierten Patienten starben binnen kurzer Zeit. Vielmehr feierte man Barnard als Helden: Er hatte den Mut besessen, mit einem tief verwurzelten Tabu zu brechen.

Der Herzchirurg Matthias Loebe kennt die Empfindung eines Chirurgen, der dieses Tabu berührt, nur aus zweiter Hand: „Ich weiß von meinen Kollegen von früher, die die Zeit vor Christiaan Barnard schon miterlebt haben, welch großer Schritt es für sie als Herzchirurgen war, das Herz zu transplantieren. Das haben sie häufig erzählt und auch in Büchern beschrieben: Für sie sei der entscheidende und eigentlich der erschreckendste Moment gewesen, wenn bei der Operation das eigene Herz des Patienten herausgeschnitten wurde, und da war in diesem Brustkorb nichts mehr drin – kein Herz mehr." Professor Margreiter gehört dieser älteren Generation von Herzchirurgen an. Was Loebe nicht mehr erschreckt und der Historie zuordnet, stellt sich für den Chirurgen Margreiter teilweise immer noch als eine „unheimliche" Erfahrung dar: „Als wir mit der Transplantation der lebenswichtigen Organe begonnen haben, da hat mich das schon sehr beeindruckt, einen völlig leeren Brustkorb oder Bauchraum vorzufinden. [...] Ich gebe durchaus zu, daß es am Anfang ein etwas beklemmender Anblick war, zum Beispiel im Rahmen einer Herz-Lungen-Transplantation den völlig leeren Brustkorb zu sehen oder aber im Rahmen einer Multiviszeraltransplantation [Entnahme mehrerer Organe aus dem Bauchraum, d. V.] nach Entfernung der eigenen Organe mit dem völlig leeren Bauchraum konfrontiert zu sein. Einmal haben wir nicht nur die Leber, den Magen, Zwölffingerdarm, Bauchspeicheldrüse und den Darm transplantiert, sondern mußten auch noch die Hohlvene sowie die beiden Beckenvenen und auch die rechte Beckenarterie ersetzen, wie auch einen Teil des Harnleiters bei einer einnierigen Patientin resezieren [ausschneiden, d. V.] In diesem Fall blieb eigentlich nicht mehr sehr viel im patienteneigenen Bauch übrig, [...] das ist irgendwo unheimlich, aber es funktioniert." Professor Margreiter macht hier deutlich, daß die Problematik des Tabubruchs in der Transplantationsmedizin nicht mit dem Herzen anfängt und aufhört. Vielmehr scheint der Anblick des mit den eigenen Händen ausgeräumten Körpers überhaupt ein unheimliches Gefühl zu hinterlassen.

Die Anästhesistin Gabriele Wasmuth betont, daß für sie der

„besondere Augenblick" während der Organentnahme immer dann gekommen ist, „wenn das erste vitale Organ entnommen wird, das kann auch die Leber sein. [...] Wenn die Leber herausgenommen wird, heißt das für mich auch, es ist Schluß. [...] Der Mensch kann weder ohne Herz noch ohne Leber leben." Für die Anästhesistin wird der endgültige Tod durch die Entnahme eines lebenswichtigen Organs herbeigeführt, sie setzt dabei keine Priorität hinsichtlich eines bestimmten Organs.

Der „richtige Tod" des hirntoten Patienten kann auf verschiedene Weise erfolgen, denn die Todesart ist von den freigegebenen Organen und der Reihenfolge ihrer Explantation festgelegt: „Wenn das Herz entnommen wird, dann ist man am schnellsten tot", so Margot Worm. „Also so richtig ganz tot. Das geht ruckzuck, in einem Moment ist er noch rosig, im nächsten liegt er da wie eine richtige Leiche. Bei einer Nierenentnahme dauert das viel länger." Das Herzsterben eines „hirntoten" Patienten nach einer Nierenentnahme empfindet Margot Worm als besonders unerträglich. Der Spender blutet bis zum letzten Herzschlag aus, wobei sich die verlangsamende Rhythmik auf dem Monitor abbildet und akustisch hörbar ist: „Der Patient liegt auf dem Tisch, er ist rosig, er atmet noch, das Herz schlägt, und plötzlich wird er langsam blaß, weil er ausblutet. Und das dauert und dauert und dauert, das Herz schlägt immer noch und hört nicht auf. Man muß ja den Monitor dranlassen. Eigentlich sind die Operateure fast fertig und gehen weg, und wenn das junge Leute sind, arbeitet das Herz womöglich noch."

Dem Stationsleiter Jan Rosenberg hat sich der Anblick eines ausblutenden Menschen nach einer Nierenentnahme in sein Gedächtnis eingebrannt, die Szene erinnert ihn an die Schlachtung eines Schweines: „Es ist allerdings schon lange her. Ich war im Rahmen meiner Weiterbildung in der Anästhesie. Da wurden Narkosen gemacht, die auch vom Pflegepersonal allein durchgeführt werden. Es kann ja nichts schiefgehen (lacht). Was mir in Erinnerung geblieben ist, war nicht die Entnahme selbst, sondern der dramatische Abschluß. Den werde ich nie vergessen! Der erste Operateur ließ in den offenen Bauch die Instrumente fallen, nahm den Sauger, schlitzte mit der letzten Klinge in die Bauchschlagader, steckte den Sauger hinein, damit das Ding ohne Blasen viereinhalb bis fünf Liter Blut in den Sauger zog. Ich hatte nur dieses Klimpern gehört und war völlig erschrocken, daß der Druck wegging und daß er schlagartig ein Null-Linien-EKG hatte. Das ging innerhalb von Sekunden, und ich schaute über das Tuch und sah dieses Besteck im offenen Bauch liegen und diesen Sauger. Dann zog er [der Chirurg, d. V.] sich die Handschuhe aus, schnippte sie in den Saal, nahm sich den Mundschutz ab und verschwand. Der Rest der Mannschaft, zwei Studenten und ich, wir konnten erst einmal die Instrumente raussammeln und in großen Stichen die Wunde vernähen."

Diese brutale Entgleisung des Chirurgen kann als Abwehr von Gefühlen gedeutet werden, die ihn möglicherweise überwältigt hätten, wenn er die Situation in ihrer ganzen Grausamkeit für sich selbst realisiert hätte. Die Unerträglichkeit seiner eigenen Handlung, der er hilflos ausgeliefert gewesen wäre, hat er in Kaltblütigkeit, Hektik und in Fluchtverhalten ausgedrückt. Schließlich hätte er sich als Mörder fühlen können, der nicht im Affekt, sondern vorsätzlich tötete.

5. Pietätvolle Tabuverletzung

Ein Gewöhnungseffekt gegenüber den psychischen Anforderungen während der Organentnahme stellt sich bei Krankenschwestern und Pflegern auch nicht mit der Zeit ein. Vielmehr potenziert jede weitere Explantation das Gefühl der Mittäterschaft: „Das wird keine Routine", so die Anästhesieschwester Margot Worm, in deren Klinik bis vor zwei Jahren noch ein- bis zweimal wöchentlich eine Organentnahme in ihrem Operationsdienst anfiel: „Es ist eher so, daß man um so sensibler dafür wird, je öfter man das macht, und um so schwerer kann man das auch verarbeiten. [...] Das ist nichts, woran man sich gewöhnen kann." Auch für die Anästhesieschwester Johanna Weinzierl wurde diese Arbeit mit der Zeit nicht selbstverständlich: „Ich habe mich nie gut dabei gefühlt, und es ist mir dabei nie gutgegangen." In ihr hinterläßt eine Organentnahme „ein Gefühl, man hat etwas Falsches gemacht, das unrecht ist. [...] Das ist von vielen so empfunden worden." Sie schildert, daß sich eine ihrer Kolleginnen „geweigert und geschaut hat, daß sie ja nie wieder zu einer Organentnahme kommt". Margot Worm kam bei einer Ausstellung über die nationalsozialistischen „Euthanasie"-Aktionen der Gedanke, daß auch sie, wenn eines Tages die Hirntodkonzeption wissenschaftlich überholt sein werde, als Mittäterin eines Unrechts gelten könnte: „Man überlegt, wenn die Medizin weiter so rasante Fortschritte macht und das, was heute gilt, in fünf, zehn Jahren oder übermorgen nicht mehr gültig sein wird: Hat man die dann alle umgebracht oder mitgeholfen?"

In dieser Reflexion kommt ein Tötungsbewußtsein zum Ausdruck, mit dem offensichtlich Anästhesisten mehr zu kämpfen haben als Chirurgen. Anästhesisten sind bis zu einem gewissen Punkt der Operation für die aktive Verhinderung des Herztodes des Spenders verantwortlich und müssen nach der Entnahme der vitalen Organe die künstliche Beatmung abschalten. Diese paradoxe Aufgabe verstärkt das Gefühl, den Spender zunächst mit allen ärztlich zur Verfügung stehenden Mitteln in seiner Vitalität auszubeuten, um ihn schließlich mit Hilfe einer medizinischen Systematik in den endgültigen Tod zu stoßen.

In einem Leserbrief des *Spiegel* schrieb 1990 der Anästhesist Gregor Leifert aus Niedersachsen: „Ich habe als Arzt für Anästhesie Narkosen für Transplantationen und Explantationen gemacht. Ich habe Explantierte sterben und Transplantierte leben sehen. Ich würde heute zu solchen Eingriffen keine Beihilfe mehr leisten."[18] Die Transplantationskoordinatorin Frauke Vogelsang deutet an, daß der Akt des Abschaltens für einen nicht routinierten Anästhesisten als Tabubruch empfunden werden kann: „Sicherlich ist es z.B. für einen jungen Anästhesisten, für den es die erste Organentnahme ist, belastend, die Beatmungsmaschine abzustellen." Die Anästhesieschwester Weinzierl kann sich an eine Anästhesistin erinnern, „die das abgelehnt hat, und sie hat das mit ‚umbringen' verglichen".

Unter den Chirurgen, dem Pflegepersonal und den Anästhesisten scheinen sich in der Einschätzung der eigenen Tätigkeiten die Geister zu scheiden. Auf die Frage, ob er die normale Explantation als belastend empfinden könnte, erklärt der Herzchirurg Matthias Loebe: „Nein, das würde ich nicht so sagen, nein, wirklich nicht.

Sie dürfen nicht vergessen, daß die Herzchirurgie immer eine ziemlich extreme Therapie ist. Wir operieren an einem Organ, wo es, wenn es schiefgeht, immer um das ganze Leben des Patienten geht, [...] insofern spielt diese Erfahrung mit eine Rolle." Professor Margreiter versteht eine Organentnahme eher als Dienst an dem Spender: „Ich tue ihm ja etwas Gutes. Ich glaube, das ist ethisch das Höchstwertigste, im Sterben noch mehreren anderen Menschen Leben zu schenken. Ich habe nie das Gefühl, ich mache etwas, das ich verheimlichen oder verbergen müßte. [...] Wegen der Tat habe ich kein schlechtes Gewissen. Im Gegenteil, ich habe ein durchaus positives Gefühl."

Da „die Tat" für Chirurgen perfekt aufgeteilt ist und der Spender unter einem Tuch verschwindet, kann sich ein schlechtes Gewissen von vornherein nicht in dem Maße ausbilden, wie dies bei Krankenschwestern und Pflegern der Fall ist. Das Spektrum des normalen Entnahmeprogramms berührt gleich mehrere kulturell tiefsitzende Tabus – etwa die Explantation von „unschuldigen" Kindern oder Säuglingen, das Abziehen der Haut oder eine Knochenexplantation.

Georg Feldmann überkam der Ekel, als Gelenke eines Spenders explantiert wurden, „weil da einfach alles aufgeschnitten und ausgenommen wird. [...] Wenn dann die ganzen anderen Teile noch mit herauskommen, dann ist das nur noch eine Hauthülle. Manchmal habe ich mich gefragt: ‚Was ist der Unterschied zwischen mir und dem Huhn auf der Schlachtbank' – um es einmal bildlich auszudrücken. [...] Auch die anderen Sachen, also wenn sie mit Hammer und Meißel an einen Toten herangehen und handwerklich tätig sind, das hat für mich noch eine andere Qualität." An diesem Punkt möchte auch Professor Margreiter eine Grenze ziehen: „Wenn es darum geht, lange Röhrenknochen zu entnehmen, die dann nicht ersetzt werden, so daß ein Bein herunterfällt wie beim Hampelmann, das wäre etwas, das mich persönlich stören würde, und es würde auch nicht unserem Gesetzestext entsprechen. Dagegen wehre ich mich. Deswegen habe ich mich auch nie dazu entschließen können, ganze Gelenke zu entfernen."

Die Knochen gelten in unserer, aber auch in vielen anderen Kulturen als materielle Grundlage für ein Leben nach dem Tod. In

Totenkulten von Naturvölkern wurde die Wahrung von Knochen schon praktiziert, um den Verstorbenen, aber auch geschlachteten Tieren ein Weiterexistieren zu ermöglichen. Sie galten als Basis der Regeneration für den jeweiligen Toten. Der Reliquienkult beruht auf genau solchen Vorstellungen, und schließlich verwendet man die Knochen auch in unserer Kultur für Sekundärbestattungen. Ebenso spiegelt unsere Sprache die elementare Bedeutung der Knochen: Jemandem „geht etwas durch Mark und Bein" – diese Metapher bedeutet: ein Mensch wird in seiner Totalität erfaßt.

Auch gegen eine vollständige Entnahme der Haut sträubt sich Professor Margreiter: „Gegen die Hautentnahme wehre ich mich, so daß diese nur in Ausnahmefällen und nur an rückwärtigen Körperpartien entnommen wird." Repräsentieren die Knochen das Innerste eines Menschen, so bildet die Haut die äußere Grenze eines Körpers und schützt ihn wie ein Mantel. Wenn das Leibesinnere eines Spenders bereits ausgeweidet ist und der Übergriff auch noch auf die Haut erfolgt, empfindet Margot Worm diesen Vorgang als besonders martialisch, den sie, wie sie sagt, nicht häufig ertragen möchte: „Mit dem Dermatologen wird die ganze Haut sorgfältig abgezogen. Und wenn sie vorne weg ist, wird er umgedreht, und dann wird die Haut von hinten abgezogen. [...] Das ist vom Anblick her sehr unangenehm."

Ebenso haben die Augen, die beinahe bei jeder Multiorganentnahme entfernt werden, in unserer Kultur eine symbolische Bedeutung. Die Macht Gottes ist durch das alles sehende Auge repräsentiert. Speziell das Auge wird in unserer Kultur mit geistiger Macht assoziiert. In der frühen Neuzeit war die Hexe für ihren „bösen Blick" bekannt, weil sie mit den Augen zu zaubern vermochte. Die Anästhesistin Gabriele Wasmuth empfindet die Wegnahme des „Blicks" von einem Toten als einen eklatanten Tabubruch. Für sie ist es „merkwürdig, an die Augen heranzugehen. Für mich sind die Augen ein wichtiges Organ, und das ist sicher für viele Menschen so. Die Augen sind emotional sehr besetzt, und deswegen finde ich eine Augenentnahme ganz schwierig. Ich kann mich an einen Präparierkurs in der Anatomie während meines Medizinstudiums erinnern. Da ist jemand von uns auf einmal an den Toten herangegangen und hat in die Augen hineingeschaut. Da haben sich alle gegruselt. Das ist ein Tabu, das Ähnlichkeit mit dem Herzen hat."

Ein in allen Kulturen außerordentlich streng herrschendes Tabu berührt die Explantation von Säuglingen und Kindern. Organspenden von Säuglingen und Kindern kollidieren im Bewußtsein von allen an der Operation Mitwirkenden mit der Vorstellung kindlicher Unschuld und machen sogar den Chirurgen zu schaffen. Die Transplantationskoordinatorin Frauke Vogelsang erledigt normalerweise ihre Aufgaben von ihrem Büro aus. Wenn aber ein Kind explantiert wird, fährt sie zur psychologischen Betreuung des OP-Personals vor Ort, da es für alle ganz gut sei, so Vogelsang, wenn man auch ein bißchen erzähle und schaue, wie es dem Operationspersonal dabei geht.

Dem Herzchirurgen Matthias Loebe verschaffte es Sicherheit und Entlastung, als ein Geistlicher als Legitimationsinstanz der Herzexplantation eines zweijährigen Kindes beiwohnte: „Dadurch, daß der Pfarrer anwesend war, wußte ich, die achten sehr genau darauf, was wir tun. Und wenn wir hier alles korrekt machen, dann werden wir gerade auch die Mitarbeiter dieses Krankenhauses davon überzeugen, daß das eine gute Sache ist. Das ist uns auch gelungen. Die Klinikleitung hat später angerufen und sich dafür bedankt, wie schön das war. Auch die Eltern des Spenders haben sich extrem gefreut und haben das in dieser Situation als Hoffnung aufgenommen und sich auch noch einmal dafür bedankt, daß es funktioniert hat."

Diese Art der Gewissensberuhigung gelingt Krankenschwestern und Pflegern am allerwenigsten. Als „grausam" bezeichnet Margot Worm eine Kinderexplantation. Sie belaste nicht nur das ganze Team, sondern auch diejenigen, die am Ende die Kinder in die Leichenhalle befördern müssen: „Es ist ja so, daß die Leiche später abgeholt werden muß. Auch die Transportarbeiter, mit denen ich gesprochen habe, sagen, wenn das ein Kind ist, leiden sie so sehr, daß sie den ganzen Tag nichts mehr erledigen können. Obwohl man sagen könnte: ‚Die sind doch weit weg, was wollen die denn, sie müssen doch nur die Leiche wegschaffen.' Wenn selbst die Transportarbeiter, die nur ganz kurze Zeit damit etwas zu tun haben, so belastet sind, dann denke ich, daß alle, die enger dabei sind, noch viel mehr leiden müssen."

1990 ertrugen Schwestern in der Klinik von Johanna Weinzierl diesen Leidensdruck nicht mehr. Sie verweigerten ihre Mitarbeit an der Explantation eines dreijährigen Kindes: „Wir haben das Kind auf den Operationstisch gelegt, es war drei Jahre alt, und dieses Kind hat beim Auflegen auf den Tisch die Arme bewegt. Das haben alle gesehen – das Hilfspersonal und die OP-Schwestern. Dann kam eine ziemliche Hektik auf, und da haben wir gesagt: ‚Das machen wir jetzt nicht.' Wir haben dieses Kind gegen den Willen der Ärzte auf die Intensivstation wieder zurückgebracht. [...] Das Kind ist dann drei Tage später explantiert worden." Der Widerstand bleibt hilflos, denn er prallt an der in die Krankenhausorganisation eingewobenen Struktur der Transplantationsmedizin ab: Der Krankenpfleger Georg Feldmann erklärt, daß bereits die organisatorischen Barrieren eine Verweigerung unmöglich machen: „Es ist schwierig, weil die Explantationen in den Diensten auftreten, da gibt es keinen Ersatz. Ich müßte also nachts um zwölf Uhr kurzfristig jemanden anrufen und fragen: ‚Hör mal, kannst du?' [...] Es gab Leute, die sich bei Explantationen weigern wollten, aber es ist hier in der Klinik schwierig."

Margot Worm berichtet über einen Kollegen, der unter Alpträumen litt: „Er hat gesagt: ‚Ich kann nicht mehr. Ich habe Alpträume, teilt mich nicht mehr dazu ein.'" Der Wunsch dieses Kollegen wurde akzeptiert, aber Margot Worm kennt auch andere Reaktionen: „Suche dir einen anderen Job. Du bist hier nicht an der richtigen Stelle." Der Protest des Pflegepersonals wird häufig als medizinische Inkompetenz abgewürgt: „Wenn wir gesagt haben, ‚Da stimmt etwas nicht'", so Johanna Weinzierl, „dann ist das immer mit Reflexen erklärt worden, und uns wurde zu verstehen gegeben: ‚Ihr seid etwas blöd, ihr versteht das nicht.'"

In den letzten Jahren hat man in der Transplantationsmedizin gegen schwelende Konflikte, die an die Öffentlichkeit gelangten, eine neue Befriedungsstrategie entwickelt, die in den ersten zwanzig Jahren Explantationskultur noch nicht ausgefeilt war: Der Begriff „Pietät" wird neuerdings ins Zentrum gerückt. Eine „pietätvolle Organentnahme" bedeutet, daß ihr Ablauf einer normalen medizinischen Operation entspricht. Das Wort „Pietät" kommt vom lateinischen *pietas* und heißt übersetzt „fromme Gesinnung",

„dankbare Liebe", „Pflichtgefühl". In unserem heutigen Sprachgebrauch meint dieser Begriff den ehrfurchtsvollen Umgang mit den Toten und die Wahrung ihrer Integrität. Professor Margreiter erklärt seine Vorstellung über die Pietät bei einer Explantation: „Man darf keine Verstümmelungen sehen, die Pietät darf nicht verletzt werden. Wenn innere Organe entnommen werden, dann stört das ja im Prinzip nicht den äußeren Aspekt. Damit habe ich überhaupt keine Probleme. [...] Der Chirurg hat den Schnitt sauber zuzunähen und von Blutresten zu reinigen, so wie nach einer Operation. Das ist man dem Spender schuldig. [...] In der Chirurgie – und das betrifft die gesamte Medizin – muß eine gewisse Kultur herrschen. Es gibt deswegen in der Chirurgie auch einen ästhestischen Aspekt. Wie zugenäht wird, ist nicht nur eine funktionelle Frage, sondern das muß auch ästhetisch schön sein."[19]

Die unter dem Zweck der Verwertung durchgeführte Organentnahme torpediert von vornherein jeglichen Pietätsanspruch. Pietät bleibt, von der verletzenden und utilitaristischen Operationslogik der Explantation aus betrachtet, eine Fiktion. Die Transplantationskoordinatoren sind seit einigen Jahren mit der Überwachung eines pietätvollen Umgangs am Ende einer Organentnahme betraut. Die Familie Rogowski hat für eine so verstandene Pietät wahrscheinlich viele Steine ins Rollen gebracht. So betont die Transplantationskoordinatorin Frauke Vogelsang in Hannover, wo sich 1990 der „Fall Rogowski" abspielte: „Gleichzeitig sind wir sehr darauf bedacht, daß alle Beteiligten würdevoll mit dem Verstorbenen umgehen." Der „würdevolle" Umgang verwirklicht sich darin, den explantierten Menschen äußerlich einem normal Verstorbenen anzupassen. Allerdings ist bekannt, daß das Gros der Angehörigen nicht mehr das Bedürfnis verspürt, ihren Toten nach einer Explantation anzuschauen: „Nach der Organentnahme wird der Verstorbene chirurgisch versorgt", so Frauke Vogelsang. „Äußerlich, betrachtet man die Wunde, unterscheidet sich der Verstorbene nicht von einem operierten Patienten. Es werden alle Zugänge entfernt, und er wird so hergerichtet, daß die Angehörigen Abschied nehmen können, wenn sie es wollen, und der Bestatter ihn dann abholen kann. Die Versorgung der Verstorbenen ist identisch mit der Versorgung, die auf Intensivstationen bei Verstorbenen durchgeführt wird."

Die Erklärungen des Transplantationskoordinators Onur Kücük lassen darauf schließen, welch großes Schuldgefühl während einer Organentnahme entstanden sein muß, das dann in hygienischen Ritualen Entlastung sucht. Die Hände werden in Unschuld reingewaschen. Diesen Akt vollzieht man am Körper des Spenders. Spuren und „restliche Flecken" werden in der Herstellung medizinischer Normalität verwischt: „Nach der Entnahme wird der Patient kunst- und regelgerecht wieder verschlossen, das heißt, es wird eine OP-Naht gemacht, und er wird noch einmal abgewaschen. Dann wird das verklebt, wie nach einer OP. Wenn alles fertig ist, treten die meisten vom Tisch ab. Wir haben in der Zwischenzeit, wenn das Herz raus ist, die Beatmung beendet, weil das ja keinen Sinn mehr macht. Danach entfernen wir im Regelfall sämtliche Zugänge, ziehen die Schläuche und richten den Verstorbenen so her, wie es sich gehören würde. Wir waschen im Regelfall auch die restlichen Flecken von der OP, vorhandene Spuren des Desinfektionsmittels ab und binden ihm das Kinn hoch. Dann kriegt er ganz normal wie jeder Verstorbene eine Zehenkarte und wird von der ganz normalen Pathologie des Krankenhauses abgeholt." Pietät im Sinne der Transplantationsmedizin verwirklicht sich in ordentlichen Nähten und in einer gründlichen Desinfektion des Spenders.

Solche Normalitätsbekundungen pervertieren das operative Geschehen einer Organspende. Dazu die Psychotherapeutin Hiltrud Kernstock-Jörns: „Der ganze Komplex – Hirntoddefinition, Todesdefinition, Explantation, Transplantation – ist in einer ganz spezifischen Weise geeignet, Menschen in dem, was sie natürlicherweise oder was sie spontan empfinden, zu vergewaltigen. Es ist ein Vergewaltigungsvorgang: Vergewaltigt wird ein spontanes Erleben, vergewaltigt wird, über dieses Erleben zu sprechen, vergewaltigt wird sogar die Fähigkeit einer rationalen Wahrnehmung und Beobachtung. Vergewaltigt wird ein mutiges, staatsbürgerliches Umgehen mit dem, was hier passiert, vergewaltigt wird Offenheit und Ehrlichkeit. All das sind ungeheure Konsequenzen, die im Umkreis eines so dramatischen Erlebnisses passieren."

VI. Das „neue Leben" mit einem „neuen Organ"

1. Die Organempfänger und ihr Kampf ums Überleben: die Warteliste

Der Fernsehsender SAT 1 befragte am 6. Oktober 1998 in der Sendung *Akte 98 – Reporter decken auf* seine Zuschauer zum Thema „Keine neue Leber für Trinker?" Eine kurze Reportage lieferte folgende Hintergrundinformation: 1997 wurden in Deutschland 762 Lebern transplantiert, viele davon wegen Alkoholismus, also selbstverschuldeter Leberzirrhose.

Die 28jährige Mutter eines kleinen Kindes, Anette J., leidet an einer chronischen Leberentzündung. Von furchtbaren Todesängsten geplagt, steht sie auf der Warteliste, und niemand weiß, ob sie die Zeit, bis sie die Leber eines Spenders bekommt, überleben wird. Ihr Schicksal wird mit dem der ehemaligen Alkoholikerin Jutta A. konfrontiert. Jutta A. hat eine Lebertransplantation überstanden. Sie ist „trocken" und hat ihr Leben nach der schweren Operation neu in die Hand genommen. Vor der Kamera drückt sie dem Spender ihre Dankbarkeit aus und sagt: „Auch Alkoholiker haben ein Recht auf Transplantation." Dagegen klagt die auf eine für sie „passende" Leber wartende Anette J.: „Ich finde es ungerecht, daß vor mir eventuell ein Alkoholiker eine neue Leber bekommt." Nach diesem Bericht stellt der Moderator Ulrich Meyer die Frage, ob Trinker dasselbe Recht auf eine Leber beanspruchen dürften wie unverschuldet Erkrankte. 19,8 Prozent der Zuschauer stimmten mit „Ja". Die große Mehrheit von 80,2 Prozent hingegen war der Ansicht, daß gerechterweise schicksalsbedingt erkrankten Patienten der Vorzug gegenüber Alkoholikern erteilt werden sollte.

Die todkranke junge Mutter Anette J. erzählt im Fernsehen ihre Wunschphantasien, die sie entwickelt, während sie auf eine Leber hofft. Sie hat ihre Konkurrenten in zwei Kategorien eingeteilt und führt in ihren Gedanken zwei Wartelisten: eine mit Patienten, die wegen Alkoholismus eine „neue Leber" brauchen, und eine, auf der sie selbst Priorität haben sollte, auf der ausschließlich Menschen stehen, die unverschuldet erkrankt sind.

Die in Holland geführte Warteliste ist lang. Sie ließe sich unter dem Aspekt der Schuld unendlich ausweiten und unterteilen in Raucher und Nichtraucher, Menschen, die aufgrund der für unsere Zivilisation typischen „falschen" Lebensweise durch Ernährung, Bewegungsmangel, Streß, Medikamentenabhängigkeit usw. an Bauchspeicheldrüse, Nieren, Leber oder am Herzen erkrankt sind. Jedoch nicht nur die Frage der eigenen Verschuldung läßt die Bewerber um ein Organ in den Konkurrenzkampf treten. Auch gesellschaftliche Reputation und finanzielles Vermögen können für eine Verkürzung der Wartezeit ausschlaggebend sein – wie im Falle des Milliardärs Fürst Johannes von Thurn und Taxis (1926–1990). Ihm wurden am 29. Oktober 1990 und im Dezember 1990 innerhalb kürzester Zeit von dem renommierten Chirurgen Bruno Reichart im Großklinikum Großhadern in München gleich zwei Spenderherzen transplantiert. Gewöhnliche Patienten dagegen müssen bis zu eineinhalb Jahren für ein einziges Organ die extreme Spannung zwischen Leben und Tod aushalten, eventuell sterben sie in dieser Zeit.

Die Transplantationsmedizin hat nicht nur eine ethisch problematische Todesvorstellung, sondern auch einen todesabhängigen – vom Tod anderer abhängigen – Patiententypus historisch neu hervorgebracht: Man setzt diesen todkranken Menschen auf eine „Warteliste". Ab diesem Zeitpunkt beginnt seine Hoffnung auf einen für seinen Körper passenden, sterbenden Organspender. Ob er will oder nicht, kämpft er psychisch gleich an mehreren Fronten: auf der Warteliste gegen seine Konkurrenten, die er dort zum Beispiel als Alkoholiker, Raucher und so weiter gestrichen wissen will, und gegen sein dringendes Verlangen nach einem für sein eigenes Überleben sterbenden Menschen. Dem „Mythos Altruismus"[1] in der Organspende steht der knallharte Egoismus des auf den Tod eines anderen Menschen sehnsüchtig wartenden Patienten gegenüber. Die Intensivschwester Grit Seibold pflegt seit achtzehn Jahren immer wieder einmal Organempfänger und hat, wie sie sagt, „eine ganz böse Meinung" über diese Patienten entwickelt.

„Ich denke, daß die Anspruchshaltung, ein Organ zu bekommen, immer größer wird. Ich kann mich gut an einen Mann erinnern, der noch vor gar nicht langer Zeit bei uns gelegen hat, auf ein Herz wartete und der nur gefordert hat, Erwartungen formulierte und sich bedauerte, was für ein armer Mensch er doch sei. Er lag im Bett und sagte: ‚Hoffentlich stirbt bald jemand, damit ich mein Herz bekomme.‘ Da setzt es bei mir im Kopf aus, da kann ich sehr aggressiv werden. Inzwischen gehe ich dann aus dem Zimmer."

In den USA haben sich die Begriffe „donor weather" und „rainy day syndrome", zu deutsch „Spenderwetter" und „Regenwettersyndrom", eingebürgert. Sie umschreiben die prekäre emotionale Situation des auf ein Organ wartenden Patienten. Er sehnt eine bestimmte Wetterlage herbei, die Unfallgefahren wie z. B. Glatteis oder Nebel steigert und die Möglichkeit eines größeren Organreservoirs schafft, das für ihn lebensrettend sein könnte.

Der auf einer Transplantationsstation arbeitende Psychotherapeut Rainer Ibach schildert die Nöte der Patienten, die sich in der Wartephase befinden und über kurz oder lang immer auf „böse" Gedanken kommen: „Sie überlegen sich, was beeinflußt die Transplantation – sei es der Versicherungsstatus oder auch die Idee, wann steigende Unfallzahlen zu erwarten sind. Da kommen diese Patienten irgendwie nicht drum herum. Wenn sie erst einmal zwölf Monate lang gewartet haben und obwohl sie das moralisch innerlich völlig abwerten, kommt ihnen beim Fernsehschauen doch irgendwann die Idee: ‚Es ist Glatteis angesagt, ja, und vielleicht irgendwie...‘ Manche sagen es konkret, manche erleben das sehr schuldhaft, weil ja die Idee ganz furchtbar ist: ‚Ich warte auf den Tod eines anderen.‘" Auch der Innsbrucker Transplantationschirurg Professor Margreiter beschreibt dieses Phänomen, daß Patienten „gelegentlich gehofft haben, daß wegen des verstärkten Verkehrsaufkommens während der Pfingst- oder Osterferien ein Organ für sie anfallen möge, wobei ihnen durchaus klar ist", fährt Margreiter fort, „daß sie nicht schuld am Unfalltod dieser Spender sind. Aber wenn schon ein tödlicher Verkehrsunfall passiert, dann soll vielleicht doch ein Organ für sie dabei sein."

Was hier von dem auf der Warteliste stehenden Patienten als sehr schuldhaft erlebt werden kann und sich in ihm als ein schmerzhafter Konflikt über die schwere Krankheit hinaus festsetzt, hat die Transplantationsmedizin strukturell selbst geschaffen: Sie hat ein ganzes todesabhängiges System um Unfalltote herum errichtet. In Österreich z.B. besteht eine effiziente Beziehung zwischen Bergtourismus und Spenderrekrutierung, in die auch Professor Margreiter als Leiter des Innsbrucker Transplantationszentrums verwickelt ist. In Innsbruck schaffen Ski- und Bergsport noch einmal eigene Kontingente von Hirntoten. Eine regelrechte Kontroverse entzündete sich wegen der sogenannten „Tourist Organ Donors" (touristische Organspender). Unter Berufung auf das österreichische Transplantationsgesetz, das eine Kartei im Bundesinstitut für Gesundheitswesen vorsieht, in der sich all diejenigen registrieren lassen müssen, die einer Organspende widersprechen, scheute man nicht vor dem Zugriff auf verunglückte hirntote Touristen zurück, die selbstverständlich zu ihren Lebzeiten keinen Widerspruch im Wiener Bundesinstitut eingelegt hatten. Im Innsbrucker Transplantationszentrum waren – dank des alpinen Tourismus – zwischen 1980 und 1989 10,5 Prozent der angefallenen Spender nicht österreichischer Nationalität.[2] Sie hielten sich als Urlauber in der Innsbrucker Region auf, dort erlitten sie einen Verkehrs- oder Sportunfall und verstarben als Hirntote. Von diesen Touristen waren etwa die Hälfte Deutsche. Die österreichische Anästhesieschwester Johanna Weinzierl erklärt, daß aus dem alpinen Urlaubsgebiet nicht wenige Organspender auch für ihre Klinik gewonnen werden: „Im Sommer haben wir sehr viele Urlauber und im Winter Skifahrer und Bergsteiger."

Die makabre Struktur dieser vom Tod anderer Menschen abhängigen Therapie wurde unter anderem auch nach dem Zugunglück von Eschede am 3. Juni 1998 deutlich. Die Weltöffentlichkeit nahm Anteil an dem Grauen dieser Katastrophe, die sich in der unmittelbaren Nähe eines der ältesten und größten Transplantationszentren Deutschlands, der Medizinischen Hochschule Hannover, ereignete und wohin prompt die Menschen mit Schädelhirnverletzungen eingeliefert wurden.[3] Man kann sich vorstellen, in welche Todeswünsche und gleichzeitig unermeßliche Schuldproblematik ein auf der Eurotransplant-Warteliste stehender Patient verstrickt werden konnte, als er die Nachricht von diesem Unfall hörte und möglicherweise an demselben Tag den lang ersehnten Anruf bekam, er möge seine Koffer packen, weil ein „passendes" Organ für ihn bereitstehe.

Der Herzchirurg Matthias Loebe zitiert in unserem Interview den Erlanger Professor der Rechtsmedizin Hans-Bernhard Wuermeling. Der Ethiker und Befürworter der Organtransplantationsmedizin Wuermeling hatte in einer Fernsehrunde in 3SAT am 4. Dezember 1997 zum Thema „30 Jahre Herztransplantation" die speziellen Todeswünsche der potentiellen Organempfänger relativiert und mit anderen, aus seiner Sicht ganz üblichen Todesphantasien gleichgesetzt: „Seien wir doch ehrlich", habe Prof. Wuermeling gesagt, „wir alle warten in unserem Leben ständig, daß irgendein Vorgesetzter stirbt oder der Nachbar in seiner Wohnung, die größer ist." Und Loebe weiter: „Ich meine, natürlich ist die Transplantation an den Tod von jemand anderem gebunden. Aber dieser andere stirbt nicht, weil jemand auf sein Organ wartet."

Potentielle Organempfänger empfinden solche Rationalisierungsversuche nicht unbedingt als entlastend. Denn die Schuldproblematik, die in der Hirntoddiagnostik und in der Explantation ihre eigene Dynamik entfaltet, setzt sich in der Therapie der Organempfänger weiter fort und gräbt sich unerbittlich in diese neue Heilmethode ein. Die Psychotherapeutin Elisabeth Wellendorf arbeitet seit über zehn Jahren an der Medizinischen Hochschule Hannover mit transplantierten Patienten. Ihre „Fallgeschichten" verdeutlichen, wie sich langfristig Schuldgefühle in der psychischen Verfassung von Organempfängern festsetzen. Depressionen nach der Transplantation können auch ihre Wurzel in den Todeswünschen aus der Wartezeit haben: „Eine 20jährige junge Frau, die ich viele Jahre begleitet habe, wurde nach einer Herz-Lungen-Transplantation depressiv, weil sie geträumt hatte, sie stürze sich mit spitzen Zähnen in ungeahnter Gier auf den Brustkorb eines anderen Menschen und fresse ihm das Herz heraus. Sie war sehr erschrocken über ihren Traum und erinnerte sich, wie sie vor der Transplantation oft ungeduldig bei Nebel oder Glatteis gehofft hatte, jetzt habe es jemanden ‚erwischt'. Sie hatte sich den Tod eines anderen Menschen wünschen müssen, wenn sie leben wollte. Man hatte ihr zwar gesagt, der Tod des Spenders habe nichts mit ihr zu tun, aber in der Tiefe des Unbewußten hängen Wunsch und Wunscherfüllung zusammen, und daher stammte ihr Traumbild."[4]

In einer amerikanischen Studie über 101 Patienten, die auf eine Herztransplantation warteten, wünschten sich spontan 34,5 Prozent der befragten Patienten in den Gesprächen den Tod eines Spenders herbei. Wiederum 63,2 Prozent von ihnen fühlten sich aufgrund ihrer Todesphantasien schuldig. 27,3 Prozent verspürten das starke Bedürfnis, sämtliche Gefühle, die mit der Transplantation in Verbindung stehen, vollends zu verleugnen und möglichst neutral zu bleiben. Bereits auf der Warteliste befürchteten 23,7 Prozent der Patienten eine Übertragung von Persönlichkeitsmerkmalen des Spenders auf ihren Charakter.[5] Diese Angst vor einer Verwandlung der eigenen Identität kann auch als Rachephantasie gedeutet werden, die durch den Todeswunsch gegenüber dem Spender ausgelöst wird und in dem darauf beruhenden Schuldkonflikt verwurzelt ist. Hat sich der Organempfänger erst einmal den Tod eines Menschen gewünscht, kann es zu einer großen Furcht vor dem Organ dieses Toten kommen, indem es in der eigenen Phantasie mit unheimlichen Kräften ausgestattet wird.

In solchen Untersuchungen spiegelt sich das menschliche Dilemma, in dem die Transplantationsmedizin auch unabhängig von der Organbeschaffung steckt. Da sich die psychischen Konflikte der Organempfänger nicht überspielen und bagatellisieren lassen, hat sich, von den USA ausgehend, seit den 80er Jahren ein psychologisches Spezialistentum extra für die Betreuung dieser Patienten profiliert – die sogenannte Organtransplantationspsychiatrie.[6] Psychotherapeuten stellen psychiatrische Indikationen für eine Transplantation fest. Sie führen mit potentiellen Organempfängern therapeutische Gespräche, während sie auf der Warteliste stehen. Ihr Behandlungskonzept umfaßt psychotherapeutische Gespräche in Verbindung mit der Verabreichung von Psychopharmaka nach der Transplantation, denn das Pflegepersonal und die Chirurgen sind mit den psychischen Qualen, Depressionen, Aggressionen und Verwirrtheitszuständen dieser Patienten überfordert.

Der Psychoanalytiker Rainer Ibach arbeitet im Rahmen dieser neuartigen Disziplin und befaßt sich ausschließlich mit den sehr speziellen seelischen Problemen von herztransplantierten Patienten und solchen, die auf der Warteliste stehen. Er beschreibt den unentrinnbaren Schuldkonflikt des potentiellen Organempfängers: „Das ist für diese Patienten eine ganz schwierige Geschichte. Manche äußern das auch: ‚Ich warte ja auf den Tod' oder ‚Ich wünsche mir irgendwie den Tod von jemandem', obwohl das abgetrennt ist. Aber diese Abtrennung ist oft schwer durchzuhalten. Sie warten eben nicht auf den Tod eines anderen, sondern irgend jemand stirbt. Daß diese Entkopplung mit ihrem Wunsch gar nichts zu tun hat, weil sie etwas bekommen, verwischt sich. [...] Es erzeugt wahnsinnige Schuldgefühle." Der Tod eines Menschen und seine therapeutische Verwertung für den Organempfänger sollen voneinander vollends getrennt und ihr Zusammenhang möglichst verdrängt werden. Bei diesem psychischen Trennungsakt wird dem Empfänger psychologische Hilfe zuteil. Auch hier wird wiederum versucht, im seelischen Verarbeitungsprozeß der Transplantation das Prinzip der Isolation durchzusetzen, das zu den elementaren Grundregeln der Transplantationsmedizin zählt.

Auf der Warteliste zu stehen, dies bedeutet laut Ibach für 70 Prozent der Patienten, daß sie neben der schweren Erkrankung zusätzlich ein psychisches Leiden ertragen müssen. Dazu gehören in erster Linie Angstzustände und Depressionen. Die Wartephase ist bei den meisten der Patienten von Angst, Reizbarkeit, Hoffnungslosigkeit, Konkurrenzgefühlen gegenüber anderen Transplantationskandidaten und von Schuld wegen der vielfach phantasierten Todeswünsche geprägt.[7] Rainer Ibach erläutert dieses Phänomen: „Sie leiden an Angst und Depressionen nicht im Sinne einer Krankheit, einer chronischen Störung, wie sie definiert ist, sondern als ein reaktives Phänomen, weil sie ja in einer enormen Spannung stehen, so wie man das in keinem anderen Krankheitsbild hat. Sie stehen schließlich in der Polarität zwischen Sterbenmüssen und Weiterleben. Diese Polarität ist in der Wartephase sehr zugespitzt. [...] Wenn man eine schwere Krebserkrankung hat, weiß man ab einem gewissen Punkt, daß man nicht mehr therapierbar ist und daß der Tod kommt, während die zu Transplantierenden über eine sehr lange Zeit in dieser absoluten Polarität leben."

Psychische Anspannungen und Angstzustände sind folglich

normale und angemessene Reaktionen. Die Patienten schwanken zwischen Überlebenswillen und Ohnmacht gegenüber dem drohenden Tod hin und her. „Das ist natürlich eine enorme Zerreißprobe", so Ibach, „die die Patienten zermürbt und die auch im ständigen Wechsel auftritt. Sie haben dann Tage, an denen sie sehr optimistisch sind, und am nächsten Tag ist die Situation für sie wieder ganz pessimistisch. Daß diese Patienten starken Emotionen, ständigen Angstgefühlen und Depressionen ausgesetzt sind, ist im Grunde ganz nachvollziehbar." Das Selbstbild der Patienten wird verunsichert, denn sie machen sich Gedanken, wie sie möglichst schnell zu einer Organtransplantation kommen. Rainer Ibach schildert die Strategien, wie sie unter Todesangst versuchen, sich bei den Ärzten „lieb Kind" zu machen und einzuschmeicheln, „wenn sich bei Patienten über die Monate des Wartens die Gedankenwelt einzuengen beginnt, weil sie mit der Verschlechterung die Idee ausprägen: ‚Wann komme ich dran?', die immer mehr wächst. [...] Jeder von uns würde die Phantasie entwickeln, wie er sich aus dieser Ohnmacht irgendwelche Orientierungspunkte erarbeiten kann. Dann geht es darum: ‚Welches Bild von mir muß ich den Ärzten vermitteln, um eventuell in deren System, das ich nicht kenne, ein Treppchen höher zu sein als andere?' Niemand würde von sich das Bild des unwilligen Patienten entwerfen, sondern Sie würden versuchen, von Ihnen etwas Edleres zu zeigen, in der Vorstellung: ‚Ich möchte ja etwas.' Wichtig ist, daß ein Selbstbild entworfen wird, das beinhaltet: ‚Ich bin liebenswert.'"

Am Ende des 20. Jahrhunderts hat die moderne Medizin einen Patiententypus geschaffen, der sich unausweichlich in einem sozialdarwinistischen Verhaltensmuster bewegt. Dieser von der High-Tech-Medizin neu kreierte Patient ist objektiv auf den für ihn nützlichen Tod anderer Menschen angewiesen, weil nur ein Hirntoter ihm zu der medizinisch lebensrettenden Therapie verhelfen kann. Die versprochene Heilung basiert auf der Einverleibung von einem Teil eines hirnverstorbenen Menschen. Es bleibt zu fragen, wieviel Asozialität eine Medizin verkraften und mit sich vereinbaren kann, die sich dem Auftrag des Heilens verschrieben hat. Fest steht, daß dem Körper und der Seele der Organempfänger ein Leiden über die eigene Krankheit hinaus aufgezwungen wird, so daß psychiatrische Behandlungen und tägliche, lebenslange medikamentöse Vergewaltigungen des Körpers durch eine das Immunsystem zerstörende Behandlung stattfinden müssen, damit er das fremde Organ nicht wieder abstößt.

Viele Patienten sterben schon während der unerträglichen Wartephase.[8] Es wäre zu fragen, welche Verantwortung die Transplantationsmedizin dafür trägt, *wie* und in welcher psychischen Verfassung diese Menschen einen Todeskampf durchleben. Der Journalist Heinz Büchler hat die Tagebuchaufzeichnungen des 31jährigen Markus Burch veröffentlicht, der ein Jahr auf ein Herz wartete, bis im Züricher Universitätsspital am 9. Oktober 1996 eine Transplantation an ihm durchgeführt wurde. Markus Burch zählte zu den 20 von 100 Patienten, die noch im ersten Jahr nach einer Herztransplantation versterben. Zwei Tage nach der Operation erlag er einem Herzversagen. Er erlitt die für einen auf der Warteliste stehenden Patienten typischen Qualen: „Es ist ein sehr düsterer Alltag zwischen den Polen ‚positiv denken' und ‚schwarze Wand', die sich einmal so beängstigend vor den letzten Rest der Zuversicht und Hoffnung schiebt, daß Markus die Klinik anruft und ausrichten läßt, man solle ihn von der Warteliste streichen. *Ich mag einfach nicht mehr warten, sagte ich mir, lieber warte ich ab, was passiert, wenn ich nicht wechsle.*"[9] Aber Markus Burch hielt weiter durch, bis der langersehnte Anruf für die Operationsvorbereitungen kam. Er verstarb kurz nach der Operation an einem Herzversagen – wie die Autopsie später feststellte, höchstwahrscheinlich infolge eines kranken Spenderorgans.

In diesem Fall war das Organ „nicht gut", wie sich die Anästhesistin Gabriele Wasmuth ausdrückt. Die tödlichen Konsequenzen für diejenigen, die dieses Organ nach einer langen Wartezeit bekommen, scheinen infolge der arbeitsteilig und anonym organisierten Transplantationsmedizin denjenigen, die explantieren, nur ungenügend bewußt zu werden: „Was ich ganz schlimm finde", so Wasmuth, „ist, daß man mitunter, wenn man bei einer Transplantation dabei ist, hört, daß das Organ nicht gut ist: ‚Das haben wir jetzt einmal genommen, aber das ist kein gutes Organ.' Da merke ich bei mir, da ist Ende. Entweder ihr transplantiert, und dann transplantiert ihr ein vernünftiges Organ, oder ihr laßt es! Aber das könnt ihr nicht demjenigen antun, der explantiert wird, und auch nicht demjenigen, der implantiert wird. Das ist nicht in Ordnung." Das bedingungslose Vertrauen, das der auf der Warteliste stehende Patient dem Transplantationssystem schenkt, scheint nicht unbedingt angemessen. Denn die strukturelle Arbeitsteilung der Ex- und Implantation sowie die damit verbundene Anonymität des Empfängers können durchaus dazu führen, daß kranke Organe transplantiert werden. So berichtet auch Jan Rosenberg über die Explantation einer auf der Autobahn verunglückten, hirntoten jungen Frau: „Sie kam in einen septischen Schock und verbrachte die letzten Stunden mit 40° Fieber. Die Explant wurde trotzdem angeleiert. Es wurde eine Null-Linie geschrieben, und es war alles ganz prima. Da waren wir, also das Pflegepersonal, die einzigen, die sich dagegen wehrten und sagten: ‚Man kann doch diese Organe nicht verwerten, solange keine bakteriologischen Befunde da sind und solange die Sache mit der Temperatur nicht abgeklärt ist. Das ist ein Unding, man kann doch diese Organe nicht entnehmen!' Das Pflegeteam war die einzige Fraktion, die gesagt hat, daß das absolut unmöglich sei. Aber die Nieren wurden entnommen. In der Folge verstarb der erste Patient noch während der Operation auf dem Tisch und der zweite 24 Stunden später auf der Nephrologischen Intensivstation im septischen Schock, klar – was sonst!"

Jan Rosenberg hat in diesem Fall von zwei Patienten erfahren, die unmittelbar nach der Transplantation an dem ungeklärten Fieber der hirntoten Patientin in seiner eigenen Klinik verstarben. Auch die Schicksale dieser beiden Patienten „versandeten" im Getriebe des Transplantationssystems. Es bleibt, seiner sozialdarwinistischen Mentalität entsprechend, ohne jegliches Interesse und Konsequenz. Die entmenschlichte Struktur der Explantation schlägt in diesem Fall auf die Organempfänger zurück. Solche Vorfälle führen noch einmal vor Augen, daß auch die Therapie durch Transplantation nicht unbedingt dem entspricht, was in der Reklame für Organspende unter dem Werbespot „ein Leben schenken" vorgegeben wird.

Die Professoren Wilfried Rödiger und Peter Kalmer von der Abteilung für Thorax-, Herz- und Gefäßchirurgie der Hamburger Universitätsklinik haben eine Studie vorgelegt, wonach in Deutschland die Therapie der Herztransplantation in zwei Dritteln der Fälle vorschnell angeboten wird. In der Untersuchung über einen Zeitraum von acht und vierzehn Jahren wurden Transplantationskandidaten, während sie auf der Warteliste standen, konservativ mit Medikamenten behandelt. Ihre Überlebenschancen ohne Operation waren in den ersten zwei Jahren deutlich höher als die der transplantierten Patienten. Nach sechs Jahren war ein Unterschied zugunsten der medikamentös behandelten Patienten zwar weniger ausgeprägt, aber immer noch zu vermerken. Die konservative Therapie ohne Operation gestattet, so der Kardiologe Wilfried Rödiger, „doch ein halbwegs normales, wenn auch kein belastbares" Leben zu führen.[10]

2. Der einverleibte Unbekannte und das gehütete Geheimnis seiner Person

Wie schon das Konzept des Hirntodes auf einem Körperbild basiert, in dem Organe aus ihrem Gesamtzusammenhang gerissen sind und das Sterben als Aussetzen einzelner Funktionen definiert wird, so beruht auch die Therapie der Transplantation auf exakt demselben Prinzip der Fragmentierung: Das „alte" Organ des Empfängers repräsentiert seine gesamte Krankheit, es muß isoliert, herausgeschnitten und durch ein „neues" ersetzt werden. Das „alte" wie das „neue" Organ werden dabei einem mechanistischen Prinzip der Austauschbarkeit unterworfen, das ein Organ ohne eigene Geschichte suggeriert. Jenseits der Anamnese des Spenders wie auch des Empfängers erscheint der Körper wie ein Maschinenlager mit diversen austauschbaren Einzelteilen. Diese auf dem Prinzip der Zergliederung und Neuzusammensetzung beruhende Medizin bedient sich der Ideologie des *„neuen* Organs", das sozusagen als „fabrikneu" imaginiert wird.

Dieses „neue Organ" erscheint so „unbefleckt", daß es wiederum frei für mythische Vorstellungen über seinen Ursprung wird. Und so demontiert die menschliche Phantasie das mechanistische Konstrukt und entwickelt statt dessen eine magische Vorstellung von der Person des Spenders: „Generell ist es so", berichtet Rainer Ibach, „daß die ganz archaische Idee durch den Raum schwebt, der

Spender sei ein junger 23jähriger Motorradfahrer, der aus dem Leben gerissen wurde, was aber der Ausnahmefall ist." Das Archaische einer solchen Phantasie besteht in der Vorstellung von der Heilsamkeit der (kannibalistischen) Einverleibung jugendlicher Manneskraft. Ein solches Heilprogramm hatte z.B. zwischen dem 15. und 18. Jahrhundert im Rahmen der Hinrichtungsrituale in Europa eine lange Tradition. Der Henker war nicht nur mit der Kunst des Tötens und Folterns befaßt, die ihm anatomische Kenntnisse und ein medizinisches Wissen abverlangte, vielmehr arbeitete er ebenfalls als Heiler. Die sogenannte scharfrichterliche Medizin sezierte, verarbeitete die Körper von Hingerichteten und transformierte sie in Therapeutika (z.B. Menschenfett), die auch von der Hocharistokratie und Königen gerne genutzt wurden und die hoch angesehen waren.[11] Auch hier spielten Vorstellungen über die heilende Wirkung von jungem, gesundem Menschenfleisch und Blut eine zentrale Rolle.

Während in der scharfrichterlichen Medizin aber tatsächlich junge, hingerichtete Menschen im besten „Mannesalter" medizinisch verwertet wurden, bleibt der Ursprung der heilenden Organe in der Transplantationsmedizin ein gehütetes Geheimnis. Da sich die Organempfänger in psychische Konflikte verstricken könnten, wenn ihnen das konkrete Schicksal des Spenders vor Augen geführt würde, ist es ein zentraler Grundsatz der Transplantationsmedizin, möglichst alle Daten des Spenders streng geheimzuhalten – etwa Krankheitsgeschichte, Alter, nationale und regionale Herkunft, Hautfarbe, soziales Milieu, Beruf, Geschlecht, Familie, negativ wie positiv besetzte Charaktereigenschaften. Allenfalls erfährt der Empfänger das Geschlecht seines Spenders. Aber der Psychotherapeut Rainer Ibach verwehrt den Herzempfängern in seiner Klinik auch diese Auskunft, „weil es zu unüberbrückbaren und unkanalisierbaren Wechselbeziehungen zwischen Transplantierten, Spender- und Empfängerfamilien führt. Das ist grauenvoll. In Österreich hat man eine Zeitlang keine Anonymität bewahrt. Wenn der Empfänger und die Familienangehörigen, die ihren Sohn gerade verloren haben, und so etwas wie ein Stück Weiterleben ihres Sohnes in diesem anderen jungen Mann sehen, an das Grab des Spenders gehen, so führt das zu psychodynamischen Konflikten, die nicht mehr kanalisierbar sind, die überhaupt nicht helfen. Die Empfänger sind dann nur voller Schuldgefühle und Dankbarkeit. Das führt zu Verquickungen, die überhaupt kein Mensch mehr einordnen kann."

Da die menschliche Psyche der maschinellen Reparaturlogik nicht entspricht, muß sie überlistet und muß der Spender als Person gelöscht werden. Ibach verdeutlicht dieses strukturelle Dilemma: „Ich stelle mir gerade vor: Ein 14jähriges Mädchen, das schon Konflikte mehr als genug hat – warum wollen Sie ihr noch sagen: Das Organ stammt von einem 17jährigen Jungen, der von dort und dort herkam und der ertrunken ist? Wie soll ein Mensch damit zusätzlich noch zurechtkommen? Also was soll es ihm helfen – gar nichts. Es verkompliziert nur unendlich sein Leben."

Dennoch besteht bei Empfängern häufig das Bedürfnis, die Identität des Spenders ausfindig zu machen, und teilweise werden enorme Energien dafür eingesetzt. Ein spektakuläres Beispiel ging im September 1998 durch die internationale Presse. In den USA wird nicht wie in Europa die Anonymität generell gewahrt, zuletzt auch deswegen, so Ibach, um die Bereitschaft zur Organspende in der Bevölkerung zu fördern. Die beliebte Fernsehtalkshow *Oprah Winfrey Show* brachte im Mai 1997 unter dem Titel „The Amazing Heart Transplant Story" („Die wunderbare Geschichte einer Herztransplantation") Verwandte von Organspendern und deren Empfänger zusammen. Die 17jährige Stephanie Breeding aus Seattle trug seit 1993 das Herz von B. J. Overturf in ihrem Körper, der im Alter von dreizehn Jahren ertrunken war. Stephanie Breeding hatte eine Herztransplantation durchgestanden. Zuvor war sie an Knochenkrebs erkrankt, und ihr eigenes Herz hatte infolge der „Nebenwirkungen" einer Chemotherapie eine schwere Schädigung erlitten. Die Familie des Spenders und Stephanie lernten sich in der Talkshow kennen. Am 13. September 1997 ertrank Stephanie Breeding selbst bei einem Autounfall und wurde zur Organspenderin. Als die Mutter von B. J. Overturf die Todesnachricht erhielt, soll sie geschrien haben: „Es ist, als hätte ich meinen Sohn ein zweites Mal verloren."[12]

Die Macht des Unbewußten, mit der jede transplantationsmedizinische Therapie konfrontiert ist, schlägt zurück. Eine amerikanische Studie über die psychische Verfassung von 70 herztransplantierten Patienten spricht von dem aus der Geschichte von Kriegen und dem Holocaust bekannten Phänomen der *Überlebensschuld*,[13] die gegenüber den vor den eigenen Augen ermordeten Angehörigen entwickelt wird. Eine andere psychiatrische Untersuchung schildert genauer die Schuldkonflikte von transplantierten Patienten. Sie können das Organ nicht in das eigene Körperbild integrieren und leiden unter einem Unrechtsbewußtsein und dem Gefühl, das Organ gestohlen zu haben.[14] Die psychisch hoch belastete Heilmethode der Transplantation stößt die Patienten in einen Abgrund, in dem ihnen die Rolle des Schuldners aufgezwungen wird. Sofern die Operation und die Nachbehandlung mit den obligatorischen Komplikationen entsprechend gut verlaufen sind, fällt schließlich der Glückstag des Empfängers genau auf den Todestag seines Spenders: „Seit sieben Jahren kenne ich Nierentransplantierte, und ich weiß ganz genau, wie sie denken", so die Transplantationskoordinatorin Katharina Grosse. „Ihnen ist der Tod des Spenders in keiner Weise gleichgültig [...], es ist so, daß sich für alle Empfänger am Tag der Transplantation das Leben entscheidend verändert hat. Das ist für sie ein zweiter Geburtstag und wie ein Neubeginn im Leben. Den feiern sie, und sie denken dann immer an den Spender. Und dieser Tag ist gleichzeitig der Todestag. Man könnte also sagen, daß da ganz viele Leute an den Toten denken: die Angehörigen und noch eine ganze Reihe von Menschen. Es handelt sich ja nicht nur um die Behandlung des Patienten, sondern auch der gesamten Familie. Keinem ist das gleichgültig, und die Dankbarkeit ist groß."

Dankbarkeit und Schuld gegenüber einem Menschen, zu dem eine intime Verbindung besteht und der zugleich unbekannt ist, werden in dem psychischen Verarbeitungsprozeß ineinander verwoben. Um so wichtiger wird es für die Organempfänger, sich ein konkretes Bild über den Spender machen zu können, ansonsten spukt er als Phantom in ihrer Gedankenwelt und ihrem Körpererleben. Da aber so gut wie alle Informationen verweigert werden, entwerfen die Organempfänger entweder selbst aktiv das Bild eines Spenders, oder aber sie entwickeln unbewußt Phantasien über seine Persönlichkeit, was dann mit destruktiven Gefühlen hinsichtlich der eigenen Identität verbunden ist. Eine andere häufige Variante besteht darin, daß die Empfängerfamilie Recherchen anstellt, um den wirklichen Spender ausfindig zu machen. Der Psychotherapeut Rainer Ibach berichtet, daß ein Viertel seiner Patienten in den Nachgesprächen eine Neugier bezüglich der Persönlichkeit und der Geschichte ihrer Spender entwickelt: „Manche haben irgendwo jemanden, der den Spender zu ermitteln versucht, oder er sammelt Zeitungsausschnitte. Sie sind dann davon überzeugt, daß das Herz von der Stadt Brandenburg kommt, weil sich dort am Nachmittag ein Verkehrsunfall mit zwei Toten ereignet hat. Das ist dann so eine Idee. Andere wiederum formen sich ein eigenes Bild, wie ein sehr feinfühliger und sensibler Patient, der beschlossen hatte, das Herz sei das eines südfranzösischen Weintrinkers. Damit ist er zufrieden, das paßt zu seinem Leben, und davon läßt er sich auch nicht abbringen. Er sagt: ‚Ich weiß, Sie werden mir am Schluß den Zahn ziehen, aber für mich ist es eben der.' Das ist schön und auch gut so, wenn die Patienten sich das selbst generieren."

Von ähnlichen Idealisierungen des Spenders berichtet der Berliner Internist Wolfgang Pommer bei nierentransplantierten Patienten. Die Hälfte der befragten Empfänger hatte über Namensgebungen der Niere – etwa „Genosse Erich", „mein Baby", „Elvira III" – versucht, das von ihnen als fremd empfundene Organ in ihren Körper und ihre Psyche zu integrieren. In dieser Untersuchung machte die überwiegende Zahl der Patienten drei Monate nach der Transplantation Angaben über Alter, Geschlecht und den Wohnort ihres Spenders. Ein Patient ging mit kriminalistischen Methoden vor, um „alles" über seinen Spender herauszufinden. Zwei Drittel der Befragten dachten oft oder manchmal an ihren Spender. Je länger die Operation zurücklag, um so gegenwärtiger wurde er in der Phantasiewelt der transplantierten Patienten. Grundsätzlich enthielten die Gedanken an den Spender ambivalente Gefühle der Dankbarkeit, Trauer, Mitleid und Schuld.[15]

Die amerikanische Tänzerin und Choreographin Claire Sylvia, die nach einer Herz-Lungen-Transplantation in einer Selbsthilfegruppe ihre Gefühle mit anderen Organempfängern zur Sprache brachte, berichtet, daß die meisten von ihnen mit dem Organ wie mit einer anderen Person in Dialog traten: „Jeder hatte nämlich zu irgendeinem Zeitpunkt das neue Herz spontan als ‚Fremdkörper', als Gegenüber erlebt, mit dem irgendeine Art von Kommunikation vor sich ging. In einigen Fällen war dieses Gefühl, daß da noch eine andere Person neben einem war, so stark, daß die betreffenden Empfänger geradezu besessen davon waren, die Identität des Spenders herauszufinden. [...] Andere Gruppenmitglieder empfanden nur eine unbestimmte Ahnung einer fremden Präsenz in ihrem Innern, und dies zeigte sich auch darin, daß sie mit ihrem neuen Herzen redeten, in kritischen Momenten sogar laut. Zum Beispiel ermahnte ein Mann jedesmal vor einer Biopsie sein Herz: ‚Denk dran, wir müssen jetzt mitmachen. Wenn wir uns wehren, müssen wir beide dran glauben.' In mehr oder minder großem Ausmaß betrachteten wir alle das neue Herz in uns als eigenständiges Wesen."[16]

Während diese Patienten sich aktiv ein Bild von dem Spender entwerfen und versuchen, mit dem, wie Rainer Ibach sich ausdrückt, „Fremden im Eigenen" fertig zu werden, gibt es auch passive, unbewußte Varianten. In diesem Fall ist der Empfänger von seinen Phantasien über den Spender obsessiv beherrscht. Der Herzchirurg Matthias Loebe vom Berliner Herzzentrum schildert einen solchen Fall: „Ein 16jähriger Junge hatte furchtbare Probleme. Niemand wußte, warum er so unruhig war. Hinzu kam, daß er aus Dänemark kam und kein Wort deutsch sprach. Es war schwierig, sich mit ihm zu unterhalten, obwohl eine dänische Krankenschwester dabei war. Jedenfalls stellte sich heraus, daß er von der Idee besessen war, daß der Vorbesitzer dieses Herzens nicht gerne Moped gefahren sei. Er selbst fuhr gerne Moped und war sehr gut in der Schule, insbesondere in Mathematik. Jetzt überlegte er sich, ob er mit diesem Herzen noch Moped fahren könne und noch immer gut in Mathematik sei oder ob das sein ganzes Leben verändert hat." Solche Phantasien entsprechen dem Krankheitsbild der Schizophrenie, das nun aber als „normale Reaktion" im Rahmen einer Heilmethode vom Patienten entwickelt wird. Infolge eines zerteilten Körpers entsteht auch ein geteiltes Selbst: Eine unheimliche, fremde Macht droht die Persönlichkeit des Patienten zu überrollen. Mit dieser Macht wird gesprochen, verhandelt, gekämpft. „Nur eine Frau aus der Gruppe, eine Sozialarbeiterin namens Mary", berichtet Claire Sylvia, „hatte immer behauptet, daß sie ihr neues Herz niemals als etwas Fremdes empfunden hätte. Doch in der

Abgeschlossenheit unseres engen Zirkels berichtete Mary in bewegender Weise davon, wie sie während einer Abstoßungsattacke kurz nach der Transplantation zwei sich bekämpfende Geister in ihrem Inneren vor sich gesehen hatte. ‚Der eine war ich selbst', sagte sie, ‚und der andere war, so denke ich mir, die Organspenderin, die nicht wollte, daß ich ihr Herz erhielt."[17]

Ebenso kann das Weltbild des Empfängers durch eine Identifikation mit dem Spender ins Wanken geraten. Über ein extremes Beispiel berichtet eine amerikanische Fachzeitschrift: Ein Empfänger war ursprünglich in dem rassistischen *Ku Klux Klan* unter dem Namen *Grand Dragon* (Großer Drache) organisiert. Nachdem er erfahren hatte, daß seine Niere von einem Farbigen stammte, begann er sich in einer Bürgerrechtsbewegung für die schwarze Bevölkerung zu engagieren.[18] In eine ähnliche Richtung geht die Schilderung von Claire Sylvia: „Man hatte Thomas mitgeteilt, daß sein neues Herz von einem Jugendlichen stammte, der in New York umgekommen war. Er ging von Anfang an davon aus, daß sein Organspender ein Schwarzer war, obwohl dies nie bestätigt wurde. Obwohl Thomas aus einem Milieu kam, in dem Vorurteile herrschten, fühlte er sich nach der Transplantation in Gegenwart von Schwarzen viel wohler. Er fing an, für eine der Schwestern im Krankenhaus zu schwärmen, die ein bißchen wie Tina Turner aussah – es war das erste Mal in seinem Leben, daß er sich von einer schwarzen Frau angezogen fühlte. Er begann sich ganz allgemein mit Schwarzen zu identifizieren – nicht nur mit Afroamerikanern, sondern auch mit Amerikanern."[19]

Der Psychotherapeut Rainer Ibach bezeichnet solche Identifikationen mit Geschlecht, Charakter, Hautfarbe oder mit dem Eßverhalten des Spenders als „McDonald's-Syndrom": „Solche Vorstellungen tauchen ja immer wieder auf. Typisch dafür ist das Buch einer amerikanischen Empfängerin, das gerade herauskommt. Sie hat herausgefunden, daß sie so gerne Hamburger ißt und daß der Spender ihres Herzens Verkäufer bei McDonald's war. So hat sie diese Kombination hergestellt. Das wird ernsthaft diskutiert, ist aber völliger Unsinn. [...] Entscheidend ist, daß etwas Zentrales verwechselt wird, und zwar von den Angehörigen und von dem Patienten selbst. Sie zeigen emotional und gefühlsmäßig Wochen,

Monate oder auch länger nach der Transplantation dezente psychische Veränderungen, die verschiedener Natur sind. Das hat etwas mit zerebralen Umstellungsprozessen und mit anderen Zirkulationsmechanismen des neuen Herzens und ähnlichem zu tun. An zweiter Stelle stehen vor allem die psychotropen Nebenwirkungen der Medikamente, die sie lebenslang einnehmen müssen. Das weiß man ziemlich genau, z.B. müssen sie Kortison nehmen. Kortison hat auch bei Arthritiskranken und anderen Patienten psychotrope Wirkungen im Sinne einer zunehmenden Affektlabilität. Das heißt erstens, daß sie eine erhöhte Reizbarkeit haben, und zweitens, daß sie schneller unter depressiven Verstimmungen leiden. Diese Symptome treten relativ schwankend auf. Und das stellen die Ehefrauen – weil es meistens Männer sind – auch ziemlich schnell fest, weil sie die feinen Veränderungen an ihren Männern sehr genau wahrnehmen. Sie sagen dann z.B.: ‚Also, mein Mann war früher ruhig und saß da. Jetzt, wenn die Kartoffeln ein bißchen zu kalt sind, ist er sofort gereizt. Oder er sitzt vor dem Fernseher, und wenn die ARD-Reihe *Wilde Herzen* gesendet wird, laufen bei ihm auf einmal die Tränen. Das hat er vorher nie gehabt, er war immer tough. Wahrscheinlich hat das ja doch etwas mit dem Herzen zu tun, vielleicht hat er das Herz einer Frau bekommen.' [...] Genau das führt zu dieser falschen Attributierung: ‚Es könnte etwas mit dem Herzen zu tun haben.' Aber eigentlich ist das eine Nebenwirkung der Medikamente."

Rainer Ibach interpretiert die von den Empfängern und deren Angehörigen erlebten Persönlichkeitsveränderungen als medikamentös bedingte „Nebenwirkungen" und macht äußere Faktoren mit objektvierbaren Erklärungen der Nebenwirkungen dafür verantwortlich. Demgegenüber ist die Herz- und Lungentransplantierte Claire Sylvia davon überzeugt, daß sich ihr Spender, ein 18jähriger junger Mann, in ihre Persönlichkeit eingeschrieben hat. Nach der Transplantation befand sich Claire Sylvia in einer psychoanalytischen Behandlung, und sie begann eine aufwendige Suche nach ihrem Spender. In der Begegnung mit seiner Familie erfuhr sie, daß er gerne grüne Paprikaschoten und bevorzugt Chicken Nuggets aß – ein Essen, das sie vor der Transplantation verabscheute und auf das sie nach der Operation regelrechten

Heißhunger entwickelte. Auch ihre Geschlechtsidentität als Frau wurde irritiert, da jetzt in ihr ein Männerherz schlug: „Vor der Transplantation hatte ich ein Talent, meine Kleidung geschickt zusammenzustellen, und kam auf die witzigsten Kombinationen. Hinterher wußte ich nicht mehr, wie man sich vorteilhaft anzieht, so als hätte ich meinen femininen Touch eingebüßt. Auch meine Lieblingsfarben änderten sich: Früher sprachen mich warme, leuchtende Farben an, wie Rot, Pink und Gold. Blau und Grün dagegen mochte ich nie leiden und trug sie ganz selten. Doch seit der Transplantation fühle ich mich immer wieder von kühleren Farbtönen angezogen, besonders von dunklem Tannengrün."[20]

Die Tatsache, daß die Transplantationsmedizin die Verteilung von Organen nach „rein" medizinischen Kriterien vornimmt und keine Rücksicht auf den Zusammenhang zwischen der Geschlechtsidentität und dem Körperbild des Empfängers nimmt, kann in der psychischen Verarbeitung einer Organverpflanzung zusätzliche Zerrissenheitsgefühle hervorrufen. Wie der Herzchirurg Matthias Loebe berichtet – und wie von dem Psychotherapeuten Rainer Ibach angedeutet –, sind es überwiegend Männer, die ein Herz transplantiert bekommen, das von Frauen stammt: „Die Herzmuskelerkrankungen sind bei Männern sehr viel häufiger als bei Frauen. Dadurch erklärt es sich, daß nur etwa jede zehnte Herztransplantation bei Frauen durchgeführt wird. Bei der Lungentransplantation ist es wieder genau umgekehrt, weil Frauen an der Lunge viel mehr erkranken als Männer." Rainer Ibach zieht aus den Nachgesprächen mit transplantierten Patienten das Fazit: In der Regel wünschen sich Männer das Herz eines Mannes.

„Jetzt bin ich eine Frau", erklärte ein transplantierter Patient seiner Tochter, und ein anderer bezeichnete sein Herz als „Lady".[21] In solchen Selbstbeschreibungen von transplantierten Patienten drückt sich ein Identitätskonflikt aus, mit dem viele Patienten zu kämpfen haben und der teilweise zu regelrechten Horrorvisionen oder zu spirituellen Vorstellungen führt. „Und durch die Tatsache, daß ich Namen und Adresse meines Spenders nicht wissen durfte, war das Gefühl, es handele sich um ein mystisches Geschehen, noch zusätzlich verstärkt worden",[22] schreibt Claire Sylvia über den Findungsprozeß ihres Spenders. Kurz nach der ersten öffentlichen Herztransplantation des litauischen Flüchtlings Louis Washansky 1967 in Kapstadt drückte der damals 55jährige Washansky sein neues Lebensgefühl so aus: „Ich bin ein neuer Frankenstein."[23] Diesem „Frankenstein" hatte man das Herz der 24 Jahre alten Denise Darvall eingesetzt.

In eine furchterregende Krise geriet auch der 37jährige Matthew Scott aus dem US-Bundesstaat Kentucky: Nachdem im September 1998 die Ära der Gliedmaßentransplantation mit der Verpflanzung einer Hand begann, sorgte die zweite Armtransplantation am 25. Januar 1999 in der Boulevardpresse für Schlagzeilen: Statt der traditionellen Prothese bot die Transplantationschirurgie Matthew Scott eine Armverpflanzung an, die für ihn bis an sein Lebensende mit einer zerstörerischen Immunsuppression verbunden sein wird. Wie er kurz nach der Operation durch seine Recherche über die Herkunft der Gliedmaßen erfuhr, stammte seine „neue Hand" von einem verurteilten Mörder.[24] Vor der Kamera der RTL-Sendung *Explosiv* am 8. Februar 1999 klagte Matthew Scott das Transplantationsteam des Jewish Hospital in Louisville an und sagte, er fühle sich betrogen und werde dafür kämpfen, daß ihm diese Hand wieder abgenommen werde.

Diese der mechanistischen Reparaturlogik entsprechende „rationale" Heilmethode setzt eine Spirale psychischer Konflikte in Gang, wodurch sie in das genaue Gegenteil kippen kann, nämlich in magische und mystische Vorstellungswelten. Die Transplantationsmedizin hat, wie die Psychotherapeutin Hiltrud Kernstock-Jörns erklärt, Chimären hervorgebracht. In der psychischen und körperlichen Integrität aufgebrochen, haben sie ganz eigene Konflikte zu bewältigen: Diese Patienten sind „vergleichbar mit Chimärenwesen [...]. Zwei durch eine Organtransplantation miteinander verbundene Menschen sind in gewisser Weise schon vermischte Individuen. Es genügt heute bereits die Kompatibilität von Geweben, um in der Transplantationsmedizin behaupten zu können: ‚Das ist wieder *ein* Mensch.' Das ist eben ein Mensch mit anderen Organen, mit Keimen eines anderen Menschen und mit Zellen eines anderen Menschen."

3. Organempfänger zwischen Delirium, Verwirrtheitszuständen, Angst und Depressionen

Unmittelbar nach der Transplantation reagieren manche Organempfänger mit einer Wiedergeburtseuphorie. Diesen Gefühlsstatus bezeichnet die Transplantationspsychologie interessanterweise auch als „Lazarusphänomen".[25] Hat die Hirntoddiagnostik den sich noch bewegenden Hirntoten schon mit genau demselben Begriff umschrieben, so verbindet man damit – wahrscheinlich ohne es zu wissen – die Spender mit den Transplantierten in ihrer doppeldeutigen Beziehung zu Leben und Tod. Die Euphorie, die in der Phase direkt nach einer Transplantation auftreten kann, interpretiert die Transplantationspsychiatrie als eine der Situation unangemessene Stimmung und klassifiziert sie als ein psychotisches Symptom. Der Psychotherapeut Rainer Ibach schildert solche Reaktionen herztransplantierter Patienten: „Bei etwa 20 Prozent treten unmittelbar postoperativ in den ersten Tagen bis zu zwei, drei Wochen Verwirrtheitszustände auf. Die Patienten kommen in ein Delirium. Sie haben wahnhafte und halluzinative Erlebnisse. Die Patienten haben Ideen, die mit der Realität nichts zu tun haben. Und das scheint das Typische zu sein: es geht immer um Raub und Tötung. In den Wahnideen tauchen die Klinik, die Ärzte, die Schwestern auf. Sie flüstern, machen Visite und reden etwas vor der Tür." Peter Cornelius Claussen, Professor für Kunstgeschichte aus Zürich, hat seine Erinnerungen und Gefühle nach einer Herztransplantation veröffentlicht und beschreibt seine Wahnzustände nach der Operation. Seine Tochter erzählte ihm später, „ich hätte in der schlimmsten Phase geflüstert, sie sollten mir keinen Pferdeschwanz ansetzen, auch keine Schweinefüße und Schweineherzen transplantieren. [...] Ich selbst solle in einen Pferdebauch verpflanzt werden. Mein Sohn Cosmas berichtet Ähnliches. Seiner Erinnerung nach habe ich immer wieder von einer großen Verschwörung geflüstert."[26] Auch Johanna Kraft, deren Leber 1987 transplantiert wurde, berichtet in einem *Spiegel*-Interview über ihre paranoiden Angstzustände, die sich auf den Krankenhausbetrieb bezogen: „Ich wurde mißtrauisch, große Angst befiel mich. Jeder, der sich meinem Bett näherte, war plötzlich ein Feind oder doch suspekt.

Da ich in einem großen Raum lag, wurde ein Unfallverletzter hereingeschoben und da versorgt. Ich hielt das ganze für eine Komödie, mit deren Hilfe ich ins Jenseits befördert werden sollte."[27]

Ibach erklärt, daß sich in solchen speziell auf „weiße Kittel" bezogenen Todesängsten auch eine ganz reale, durch die Transplantation selbst vermittelte Erfahrung verbergen kann: „Tendenziell kann man das so interpretieren, daß die Patienten überlegen: ‚Soll ich vielleicht doch getötet oder abtransportiert werden?' Meistens geht es um so etwas wie ‚irgendwohin abtransportiert werden'. In der Wurzel beinhaltet das wohl die unbewußte Frage: ‚Wird mir das, was ich bekommen habe, nämlich das Herz' – und die Person wird dann total gesehen – ‚wieder weggenommen?' [...] Es ist ja so, daß es ihnen nicht gehört – da kann man reden, was man will –, es bleibt das Fremde im Eigenen. Auch wenn man das Herz adäquat als Muskel oder Pumpe sehen muß, ist es etwas Fremdes. Daher wird immer am Anfang die Frage gestellt: ‚Ist das jetzt mein eigenes oder nicht?' Insofern ist es eben nicht verwunderlich, wenn gerade in der wahnhaften Gedankenverzerrung das Motiv des Raubes und der Tötung auftaucht. [...] Der Patient hat sich Monate vorher mit der Idee beschäftigt, daß ihm etwas weggenommen und etwas eingesetzt wird. Dieses Thema ist also hoch besetzt. Wenn er in einem Zustand der Umdämmerung oder des Wachwerdens ist, taucht dieses Thema auf und packt ihn emotional. [...] Das Fremde im Eigenen ist eben etwas, wo die Grenzen zwischen zwei Menschen oder zwei Lebewesen überschritten sind. Irgendwie bearbeitet der Patient das natürlich."

In Ibachs Interpretation scheint das ganz konkrete, psychisch und physisch erlebte Trauma der Operation – Herausschneiden des eigenen und Einsetzen des fremden Herzens, das man durchaus in solchen Bildern wie „Raub" und „Tötung" fassen könnte – nicht unmittelbar eine Rolle zu spielen. Dagegen spekuliert der Neurologe Andreas Zieger über eine denkbare Wirkung des „neuen Organs" auf das seelischen Erleben der transplantierten Patienten direkt nach der Operation: „Menschen wachen so auf, wie sie eingeschlafen sind. Wenn ein Mensch zornig, ängstlich, hilflos, abhängig oder gestreßt in die Narkose fällt, dann wird er mürrisch und um sich schlagend wieder aufwachen. Es ist so, als ob das limbische System eingefroren wird durch die chemische Betäubung und das neuronale Netz sein Trauma erinnert, wenn der Patient aufwacht und das wieder bearbeitet werden muß. So stelle ich mir das jedenfalls vor. Jetzt wenden wir das, was auch für das neuronale Netz gilt – das ist ja ein allgemeines Prinzip –, auf die traumatisierte Niere an, die da mehr oder weniger unsanft entnommen wurde. Erstens ist sie völlig ausgekühlt. Das ist für sie ein großer Schock, sie wurde entblutet und mit kalter Kochsalzlösung durchgespült. Dadurch wurde jede Art von Kommunikation, die über die Blutbahn und Signalstoffe laufen könnte, ausgeschaltet. Es bleibt noch die interzelluläre Verbindung in der Niere, in den Organen selbst. Die kann nicht unterdrückt werden. Sie erstarrt jedoch beim Einfrieren der Organe. Und diese spezifische Konstellation der Signalstoffe und Membranen könnte beim Aufwachen während der Implantation an die Blutbahn des Empfängers abgegeben werden, und – ich versuche es einmal stofflich auszudrücken – als Stimmungs-, Erlebens- oder Bewußtseinsaggregat wirksam werden. Das wäre durchaus eine rationale Möglichkeit. Wenn wir die Organe als autonome Gebilde mit einem Gedächtnis, mit einer Biographie und Individualität und der Fähigkeit, auf Traumen und Verletzungen zu reagieren, verstehen, dann wird diese Vorstellung wahrscheinlich. Ich halte das weder für esoterisch noch für abwegig. Vielmehr weisen einige Forschungsergebnisse der modernen Biologie und Systemtheorie auf solche Zusammenhänge hin."

Zieger beleuchtet das Gedächtnis der explantierten Organe, die in dem geschockten Status auf ihr neues Umfeld, also auf den Empfänger, wirken könnten. Für den Transplantierten heißt das, er hat zwei Traumata auf einmal zu bewältigen: Er muß zum einen das Herausschneiden des betreffenden eigenen oder gleich mehrerer Organe (z.B. kombinierte Verpflanzungen von Herz-Lunge oder Niere-Bauchspeicheldrüse) und zum anderen die Implantation des eingepflanzten Spenderorgans mit seinem jeweiligen Zellengedächtnis verarbeiten. Das sogenannte „Körpergedächtnis" spielt in Therapien von sexuellem Mißbrauch oder frühen Gewalterfahrungen eine zentrale Rolle, so die Psychotherapeutin Hiltrud Kernstock-Jörns. Ähnlich scheint sich das Trauma der Transplantation auch in den Körper von Organempfängern einzuschreiben.[28] Schließlich wurden dem Leib tatsächlich tiefgreifende Verletzungen zugefügt, die über das Ziehen eines Zahnes, die Entfernung der Mandeln oder des Blinddarms weit hinausgehen. Die Transplantationsmedizin mißachtet mit der Systematik des ihr zugrundeliegenden mechanistischen Maschinenmodells, welch enorme Wunde entsteht, wenn z.B. das eigene Herz verloren und somit die Körperintegrität gravierend verletzt wird. Claire Sylvia erzählt, wie sie nur in ihrer Selbsthilfegruppe mit anderen Transplantierten „den Schrecken [...] und die Verwüstung" auszudrücken vermochte, „die durch dieses entsetzliche Entzweigerissen- und Wiederzusammengesetztwerden verursacht worden waren".[29] Ihr wurden die Lungen und das Herz transplantiert. Sie schildert die auch in der Transplantationspsychiatrie beschriebenen Alpträume, die noch lange nach der Operation auftauchten: „Kaum war das erste Jahr vergangen, wurden meine Träume merklich düsterer und gewalttätiger. Blutvergießen, Krieg und andere Schreckensbilder häuften sich. In einem der Träume lag ich versteckt unter einem Bett in einem Haus, das gerade von feindlichen Truppen gestürmt wurde. Direkt über mir ertönte ein kreischendes Geräusch, das mir sehr bekannt vorkam. Als ich aufwachte, verband ich es sofort mit der chirurgischen Säge, die zu Beginn der Transplantation meine Knochen durchtrennt hatte. Vielleicht hatte ich das Geräusch auf irgendeiner Ebene noch wahrgenommen, auch wenn ich während der Operation in einer weit entfernten Welt weilte. In meinem Traum war es jedenfalls entsetzlich."[30] Hier schließt sich die Frage an, ob in solchen Träumen unter dem Aspekt des Körpergedächtnisses möglicherweise zwei Erfahrungswelten zusammentreffen – die des Spenderorgans und die des Empfängers –, die im psychischen Erleben des transplantierten Menschen eine Verbindung eingehen.

Schließlich spricht die Transplantationspsychiatrie auch von „Delir", um, wie Ibach meint, die „Gedankenverzerrungen" der Organempfänger zu beschreiben. Es wurde bei zwischen 20 und 70 Prozent der Patienten direkt nach der Transplantation beobachtet. Das Delir kann von Depressionen, Angstzuständen oder psychotischen Reaktionen begleitet sein.[31] Der Begriff kommt vom lateinischen *deliro* und heißt übersetzt „Irresein". Das Delir zeigt sich etwa in Desorientierung über Ort und Zeit mit wahnhaften Verkennungen der Umgebung sowie mit optischen, haptischen und akustischen Halluzinationen. Ursache von deliranten Zuständen können z.B. Begleiterscheinungen von Infektionskrankheiten oder Medikamentenvergiftungen sein. Die Transplantationsmedizin deutet das Delir bei Organempfängern als „Nebenwirkung" der Immunsuppressiva und des Kortisons, was jeder Transplantierte gegen die Organabstoßung ab dem ersten Tag der Operation lebenslang zu nehmen hat. Oder aber man führt das Delir auf die Vorerkrankung des Empfängers zurück, so z.B. Professor Margreiter: „Viele Patienten machen psychisch ein Durchgangssyndrom[32] mit. Das kann sich in den schlimmsten Fällen so äußern, daß sie sich jeder Behandlung widersetzen, das Personal schlagen. Solche Dinge sehen wir öfters bei Leberpatienten [...]. Viele Leberpatienten haben in der Endphase ihrer Erkrankung Veränderungen im Bereich des zentralen Nervensystems. Zusammen mit dem Operationsrisiko kann es dann schon zu beträchtlichen psychischen Problemen kommen. [...] Im Rahmen dieses Durchgangssyndroms entwickeln sie zum Teil ein sehr hohes Maß an Aggressivität. Die Ehepartner erzählen uns dann, daß es sich zu Hause um die gutmütigsten Leute handeln würde, und sie würden ihren Partner nicht mehr kennen und sich für seine Verhaltensweise schämen."

Von aggressiven Reaktionen herztransplantierter Patienten berichtet auch der Psychotherapeut Rainer Ibach: „Sie sind erst einmal völlig verwirrt. Das heißt, sie wissen nicht, wo sie sind. Sie haben ein hohes Erregungsniveau und sind aggressiv. Sie versuchen, die Schläuche für die Beatmung herauszureißen [...], sie sind nicht erreichbar und wissen nicht, wer und wo sie sind [...]. Das kann zwischen drei Stunden und vier Tagen dauern, das ist ganz unterschiedlich und schwankend. [...] Am Nachmittag kann man gut mit ihnen reden, und in der Nacht haben sie dann wieder Zustände. In der Nacht tritt das sowieso häufiger auf. [...] Manche sind durchgängig verwirrt, andere sind zwischendurch wieder wach. [...] Sie können dann viele Dinge beantworten und haben aber oft diese Wahnideen im Hintergrund, über die sie ungern sprechen."

Ibach erklärt solche Wahnzustände folgendermaßen: „Ich möchte die Ursachen noch einmal fixieren: Eine Ursache ist die Medikamentenumstellung. Das soll man nicht unterschätzen. Ein zweiter Aspekt ist, daß die Häufigkeit und die Intensität dieser deliranten Zustände von der Dauer der Operation abhängt. Der klarste Zusammenhang besteht zwischen der Dauer der coronar-pulmonalen Bypaßsituation [operativ angelegte Umgehungskreisläufe der Lunge und des Herzens, d. V.] und dem Auftreten wahnhafter und deliranter Syndrome. Es hängt auch von Luftembolien ab, die sie während der Operation bekommen. Ich betone das deshalb, weil das oft ein bißchen verzerrt wird. Es ist so, daß nicht die psychische, sondern die organische Verursachung dieser unmittelbar nach der Transplantation auftretenden Symptome entscheidend ist. Auch der Eingriff in den Hirnkreislauf ist sehr massiv und führt zu Irritationen. Das wirkt sich besonders bei den Patienten aus, die a) besonders lange schwer krank sind; das Gehirn ist bereits minder durchblutet, und die b) zum Beispiel mit Alkohol oder Beruhigungsmitteln eine Vorgeschichte haben. Weil sie sehr aufgeregt und ängstlich waren, wurden sie mit Tranquilizern oder Diazepam-Präparaten[33] behandelt, und sie befinden sich im Entzug von den Benzodiazepinen. Das wird häufig übersehen, weil man es oft gar nicht weiß. Diese Medikamente nehmen sie so nebenbei zu Hause. Es gibt sehr wenig Informationen über die zerebralen Vorschädigungen dieser Patienten. Das ist das Entscheidende. Und dann kommt noch hinzu, daß die Patienten natürlich auch erschrecken, wenn sie aufwachen. Sie sind intubiert. Das verträgt nicht jeder gleich gut, und das macht Angst. Weiter spielen psychogene Faktoren eine Rolle. Die Patienten stellen sich die Fragen: ‚Wie stabil ist das neue Herz jetzt? Kann ich mich auf das neue Herz verlassen, wenn ich aus dem Bett gehe? Wird es den Belastungen des Aufstehens standhalten können? Wird es regelmäßig schlagen?' Solche Fragen sind wichtig, aber nicht das Wesentliche daran. Beides spielt eine Rolle. Aber die schweren deliranten Zustände und Wahnideen sind überwiegend organischer Natur und entwickeln sich nicht primär auf psychischer Basis."

Diese Deutung entspricht der gängigen Interpretation der Wahnzustände nach der Transplantation. Die von Ibach genannten Faktoren wie die hohe Medikamenteneinnahme, die Operation selbst, die von Luftembolien begleitet sein kann, sowie Beeinträchtigungen des Blutkreislaufs im Gehirn müssen sicherlich in der Erklärung des Delirs von transplantierten Patienten berücksichtigt werden. Und doch bleibt in diesem Argumentationsmuster die Frage offen, warum sich die deliranten und psychotischen Angstzustände auf das Thema „Raub und Tötung" einengen und sich auf das Krankenhauspersonal beziehen. Als wir Ibach noch einmal auf dieses Problem ansprechen, räumt er ein: „Ich denke, es gibt eine Mischung zwischen organischer Verursachung, psychogenen Reaktionen, auch von Schmerzen und allem, was damit zusammenhängt, zwischen unbewußter Verarbeitung und wahngefährdeten Dingen. Das ist alles miteinander verwoben, aber der Schwerpunkt verändert sich: Am Anfang sind die Symptome organisch dominiert, sie bekommen aber immer mehr einen psychogenen Charakter. [...] Letztendlich wird man die Frage nicht endgültig klären können, was welches Gewicht hat. Aber ich bin davon überzeugt und bin mir ganz sicher, daß eine Verschiebung vom primär Organischen zu einer immer mehr psychogenen Seite nach der Transplantation stattfindet."

Ibach behandelt diese Patienten direkt nach der Transplantation mit Psychopharmaka und versucht später zum Patienten Kontakt herzustellen: „Wenn jemand ein psychisches Wahnsyndrom hat, dann müssen Sie so jemanden üblicherweise psychopharmakologisch behandeln. Sie müssen es, weil Sie nur so die Angst dämpfen und herbeiführen können, daß er sich relativ schnell stabilisiert. Wenn Sie mit ihm sehr lange sprechen, induzieren Sie bei ihm essentiell zusätzlich Angst und Verwirrtheit. Wir behandeln dann diese Patienten mit Kontaktherstellung und medikamentös. Wir versuchen, Realität herzustellen. Wir sprechen langsam, deutlich, auf klar erfaßbare Gegenstände bezogen, geben Orientierung für den Ort, die Zeit, die Situation, das Geschehen: ‚Sie sind jetzt hier. Sie sind gestern herztransplantiert worden. Das wird Ihnen vielleicht jetzt in der Erinnerung fehlen. Das Herz funktioniert regelmäßig. Ihre Frau kam, sie war heute hier. Es könnte sein, daß Sie das jetzt nicht so realisiert haben. Morgen früh kommt sie wieder, die Schwestern wissen das.' Das sind so einige Beispiele. Man muß Rahmenbedingungen setzen, weil das ein Mensch in dieser Situation braucht, um sich an etwas orientieren zu können. Und das sage ich auch den Angehörigen, damit sie nicht mit ihm so sprechen: ‚Weißt du noch, unser Willi hat jetzt Erstkommunion.' Das versteht der Patient nicht. Das macht ihm höchstens Angst, denn er weiß den Begriff ‚Willi' nicht einzuschätzen und kann keinen Zusammenhang herstellen."

Ist dieses Stadium direkt nach der Transplantation überstanden, müssen die Organempfänger, wie schon wiederholt angedeutet, mit einer Reihe von Komplikationen, langfristigen Depressionen und einem breit gefächerten Katalog von „Nebenwirkungen" rechnen. Da die Organabstoßung eine ganz normale Reaktion des menschlichen Körpers ist, müssen lebenslang Immunsuppressiva verabreicht werden, die das Abwehrsystem so stark schädigen, daß der Körper zu einer normalen Abwehrreaktion nicht mehr in der Lage ist. Wenn der Organempfänger plötzlich aufhört, ein immunsuppressives Medikament zu nehmen, signalisiert das Immunsystem, daß das eingepflanzte Organ fremd ist, und beginnt, es abzustoßen. Die Mediziner Joachim Rötsch und Barbara Bachmann vergleichen die für die Therapie zwingend notwendige erzeugte Immunschwäche mit dem Krankheitsbild von AIDS, so daß die Patienten für die kleinsten Infekte anfällig werden und sehr schnell in Lebensgefahr geraten können. Aber bereits die Immunsuppression selbst bewirkt ein Wachstum von Pilzen, Bakterien und Viren. Als häufigste Todesursachen infolge einer Organtransplantation werden Krebs und aufgrund der toxischen Wirkung der Medikamente schwere Nierenschädigungen, Stoffwechselerkrankungen angegeben. Das Krebsrisiko potenziert sich deswegen, weil das Immunsystem tagtäglich systematisch angegriffen wird.[34] Der Bochumer Herzchirurg Axel Laczkovics charakterisiert die Transplantation als eine „Verwandlung des Leidens" und weist darauf hin, daß der transplantierte Patient „auch im unkompliziertesten Fall in einen anderen Patienten verwandelt wird und laufender Kontrolle bedarf".[35]

Nicht selten reagieren transplantierte Patienten auf diese traumatisierende Heilmethode mit Widerstand und Verweigerung. Da die aggressiven Immunsuppressiva den Körper tiefgreifenden und auch äußerlich sichtbaren Veränderungen unterwerfen, kann es zu einer offenen oder auch stillen Medikamentenverweigerung kommen. In diesem Fall spricht die Transplantationspsychiatrie von dem Phänomen der *Non-Compliance*. Für dieses Wort gibt es bisher keine deutsche Übersetzung: *Compliance* bedeutet „Einverständnis", „Zusammenarbeit" und bezieht sich im psychologischen Sinn auf die Befolgung ärztlicher Verhaltensvorschriften und therapeutischer Medikamentenvorgaben. „Compliance", so heißt es im *Wörterbuch der Psychiatrie und medizinischen Psychologie*, „bedeutet soviel wie ‚Hörigkeit' mit dem Unterton der Erfüllung der Wünsche anderer bis zur Selbstverleugnung."[36]

Der Herzchirurg Matthias Loebe erklärt das Verhaltensmuster eines Non-Compliance-Patienten nach einer Transplantation: „Wenn der Patient psychische Probleme in der Auseinandersetzung mit dem Organ hat, wird er zum Beispiel anfangen, die Medikamente nicht regelmäßig zu nehmen. Das ist ein nicht so ganz seltenes Problem, daß die Patienten aufhören, die Immunsuppression zu nehmen und dann schwere Komplikationen auftauchen oder sie tatsächlich zu Tode kommen. [...] Wir nennen dieses Phänomen ‚Non-Compliance', wenn ein Patient nicht mehr der Therapie folgt, sich nicht mehr entsprechend benimmt und dann das Organ verliert. Das kommt natürlich vor, und vor allem bei Jugendlichen um die Pubertät herum. Das gilt aber nicht nur für Herzpatienten, sondern für alle anderen Organempfänger auch. Das hat unter anderem mit den Nebenwirkungen der Medikamente zu tun. Die Patienten möchten zum Beispiel gerne abnehmen und lassen das Kortison weg, oder die Behaarung ändert sich durch das Cyclosporin.[37] Dadurch kommt es zu kosmetischen Problemen." Neben Cyclosporin A gehört auch Kortison zur Dauermedikation bei transplantierten Patienten. Erhöhter Blutdruck, Magen- und Zwölffingerdarmgeschwüre, Veränderungen des Blutzuckerspiegels, Schädigung der Knochen, Gelenke, Augen, Haut sowie eine Zunahme des Gewichts gelten als weitverbreitete Nebenwirkungen des Kortisons, wenn es auf Dauer genommen wird.[38]

Jugendliche in der Pubertät befinden sich in einer Lebensphase, in der ihr Körper dramatischen Veränderungen ausgesetzt ist. Die Auseinandersetzung mit ihrem Körperbild gehört elementar in den Prozeß ihrer Identitätsbildung. Kortison kann für sie bereits unmittelbar nach der Transplantation zu einem quälenden Problem werden: „Es geht gerade bei den Mädchen z. B. auch darum, daß sie sich in diesen Jahren über den Körper definieren. Durch das Kortison werden sie dicker und werden leicht behaart und so weiter. Das sind irrsinnige Belastungen. Sie müssen erst einmal schauen: ‚Wie kann ich damit überhaupt zurechtkommen?' Das sind solche Herausforderungen, daß ich mir tatsächlich vorstellen kann, daß sie an manchen Tagen nicht mehr wissen, was sie überhaupt tun sollen. Das ist ein Streßfaktor hoch zehn, in dem sie sich befinden."

Ibach skizziert die spezifischen Konflikte der Jugendlichen, deren Identitätsfindung sich mit den Schwierigkeiten der Transplantation verknüpfen: „Der Prozentsatz der Jugendlichen, die Probleme haben, ist sehr, sehr hoch [...]. Es gibt die eine Ebene, daß Kinder, die früh erkranken, in einem Krankenhaus waren, folglich ein anderes Lebensmodell und andere soziale Kontakte haben. Wenn sie nach der Transplantation belastbar sind, müssen sie sich ganz neuen Herausforderungen stellen und Dinge machen, die sie vorher wenig kannten. Das müssen sie erst einmal bewältigen. Darüber hinaus stellen sich die in der Pubertät auftauchenden Konflikte mit den Eltern noch einmal anders dar. Die Eltern haben bestimmte Rollen des Beschützens und des Versorgens übernommen. Ihnen fällt es schwer, diese Rollen abzugeben. Und die Kinder akzeptieren das nicht. Dagegen wollen die Jugendlichen selbständig sein und vom Kranksein wegkommen. Das führt in der Regel relativ häufig zu Compliance-Problemen, so daß sie die Medikamente zum Teil nicht mehr nehmen wollen. [...] Die Jugendlichen machen mir sehr viele Sorgen und Probleme, weil sie auch schwer zu erreichen sind [...]. Sie sagen nichts, sondern nehmen die Medikamente nicht. Dahinter verbergen sich zwei Sachen: entweder eine Vorstellung wie: ‚Ich bin unverwundbar' – oder auch der Gedanke: ‚Dann soll das Leben halt zu Ende gehen.' Sie tun es, sind handlungsorientiert und sprechen darüber nicht. Ich kann mich von fünfzig Jugendlichen nur an zwei erinnern, die explizit gesagt haben: ‚Ich will sterben.' Die anderen machten das indirekt."

Rainer Ibach beklagt, welcher Druck auf ihm lastet, wenn er die psychologische Kontrolle der Jugendlichen mit einem Non-Compliance Verhalten zu übernehmen hat, das schließlich lebensgefährlich werden kann: „Man steht oft innerlich mit diesen Jugendlichen sehr allein da, und wir versuchen dann fieberhaft, etwas zu finden. Das ist aber sehr schwierig." Auch der eigens für solche Probleme eingestellte Psychotherapeut kann in extremen Fällen so hilflos und überfordert sein, daß er mitunter transplantierte Patienten in die Psychiatrie einliefern läßt: „Wir hatten in den letzten Jahren zwei Fälle, die ich dann in die Kinder- und Jugendpsychiatrie verwiesen habe, was eine ungeheuerliche Problematik ist. [...] Wir müssen in diesem ganzen formalisierten System dann vermitteln, daß ein Jugendlicher, der nicht will und der keine Schizophrenie oder schwerste Depressionen hat, stationär gegen seinen Willen behandelt wird."

Auch die im Transplantationszentrum der Medizinischen Hochschule Hannover arbeitende Psychologin Elisabeth Wellendorf kennt solche belastenden Konflikte, wenn sie als Psychotherapeutin den verlorenen Lebenswillen von transplantierten Patienten neu motivieren soll: „Er lag auf dem Bett, als ich ihn das erste Mal sah, sein weißes, von Cortison aufgedunsenes Gesicht zur weißen Decke gewandt. Seine schwarzen Augen schienen sich dort im Weiß festgesaugt zu haben. Ich schaute unwillkürlich hinaus, aber es gab nichts, woran mein Blick sich halten konnte. Draußen war es kalt und grau. Der Hubschrauber war gelandet. Hatte er neue Organe gebracht? Das Gesicht des jungen Mannes war schweißnaß. Dunkle Haare klebten an seinen Schläfen. Seine abgemagerten Hände krallten sich am Bettlaken fest. Er reagierte nicht auf mein Eintreten. Er war in seiner Pose erstarrt. Nur sein Brustkorb hob und senkte sich krampfhaft, als wolle er sich die Bewegungslosigkeit nicht diktieren lassen. [...] Die Schwestern und ein junger Arzt, der mich gerufen hatte, waren spürbar verärgert über ihn. Vor einem halben Jahr war er transplantiert worden – Herz und Lunge. Zuerst, in den ersten sechs Wochen, hatte sich alles zufriedenstellend entwickelt, dann wurde er plötzlich niedergeschlagen und verschlossen. Keiner wußte, warum. Schließlich war er in diesen Zustand verfallen, man mußte ihn künstlich ernähren, trotzdem magerte er ständig ab, und seine Lunge zerstörte sich immer mehr. Keine Abstoßungstherapie konnte diesen fortschreitenden Prozeß stoppen. Das konnte nur an ihm liegen, er wollte offenbar nicht.

Der ganze Aufwand sei umsonst, da hätte man das Organ lieber einem anderen Patienten geben sollen."[39]

Als Psychotherapeutin hatte Elisabeth Wellendorf den Auftrag, ihr psychologisches Geschick einzusetzen, um den Jugendlichen, wie sie sagt, „wieder zur Vernunft zu bringen". Nachdem sie das Patientenzimmer verlassen hatte, erkundigte sich die Schwester: „Haben Sie ihm gesagt, daß er mitmachen muß, wenn er seinen Zustand verbessern will?" Obwohl die Ärzte selbst den Tod des Patienten in wenigen Monaten prognostizierten, setzten sie alles daran, den jungen Mann, so Wellendorf, einer „permanenten Folter auszusetzen".[40] Sie mißachteten seinen Wunsch, in Ruhe ohne High-Tech-Medizin zu Hause zu sterben. Wellendorf betont, daß es in diesem Konflikt um die Durchsetzung eines bestimmten Menschenbildes geht, das den Tod, auch wenn er sich noch so unerbittlich ankündigt, als „Fiasko, als letztes Scheitern" diskriminiert und bekämpft: „Er war ein Arzt, der noch nicht alles ausgereizt hatte. Er war ein Feldherr, der noch einige Strategien in einem fast schon verlorenen Kampf auf Lager hatte, die vielleicht alles noch einmal für einen kurzen Sieg wenden konnten. Und wenn es in diesem Feldzug nicht zum Sieg käme, so könnten die gewonnenen Erfahrungen in einem späteren Kampf von Nutzen sein. Von dort aus rechtfertigt das Ziel, anderen Menschen helfen zu können, fast alles."[41]

Das Feindbild „Tod", das durch keinen Krieg aus der Welt zu schaffen ist, wird mit um so aggressiveren Waffen bekämpft und auf den sterbenden Menschen projiziert. Der Patient, von dem Wellendorf berichtet, galt in den Augen der High-Tech-Medizin, so Wellendorf, als „Boykotteur, weil sein Körper die fremden Organe abstieß; er erschien aber auch als ein egoistisches Wesen, das genommen hatte und selbst nichts geben wollte, weil das mit seinem Bedürfnis, zu Hause zu sterben, nicht zu vereinbaren war."[42] Elisabeth Wellendorf erklärt, wie wichtig es für sie ist, den Tod in ihrer therapeutischen Arbeit mit Organempfängern auch zu akzeptieren, erst recht, wenn Patienten diesen Weg selbst für sich wählen. Wellendorf hat auch schon häufig verzweifelte Menschen erlebt, die das „Prozedere der Transplantation mit ihrem geschwächten Körper nicht überstehen konnten, obwohl sie sich so sehr das Leben wünschten".[43] In dem eben geschilderten Fall äußerte jedoch der junge Patient sein dringendes Bedürfnis, daß man sein Sterben akzeptieren solle: „Ich habe meinen Tod annehmen wollen, aber ich hatte nicht genug Kraft, meinen Eltern klarzumachen, daß es für mich keinen anderen Weg gibt. Ich konnte ihnen ihre Hoffnung nicht zerstören, aber nun habe ich keine mehr, weil ich nicht auf ein falsches Leben setzen kann. Ich will wieder zu meinen Organen, und ich will den anderen, den Spender, in seinem Tod erlösen, indem ich ihm mit meinem seine Organe zurückgebe."[44]

In solch extremen Fällen offenbart sich die große Bandbreite der vielschichtigen sozialen, körperlichen und psychischen Probleme, die mit der Organtransplantationsmedizin verbunden sind. In der Werbung für eine Organspende werden der Öffentlichkeit die vielfältigen Komplikationen und Nebenwirkungen einer Transplantation vorenthalten.

Auch wenn ein Organempfänger die ersten schwierigen Phasen nach einer Transplantation überstanden hat, überschattet Todesangst weiterhin seinen Alltag. Die Abstoßungsgefahr ist z.B. beim Herzen oder der Niere verschieden groß, und die Transplantation der jeweiligen Organe (z.B. Leber, Lunge) ist mit jeweils verschiedenen Komplikationen verbunden. Die an der Medizinischen Hochschule Hannover tätigen Transplantationsmediziner Eckhard Nagel und Petra Schmidt klären über diese Problematik zum Beispiel nach einer Lungentransplantation auf, bei der mit einer Abstoßungsreaktion in den meisten Fällen zu rechnen ist: „Trotz der Gabe von abstoßungshemmenden Medikamenten erleiden viele Patienten *(bis zu 90 %)* eine oder mehrere Abstoßungsepisoden, die oft auch schon während der ersten Woche auftreten."[45] Laut Angaben der Deutschen Stiftung Organtransplantation versterben noch im ersten Jahr 30 Prozent der lungentransplantierten Patienten. Bei bis zu 30 Prozent aller Leberverpflanzungen muß noch einmal wegen Komplikationen operiert, aber nicht transplantiert werden. Von diesen Patienten überleben das erste Jahr etwa 75 Prozent. Der Psychotherapeut Rainer Ibach berichtet von einer Studie über herztransplantierte Patienten in seiner Klinik: Neun Jahre nach der Transplantation lebten noch 38 Prozent der Patienten, 62 von 100 Patienten waren also in diesem Zeitraum verstorben.

Der Krankenpfleger Georg Feldmann erlebt auf seiner Station sowohl die gescheiterten Transplantationen als auch die geglückten Fälle. Er kommentiert seine Erfahrungen: „Die Erfolge der Transplantationsmedizin sind doch sehr, sehr unterschiedlich. Man sieht ja immer die erfolgreich Transplantierten, aber wir sehen auch die Mißerfolge. Die erfolgreich Transplantierten werden relativ schnell aus den Augen verloren, da sagt man: ‚Okay, das ging gut' [...], man trifft ihn vielleicht wieder und sagt: ‚Aha, das ist eine Sache, die war toll.' Aber die Transplantationen, die schiefgehen, die gehen in der Regel doch sehr, sehr übel schief. Das heißt, die Patienten sind in einem miserablen Zustand, es sind große Operationen, die sehr viel Medikamente erfordern und Hilfsmaßnahmen pflegerischer Art. Sie müssen häufig noch einmal operiert werden, und das wird dann für die Patienten noch schwieriger, weil es ein noch größerer Eingriff in den Körper ist." Und schließlich resümiert die Anästhesieschwester Johanna Weinzierl ihre Beobachtungen: „Ich habe zwei lebertransplantierte Patienten gesehen, denen ging es zwei Jahre nach der Operation sehr gut, und sie waren zufrieden. Ich habe dagegen auch sehr viele negative Beispiele gesehen. Solche, die ständig wieder operiert wurden und die danach auch immer gestorben sind."

Organempfänger werden aufgrund der vielen Nebenwirkungen infolge der Immunsuppression nie wieder volle Gesundheit erlangen und bleiben der Transplantationsmedizin als Patienten bis an ihr Lebensende erhalten. Rainer Ibach relativiert den ursprünglichen Optimismus der Transplantationsmedizin, weil auch der seelische „Verarbeitungsprozeß sicherlich nicht so ist, wie man ursprünglich meinte, daß er nach einem halben Jahr abgeschlossen ist". Man vermutet eine hohe Dunkelziffer von psychischen Erkrankungen nach einer Organtransplantation, da viele der Patienten wegen ihrer besonderen Verpflichtung zur Dankbarkeit eine Scheu davor haben, ihre mit vielen Tabus und Schuldgefühlen verbundenen Konflikte offenzulegen. Wie auch von Elisabeth Wellendorf angedeutet, stehen die Patienten unter Druck, in erster Linie Dankbarkeit für das „geschenkte" Organ zu empfinden. Daß diese Verpflichtung alle anderen Gefühle ersticken kann, beschreibt Claire Sylvia von sich und anderen Transplantierten aus ihrer Selbsthilfegruppe: „Über diese quälenden Themen reden zu können war eine enorme Erleichterung, denn fast alle, die in unserem Leben eine Rolle spielten – seien es die Mediziner und das Pflegepersonal oder Familienangehörige und Freunde –, waren der Meinung, daß wir für dieses wunderbare Geschenk ewige Dankbarkeit empfinden müßten. Ja, wir *waren* dankbar, doch zugleich war es furchtbar frustrierend, daß keiner, der nicht selbst eine Herztransplantation durchgemacht hatte, zu verstehen schien, wie unsere tiefempfundene Dankbarkeit im Verlauf des langen komplizierten Genesungsprozesses an die dunklen Seiten unserer Seele stieß. Wenn wir überleben wollten, mußten wir die in unserem Inneren widerstreitenden Kräften verstehen, von der ekstatischen Euphorie bis zu den abgrundtiefen Schrecken."[46]

VII. Spendebereitschaft:
„Das ist eine mentale Geschichte"

„Mehr Spender von Organen", meldete am 10. Februar 1999 die *Frankfurter Rundschau*;[1] ergänzt wurde die Nachricht mit der hierzu scheinbar in Widerspruch stehenden Information, daß Empfänger dennoch weiterhin warten müßten. Die Meldung geht zurück auf eine Pressemitteilung der DSO, die bekanntgab, daß im Jahre 1998 13 Prozent mehr Hirntote von den Krankenhäusern angezeigt worden seien; „ein ermutigendes Ergebnis des Transplantationsgesetzes", wie Heiner Smit von der DSO Neu-Isenburg ergänzt.[2]

Daß trotz der erhöhten Spendermeldungen der Krankenhäuser die Empfänger nach wie vor warten müssen, läßt sich darauf zurückführen, daß „die Zahl der Organübertragungen um lediglich 2,1 Prozent auf 3918" (1997: 3839) zugenommen hat. Neben medizinischen Gründen ist dafür offenbar auch die abnehmende Bereitschaft der Angehörigen verantwortlich, einer Organentnahme zuzustimmen: Lag die Ablehnung 1997 noch bei 30,7 Prozent, ist sie im Jahr darauf auf 34 Prozent angestiegen.

Das Transplantationsgesetz zeigt offenbar hinsichtlich der Spendermeldungen eine gewisse Wirkung; die erhöhten Spendermeldungen bedeuten jedoch nicht, daß damit tatsächlich entsprechend mehr Organe zur Transplantation zur Verfügung stehen. Einmal davon abgesehen, daß offenbar auch der Anteil der Kontraindikationen zunimmt (von ca. 17 Prozent 1997 auf ca. 20 Prozent 1998), scheint die seit Verabschiedung des Transplantationsgesetzes aufwendig umgesetzte Werbung für die Organspende nicht – oder jedenfalls noch nicht – den gewünschten Effekt zu haben.

Es sind demnach zwei Ebenen, auf denen die verantwortlichen Institutionen operieren: Zum einen, das wurde bereits ausführlich beleuchtet, werden die Krankenhäuser, offenbar erfolgreich, veranlaßt, mehr Hirntote zu melden. Zum anderen verstärkt der Arbeitskreis Organspende (AKO)[3] in Zusammenarbeit mit dem Bundesgesundheitsministerium seine Anstrengungen, die Organspendebereitschaft in der Bevölkerung zu steigern. In Spielfilmen, Dokumentationen, Werbespots im Kino und im Fernsehen wird die Transplantationsmedizin als ethisch wertvolle, unkomplizierte Heilmethode dargestellt. Prominente Sportler wie Steffi Graf oder Franz Beckenbauer und Schauspieler wie Heinz Hönig setzen sich öffentlich für die Organspende ein. Von besonderer Bedeutung bei den Kampagnen ist der 1998 ins Leben gerufene „Tag der Organspende" am 6. Juni.

„Schleswig-Holstein fährt voraus – Organspende rettet Leben": Unter diesem Motto fuhren vom 15. Mai bis zum 6. Juni 1998 beispielsweise Busse und Taxen durch das nördlichste Bundesland, um die Bevölkerung für die Organspende zu gewinnen.[4] Anläßlich des „Tages der Organspende" stellte der damalige Gesundheitsminister Horst Seehofer zusammen mit der DSO auch den neuen Organspendeausweis vor: Er soll die Anforderungen des Transplantationsgesetzes erfüllen und „den persönlichen Willen eines möglichen Spenders unmißverständlich dokumentieren". Neben der grundsätzlichen Organspendebereitschaft kann man nun auch festlegen, welche Organe man spenden bzw. ob man bestimmte Organe von einer Spende ausnehmen will. Auch der Widerspruch gegen eine Organspende kann festgehalten werden.

Unterstützung findet die Transplantationsmedizin auch auf landespolitischer Ebene: Während Niedersachsens Sozialministerin Alm-Merk (SPD) die Klinikleitungen für das Organspendeziel mobilisierte, fungierte in Schleswig-Holstein Gesundheitsministerin Heide Moser (SPD) als Schirmherrin der Aktionen zum „Tag der Organspende".[5] Die „vergleichsweise niedrige Explantationsrate und die geringe Verbreitung des Organspendeausweises", so weiß die *Ärzte-Zeitung* nach dem „Tag der Organspende" zu berichten, sei paradoxerweise mit „einer weitverbreiteten positiven Einstellung der Deutschen zur Organspende" verbunden.[6] Dieser Diskrepanz soll durch massive Öffentlichkeitskampagnen begegnet werden.

Als wir mit den Recherchen und Gesprächen für dieses Buch begannen, war das Transplantationsgesetz gerade wenige Monate in Kraft, und unsere Interviewpartner konnten aus naheliegenden Gründen höchstens Vermutungen darüber anstellen, ob das Gesetz tatsächlich zu Einstellungsänderungen – also konkret zu erhöhter Spendebereitschaft – führen würde. Neben den scheinbar widersprüchlich wahrgenommenen Auswirkungen des Gesetzes überraschte vor allem, daß die Wirkungen der öffentlichen Debatte über das Transplantationsgesetz ganz unterschiedlich eingeschätzt wurden. Daß Professor Margreiter die rückläufige Organspendebereitschaft in Österreich unmittelbar auf die deutsche Auseinandersetzung zurückführt, wurde bereits erwähnt: „Die Diskussion in Deutschland um den Hirntod", so bekräftigte er im Gespräch, „[hat] in Österreich und in der Schweiz großen Schaden angerichtet." Er gesteht allerdings zu, daß die Gegner der Hirntodkonzeption in der Bundestagsdebatte „viel besser vorbereitet waren als die Befürworter. Die haben teilweise sehr eloquent und sehr gut argumentiert."[7]

Auch sein Münchener Kollege Heinz Angstwurm findet, daß sich zwar an der Praxis nichts geändert hat, das neue Gesetz allerdings nach so kurzer Zeit noch nicht „greifen [kann], bei dem, was zuvor alles geredet wurde. Da müssen zuerst wieder die Wunden heilen, die geschlagen wurden". Er beklagt, daß manche Ärzte viele Details und Zusammenhänge falsch dargestellt und damit die Leute „nur verunsichert" hätten.

Über „Falschinformationen" erregt sich auch Oberarzt Wolfgang Peschke. In beiden Fällen, die er nach Einführung des Gesetzes erlebte, hätten die Angehörigen jedoch „kritisch gefragt und alles genau wissen wollen, und wir haben ihnen alles erklärt. Sie bestanden dann auf bestimmten Untersuchungen, die wir auch gemacht haben." Optimistisch schätzt die Bauchchirurgin Andrea Müller die Debatte um das Transplantationsgesetz ein: „Ich denke, daß sich die ganzen Diskussionen eher positiv ausgewirkt haben, daß es tendenziell wieder mehr Organe gibt."

Ihr nur wenige Meter weiter am Deutschen Herzzentrum tätiger Kollege Matthias Loebe kann dies nicht bestätigen: „Es ist [...] so gewesen, daß durch die Diskussion vor der Verabschiedung des Gesetzes die Zustimmungsrate erheblich zurückgegangen ist. Ich habe jetzt die Prozentzahlen nicht genau im Kopf, aber früher war es so, daß die Angehörigen, die gefragt wurden, zu einem sehr, sehr hohen Prozentsatz, weit über 75 Prozent, der Organentnahme zugestimmt haben. [...] Während der öffentlichen Diskussion, wo die Frage im Vordergrund stand, ob das mit der Hirntoddefinition denn alles so richtig ist, ist die Zustimmung der befragten Angehörigen zurückgegangen. Man hat immer sofort an der Zustimmungsrate gemerkt, wenn im Fernsehen ein negativer Bericht war."

Den großen Einfluß der Medien, vor allem des Fernsehens, sehen fast alle Befragten, vor allem die Transplantationskoordinatoren. Als am 7. Oktober 1998 SAT 1 das Melodram *Nicholas – ein Kinderherz lebt weiter* und eine Diskussionssendung zum Thema „Organspende und Transplantation" ausstrahlte, eroberte sich der Sender nicht nur eine Spitzeneinschaltquote zur Hauptsendezeit. Darüber hinaus konnte die DSO 6000 Anrufe auf ihrer Serviceleitung verbuchen und nahm Hunderte von Bestellungen von Organspendeausweisen entgegen. Aus diesem Grunde reagieren die DSO und ihre Partnerorganisationen auch außerordentlich empfindlich auf kritische Berichterstattung.[8]

Skeptisch äußerten sich die Pflegekräfte, und zwar sowohl im Hinblick auf die Diskussion als auch auf deren Auswirkungen. Margot Worm hat den Eindruck, daß in ihrem Haus seit 1996, also seit Beginn der Debatte, deutlich weniger explantiert würde. Früher kam es vor, daß „wir an einem Nachmittag drei Explantationen hatten, das war die Härte". Auch die Intensivschwester Grit Seibold glaubt nicht, daß das Gesetz die Deutschen veranlassen wird, einen Organspendeausweis auszufüllen. „Und auch die Spendebereitschaft", meint sie, „geht eher zurück." Im Bereich Allgemeinchirurgie des Universitätsklinikums, wo Georg Feldmann arbeitet, gab es nach seinen Angaben dagegen bislang keine Veränderungen: „Das betrifft ja eher die Leute auf der Straße", meint er, „daß die sich auseinandersetzen und entscheiden, ob sie zur Organspende bereit sind. Es ist ja nicht die Frage, ob man sich transplantieren läßt, sondern es geht ja nur um die Explantation, und das ist eine mentale Geschichte. Ich glaube, daß das Gesetz darauf keinen großen Einfluß hat, ich glaube nicht, daß es in der Praxis dermaßen viel ändert."

Wie erwähnt verpflichtet das Transplantationsgesetz die zuständigen Behörden und öffentlichen Einrichtungen, „über die Möglichkeiten der Organspende, die Voraussetzungen der Organentnahme und die Bedeutung der Organübertragung" aktiv zu informieren und „Organspendeausweise bereitzuhalten" (TPG § 2 Abs. 1). Die Landesregierungen sind angehalten, entsprechende Ausführungsbestimmungen zu erlassen. Wie schon 1994 mit dem landeseigenen Transplantationsgesetz[9] hat sich auch in diesem Falle Rheinland-Pfalz an die „Spitze" gesetzt. In einem Entwurf zur Umsetzung des Transplantationsgesetzes werden die Gesundheitsbehörden des Landes, die Krankenhausgesellschaft und die ärztlichen Standesorganisationen angewiesen, über die Organspende aufzuklären.[10] Kliniken mit Intensivstationen sollen künftig einen sogenannten „Transplantationsbeauftragten" benennen.

Wie die Bevölkerung genötigt werden soll, im Falle des (Hirn-)Todes Organe zu spenden, zeigt das Beispiel Gießen, das kürzlich das sogenannte „Wiesbadener Modell" übernommen hat. In der hessischen Landeshauptstadt wird schon seit 1995 jedem Bürger, der einen Personalausweis beantragt, Informationsmaterial zusammen mit dem Organspendeausweis ausgehändigt. Auch im Kreis Gießen sollen nach dem Willen des Kreisabgeordneten Günter Feußner, der für die Aktion verantwortlich zeichnet, die Menschen zu einer Entscheidung für Organspende aufgefordert werden.[11]

Über die Umsetzung des Transplantationsgesetzes und die Spendebereitschaft der Bevölkerung kursieren indessen auch auf offizieller Ebene widersprüchliche Angaben. Während die Zahl der Organspender nach Angaben der DSO im Jahre 1998 leicht gestiegen ist,[12] meldet Bernhard Cohen, Chef von Eurotransplant in Leiden, einen „dramatischen" Rückgang der Organspender in Deutschland, Österreich und den Beneluxländern.[13] So seien in den ersten vier Monaten des Jahres 1998 insgesamt nur 1006 Nieren verpflanzt worden, 1997 waren es im gleichen Zeitraum noch 1105. Auch die Zahl der Spenderherzen gehe zurück. „Ich nenne einen Rückgang von einigen Prozentpunkten dramatisch", resümiert Cohen, „denn jede nicht zustandegekommene Transplantation bedeutet, daß ein Patient stirbt."

Die Dramaturgie solcher Meldungen ist immer die gleiche: Das nicht gespendete Organ führt zwangsläufig zum Tod eines anderen Menschen. Einmal davon abgesehen, daß in vielen Fällen, wie z.B. bei Nierenerkrankungen, auch Alternativtherapien zur Verfügung stehen, hinterlassen derartige Berichte den Eindruck, daß an das Gewissen der Menschen appelliert werden soll. Die anrührend präsentierten Krankengeschichten provozieren Schuldgefühle. Sozialpsychologisch, so die Berliner Psychotherapeutin Hiltrud Kernstock-Jörns, habe der Organspendeausweis nämlich auch eine entlastende Funktion: „Ich denke, das korrespondiert auch mit der zunehmenden Verrohung des Straßenverkehrs. Man kann auf der einen Seite um so rücksichtsloser und um so wahrnehmungsblinder durch die Welt sausen, durch den Verkehr, durch die Menschen sausen, wenn man sich sagt: ‚Naja, im Fall eines Falles, da habe ich einen Organspendeausweis, da rette ich eben Leben.'"

Die Frage, ob das Transplantationsgesetz tatsächlich einen Einstellungswandel für die Organspende bewirkt, kann zum jetzigen Zeitpunkt noch nicht endgültig beantwortet werden. Interessant sind die Ergebnisse der weltweit bislang größten Umfrage unter 7000 Essener Bürgern und Bürgerinnen, die der Internist Franz Weber vom Transplantationszentrum Essen durchführte und die von der DSO finanziell unterstützt wurde. Danach haben 80 Prozent der Befragten zwar eine „positive Grundeinstellung" zur Organspende, gleichzeitig „bezweifeln jedoch 47 Prozent, daß vor einer Organentnahme der Tod definitiv festgestellt wird und daß Organspenden gerecht verteilt werden."[14] Jeder Dritte, so der Bericht über die Studie weiter, befürchtet, nach einem Unfall nicht optimal versorgt zu werden. Außerdem halten ebenso viele den Handel mit Organen für möglich und unterstellen den Ärzten, sich an Transplantationen zu bereichern.[15] Am diesjährigen „Tag der Organspende" am 5. Juni 1999 klagte die DSO erneut über die rückläufige Spendebereitschaft der Bevölkerung und die steigende Zahl der Angehörigen, die eine Organfreigabe verweigern.

Nach wie vor überwiegt in der Bevölkerung offensichtlich – allen Werbekampagnen zum Trotz – das Mißtrauen gegenüber der Transplantationsmedizin. Da es sich bei der Organspende um eine private Entscheidung handelt, ist der Spielraum für individuelle Verweigerung hier größer als in anderen politischen Zusammenhängen. Und da es keine „Entscheidungspflicht" gibt, wird das berechtigte Unbehagen dadurch dokumentiert, daß die Aufforderung, einen Organspendeausweis auszufüllen, schlicht ignoriert wird.

Aus den Reihen der Ärzte und Pfleger ist dezidierte Kritik am Inhalt der Diskussion zu hören: Stationsleiter Jan Rosenberg hält das Gesetz für „nicht suffizient": „Intern wird wenig gesprochen. Da ist auch nichts passiert." Um wirklich etwas zu verändern, so Rosenberg, „muß etwas anderes in die Köpfe. Es muß insgesamt eine Diskussion in der Bevölkerung stattfinden und eine persönliche Auseinandersetzung mit dem eigenen Tod." Eine solche Auseinandersetzung jedoch könnte durchaus auch gegenteilige, nicht den Zielen der Transplantationsmedizin förderliche Wirkungen zeitigen.

Ausblick:
Vom „Sein zum Tode" zum „Tod für das Leben"

„Die Leute denken, ‚es betrifft mich ja nicht, und wenn, dann erlebe ich es nicht mehr'". Mit dieser eher beiläufigen Bemerkung bringt die Krankenschwester Grit Seibold in unserem Gespräch den alltäglichen Umgang der Menschen mit dem Tod auf eine knappe Formel. Daß jeder Mensch sterblich ist und er diesen Zeitpunkt nicht selbst bestimmen kann, ist eine Kränkung, die in der modernen Gesellschaft, in der alles als „machbar" erscheint, verdrängt wird. Unsere moderne Kultur ist ganz wesentlich davon gekennzeichnet, daß der Tod aus dem Leben „ausgetrieben", in spezielle räumliche Bereiche wie Krankenhäuser und Altenheime ausgelagert und den hierfür ausgebildeten Spezialisten überantwortet wird. Einen sterbenden Menschen zu begleiten wird in vielfältiger Weise als Zumutung empfunden: Ein Sterbender paßt sich nicht in die Zeitzwänge des modernen Alltags ein, er „infiziert" die Räume des Lebens mit den Zeichen des Todes; er fordert Pflege und Zuwendung, von der sich die Angehörigen oft überfordert fühlen – nicht zuletzt, weil sie dazu gezwungen werden, das Sterben in das Leben zu integrieren.

„Ich habe den Eindruck", erklärt Stationsleiter Jan Rosenberg, „viele machen sich Gedanken um das Leben, seinen Verlauf, dessen Komfort und viele materielle Dinge. Was ausgeblendet wird […], ist der Tod. Darüber macht sich niemand Gedanken." Auch der Arzt Matthias Loebe erkennt im gesellschaftlichen Umgang mit Tod und Sterben ein Problem: „Es herrschen völlig krude Vorstellungen, was ‚Tod' ist. Krude deshalb, weil man beim Sterben nie jemand gesehen und begleitet hat, weil Tod in unserer Gesellschaft in der realen Konfrontation nie vorkommt. Sie [die Menschen, d.V.] sehen zwar jeden Abend hundert Menschen im Fernsehen sterben, aber sie haben nie direkt jemanden gesehen, der stirbt, der tot ist."

Dabei war es gerade die moderne Medizin, die den Tod als

selbstverständliche und eigenständige Erscheinung des Lebens aus dem Alltag der Menschen verdrängt hat. Während traditionelle Kulturen die Angst vor dem Tod zu bewältigen suchten, indem sie Rituale erfanden und ihn auf diese Weise in das Leben der Menschen integrierten, setzte das aufklärerische Denken den Tod zum Leben in Opposition. Der am naturwissenschaftlichen Denken ausgerichtete ärztliche Blick „fordert vom Tod Rechenschaft über das Leben und über die Krankheit",[1] und er stellt sich darüber hinaus auch über das Leben und macht es zum Objekt seiner Erkenntnis.

Gegenüber dem „aufgeklärten" Christentum, das sich den „Sachzwängen" der modernen Medizin gebeugt hat und sie mittlerweile im Sinne verpflichtender christlicher Nächstenliebe sogar legitimiert, hält die jüdische Tradition an der Vorstellung fest, daß der Körper eines toten Menschen unverletzlich bleiben muß. Matthias Loebe hat während seiner Tätigkeit im Jüdischen Krankenhaus die Erfahrung gemacht, daß gerade bei den jüdischen Chefärzten „eine große Ablehnung [...] nicht nur gegenüber der Organentnahme, sondern gegenüber jeder Art von Sektion und jeder Art von Verletzung der Integrität der Leichen" bestand.

Der Transplantationskoordinator Kücük berichtet von den traditionellen Sterbe- und Todesriten in der türkischen Kultur, aus der er kommt. Sein Großvater, erzählt er, sei zu Hause aufgebahrt worden, und in der Familie habe über drei Tage Trauer geherrscht. „Eine Verarbeitung der Trauer, Trauerarbeit, die man gesehen hat, die spielt in unserem Kulturkreis eine wichtige Rolle. Alle haben geheult, geweint [...]. Aber es war etwas Natürliches. Es hatte nichts Unnormales, nichts Fremdes. [...] Mein Opa lag da völlig friedlich, und das wirkte nicht erschreckend für ein Kind. [...] Die Atmosphäre – auch wenn alle geweint haben – war schön, weil alle zusammen waren."

Solche Totenrituale haben, selbst wenn sie von den Angehörigen gewollt würden, in den strikten zeitlichen und technischen Abläufen einer Organtransplantation keinen Raum. Die Ansprüche des Sterbenden können so wenig berücksichtigt werden wie die seiner Verwandten und Freunde. Das gesellschaftlich normierte Dienstverhältnis der Toten gegenüber den Lebenden wird deutlich in den ideologischen Denkfiguren, die die Organspende bemüht: Zum

Nutzen für das Leben kranker Menschen soll der Sterbende seine Organe „schenken". Wenn der Tod im einen Fall schon nicht durch medizinisches Wissen und ärztliche Kunst „überwunden" werden kann, so soll er immerhin hintergangen werden, indem er im anderen Fall „neues Leben spendet". Aus dem „absoluten Ende" des einen resultiert der „neue Anfang" des anderen. Diese in gewisser Hinsicht apokalyptische Denkweise offenbart sich auch im Hinblick auf den „neuen Anfang" selbst: Es ist nicht von Belang, *wie* gelebt wird, sondern *daß über*lebt wird. In diesem Sinne bestätigt die Organspende das Phantasma, den Tod zu überwinden.

Wenn der Tod jedoch nur noch an seinem Beitrag gemessen wird, den er für das Leben leistet, müssen die ihm eigenen Manifestationsformen und seine Prozeßhaftigkeit negiert werden. Die Definition des Todeszeitpunktes, wie sie das Hirntodkonzept vorsieht, vereitelt in zeitlicher Hinsicht jene Zuwendung, die der sterbende Mensch von seiner Umwelt erwarten darf. Wenn die „Funktionseinheit" Hirn ausfällt, so die substantialistische Bestimmung der Hirntoddiagnostiker, stirbt nicht der Mensch, sondern er *ist* tot. Die Aufgabe der Ärzte ist es nicht nur, diesen Zeitpunkt zu definieren, ihn, wie der Neurochirurg Andreas Zieger sagt, „zu operationalisieren", sondern auch, ihn auf ein technisches Bild zu reduzieren, „auf eine Formel" zu bringen. Auf diese Weise werden die vielfältigen Äußerungsformen des lang andauernden Sterbeprozesses auf einen Fixpunkt hin verknappt und standardisiert. Der Arzt, bislang lediglich als Zeuge des Todes bestellt, stellt diesen nun her: „Er ist Herr über den Tod", wie der Soziologe Jean Ziegler resümiert.[2] Diese neuen „Thanatokraten", die Herrscher über den Tod, sind bestrebt, den Tod handhabbar zu machen, um sich seiner für „das Leben" zu bemächtigen, „Hand anzulegen" an den zum Leichnam umdefinierten Sterbenden.

Der individuelle Wunsch der zu „potentiellen Organspendern" umdefinierten Menschen, dem Tode aus dem Wege zu gehen, die Hoffnung, daß es „einen nicht erwischen" möge, und der erklärte Wille, den Tod für das Leben – beispielsweise durch Organverpflanzung – medizinisch nutzbar zu machen, stehen also durchaus nicht in einem Widerspruch. In beiden Fällen geht es darum, das menschliche Schicksal, sterben zu müssen, zu überlisten. Das

Phantasma, das ewige Leben ins Diesseits zu holen, kennzeichnet in besonderem Maße auch die Transplantationsmedizin und ihre chirurgischen Ersetzungstechniken. Was „krank" ist, wird aus dem einen Leib herausgeschnitten und durch ein anderes ersetzt, das einem bereits „aussortierten" Körper entstammt. Dieser Austausch von „lebendigen" und „toten" Teilen stiftet Verwirrung, denn die Organe des als „tot" definierten Menschen leben plötzlich weiter in einem noch lebenden, während der Überlebende mit seinem kranken Herzen oder seiner kranken Leber eigentlich „todgeweiht" ist.

Die Organersatztherapie stellt also in mehrfacher Hinsicht unsere traditionellen, religiös fundierten Auffassungen von Leben und Tod auf den Kopf: Sie mischt sich in den Sterbeprozeß des *nicht teilbaren* Individuums ein; sie bemächtigt sich seines Leibes durch Organentnahme; und sie kehrt die über Jahrtausende gewachsene Vorstellung vom „Sein zum Tode" radikal um zum „Tod für das Leben".

Gleichzeitig kreiert die Praxis der Organtransplantation ein Menschenbild, in dessen Mittelpunkt ein neuer, künstlich erzeugter Körper steht, „ein [...] Metakörper", wie Paul Virilio formuliert, „der sich aus Ersatzorganen zusammensetzt", die angeblich „effektiver sind als unsere natürlichen Organe".[3] In jüngster Zeit geht die Entwicklung dahin, Organe nicht nur als Ganze auszutauschen, sondern sie maßgerecht zuzuschneiden und zu „zersägen".[4]

Wie verträgt sich dieser auf seine Einzelteile reduzierte Mensch, seine Funktion als „potentieller Organspender", mit der ärztlichen Ethik, die in *jedem* Patienten einen zu heilenden Menschen sehen soll? Wie vereinbaren Ärzte ihre christlich fundierten Anschauungen mit der Tatsache, daß es sich bei der Transplantationsmedizin um eine todesabhängige Therapieform handelt? Interessanterweise retten sich die meisten Mediziner in den klassischen Leib-Seele-Dualismus, der im „gestorbenen" Körper – und daß er bereits gestorben ist, muß dabei natürlich unterstellt werden – nur noch die „Hülle" sieht. Herzchirurg Loebe, der bekundet, religiös erzogen worden zu sein, sieht den „kardinalen Punkt" darin, ob „man der Überzeugung ist, daß es irgendeine feste Verbindung zwischen der Seele und der Leiche gibt oder [ob] die Leiche nur die körperliche Hülle der Seele ist, die nach dem Tod befreit ist [...]. Wenn es für mich nicht feststeht, [...]

daß es meinen verstorbenen Sohn nicht mehr verletzt, was mit seiner Leiche passiert, daß das zwei verschiedene Dinge sind – wenn das nicht für mich klar ist, dann kann auch Organspende für mich nicht in Frage kommen, auch keine Sektion oder Leichenverbrennung."

Auch seine Kollegin Andrea Müller, die aus einem katholischen Elternhaus kommt, sieht für sich keinen Widerspruch zwischen ihrer religiösen Grundeinstellung und der von ihr nachdrücklich verteidigten Hirntodkonzeption: „Für mich war immer klar, wenn mein Gehirn tot ist, dann ist meine Seele irgendwo anders. Sie wird vielleicht nicht sterben. Ich weiß nicht, wo sie dann ist. Ich muß nicht warten, bis das alles in Asche zerfällt. Ich kann meine Organe auch anderen zur Verfügung stellen. Ich denke, wenn es ein Leben nach dem Tod gibt, ist das nicht etwas, was mit meinen Organen assoziiert ist, sondern mit meinem Geist. Und das findet auch so seinen Weg."

Gabriele Wasmuth, die einerseits dem Hirntodkonzept reserviert gegenübersteht, es in ihrer Funktion als Anästhesistin aber auch anerkennen muß, um ihre Arbeit zu verrichten, bemüht die buddhistische Philosophie: Sie ist davon überzeugt, daß auch „der Herztod nicht der endgültige Tod [ist]. [...] Dafür brauchte ich auch keine spinalen Automatismen, ich bin davon überzeugt, daß der Sterbeprozeß länger dauert als der Herz-Kreislauf-Stillstand und daß er möglicherweise über Stunden und über Tage geht. Davon sind viele anderen Philosophien auch überzeugt, z.B. der Buddhismus." Zwar empfindet auch sie ein merkwürdiges Gefühl, wenn auf dem OP-Tisch nur eine „leere Hülle" zurückbleibt, „aber da meine Vorstellung vom Menschsein oder was ‚Mensch' ist oder was beim Sterbeprozeß abläuft, sehr genau ist, [...] ist das für mich kein Problem." Für sie sei das Geistige präsenter, und das Körperliche trete in den Hintergrund.

Die entscheidende Frage stellt Chirurg Reinhard Steinmann. Seine Erfahrungen in der Sterbebegleitung decken sich mit Hans Jonas' früher Kritik am Hirntodkonzept: „Die Grenzlinie zwischen Leben und Tod ist nicht mit Sicherheit bekannt, und eine Definition kann Wissen nicht ersetzen."[5] Niemand weiß genug über das Sterben und darüber, was dabei passiert. Der Anspruch, in Würde sterben zu wollen, so Steinmann, sei nicht unbedingt daran gebunden, daß der Patient diesen Prozeß bewußt erlebt. Diese Äußerung deckt sich mit dem, was auch Andreas Zieger auf seiner Wachkoma-Station erlebt. Seiner Beobachtung nach können „Sterbende im Koma nur sterben, wenn sie noch einmal die ‚unerledigten Dinge' im Dialog mit anderen, auch fremden Menschen, abarbeiten können." Menschen im Sterben, so Zieger, brauchen die Zuwendung anderer Menschen, emotionale Dialogangebote und -hilfen, damit dieser Lebensabschnitt menschenwürdig durchlebt werden kann.

Dieses Sterben „im Dialog" wird im Fall des Hirntodes jedoch unterbrochen und ersetzt durch ein anderes Motiv, das die Organentnahme sinnhaft gestalten soll: Sterben im Beisein des Nächsten, sondern *für* den anderen. Die Organspende, so formuliert es dezidiert der Intensivmediziner Wolfgang Peschke, sei ein „Gebot der Nächstenliebe. Ein christliches Gebot, daß man anderen Menschen hilft. [...] Der Patient, der gestorben ist, hilft einem anderen Patienten, und wir erfüllen den Willen des Patienten, beziehungsweise seiner Angehörigen, um jemand anderem zu helfen. Das ist eine ganz christliche Einstellung."

Die Ärzte als bloße Erfüllungsgehilfen des Patienten- oder Angehörigenwillens? Wenn man das „Gebot der Nächstenliebe", das Peschke formuliert, aber einmal ernst nimmt, dann kann hieraus durchaus eine gesellschaftliche Norm, eine Verpflichtung, eine „Bringschuld" gegenüber kranken Menschen werden. Die Pro-Organspende-Werbung setzt gerade auf den Appell, daß jedes nicht gespendete Organ das Leben eines Kranken bedroht. Damit werden nicht nur die Kausalitäten gründlich verkehrt – denn natürlich ist die Krankheit lebensbedrohend und nicht der spendeunwillige „potentielle Organspender" –, vielmehr wird der potentielle Spender in eine fragwürdige moralische Verantwortung für das Kollektiv gezwungen.

Diesen Dienst verlangt beispielsweise der Neurologe Professor Harten nicht nur sich selbst ab, indem er als Neurologe den „Ärger", den das Transplantationsgeschäft mit sich bringt, auf sich nimmt, sondern auch den Angehörigen der Spender: „Mit der Transplantationschirurgie macht man, meine ich, etwas Sinnvolles und Segensreiches. [...] Nennen Sie es Pflicht, dieses Opfer einzubringen, weil damit eine Menge Leid abgewendet werden kann. [...] Ich glaube schon, man sollte die Organspende – in dem Wort steckt das ja schon drin –, man sollte das als Dienst an der Gesellschaft sehen."

Die Organspende als „Dienst" an der Gemeinschaft zu legitimieren, das hält der Neurologe Andreas Zieger für fragwürdig: „In entspannten Situationen höre ich unter Kollegen immer wieder, daß sie das [die Explantation, d. V.] ungern tun und nur deshalb machen, weil sie ein hohes Pflichtgefühl haben, beispielsweise ‚um der Organspende zu dienen'. [...] Das ist eine Rationalisierung, ja, aber in gleichem Maße auch hoch irrational. Weshalb wird von Spende geredet? Rechtfertigt das Weiterleben eines anderen Menschen die mögliche Folter eines Sterbenden?" Zu einem Opfer jedoch, hält auch Reinhard Steinmann der Spendeideologie entgegen, kann „man niemanden, auch keinen noch so überzeugten Christen, zwingen. [...] Es wäre unmoralisch, jemanden zu zwingen, sich als Organspender zur Verfügung zu stellen."

Zur Organspende „gezwungen" wird vorläufig tatsächlich niemand, es ist eher ein Zwang zum Selbstzwang: Die Spendebereitschaft soll inneres Bedürfnis sein. Freiwilligkeit wird groß geschrieben, doch soll der freie Wille in die entsprechenden Bahnen kanalisiert werden. „‚Opfer' finde ich in Ordnung", meint Andreas Zieger, „‚Spende' hat etwas Mystisches [...]. ‚Organspende' ist für mich eine Lüge, weil sie für mich nicht wahrhaftig ist." Eine moderne „Opferkultur" kann er jedoch nicht erkennen: „Ich glaube nicht, daß man schon von einer ‚Opferbereitschaft' sprechen kann. Es herrscht eher eine Nebelwolke ‚Organspende', ganz christlich. Beide Kirchen haben dazu beigetragen, daß es zur Annahme des Hirntodkonzepts gekommen ist. [...] Wenn man Religion in dem Sinne, wie ich das verstehe, auffaßt, ist eine Opferkultur eingebettet in das Humane. Wir müssen Zeit bewältigen und mit unseren eigenen Fortschritten und Erkenntnissen leben."

Diese dialogische „Rückbindung auf andere", die nach Zieger die Religion anbietet, ist in der anonymen Spender- und Empfängergemeinschaft aufgelöst. Die Transplantationsmedizin unterminiert nämlich nicht nur unsere überlieferten kulturellen Todesvorstellungen, sondern auch unsere Vorstellungen von Genealogie. Standen bislang die Geburt und der Tod konkreter Menschen für den Weiterbestand einer Gemeinschaft, so ist es nun ein völlig anonymer Organspender, der das Weiterleben eines ihm ebenso unbekannten Empfängers garantieren soll.

Damit korrespondiert auf der anderen Seite jedoch auch der Anspruch auf die Organe eines anonymen Spenders, mit dem Ziel, sie sich in den eigenen Körper einzuverleiben. Die „kannibalistische Orientierung"[6] der Transplantationsmedizin ist nicht den einzelnen todkranken und verzweifelten Empfängern anzulasten, sondern sie resultiert aus einem Szenario, das in den marktgängigen Begriffen von „knappem Angebot" und „hoher Nachfrage" die Qualität des Lebens auf das reine Überleben reduziert. So wie die spezifischen „Eigenschaften" der Spenderorgane unterdrückt werden – beziehungsweise der Empfängerkörper dem Organ „angepaßt" werden soll –, so blind stehen sich auch Organspender und -empfänger gegenüber. Sie bilden eine anonyme Schicksalsgemeinschaft, die derzeit noch abhängig ist von den natürlichen stofflichen Ressourcen.

Verfolgt man allerdings die Transplantationsforschung, so ist der Wunsch, die Abhängigkeit von menschlichen Organen zu überwinden, unübersehbar. Der „Ausweg" aus dem „Organmangel" wird inzwischen in drei Richtungen verfolgt: Zum einen werden künstliche Organ-„Maschinen" wie das Kunstherz entwickelt, die – zumindest vorübergehend – den Organausfall überbrücken helfen. Ein weiterer Schwerpunkt ist die Organzüchtung in der Retorte; und am intensivsten arbeitet die Transplantationsforschung derzeit an der *Xenotransplantation*, das heißt der Übertragung gentechnisch veränderter Tierorgane.

Aus ethischer Sicht am unproblematischsten sind Kunstherzen, ein mechanisches Unterstützungssystem, das herzkranken Patienten für eine gewisse Zeit eingepflanzt wird, bis sich das kranke Herz so weit erholt, daß es wieder selbständig arbeitet, oder bis der Patient ein Transplantat erhält. Nicht zu verwechseln ist das Kunstherz mit der sogenannten „künstlichen Leber", die auf organischen Substanzen basiert. Leberkulturen (in der Regel von Schweinen) werden in einer Kunststofftrommel, dem sogenannten „Bioreaktor", gezüchtet.[7]

„Wir brauchen dringend bessere Ersatz-Organe",[8] so begründet Axel Haverich von der Medizinischen Hochschule Hannover die Experimente mit künstlich in der Retorte gezüchteten Organen. Und der US-Gynäkologe John Gearhart proklamiert: „Wir werden das Labor zum universellen Organspender machen."[9] Das „Gewebe nach Maß aus dem Labor"[10] versprechen sich die Forscher vor allem aus der Zucht von menschlichen Stammzellen. Sie werden bei der künstlichen Befruchtung aus „überzähligen" Embryonen oder aus den Keimdrüsen von Fetalgewebe gewonnen. Aus diesen embryonalen, unbegrenzt teilbaren Stammzellen lassen sich beliebig viele Spezialzellen züchten, die schließlich als Rohstoff für Transplantationen dienen sollen. Da der internationale Wettlauf auf diesem Gebiet in vollem Gange ist, fürchten deutsche Molekularbiologen, durch die Einschränkungen des Embryonenschutzgesetzes[11] ins wissenschaftliche Abseits zu geraten.[12] Nun wird fieberhaft nach Schlupflöchern gesucht, die es auch deutschen Forschern erlauben, sich legal an den Experimenten mit menschlichen Stammzellen zu beteiligen.[13]

Die für Transplantationsmediziner derzeit aussichtsreichste Option, die beschränkte „Organressource Mensch" zu überwinden, ist die viel diskutierte Xenotransplanation. Das Schweineherz oder andere tierische Organe versprechen von allen menschlichen Problemen im Zusammenhang mit der Organspende zu entlasten, und sie stehen dem unbegrenzten Zugriff zur Verfügung. Die ersten Transplantationsexperimente mit Tierorganen gehen zurück auf die Jahrhundertwende, doch erst seit den 90er Jahren werden die ersten transgenen Tiere gezüchtet. Dabei werden die tierischen Zellen gentechnisch mit menschlichem Erbgut versehen und verändert.[14] Die extremen Abstoßungsreaktionen können nur mit Immunsuppressiva unterdrückt werden, mit allen negativen Folgen.[15] Die bislang auf Affen übertragenen Tierorgane führten nach zweieinhalb Monaten zum Tod der Primaten.

Bei der Xenotransplantation handelt es sich um Tier- und gegebenenfalls auch um Menschenversuche, die sowohl die betroffenen Tiere als auch die Patienten zum willkürlichen Forschungsobjekt degradieren und bis hin zu tödlichen Konsequenzen gefährden. Darüber hinaus hält sie auch kaum kalkulierbare Risiken für die

Umwelt bereit. Denn selbst die Befürworter dieser Therapieform schließen nicht aus, daß durch die Tierorgane Krankheitserreger übertragen werden, die sich – über den Empfänger – in der Bevölkerung epidemisch ausbreiten könnten.[16] Von medizinischen Risiken abgesehen, ist die Übertragung von Tierorganen auf Menschen auch eine gefährliche Gratwanderung: Sie „zerstört die Identität der Tiere"[17] und mißachtet „unsere [menschliche, d. V.] Leiblichkeit als Gattung".[18]

Die Xenotransplantation, die die Gattungsgrenzen systematisch ignoriert, treibt eine Entwicklung auf ihren Höhepunkt, die in der heute alltäglichen Form der Transplantationsmedizin bereits angelegt ist. Mensch und Tier werden in beliebig nutzbare Ressourcen der „Organgewinnung" verwandelt und einseitig angeeignet. Nicht nur Organe, auch Gliedmaßen und künftig sogar Gesichter stehen auf der „Wunschliste" der Transplantationschirurgen. John Barker, Mitglied der Ethik-Kommission, die über die Handverpflanzung von Matthew Scott zu entscheiden hatte, ist davon überzeugt, daß „schon in wenigen Jahren Tote nicht nur Ersatz für amputierte Hände und Beine, sondern auch für Nasen, Kiefergelenke oder gar entstellte Gesichter liefern werden".[19] Wo Organe oder Gliedmaßen nicht in ausreichender oder „kompatibler" Form zur Verfügung stehen, werden sie gezüchtet und für den jeweiligen Bedarf zugerichtet: von den „zersägten" Körperteilen über die gentechnologisch manipulierten, „vermenschlichten" und schließlich ausgeschlachteten Tiere bis hin zum Verbrauch menschlicher Stammzellen, aus denen in der Retorte Organe hergestellt werden sollen. Auf der anderen Seite stehen die Organempfänger, deren Körper mittels Immunsuppressiva an die neuen Organe „angepaßt" werden.

Dies alles geschieht im Namen des hehren Ziels der Lebensrettung und des Fortschritts der Menschheit. Ihm dient das Konstrukt des Hirntodes ebenso wie die oft grausamen Versuche an Mensch und Tier. Doch bei dieser Art von Lebensrettung handelt es sich um ein gesellschaftliches Phantom, das nicht das Leben zum Ziel hat, sondern den hybriden Wunsch, den Tod zu vernichten. Während tagtäglich der sinnlose Tod von Menschen in allen Teilen der Welt – sei es durch Armut, Hunger oder Krieg – akzeptiert wird, schürt die Transplantationsmedizin nicht nur den irrigen Glauben, sie könne uns ein Stück Unsterblichkeit bescheren, sondern auch die Vorstellung, wir hätten einen Anspruch darauf. Während einerseits eine krankmachende systematische Umweltzerstörung in Kauf genommen wird, wird andererseits ein unendlich aufwendiger, kostenintensiver Reparaturbetrieb in Gang gehalten, der den Menschen längst den Rücken gekehrt hat und dessen Nutzen vor allem für diejenigen offensichtlich ist, die sich hier beruflich profilieren oder daran verdienen können.

Sicher ist nur, daß wir sterben. Und der sterbende Mensch hat ein besonderes Recht auf Zuwendung und Begleitung, um diesen letzten Lebensabschnitt in Würde zu erleben. Die heutige Praxis der Transplantationsmedizin nimmt dem zum „potentiellen Organspender" umdefinierten Sterbenden diese Würde.

Anmerkungen

Einleitung

1 Bauman 1994, S. 8 f.
2 Abgedruckt in: Bundesgesetzblatt 1997, Teil I, Nr. 74, S. 2631–2676.
3 Nach einer mehr als fünfstündigen Bundestagsdebatte am 25. Juni 1997 votierten 449 Abgeordnete von insgesamt 629 für die erweiterte Zustimmungslösung Vgl. Bundestagsdebatte: *Verhandlungen des Deutschen Bundestages*, Stenographische Berichte,13. Wahlperiode, Bd. 189, Sitzung vom 25.6.1997, S. 16401–16457; vgl. genauer zu dieser Bundestagsdebatte: Fuchs 1997, S. 13 ff. Vgl. namentliches Abstimmungsergebnis: *Verhandlungen des Deutschen Bundestages*, Stenographische Berichte,13. Wahlperiode, Bd. 189, S. 16503–16505.
4 Vgl. so z.B. die Redebeiträge von Prof. Dr. Pichlmayr, Prof. Dr. Haverich, Prof. Dr. Neuhaus, Prof. Dr. Angstwurm, Dr. Karsten Vilmar in der öffentlichen Anhörung vor dem Gesundheitsausschuß: Ausschuß f. Gesundheit, Deutscher Bundestag, 13. Wahlperiode, 14. Auss., Prot. Nr. 17, Sitzung vom 28.6.1995, S. 73, 69 f., 57, 61, 32 f.
5 So heißt es im 2. Abschnitt unter der Überschrift „Organentnahme bei toten Spendern", § 3: „Die Entnahme von Organen ist [...] nur zulässig, wenn [...] der Tod des Organspenders nach Regeln, die dem Stand der Erkenntnisse der medizinischen Wissenschaft entsprechen, festgestellt ist". Bundesgesetzblatt 1997, S. 2632.
6 Spittler 1995, S. 130.
7 Forßmann gelang 1929 die erste Herzkatheterisierung am Menschen im Selbstversuch während seiner chirurgischen Ausbildung im Auguste-Victoria-Heim in Eberswalde bei Berlin. 1956 empfing er dafür den Nobelpreis der Medizin. Zwischen 1958 und 1970 war er als Chefarzt der Chirurgischen Abteilung im Evangelischen Krankenhaus in Düsseldorf tätig.
8 Forßmann 1968.
9 Forßmann bezog sich auf den Nürnberger Kodex, auf den man sich 1947 im Zuge der Nürnberger Ärzteprozesse erstmals im internationalen Rahmen verpflichtet hatte. Schließlich galt hier die Benutzung von Knochen und Gelenken der weiblichen Häftlinge im Konzentrationslager Ravensbrück zu Transplantationszwecken unter der Leitung des Professors der Chirurgie und SS-Reichsarztes Karl Gebhardt als schweres Kriegsverbrechen. Gebhardt wurde, so Forßmann, „mit Recht hingerichtet". Vgl. dazu genauer: *Medizin ohne Menschlichkeit* 1960, S. 153 f.; Klee 1997, S. 151 f., 200.
10 Forßmann 1968.
11 Jonas 1987, S. 222 f.
12 Vgl. z.B. Dokumentation der Verfassungsbeschwerde gegen das bundesdeutsche Transplantationsgesetz vom 5. Nov. 1997: Fuchs/Schachtschneider 1999.
13 Vgl. Fuchs 1996, S. 16 ff. Die Operation der Transplantation kann – abhängig vom jeweiligen Organ – mit einer Summe zwischen 90000,– und 250000,– DM bei den Krankenkassen abgerechnet werden. Die *Deutsche Stiftung Organtrans-*

plantation übernimmt die Organisation einer Explantation und erhält für eine durchgeführte Organspende von dem jeweiligen Transplantationszentrum eine Rückvergütungspauschale in Höhe von 12 350,- DM. Zur Zeit summiert sich diese Pauschale auf jährlich etwa 44 Millionen DM. Vgl. dazu Fuchs 1999, S. 55.

I. Wie ein Spender entsteht: „Irgendwer kommt auf die Idee, ‚Das wäre was für Eurotransplant'"

1 Bundesgesetzblatt 1997, Teil I, Nr. 74, S. 2631-2676. Zur fünfstündigen Bundestagsdebatte vgl. ausführlich Fuchs (1997), S. 13 ff. Das namentliche Abstimmungsergebnis ist dokumentiert in: *Verhandlungen des Deutschen Bundestages*, Stenographische Berichte, 13. Wahlperiode, Bd. 189, Sitzung vom 25.6.1997, S. 16503-16505.
2 Dies wurde durch eine Grundgesetzänderung im Jahre 1994 geändert, wodurch eine bundeseinheitliche Regelung des TPG möglich wurde.
3 Rheinland-Pfalz unter dem damaligen Ministerpräsidenten Scharping preschte im gleichen Jahr mit einem eigenen Gesetz vor, bei dem die Organentnahme dann möglich sein sollte, wenn seitens des hirntoten Spenders kein ausdrücklicher Widerspruch vorlag. Das Gesetz stieß damals auf „heftige Proteste seitens der CDU und der Grünen" (vgl. Emmrich 1994).
4 Die wechselvolle parlamentarische und öffentliche Kontroverse, die die Gesetzesvorlage von ihrer Vorstellung im Bundestag bis zu ihrer Verabschiedung auslöste, die zahlreichen Änderungs- und Ergänzungsanträge sowie die Alternativentwürfe mit „enger Zustimmungsregelung" können an dieser Stelle nicht nachgezeichnet werden. Verwiesen sei in diesem Zusammenhang auf den Band von Martina Spirgatis und die Dokumentationen im Sammelband von Johannes Ach und Michael Quante (Spirgatis 1997, S. 39-47, Ach/Quante 1997, Anhang).
Die 1998 beim Bundesverfassungsgericht eingelegten Verfassungsbeschwerden, die in der Tatsache, sich zu Lebzeiten für oder gegen eine Organspende erklären zu müssen, einen Verstoß gegen die Menschenwürde und das allgemeine Persönlichkeitsrecht sahen, wurden am 24. März 1999 von den Verfassungsrichtern als unzulässig zurückgewiesen (vgl. AZ Bundesverfassungsgericht 1 BVR 2261/98 u. 2156/98). Vgl. auch Fuchs/Schachtschneider 1999, S. 151-193.
5 Vgl. hierzu Schneider 1995, S. 239 f.
6 Vgl. hierzu Kapitel VII.
7 Vgl. hierzu Görlitzer 1999. Auf das Problem der Organverteilung (Allokation) können wir im Rahmen dieses Buches nicht eingehen. Die derzeitige Diskussion um die sog. „Verteilungsgerechtigkeit" von Organen verschiebt unseres Erachtens auch das grundsätzliche Problem – die Frage, ob Organtransplantationen in der herkömmlichen Weise überhaupt wünschenswert sind – auf die verfahrenstechnische Ebene. Vgl. hierzu Wiesing 1997, Lachmann u.a. 1997.
8 Darauf macht Martina Spirgatis aufmerksam (vgl. Spirgatis 1997, S. 46).
9 Vgl. Österreichisches Krankenanstaltengesetz von 1982, §62a, Art. 62, Abs. 1.
10 Im Moment gilt nach wie vor das Territorialprinzip, doch die EU arbeitet derzeit an einer gesamteuropäischen Regelung. Im Falle eines ausländischen Organspenders bemühen sich die zuständigen österreichischen Krankenhäuser darum, die Angehörigen zu informieren und die Zustimmung zu einer Organentnahme zu erwirken.
11 Während 1996 noch 23 postmortale Organspender auf eine Million Einwohner

kamen, waren es 1997, also auf dem Höhepunkt der deutschen Diskussion, nur noch 19,4. Im Jahr 1998 ist die Organspendequote wieder leicht angestiegen auf 20,5. An vorderster Stelle in Europa steht nach wie vor das katholische Spanien mit 31,4 Organspendern pro einer Million Einwohner (1998). Am seltensten werden Organe in Griechenland (5,4) und im ebenfalls katholischen Polen (7,5) gespendet, allerdings mit leicht steigender Tendenz.
12 Vgl. Schäffer, A.: „Wann ist ein Mensch tot ..."; in: *Frankfurter Allgemeine Zeitung* vom 25.6.1997. Schmidt-Jortzig ist im Bundestag allerdings für die enge Zustimmungslösung eingetreten, daher sein Vorschlag, den Organspendeausweis zusammen mit amtlichen Papieren auszuhändigen.
13 Deutsche Stiftung Organtransplantation (Hg.) (1998): *Kein Weg zurück. Informationen zum Hirntod*. Neu-Isenburg, S. 6.
14 Vgl. Smit, H./ Sasse, R./Zickgraf, T./ Schoeppe, W./Molzahn, M. (1997): *Organspende und Transplantation in Deutschland*, Neu-Isenburg 1997, S. 10 f.; künftig: DSO-Bericht 1997.
15 Der genaue Anteil ist, im Unterschied zu den Vorjahren, aus der Statistik nicht mehr genau zu entnehmen (DSO-Bericht 1997, S. 11).
16 Die Zahl der atraumatischen Todesursachen gibt die DSO für 1997 mit 702 an, die der traumatischen mit 377 (vgl. DSO-Bericht 1997, S. 10).
17 Das bestätigen die neuesten Daten: Das Verhältnis von traumatischen und atraumatischen Todesursachen lag 1998 bei 29,1 zu 70,9 Prozent.
18 Vgl. DSO-Bericht 1997, S. 12. Dieser Trend hat sich auch 1998 nur geringfügig verändert.
19 Unter „potentiellen Organspendern" versteht man diejenigen hirntoten Patienten, deren Organe unabhängig von medizinischen Kontraindikationen zur Explantation zur Verfügung stehen.
20 Vgl. DSO-Bericht 1997, S. 14.
21 1997 war dies 1079mal der Fall, während immerhin bei 518 hirntoten Patienten die Organspende von den Familienangehörigen abgelehnt wurde (vgl. DSO-Bericht 1997, S. 5). Die Folgen des Tranplantationsgesetzes auf die Spendebereitschaft werden weiter unten diskutiert; zur geltenden gesetzlichen Regelung in bezug auf die Angehörigen und die damit verbundene Problematik vgl. ausführlich Kapitel IV.
22 Brückner, K. H.: „Organe spenden? Im Prinzip ja"; in: *Ärzte-Zeitung* 17, Nr. 104 vom 8. Juni 1998, S. 2.
23 Die Versorgungsstufen der Krankenhäuser sind länderspezifisch geregelt. In Berlin umfaßte bis vor kurzem Krankenhäuser mit *Grundversorgung* nicht mehr als zwei Fachdisziplinen; der Leistungsumfang bei der *Regelversorgung* sieht neben den Fachdisziplinen Innere Medizin und Chirurgie noch eine oder mehrere Fachdisziplinen im Bereich der Akutversorgung vor. Mittlerweile wurden in Berlin die vier Versorgungsstufen (Grund- und Regelversorgung, Schwerpunkt- und Zentralversorgung) aufgelöst zugunsten der *Basis- und Spezialversorgung* (vgl. Krankenhausplan Berlin 1996, S. 90 f.).
24 Krankenhäuser mit *Zentral- und Maximalversorgung* (bis vor kurzem in Berlin: Schwerpunkt- und Zentralversorgung) halten ein breit gefächertes Disziplinenangebot bereit, mit besonderer Schwerpunktsetzung durch die Spezialisierung der Fachdisziplinen Innere Medizin und Chirurgie. Sie sind von überregionaler Bedeutung und nehmen an der Unfall-/Notfallversorgung teil. Die höchste Stufe – *Maximalversorgung* (in Berlin Zentralversorgung) – verfügt über Spitzen- und Spezialversorgung, in der Regel sind das Universitätskliniken (vgl. Krankenhausplan Berlin 1996, S. 91).

25 Vgl. DSO-Bericht 1997, S. 2. Zum aktuellen Trend vgl. auch Kapitel VII.
26 Gesetz über die Spende, Entnahme und Übertragung von Organen (Transplantationsgesetz), § 11 Abs. 4.
27 Ein in dieser Hinsicht spektakulärer Fall war die Schließung des renommierten Nierentransplantationszentrums in Berlin-Friedrichshain und seine „Übernahme" auf den Campus des Virchow-Klinikums. Der das dortige Transplantationszentrum leitende Professor Peter Neuhaus hatte seinen Verbleib in Berlin von dieser Konzentration abhängig gemacht (vgl. *Berliner Zeitung* vom 14.8. 1998 und *Der Tagesspiegel* vom 7.10.1998).
Ähnliche öffentlichkeitswirksam ausgetragene Konkurrenzkämpfe lassen sich zwischen der Charité und dem Deutschen Herzzentrum Berlin verfolgen. Nach einem Senatsbeschluß von 1993 ist lediglich das Herzzentrum zu Herzentnahmen und -implantationen berechtigt. Zunächst widersetzte sich das Transplantationszentrum der Charité unter der Leitung von Wolfgang Konertz, bis dieser schließlich einlenkte und mit seinen Herzpatienten auf das Transplantationszentrum Dresden auswich (vgl. Bach 1998). Ebenfalls durch die Presse ging der Fall der Karlsruher Herzklinik, der die Berechtigung zur Transplantation entzogen werden soll. Nach Plänen des baden-württembergischen Sozialministeriums wird erwogen, lediglich den Universitätskliniken Heidelberg und Freiburg den Status als Transplantationszentrum zu erteilen.
28 Baronikians, A.: „Transplantationsbeauftragter soll für Nachschub sorgen"; in: *Süddeutsche Zeitung* vom 29.8.1998.
29 Vgl. Siegmund-Schulze, N.: „Erneut Diskussion um Anreize zur Organspende"; in: *Ärzte-Zeitung* 17, Nr. 151 vom 27.8.1998.
30 Vgl. Hons, J.: „Organspende: Der Schlüssel liegt eigentlich bei den Ärzten"; in: *Ärzte-Zeitung* 17, Nr. 98 vom 28. Mai 1998.
31 Weiguny 1998.
32 Hons, J.: „Das Gesetz mit Leben füllen"; in: *Ärzte-Zeitung* 17, Nr. 98 vom 28.Mai 1998, S. 2.
33 *Forum Gesundheit*, Oktober 1997, S. 14.
34 Tatsächlich gingen, wie erwähnt, die Spenderzahlen in Österreich 1997 zurück. Vgl. Globus-Infografik Sc 5214 vom 9.11.1998.
35 Vgl. *Frankfurter Rundschau* vom 28.7.1995. Wie einleitend erwähnt, können wir im Rahmen dieses Buchs die ökonomische Seite der Transplantationsmedizin nicht beleuchten. Es ist nach wie vor – darauf weist Martina Spirgatis hin, die im Rahmen einer Umfrage bei den Krankenkassen „Licht in das Kostendunkel" (Spirgatis) zu bringen versuchte – außerordentlich schwierig, verläßliche Aussagen über die Kosten und Folgekosten einer Transplantation zu ermitteln. Unter anderem liegt das daran, daß die Krankenkassen bis 1995 keine Daten über „Art, Umfang und Kosten von Transplantationen" erhoben. Seit dem 1.1.1996 werden leistungsbezogene Fallpauschalen in Rechnung gestellt, zusätzlich zu sogenannten „Sonderentgelten", die sich zwischen 50000 und 100000 DM bewegen. In Hamburg, so die Recherchen von Spirgatis, kostet demnach eine Herztransplantation ca. 100000 DM, eine Knochenmarkübertragung 120000 bis 355000 DM, eine Nierentransplantation etwa 105000 DM und eine Lebertransplantation zwischen 90000 und 233000 DM (vgl. Spirgatis 1997, S. 29). Rechnet man hierzu noch die Kosten einer jahrelangen Therapie mit Immunsuppressiva (jährliche Kosten von bis zu 100000 DM), dann ist die Organersatztherapie einer der „teuersten individualmedizinischen Eingriffe, die unser Gesundheitswesen kennt" (ebd. S. 30). Kritisch befaßt sich auch Richard Fuchs mit den Kosten der Transplantationsmedizin, vor allem im Hinblick auf die Vergleichsrechnungen, die der

Arbeitskreis Organspende hinsichtlich der Ersatztherapien (z. B. Dialyse) aufstellt. Er beziffert die jährlichen Kosten für eine Dialyse (lt. Angaben des Kuratoriums für Heimdialyse, KfH) auf durchschnittlich 60000 DM; eine Nierentransplantation ohne Folgekosten und die anteiligen Kosten für die Bereitstellung der notwendigen Infrastruktur (DSO, Eurotransplant ect.) belief sich 1995 auf 77800 DM, nach der neuen Fallpauschalen kann eine Nierentranplantation mit maximal 106909 DM abgerechnet werden (vgl. Fuchs 1996, S. 14 ff.).

36 „Transplantationsrekord in Niedersachsen"; in: *Frankfurter Allgemeine Zeitung* vom 12. August 1998, S. 3.
37 Ebd.
38 Es wäre interessant, einmal der Frage nachzugehen, weshalb gerade in Bremen eine im Bundesvergleich eklatante Diskrepanz zwischen gemeldeten Spendern und realisierten Organspenden existiert. Im Jahre 1997 wurden in Bremen 46 potentielle Spender (pro 1 Mio. Einwohner) gemeldet, jedoch nur 18 tatsächlich explantiert, in Niedersachsen waren es von 33 gemeldeten hirntoten Patienten schließlich 16, deren Organe entnommen wurden. Möglicherweise ist die Ablehnungsquote der Angehörigen in Bremen erheblich höher als in der übrigen BRD (vgl. DSO-Bericht 1997, S. 7).
39 Die Hauptverwaltung der DSO befindet sich in Neu-Isenburg, insgesamt beschäftigt die Organisation ca. 800 Mitarbeiter, wobei die darüber hinaus bereitgestellten neurologischen Konsiliardienste, denen auch die von uns befragten Professoren Harten und Angstwurm angehören, die rasche Hirntoddiagnose sicherstellen sollen. Der Aufbau und die Verflechtungen der einzelnen Transplantationsorganisationen können in unserem Zusammenhang nicht behandelt werden, wir verweisen vor allem auf die einschlägigen Passagen bei Günter Feuerstein (vgl. Feuerstein 1995, S. 121–178). Auch Richard Fuchs hat die Organisationen im Zusammenhang mit der sog. „Allokation" (=Verteilung) von Organen beleuchtet (vgl. Fuchs 1996, S. 24–36). Der Vertrag zwischen Bundesärztekammer und den übrigen Spitzenverbänden des Gesundheitswesens mit der DSO soll bis 1999 abgeschlossen sein.
40 Die politische Funktion des Transplantations-Datenzentrums sieht Feuerstein darin, daß es das nationale Transplantationswesen bis zu einem gewissen Grad von den internationalen Einrichtungen unabhängig gemacht hat und in gewisser Hinsicht ein Gegengewicht zu diesen bildet (vgl. Feuerstein 1995, S. 133).
41 Dafür spricht auch das aktuelle Medieninteresse: Seit der Verabschiedung des Transplantationsgesetzes werden immer wieder die regionalen Koordinatoren und ihre Arbeit vorgestellt, um die Verbindung zwischen Krankenhaus und dem potentiellen Spenderkreis herzustellen.
42 Smit, H./Sasse, R./Zickgraf, T.: „Das Gesetz hat die Grundlagen geschaffen"; in: *der dialysepatient* 23, Sonderheft (2/1998), S. 2.
43 Linda Hogle weist in ihrem ethnographischen Bericht über eine Organspende darauf hin, daß Transplantationskoordinatoren in den USA sehr häufig „Seiteneinsteiger" aus der intensivmedizinischen Pflege sind (vgl. Hogle 1996, S. 195).
In den DSO-Zentralen sind dagegen immer auch Ärzte oder Ärztinnen beschäftigt; Frauke Vogelsang wird unterstützt von einer weiteren hauptberuflichen Koordinatorin, die Anästhesistin ist. Die Zentrale in Hannover wird von dem bereits genannten geschäftsführenden Arzt der DSO, Gundolf Gubernatis, geleitet. In beiden DSO-Einrichtungen, die wir besuchten, arbeiten darüber hinaus neben ein bis drei Sachbearbeiterinnen Medizinstudenten und Zivildienstleistende im Telefondienst mit, um, wie es Vogelsang ausdrückt, „Organangebote zu bearbeiten".

44 Vgl. DSO-Bericht 1997, S. 5.
45 Hogle hält fest, daß in den USA die Koordinatoren den weißen Kittel anziehen, bevor sie mit den Angehörigen sprechen, ihr Namensschild, das sie als Angehörige einer Organbeschaffungsorganisation ausweist, jedoch ablegen, weil sie befürchten, daß die Familien dann ihre Zustimmung verweigern (vgl. Hogle 1996, S. 194).
46 Feuerstein 1995, S. 353.
47 Unsere Frage, inwieweit der Dienst das Privatleben der Transplantationskoordinatoren und -koordinatorinnen beeinflußt, wurde nicht oder nur sehr zurückhaltend beantwortet. Die von Hogle beobachtete TP-Koordinatorin erzählt dagegen freimütig, daß sie sich von ihrem Mann habe scheiden lassen, weil er „nie etwas von ihrer Arbeit hören" wollte; „die lange und späte Arbeitszeit und die Bereitschaftsdienste" seien ebenfalls „ein Problem" gewesen (Hogle 1997, S. 195).
48 Inwieweit die Nachbetreuung der Angehörigen, die einer Organspende zugestimmt haben, zum Aufgabenbereich der Koordinatoren gehört, wird in Kapitel IV erörtert.
49 Bundesweit wurden die Mehrfachentnahmen von 57,4 Prozent im Jahre 1991 auf 72,4 Prozent (1997) gesteigert (vgl. DSO-Bericht 1997, S. 12 f.); dieser Anteil ist 1998 (72,6 Prozent) stabil geblieben. Die Schätzung Frau Grosses ist deshalb wahrscheinlich etwas hoch gegriffen.

II. „Tod ist immer eine Definitionssache": die Praxis der Hirntoddiagnostik

1 Vgl. Pendl 1986, S. 30 ff.; 48 ff.; 82 ff.
2 Der Begriff „Anatomisches Theater" wurde von dem italienischen Anatom Alessandro Benedetti (1450–ca. 1512) eingeführt. Ausgehend von Italien, wurden seit dem 16. Jahrhundert Leichensektionen in ganz Europa während der Karnevalszeit vor Laienpublikum in Räumen inszeniert, die an das architektonische Vorbild des antiken Amphitheaters (Verona und Rom) angelehnt waren. Man vermutet, daß in Padua Benedettis Idee mit einem der ältesten Anatomischen Theater der Welt 1594 erstmals realisiert wurde. Die in festlicher Robe stattfindenden gesellschaftlichen Veranstaltungen trugen den Charakter eines Schauspiels und Todesrituals. Vgl. genauer Bergmann 1997, S. 59 ff.
3 Auch ignoriert die Hirntoddefinition konsequent Forschungen über die Denkfähigkeit von Tieren (z. B. Delphin, Papagei) oder neuere Erklärungsansätze über ein Zellengedächtnis, in denen die hirnzentrierte Lebensvorstellung als widerlegt gilt.
4 Zieger bezieht sich auf die Forschungen des Bremer Professors für Verhaltensphysiologie und Direktors des Institutes für Hirnforschung, Gerhard Roth, bzw. auf den Professor für Neurologie und Leiter der Neurologischen Abteilung des University of Iowa College of Medicine, Antonio R. Damasio. Vgl. Damasio 1995; Roth 1997.
5 Gerlach 1969, S. 733–735.
6 Schlich 1998, S. 141.
7 Vgl. Pendl 1986, S. 58, und vgl., auch für das folgende: Schwarz 1990, S. 13 ff.
8 Vgl. z. B. den Artikel der beiden Franzosen Pierre Mollaret und Maurice Goulon vom *Claude-Bernard-Hôpital* in Paris. 1959 teilten sie Komapatienten in vier Kategorien ein und beschrieben das tiefste und letzte Komastadium als „coma

dépassé". Interessant ist, daß sich die gegenwärtige Transplantationsmedizin genau auf diese Schrift zur Begründung der heutigen Hirntoddefinition bezieht, obwohl hier die Prozeßhaftigkeit des Hirnsterbens durch die gewählte Begrifflichkeit betont ist: „Coma dépassé" kann man übersetzen als „Zustand dazwischen", nachdem das Koma vorbei ist; „überschrittenes Koma". Von Tod ist in dieser Schrift noch keine Rede. Vgl.: Mollaret/Goulon 1959, S. 1–15.

9 Vgl. Ad Hoc Committee of the Harvard Medical School to Examine the Definition of Brain Death: *A Definition of Irreversible Coma*. Report (1968), S. 337–342.
10 So auch noch andere Hirntoddefinitionen aus den 60er Jahren: Conseil national de l'ordre des médecins von 1966; Council for International Organisations of Medical Sciences vom 13./14. Juni 1968 in Genf, abgedruckt in: Penin/Käufer 1969, S. 143 ff.
11 Vgl. Binder u. a. 1979, S. 103.
12 Vgl. die von der Deutschen Stiftung für Organtransplantation herausgegebene Schrift, die auch als Werbematerial für die Verbreitung der Organspende gratis verschickt wird: Schlake/Roosen o. J., S. 54.
13 Vgl. Pendl 1986, S. 30–34.
14 Ebd., S. 24.
15 Der amerikanische Neurologe Allan R. Ropper bezeichnete erstmals 1984 solche Bewegungen als „Lazarus-Zeichen". Vgl. Ropper 1984, S. 1089–1092. Wahrscheinlich geht diese Begriffswahl auf den Wiener Anatomen und Hofarzt Gerhard van Swieten (1700–1772) zurück. Van Swieten hatte 1756 im Zusammenhang mit der Einführung der ärztlichen Leichenschau versucht, der Kaiserin Maria Theresia den Unterschied zwischen Scheintod und Tod anhand einer Bibelexegese zu verdeutlichen: Die Wiedererweckung der Tochter des Jairus (Lukas 8, 40-56) zog er als Beispiel für den Scheintod und die Auferstehung des Lazarus (Joh. 11, 1-44) für den eingetretenen Tod heran. Vgl. Lesky 1972, S. 244 f.
16 Einen wichtigen Anstoß für die Aufgabe der Areflexie als obligates Symptom des Hirntodes gaben im Jahr 1968 deutsche Neurochirurgen mit ihren Empfehlungen zur Bestimmung der Todeszeit durch die *Kommission für Reanimation und Organtransplantation der Deutschen Gesellschaft für Chirurgie*, abgedr. in: dies. 1969, S. 196 f.
17 Vgl. Lindemann 1999, S. 1283.
18 Vgl. Penin/Käufer 1969, S. 156.
19 Klein 1996, S. 23.
20 Schwere Fehlbildung des Gehirns, die bei Neugeborenen innerhalb der ersten Lebenswoche in 95 Prozent der Fälle zum Tod führt.
21 Vgl. Artikel: „Einen atmenden Leichnam begraben?"; in: *Der Spiegel*, Nr. 52 (1987), S. 156-165.
22 Schlake/Roosen o. J., S. 62.
23 Vgl. Stellungnahme des Wissenschaftlichen Beirates der Bundesärztekammer zur Frage der Kriterien des Hirntodes 1982.
24 Vgl. Pendl 1986, S. 48.
25 Vgl. genauer ebd., S. 63.
26 Ebd., S. 64.
27 Die Fehlermöglichkeiten einer EEG-Interpretation für den Hirntod räumt selbst Angstwurm in einer Publikation aus dem Jahre 1978 ein. Vgl. Angstwurm/Kugler 1978, S. 297–311.
28 Gerlach 1969, S. 735 f.

29 Vgl. zu diesem Aspekt Feuerstein 1995, S. 27 ff.
30 Vgl. Formular eines Hirntodprotokolls, abgedruckt in: Schlake/Roosen o. J., S. 44.
31 Lindemann 1999, S. 1288.

III. Die intensivmedizinische Vorbereitung eines Spenders: „Zu glauben, daß der tot sein soll, war das Paradox"

1 Vgl. hierzu ausführlich die Beiträge von Doris Dietmann und Harald Petri in Striebel/Link 1991, S. 21–42.
2 Vgl. Spirgatis 1997, S. 123.
3 Vgl. Anm. 1 zu diesem Kapitel.
4 Vgl. Feuerstein 1995, S. 345.

IV. Ergebnisoffener Auftrag: das Gespräch mit den Angehörigen

1 Derzeit liegt, wie bereits erwähnt, nur bei drei von hundert Organentnahmen ein Spendeausweis vor, in allen anderen Fällen entscheiden nach wie vor die Angehörigen.
2 Feuerstein 1996, S. 89.
3 Vgl. hierzu Fuchs 1996, S. 35.
4 Vgl. Muthny 1997. Auf diese Studie weist die Deutsche Stiftung Organtransplantation in ihrem Jahresbericht 1997 lobend hin.
5 Feuerstein 1995, S. 339.
6 *B. Z.* vom 7. 10. 1998.
7 DSO 1998: *Organspende rettet Leben*, S. 33.
8 Vgl. Spirgatis 1997, S. 122.
9 Der uns vorliegende Standardbrief der DSO Hannover versichert den angesprochenen Angehörigen, daß man mit diesem Schreiben keine „alten Wunden aufreißen" wolle. Eine tatsächliche psychologische Betreuung der Angehörigen ist von den Transplantationskoordinatoren auch gar nicht erwünscht und leistbar. Es geht wohl eher um das, was Feuerstein die „Selbstbeobachtung des Systems" nennt: Durch den umfassenden kontrollierenden Blick auf die Akteure soll das Transplantationssystem vor den befürchteten „Karambolagen" geschützt werden (vgl. Feuerstein 1996, S. 106).
10 Vgl. Peters, N.: „Nach dem Tod Leben schenken"; in: *Potsdamer Neueste Nachrichten* vom 24. 8. 1998. Als Gastgeber fungierte Hoteldirektor Krause, der vor sieben Jahren seiner Schwester eine Niere gespendet hatte und stolz seinen Organspendeausweis vorführte, der ihn auch noch nach seinem Tod in die Lage versetze, „Leben zu schenken". Das verweist einmal mehr darauf, wie sehr die Transplantationsinstitutionen auf die Unterstützung der Betroffenen – beispielsweise auch Patientenverbände – angewiesen sind.
11 Ebd.

V. Vom Hirntod zum „totalen Tod": die Organentnahme

1 Der Begriff „totaler Tod" kam Ende der 60er Jahre im Zuge der Fachdiskussion über den Hirntod auf. Der „totale Tod" unterscheidet sich von dem Tod einzelner Teile eines Organismus (Partialtod). In diesem Sinne z.B. der Würzburger Professor der Neurochirurgie Joachim Gerlach, vgl. Gerlach 1969.
2 Vgl. Bundesgesetzblatt 1998, S. 3370: „Wer unbefugt aus dem Gewahrsam des Berechtigten den Körper oder Teile des Körpers eines verstorbenen Menschen, eine tote Leibesfrucht, Teile einer solchen oder die Asche eines verstorbenen Menschen wegnimmt oder wer daran beschimpfenden Unfug verübt, wird mit Freiheitsstrafe bis zu drei Jahren oder mit Geldstrafe bestraft." Vgl. auch: Hirsch/Schmidt-Didczuhn 1992, S. 13 ff.
3 Immerhin ist auch in unserer Kultur die Leichenzergliederung so verpönt, daß die Zahl der durchgeführten Sektionen immer mehr sinkt und diese nur noch an weniger als 10 Prozent der Verstorbenen vorgenommen werden. Vgl. ebd., S. 6.
4 Vgl. dazu: Linkert 1989; Mitscherlich 1968, S. 260 ff.; Schneider 1984; Freud 1956, S. 25 ff.
5 Linkert 1993.
6 Vgl. Schwarz 1990, S. 44 f.
7 Vgl. Hogle 1996, S. 195.
8 Vgl. Schwarz 1990, S. 97.
9 Ebd., S. 44.
10 Ebd.
11 Schlake/Roosen o.J., S. 52.
12 Grosser 1991, S. 62 f.
13 Vgl. Schwarz 1990, S. 44.
14 Grosser 1991, S. 65.
15 Ebd., S. 66.
16 Hogle 1996, S. 202; vgl. ebd., S. 204.
17 Vgl. Fischer-Homberger 1997, S. 139 ff.
18 *Der Spiegel*, Nr. 20 vom 14.5.1990, S. 10, zit. n. Feuerstein 1996, S. 72.
19 Professor Margreiter verweist in diesem Zusammenhang auch auf das österreichische Transplantationsgesetz. Darin heißt es: „Die Entnahme darf nicht zu einer die Pietät verletzenden Verunstaltung der Leiche führen." (§ 62a, Abs. 1 des österreichischen Krankenanstaltengesetzes)

VI. Das „neue Leben" mit einem „neuen Organ"

1 Feuerstein 1995, S. 208 ff.
2 Vgl. ebd., S. 151 Anm. 33
3 Vgl. *Ärzte-Zeitung*, Nr. 103 vom 5./6. Juni 1998, S. 20.
4 Wellendorf 1996, S. 60.
5 Vgl. Kuhn 1990, S. 27.
6 Vgl. Wolcott 1993, S. 112 f. Vgl. auch: Koch/Neuser 1997.
7 Vgl. z.B. House/Thompson 1988, S. 536; Levenson/Olbrisch 1993, S. 116.
8 Allein in Deutschland bewegt sich laut Angaben der Deutschen Stiftung Organtransplantation die jährliche Zahl bei etwa 800 Menschen.

9 Bütler 1997, S. 17.
10 Zit. n. Bräutigam 1992, S. 49; vgl. außerdem die 14 Jahre währende Studie von Nägele/Dapper/Rödiger 1998, S. 676–682.
11 Zum Beispiel machte der Scharfrichter Martin Coblentz (geb. 1660) nach einer Berufspraxis von 20 Jahren seit 1702 in Berlin als Königlich preußischer Leibarzt am Hofe des Soldatenkönigs Friedrich Wilhelm I. (1688–1740) Karriere, nachdem er über 100 Menschen hingerichtet hatte. Vgl. dazu genauer das 2000 im Aufbau-Verlag erscheinende Buch von Anna Bergmann: *Medizinische Rituale des Todes, der Neuschöpfung und der Unsterblichkeit in der Geschichte des modernen Körpers* und dies. 1997, S. 51; Herzog 1994, S. 309–332.
12 Clarridge, C.: „It's Like Losing My Son Twice"; in: *Seattle Times* vom 17. September 1998.
13 Vgl. Freeman u. a. 1988, S. 47.
14 Vgl. Castelnuovo-Tedesco 1973, S. 361.
15 Vgl. Pommer 1997, S. 149 ff.
16 Sylvia 1998, S. 170.
17 Ebd.
18 Vgl. Surman 1989, S. 977. Dasselbe Beispiel führt auch Claire Sylvia an. Vgl. S. 172, Anm.
19 Sylvia 1998, S. 171 f.
20 Ebd., S. 237.
21 Castelnuovo-Tedesco 1973, S. 351.Vgl. außerdem Surman 1989, S. 977.
22 Sylvia 1998, S. 202.
23 Vgl. Kimbrell 1994, S. 35.
24 Vgl. Blech 1999, S. 32.
25 Pommer 1997, S. 152.
26 Claussen 1996, S. 32.
27 „Ich stand völlig neben mir"; in: *Der Spiegel*, Nr. 7 (1995), S. 165.
28 Vgl. z. B. auch die gezeichneten aufschlußreichen Bilder von transplantierten Patienten, abgedruckt in Wellendorf 1997.
29 Sylvia 1998, S. 168.
30 Ebd., S. 164.
31 Vgl. z. B. Surmann 1989, S. 973; House/Thompson 1988, S. 537.
32 Bezeichnung für eine Gruppe von körperlich bedingten Psychosen, deren gemeinsame Merkmale darin bestehen, daß sie umkehrbar und von keiner Bewußtseinseintrübung begleitet sind (klassische Symptome: paranoide, halluzinatorische Syndrome, ängstliche, aggressive oder abgestumpfte Gefühlsstimmungen, Gedächtnisstörungen).
33 Psychopharmakon, Arzneistoff, chemisch ein Benzodiazepin-Abkömmling.
34 Vgl. Feuerstein 1995, S. 81, vgl. die sogenannten Jahres-Funktionsraten (Überlebens- und Mortalitätsraten), ebd., S. 77 ff.; Rötsch/Bachmann 1994, S. 11 ff.
35 Laczkovics 1990, S. 282.
36 Peters 1997, S. 94.
37 Cyclosporin A wurde 1972 entwickelt. Die Transplantationsmedizin basiert auf diesem Medikament, weil es die Immunabwehr durch die Aktivität der sogenannten „T-Zellen" unterdrückt. Das Medikament wird aus einem Pilz hergestellt. Es wirkt giftig auf Nieren und Leber und bewirkt erhöhten Blutdruck sowie ein starkes Zittern der Hände. Vgl. genauer zur Immunsuppression und ihren Nebenwirkungen: Nagel/Schmidt 1996, S. 85 ff.; vgl. außerdem Craven 1991.
38 Vgl. Nagel/Schmidt 1996, S. 87 f.

39 Wellendorf 1998, S. 124 f.
40 Ebd., S. 126.
41 Ebd., S. 134.
42 Ebd., S. 139.
43 Ebd., S. 132.
44 Ebd., S. 130.
45 Nagel/Schmidt 1996, S. 201.
46 Sylvia 1998, S. 168.

VII. Spendebereitschaft: „Das ist eine mentale Geschichte"

1 *Frankfurter Rundschau* vom 10.2.1999.
2 Die endgültige Quote liegt allerdings bei nur 11,8 Prozent, absolut stiegen die Spendermeldungen von 2044 im Jahre 1997 auf 2285 (1998).
3 Der Arbeitskreis Organspende (AKO) wurde 1979 mit finanzieller Unterstützung des Bundesministers für Gesundheit eingerichtet. Er wird von 31 Mitgliedsorganisationen getragen und hat zur Aufgabe, den „Gedanken der uneigennützigen Organspende nach dem Tode" in der Bevölkerung zu verbreiten (vgl. *Organspende rettet Leben*). 40 Millionen Broschüren mit dem Organspendeausweis hat der AKO nach seinen eigenen Angaben „gezielt verbreitet". Weiterhin wurden rund drei Millionen Schriften zu ethisch-moralischen, medizinischen, gesetzlichen, religiösen und organisatorischen Fragen verteilt.
4 Auch in Wiesbaden rückten Ende April die Busse des öffentlichen Nahverkehrs mit dem Slogan „Organspende rettet Leben – vielleicht einmal Ihr eigenes" aus. Finanziell unterstützt wurde die Aktion von Mitgliedern des Wiesbadener Lions-Clubs.
5 Zum 6. Juni liefert die DSO auch regelmäßig neuere Daten über das Transplantationsgeschehen, die die Notwendigkeit, Organe zu spenden, vorführen sollen. Daß sich mittlerweile auch bündnisgrüne Politiker – die 1997 mit einem eigenen Entwurf, der die enge Zustimmungsregelung vorsah, auftraten und gegen das Transplantationsgesetz stimmten – das „Organspendeziel" zu eigen gemacht haben, zeigt das Beispiel Fulda. Dort macht sich der bündnisgrüne Landtagsabgeordnete Friedrich Hertle zusammen mit seinem Kollegen von der CDU, Winfried Rippert, für die Anerkennung des Klinikums Fulda als Transplantationszentrum stark. Hessen, so berichtet die *Fuldaer Zeitung* vom 26.1.1999, weise im Vergleich zum Bundesdurchschnitt eine „äußerst niedrige Spendebereitschaft" auf.
6 *Ärzte-Zeitung,* Nr. 104 vom 8. Juni 1998.
7 In Österreich, so hatten wir den Einruck, der auch durch die Aussagen der befragten Krankenschwestern bestätigt wurde, gab es bis dahin kaum eine öffentliche Debatte um den Hirntod und die Organspende. Viele wissen nicht einmal, daß dort die Widerspruchsregelung gilt und daß man sich, falls man sich nicht als Organspender zur Verfügung stellen will, im Zentralregister in Wien eintragen lassen muß. Insofern ist der Ärger Margreiters über die deutsche Diskussion nachvollziehbar, denn sie konterkariert die Interessen der Transplantationsmediziner, die, noch viel mehr als in der Bundesrepublik, die Öffentlichkeit als ‚nicht Eingeweihte' aus ihren Belangen auszuschließen versuchen.

8 Als wir beispielsweise das verabredete Gespräch mit den Koordinatoren Grosse und Kücük führen wollten, mischte sich ihr Vorgesetzter Dr. Wesslau in die Unterhaltung und bemühte sich, uns zu einer positiven Haltung gegenüber der Organspende zu verpflichten. Nachdem wir darauf nicht eingingen und das Gespräch fortsetzen wollten, versuchte er zunächst, das Interview mit den Koordinatoren zu verhindern.
9 Vgl. Kapitel I, Abschnitt 1.2, Anm. 2.
10 Vorangegangen war eine Anfrage der CDU an die Landesregierung, die das Meldesystem der Krankenhäuser bemängelte und auf die kontinuierlich sinkende Spendermeldung verwies.
11 Vgl. *Gießener Anzeiger* vom 13. 1. 1999.
12 Im Jahre 1997 gab es 1079 Organspender, im Jahre 1998 waren es 1111. Da letztlich nicht alle Organe übertragen werden können, liegt die Quote der Organübertragungen mit 2,1 Prozent, wie gesagt, etwas niedriger.
13 *Ärzte-Zeitung* 17, Nr. 102 vom 4. Juni 1998, S. 1.
14 „Werde ich mit Organspendeausweis bei einem Unfall medizinisch schlechter versorgt?" In: *Ärzte-Zeitung* 17, Nr. 114 vom 23. 6. 98, S. 1.
15 Ebd.

Ausblick:
Vom „Sein zum Tode" zum „Tod für das Leben"

1 Foucault 1988, S. 160.
2 Ziegler 1993, S. 217.
3 Virilio 1996, S. 132.
4 So meldete die *Hannoversche Allgemeine* am 10. 2. 1998: „MHH verpflanzt Lungenteile ‚nach Maß'." Es ging um die Transplantation einer Lunge, die für den Kinderbrustkorb „passend" gemacht wurde. In Saarbrücken wurde eine Becken-Hälfte „passend zugesägt", damit sie einem 17jährigen Empfänger eingesetzt werden konnte.
5 Jonas 1987, S. 233.
6 Feuerstein 1996, S. 120.
7 Die künstliche Leber wird vorgeschaltet, um vorübergehend die Funktion der erkrankten Leber zu übernehmen. Das Blut wird nach dem Durchfluß durch die künstliche Leber wieder in den Patienten zurückgeleitet. Im Februar 1999 hat Professor Peter Neuhaus an der Berliner Charité Schlagzeilen gemacht, als eine auf diese Weise eingesetzte Leber 36 Stunden funktionierte. Diese „extrakorporale Leberperfusion" wird von der Transplantationsmedizin als Erfolg verbucht, obwohl der Patient wenige Tage später offiziell an „Multiorganversagen" starb (vgl. Hartmut Wewetzer: „Lebensrettende Kur im Schweinestall"; in: *Der Tagesspiegel* vom 10. 2. 1999).
8 Dieses Motto stellte *Die Woche* ihrem Titelthema über die Zukunft der Transplantationsmedizin voran (vgl. *Die Woche*, Nr. 44 vom 30. 10. 1998).
9 Dieses Zitat wird im Mitgliederheft der Barmer Eratzkasse prominent hervorgehoben (vgl. *Barmer Gesundheitsmagazin* 2/1999, S. 36).
10 So die Schlagzeile eines Berichts im *Berliner Tagesspiegel* vom 4. 4. 1999.
11 Das deutsche Embryonenschutzgesetz von 1990 (EschG) verbietet nicht nur den Eingriff in die Keimbahn des Menschen, sondern auch das für die Herstellung der Stammzellen notwendige „therapeutische Klonen". Der „Gebrauch" von

Fötalgewebe zu Forschungszwecken bezieht sich allerdings nur auf den extrakorporal (im Reagenzglas gezeugten) Embryo bis zum 14. Tag nach der Befruchtung. Das Gewebe, das bei Abtreibungen als „klinischer Abfall" anfällt, ist durch das Embryonenschutzgesetz nicht geschützt (vgl. Schneider 1995, S. 239 f.). Schneider macht darauf aufmerksam, daß in einem früheren Entwurf des Bundesjustizministeriums auch der Mißbrauch von Fötengewebe zu Forschungszwecken mit Freiheitsstrafe geahndet wurde. Dieser Passus wurde – offenbar mit Rücksicht auf die medizinische Lobby – nicht in das endgültige Gesetz aufgenommen (vgl. Schneider 1995, S. 287 f.).

12 Vgl. hierzu Volker Stollorz: „Organspender Embryo"; in: *Die Woche*, Nr. 46 vom 13.11.1998; Michael Emmrich in *Frankfurter Rundschau* vom 12.10.1998; Hartmut Wewetzer im *Tagesspiegel* vom 4.4.1999. In den USA arbeiten Forscher unter Hochdruck – und offiziell ohne staatliche Fördergelder – an der künstlichen Zucht von Stammzellen. Zu den ethischen Problemen im Zusammenhang mit dem „Organspender Embryo" vgl. ausführlich Schneider 1995.

13 Vgl. Michael Emmrich in der *Frankfurter Rundschau* vom 22.3.1998.

14 Das erste deutsche transgene Schwein kam im September 1997 zur Welt.

15 Angespornt wird die Xenotransplantationsforschung von einem Milliardenabsatzmarkt, den sich vor allem der Schweizer Pharmakonzern Novartis, ein Marktführer bei der Herstellung von Immunsuppressiva, sichern will. Novartis bietet seit kurzem auch einen „Transplant Square", einen Netzdienst für Ärzte an, der rund um das Thema Transplantation informiert und der diese mit einem Frage-Antwort-Katalog „für den Umgang mit Journalisten fit machen soll" (vgl. *Ärzte-Zeitung*, Nr. 11 vom 21.1.1999).

16 Vgl. Frank 1998.

17 So die Tierschützerin Brigitte Rusche in einer Stellungnahme, die der *Rheinische Merkur* im August 1998 von Befürwortern und Gegnern der Xenotransplantation einholte (vgl. *Rheinischer Merkur* vom 7.8.1998).

18 So der Ethiker Diethmar Mieth (*Rheinischer Merkur* vom 7.8.1998). Im Februar 1999 hat der Europarat seinen Mitgliedstaaten ein Moratorium empfohlen, das jedoch nicht bindend ist. Das deutsche Transplantationsgesetz nimmt Tierorgane ausdrücklich aus den Regelungen aus (vgl. Nicola Siegmund-Schulze: „Gefährliche Xenotransplantation"; in: *Süddeutsche Zeitung* vom 16.3.1999). In Großbritannien hat das Gesundheitsministerium schon im Juli 1998 grundsätzlich klinische Versuche mit der Übertragung von Tierorganen erlaubt (vgl. *The Lancet*, vol. 352 vom 8. August 1998); Spanien hat angekündigt, daß es sich nicht an die Empfehlung des Europarats halten wird. In der Öffentlichkeit wird allerdings auch darüber spekuliert, daß die Empfehlung den gegenwärtigen Konkurrenzvorteil der Briten etwas hemmen soll.

19 Stollorz 1999. Auch der Direktor der Mund-, Kiefer- und Gesichtschirurgie am Heidelberger Uniklinikum, Joachim Mühsam, so berichtet Volker Stollorz in seinem Beitrag, „träumt davon, Gesichter von Toten auf Patienten übertragen zu können – etwa nach entstellenden Tumorentfernungen im Kopfbereich".

Literaturverzeichnis

Ach, J.S./Quante, M. (Hg.) (1997): *Hirntod und Organverpflanzung. Ethische, medizinische, psychologische und rechtliche Aspekte der Transplantationsmedizin*, Stuttgart.
Ad Hoc Committee of the Harvard Medical School to Examine the Definition of Brain Death (1968): „A Definition of Irreversible Coma. Report"; in: *JAMA* 205, H. 6, S. 337–342.
Anders, G. (1956): *Die Antiquiertheit des Menschen. Über die Seele im Zeitalter der zweiten industriellen Revolution*, München.
Angstwurm, H./Kugler, J. (1978): „Ärztliche Aspekte des Hirntodes und Feststellung des Todeszeitpunkts"; in: *Fortschritte der Neurologie – Psychiatrie und ihrer Grenzgebiete* 46, S. 297–311.
Bach, I. (1998): „Herzanliegen"; in: *Der Tagesspiegel* vom 8. Dez., S. 3.
Bauman, Z. (1994): *Tod, Unsterblichkeit und andere Lebensstrategien*, Frankfurt a.M.
Bergmann, A. (1997): „Töten, Opfern, Zergliedern und Reinigen in der Entstehungsgeschichte des modernen Körpermodells"; in: *metis* 6, H. 11, S. 45–64.
Berthold, A. (1849): „Transplantation der Hoden"; in: *Archiv für Anatomie, Physiologie und wissenschaftliche Medicin*, S. 42–46.
Binder, H. u.a. (1979): „Das spinale Reflexgeschehen beim sogenannten ‚Hirntoten'; in: *Anaesthesiologie und Intensivmedizin* 129, S. 103–109.
Blech, J. (1999): „Second hand. Chirurgen verpflanzen Amputierten fremde Gliedmaßen. Medikamente gegen die Abstoßung entscheiden über den Erfolg"; in: *Die Zeit*, Nr. 8 vom 18. Febr., S. 32.
Bräutigam, H.-H. (1992): „Lieber Pillen als ein neues Herz"; in: *Die Zeit*, Nr. 39 vom 18. Sept., S. 49.
Bundesgesetzblatt (1998): § 168 Störung der Totenruhe, Teil I, Nr. 75, S. 3370, v. 13. Sept.
Bütler, H. (1997): „Herzversagen. Vom Warten auf ein neues Herz, dem nach der Transplantation nicht ein geschenktes Leben, sondern der Tod ein Ende gesetzt hat" in: *NZZ Folio*, Nr. 2, S. 13–18.
Castelnuovo-Tedesco, P. (1973): „Organ Transplant, Body Image, Psychosis"; in: *The Psychoanalytic Quarterly* 42, H. 3, S. 349–363.
Claussen, P. C. (1996): *Herzwechsel. Ein Erfahrungsbericht*, München – Wien.
Craven, J. L. (1991): „Cyclosporine-Associated Organic Mental Disorders in Liver Transplant Recipients"; in: *Psychosomatics* 32, H. 1, S. 94–102.

Damasio, A. R. (1995): *Descartes' Irrtum. Fühlen, Denken und das menschliche Gehirn*, München – Leipzig.
Deutsche Stiftung Organtransplantation, Hg. (o. J.): *Organspende – eine gemeinsame Aufgabe*, Neu-Isenburg.
Deutsche Stiftung Organtransplantation, Hg. (1998): *Kein Weg zurück. Informationen zum Hirntod*, Neu-Isenburg.
Deutsche Stiftung Organtransplantation, Hg. (1998): *Organspende rettet Leben. Antworten auf Fragen*, Neu-Isenburg.
Deutsche Stiftung Organtransplantation, Hg. (1998): *Organspende und Transplantation in Deutschland 1997*, Neu Isenburg.
Dietmann, D. (1991): „Die spezielle Pflege Hirntoter zur Organentnahme"; in: Striebel/Link, S. 21–32.
Emmrich, M. (1994): „Gesetz zur Organentnahme löst Kritik und Verwunderung aus"; in: *Frankfurter Rundschau* vom 16. Juli.
Emmrich, M. (1998): „Nur noch die Frage wann"; in: *Frankfurter Rundschau* vom 22. März.
Emmrich, M. (1998): „Wissenschaftler in den USA wollen ‚bessere Menschen herstellen', in: *Frankfurter Rundschau* vom 12. Okt.
Feuerstein, G. (1995): *Das Transplantationssystem. Dynamik, Konflikte und ethisch-moralische Grenzgänge*, Weinheim – München.
Feuerstein, G. (1996): „Body-Recycling Management. Über ethisch-moralische Konflikte der Organexplantation, die technische Inszenierung des Handelns, Medien der Systembeobachtung und die Neuformierung sozialer Ordnungsmuster"; in: Joerges, S. 63–139.
Fischer-Homberger, E. (1997): *Hunger – Herz – Schmerz – Geschlecht. Brüche und Fugen im Bild von Leib und Seele*, Bern.
Forßmann, W. (1968): „Warten auf den Tod eines Organ-Spenders. Professor Forßmann über Konsequenzen der Herztransplantation – Verlust an sittlicher Substanz"; in: *Der Tagesspiegel*, Nr. 6784 vom 4. Jan., S. 9.
Foucault, M. (1988): *Die Geburt der Klinik*, Frankfurt a. M.
Frank, M. (1998): „Rettung auf fremde Rechnung"; in: *Rheinischer Merkur* Nr. 32 vom 7. August.
Freeman, A. M. u. a. (1988): „Cardiac Transplantation: Clinical Correlates of Psychiatric Outcome"; in: *Psychosomatics* 29, H. 1, S. 47–54.
Freud, S. (1912): *Totem und Tabu*, Frankfurt a. M. 1956.
Freud, S. (1915): „Unser Verhältnis zum Tode"; in: *Studienausgabe*, Bd. IX, Frankfurt a. M. 1972.
Fuchs, R. (1996): *Tod bei Bedarf. Das Mordsgeschäft mit Organtransplantationen*, Frankfurt a. M.– Berlin.
Fuchs, R. (1997): „Entnahme von Organen nach ‚Hirntod' mit Zustimmung der Angehörigen"; in: Gutjahr/Jung, S. 13–73.
Fuchs, R. (1999): „Vorsicht Krankenhaus! Heiligt der Scheck die Mittel?" In: Ders./Schachtschneider, S. 54–57.

Fuchs, R./Schachtschneider, K. A. (Hg.) (1999): *Spenden, was mir nicht gehört*, Hamburg.

Gerlach, J. (1969): „Gehirntod und totaler Tod"; in: *Münchener Medizinische Wochenschrift* 111, S. 732–736.

Gesetz über die Spende, Entnahme und Übertragung von Organen (1997), abgedruckt in: Bundesgesetzblatt, Teil I, Nr. 74, ausgegeben zu Bonn am 11.11.1997, S. 2631–2676.

Görlitzer, K.-P. (1999): „Die Verteilung einer knappen Ressource"; in: *die tageszeitung* vom 31. März.

Gorynia, I./Ulrich, G. (1996): „Bei der Aufklärung über Organspenden ist mehr Redlichkeit nötig"; in: *Hospiz-Bewegung*, Nr. 5+6, S. 1–7.

Greinert, R./Wuttke, G. (1993): *Organspende. Kritische Ansichten zur Transplantationsmedizin*, Göttingen.

Grosser, M. (1991): „Organentnahme aus der Sicht einer Krankenschwester im Operationsdienst"; in: Striebel/Link, S. 56–67.

Gutjahr, I./Jung, M. (1997): *Sterben auf Bestellung. Fakten zur Organentnahme*, Lahnstein.

Herrmann, U. (Hg.) (1996): *Die Seele verpflanzen? Organtransplantation als psychische und ethische Herausforderung*, Gütersloh.

Herzog, M. (1994): „Scharfrichterliche Medizin. Zu den Beziehungen zwischen Henker und Arzt, Schafott und Medizin"; in: *Medizinhistorisches Journal* 29, H. 4, S. 309–332.

Hirsch, G./Schmidt-Didczuhn, A. (1992): *Transplantation und Sektion*, Heidelberg.

Hoff, J./Schmitten in der, J. (Hg.) (1994): *Wann ist der Mensch tot? Organverpflanzung und Hirntodkriterium*, Reinbek bei Hamburg.

Hogle, Linda (1996): „Die Arbeit am Körper. Versuch einer Ethnographie der Organspende und ihrer Techniken"; in: Joerges, S. 185–208.

House, R.M./Thompson, T. L. (1988): „Psychiatric Aspects of Organ Transplantation"; in: *JAMA* 260, H. 4, S. 535–539.

Joerges, B. (Hg.) (1996): *Körper-Technik. Aufsätze zur Organtransplantation*, Berlin.

Jonas, H. (1987): „Gehirntod und menschliche Organbank. Zur pragmatischen Umdefinierung des Todes"; in: Ders.: *Technik, Medizin und Ethik. Praxis des Prinzips Verantwortung*, Frankfurt a.M.

Jordan, E. J. u.a. (1985): „Unusual Spontaneous Movements in Brain-dead Patients"; in: *Neurology* 35, H. 7, S. 1082.

Kimbrell, A. (1994): *Ersatzteillager Mensch. Die Vermarktung des Körpers*, Frankfurt a.M. (Original: *The Human Body Shop. The Engineering and Marketing of Life*, New York 1993).

Klee, E. (1997): *Auschwitz, die Medizin und ihre Opfer*, Frankfurt a.M.

Klein, M (1996): „Organspende – Geschenk eines Sterbenden"; in: Herrmann, S. 22–27.

Koch, U./Neuser, J. (Hg.) (1997): *Transplantationsmedizin aus psychologischer Perspektive*, Göttingen u. a.

Kommission für Reanimation und Organtransplantation der Deutschen Gesellschaft für Chirurgie (1969): „Todeszeichen und Todeszeitbestimmung"; in: *Der Chirurg* 39, H. 4, S. 196 f.

Kuhn, W. u. a. (1990): Psychiatric Distress during Stages of the Heart Transplant Protocol; in: *The Journal of Heart Transplantation* 9, H. 1, S. 25–29.

Lachmann, R./Meuter, N./Schwemmer, O. (1997): „Allokationsprobleme in der Transplantationsmedizin"; in: Ach/Quante, S. 247–269.

Laczkovics, A. (1990): „Der herzoperierte Patient nach der Herztransplantation"; in: *Wiener Medizinische Wochenschrift* 140, S. 282 f.

Lesky, E. (1972): „Van Swieten über Kriterien des Todes"; in: *Wiener klinische Wochenschrift* 84, H. 15, S. 244 f.

Levenson, J./Olbrisch, M. E. (1992): „Psychiatric Aspects of Heart Transplantation"; in: *Psychosomatics* 34, H. 2, S. 399–403.

Lindemann, G. (1999): „Die Praxis des Hirnsterbens"; in: Hradl, S. u. a. (Hg.): *Grenzenlose Gesellschaft*, Frankfurt a. M., S. 1278–1291.

Linkert, C. (1989): *75 Träume von Medizinstudenten während des Präparierkurses. Eine psychoanalytisch orientierte empirische, qualitative Untersuchung*, Psych. Diss., Frankfurt a. M.

Linkert, C. (1993): „Die Initiation der Medizinstudenten"; in: *Ethnopsychoanalyse* 3, S. 135–143.

Macho, T. (1987): *Todesmetaphern*, Frankfurt a. M.

Manzei, A. (1997): *Hirntod, Herztod, ganz tot? Von der Macht der Medizin und der Bedeutung der Sterblichkeit für das Leben*, Frankfurt a. M.

Medizin ohne Menschlichkeit (1960): Dokumente des Nürnberger Ärzteprozesses, hrsg. und kommentiert von Alexander Mitscherlich und Fred Mielke, Frankfurt a. M.

Mitscherlich, A. (1968): „Vom geahnten zum gelenkten Tabu"; in: Ders.: *Auf dem Weg zur vaterlosen Gesellschaft*, München, S. 260 ff.

Mollaret, P./Goulon, M. (1959): „Le Coma Dépassé"; in: *Revue Neurologique* 101, H. 1, S. 1–15.

Muthny, Fritz A. (1997): „Das Gespräch mit den Angehörigen plötzlich Verstorbener als ethische Aufgabe und wichtigste Voraussetzung für die postmortale Organspende"; in: Ach/Quante, S. 107–124.

Nagel, E./Schmidt, P. (1996): *Transplantation. Leben durch fremde Organe*, Berlin – Heidelberg – New York.

Nägele, H./Dapper, F./Rödiger, W. (1998): „Stellenwert von Therapieintensivierung und regionalisierter Spenderherzallokation in der Versorgung terminal herzinsuffizienter Patienten"; in: *Zeitschrift für Kardiologie* 87, H. 9, S. 676–682.

Öffentliche Expertenanhörungen vor dem Gesundheitsausschuß (1995): Ausschuß für Gesundheit, Deutscher Bundestag, 13. Wahlperiode, 14. Ausschuß, Protokoll Nr. 17, Sitzung vom 28. Juni, S. 356–433.

Pendl, G. (1986): *Der Hirntod. Eine Einführung in seine Diagnostik und Problematik*, Wien – New York.

Penin, H./Käufer, C. (1969): *Der Hirntod*, Stuttgart.

Peters, U. H. (1997): *Wörterbuch der Psychiatrie und medizinischen Psychologie*, Augsburg.

Petri, H. (1991): „Vorbereitung einer Patientin zur Organentnahme"; in: Striebel/Link, S. 33–43.

Pommer, W. (1997): „Die Empfänger-Spender-Beziehung bei der Nierentransplantation und die Integration des neuen Organs"; in: Koch/Neuser, S. 145–155.

Ropper, A. H. (1984): "Unusual Spontaneous Movements in Brain-dead Patients"; in: *Neurology* 34 (1984), S. 1089–1092.

Roth, G. (1997): *Das Gehirn und seine Wirklichkeit*, Frankfurt a. M.

Rötsch J./Bachmann, B. (1994): „Scheintot oder hirntot?" In: *Raum & Zeit* 69, S. 5–20.

Schlake, H. P./Roosen, K. (o. J.): *Der Hirntod als der Tod des Menschen*, Neu-Isenburg.

Schlich, T. (1998): *Die Erfindung der Organtransplantation. Erfolg und Scheitern des chirurgischen Organersatzes (1880–1930)*, Frankfurt a. M.

Schneider, H. (1984): „Über den Anblick des eröffneten Leichnams"; in: Winau, R./Rosenmeier, H. P. (Hg.): *Tod und Sterben*, Berlin – New York, S. 188–201.

Schneider, I. (1995): *Föten. Der neue medizinische Rohstoff*, Frankfurt a. M.

Schott, H. (1997): *Die Chronik der Medizin*, Augsburg.

Schwarz, G. (1990): *Dissoziierter Hirntod. Computergestützte Verfahren in Diagnostik und Dokumentation*, Berlin u. a.

Siegmund-Schultze, N. (1999): *Organtransplantation*, Reinbek bei Hamburg.

Spirgatis, M. (1997): *Leben im Fadenkreuz. Transplantationsmedizin zwischen Machbarkeit, Menschlichkeit und Macht*, Hamburg.

Spittler, J. F. (1995): „Der Hirntod – Tod des Menschen. Grundlagen und medizinethische Gesichtspunkte"; in: *Ethik in der Medizin* 7, S. 128–145.

Stapenhorst, K. (1996): „Über die biologisch-naturwissenschaftlich unzulässige Gleichsetzung von Hirntod und Individualtod und ihre Folgen für die Medizin"; in: *Ethik in der Medizin* 8, S. 79–89.

Stapenhorst, K. (1999): *Unliebsame Betrachtungen zur Transplantationsmedizin*, Göttingen.

Stollorz, V. (1998): „Organspender Embryo"; in: *Die Woche*, Nr. 46 vom 13. Dez.

Stollorz, Volker (1999): „Handreichungen"; in: *Die Woche*, Nr. 6 vom 12. Febr.
Striebel, H. W./Link, J., Hg. (1991): *Ich pflege Tote. Die andere Seite der Transplantationsmedizin*, Basel – Baunatal.
Surman, O. S. (1989): „Psychiatric Aspects of Organ Transplantation"; in: *American Journal of Psychiatry* 146, H. 8, S. 972–982.
Sylvia, C. (1998): *Herzensfremd. Wie ein Spenderherz mein Selbst veränderte*, Hamburg (Original: *A Change of Heart*, Boston u.a. 1997).
Verhandlungen des Deutschen Bundestages (1997), Stenographische Berichte, 13. Wahlperiode, Bd.189.
Virilio, P. (1996): *Die Eroberung des Körpers. Vom Übermenschen zum überreizten Menschen*.
Weiguny, B. (1998): „Jagd auf die Spenderquote"; in: *Focus*, Nr. 44 vom 26.Okt.1998.
Wellendorf, E. (1996): „Seelische Aspekte der Organverpflanzung"; in: Herrmann, S. 56–68.
Wellendorf, E. (1997): „Seelische Aspekte der Organtransplantation"; in: Gutjahr/Jung, S. 99–116.
Wellendorf, E. (1998): *Man kann alles auch anders sehen. Schicksalsgeschichten*, Stuttgart – Berlin.
Wendt, H.-U. (1999): „Auf der Warteliste des Lebens"; in: *Focus*, Nr. 21 vom 22. Mai, S. 94–100.
Wiesing, U. (1997): „Werden Spenderorgane nach medizinischen oder ethischen Kriterien verteilt?" In: Ach/Quante, S. 227–245.
Wissenschaftlicher Beirat der Bundesärztekammer, Stellungnahme zur Frage der Kriterien des Hirntodes (1982); in: *Deutsches Ärzteblatt* 79, H. 14, S. 45–55.
Wolcott, D. (1993): „Organ Transplantation Psychiatry"; in: *Psychosomatics* 34, Nr. 2, S. 112 f.
Zieger, A. (1997): „Personsein, Körperidentität und Beziehungsethik. Erfahrungen zum Dialogaufbau mit Menschen im Koma und Wachkoma aus beziehungsmedizinischer Sicht"; in: Strasser, P./Starz, E. (Hg.): *Personsein aus bioethischer Sicht*, Stuttgart, S. 154–171.
Ziegler, J. (1993): „Die Lebenden und der Tod"; in: Greinert/Wuttke, S. 204–257.
Zirfas, J. (1998): „Jenseits des Lebens – diesseits des Todes. Ein Memento Vitae zum Überleben des hirntoten Menschen"; in: *Paragrana* 7, H. 2, S. 209–227.

Glossar

Abstoßung: Abwehrreaktion des Immunsystems auf fremde Organe oder Gewebe.

Allokation: Verteilung von Organen an Empfänger auf der Warteliste nach vorgeschriebenen Regeln, die derzeit von der Bundesärztekammer in Form eines Punktekatalogs festgelegt werden. Dabei sollen die medizinische Eignung des Organs, die Gewebeverträglichkeit, die Wartezeit und bis zu einem gewissen Grad die Entfernung zwischen Entnahme- und Verpflanzungsort berücksichtigt werden. Sonderpunkte soll es für Kranke mit besonders seltenen Gewebeverhältnissen, für Kinder im Wachstumsalter und Patienten in lebensbedrohlichen Situationen geben.

Anencephalie: Schwere Fehlbildung des Gehirns, die bei Neugeborenen innerhalb der ersten Lebenswoche in 95 Prozent der Fälle zum Tod führt.

Angiographie: Röntgenologische Untersuchungsmethode der Blutgefäße mit Hilfe eines schattengebenden Kontrastmittels.

Apallisches (Durchgangs-) Syndrom: Patienten, die auf dem Weg aus dem tiefen Koma in einem Zwischenbereich (Wachkoma) steckengeblieben sind; der Zustand kann über Monate und Jahre andauern; je früher die Rehabilitation beginnt, desto größer die Chancen für die Betroffenen. Derzeit gibt es im Bundesgebiet ca. 3000 Menschen, die im Wachkoma leben.

Arbeitskreis Organspende (AKO): Organisation, die die Aufgabe hat, die Organspendebereitschaft der Bevölkerung zu fördern; dem AKO gehören ca. 30 Organisationen an.

Chimäre: Mischwesen.

Cyclosporin A: Medikament zur Unterdrückung der Immunabwehr.

Deutsche Stiftung Organtransplantation (DSO): 1984 gegründete Organisation, die die Organisation der Organspende und Transplantation in Deutschland koordiniert.

Doppler-Sonographie: Ultraschalldiagnostik.

EEG (Elektroenzephalogramm): Aufgezeichnete Kurven elektrischer Ströme, die die Funktion der Hirnnervenzellen begleiten.

Eurotransplant: Organisationszentrale, die im Bereich der Bundesrepublik Deutschland, Österreichs und der Beneluxländer die medizinischen Daten derjenigen Patienten sammelt, die auf der Warteliste für eine Organtransplantation stehen. An Eurotransplant werden ebenfalls die Organspender gemeldet. Deren Daten werden mit den Empfängerdaten verglichen, um den am besten geeigneten Empfänger zu finden.

Euthanasie (gr. „sanfter Tod"): Bezeichnung für die von Ärzten durchgeführte Patiententötung

Explantation: Auspflanzen von Organen.

Fentanyl: Betäubungsmittel.

Ganzhirntod: Irreversibler Ausfall der Funktionen des Großhirns, Hirnstamms und Kleinhirns.

Hirnschädigung, primäre oder atraumatische: Durch Hirnblutung, Hirninfarkt, Tumor oder Mißbildung hervorgerufene Schädelhirntraumen.

Hirnschädigung, sekundäre oder traumatische: Durch äußere Einwirkungen – zum Beispiel Unfall, Schlag etc. – hervorgerufenes Schädelhirntrauma.

Hirnstamm: Großhirn ohne Hirnmantel.

Hypophyse: Die im Gehirn befindliche Hirnanhangdrüse, die für eine bestimmte Regelung des Hormonhaushalts zuständig ist.

Immunsuppression: Unterdrückung von Abwehrreaktionen des Immunsystems durch Medikamente (Immunsuppressiva).

Implantation: Einpflanzen von Organen.

Informationslösung: Organentnahme kann nach Inkenntnissetzung der Angehörigen vorgenommen werden; diese können innerhalb einer gewissen Frist widersprechen.

Irreversibel: Unumkehrbar

Isotope: Atome mit gleicher Ordnungszahl und gleichem chemischen Verhalten, aber mit unterschiedlicher Kernmasse. Manche neigen unter Energieabgabe zum Kernzerfall: radioaktive Isotope.

Kompatibilität: Verträglichkeit.

Lazarus-Zeichen: Spinaler Reflex.

Lebendspende: Mit der Verabschiedung des Transplantationsgesetzes wurde auch die Spende von lebenden Menschen gesetzlich geregelt. Danach können volljährige Personen Verwandten ersten oder zweiten Grades ein Organ spenden, wenn dieses aus medizinischer Sicht geeignet ist. Beide Seiten müssen über die Konsequenzen des Eingriffs aufgeklärt werden und müssen sich zu einer Nachbetreuung bereit erklären.

Limbisches System: Übergeordnetes zentralnervöses Funktionssystem mit Einwirkung auf zahlreiche vegetative und seelische Vorgänge.

Multiorganentnahme: Entnahme mehrerer Organe; derzeit werden bei über 70 Prozent aller Explantationen mehrere Organe entnommen.

Muskelrelaxantien: Medikamente zur Erschlaffung der Muskulatur.

Neocortex: Großhirnrinde.

Non-Compliance: Nichteinhalten der ärztlichen Therapievorschriften durch den Patienten.

Opioid: Betäubungsmittel.

Organspende, postmortale: Organe werden nach Feststellung des Hirntodes entnommen.

Organspender, potentielle: Patienten, die nach Feststellung des Hirntodes als Organspender medizinisch in Betracht kommen. Organische Gründe (zum Beispiel der beeinträchtigte Zustand der Organe oder Kreislaufversagen des Spenderpatienten) oder die Nichteinwilligung der Angehörigen in eine Organentnahme können dazu führen, daß die Organspende nicht realisiert wird.
Perfusion: Durchströmung, Durchleiten einer Flüssigkeit durch ein Organ.
Reflex: Unwillkürliche Muskelbewegung auf einen Reiz.
Sedativa: Beruhigende, nicht einschläfernde Medikamente.
Spinaler Reflex: Muskelbewegung auf einen Reiz, die im Rückenmark und der Wirbelsäule angesiedelt ist.
Szintigramm: Registrierung der Verteilung eines in einem Organ angereicherten radioaktiven Isotops durch Abtastung eines Strahlendetektors (Scanner).
Teilhirntod: Irreversibler Ausfall der Funktionen des Großhirns, wo das Bewußtsein angesiedelt wird.
Transplantationszentrum: Krankenanstalt, die nach § 108 Sozialgesetzbuch zur Durchführung von Transplantationen zugelassen ist.
Tubus: Beatmungsschlauch.
Viszeralchirurgie: Chirurgie, die Eingeweide betreffend.
Widerspruchslösung: Organentnahme ist grundsätzlich möglich, es sei denn, der Spender hat sich zu Lebzeiten offiziell gegen eine Organentnahme entschieden. In der Regel wird der Widerspruch in einem speziellen Register dokumentiert. Diese Regelung gilt im Bereich von Eurotransplant bislang in Österreich und Belgien, außerdem in Frankreich, Spanien und Portugal; Anfang Februar 1999 wurde sie aufgrund einer Gesetzesänderung auch in Italien, wo bislang die erweiterte Zustimmungslösung praktiziert wurde, eingeführt. Die Regelungen in den skandinavischen Ländern sind unterschiedlich, sie laufen jedoch auf eine Widerspruchslösung, z.T. mit Informationspflicht und Widerspruchsrecht der Angehörigen, hinaus.
Xenotransplantation: Organ- und Gewebeverpflanzung zwischen verschiedenen Arten, z.B. Transplantation von tierischen Organen auf Menschen (*xenos*, gr.: fremd).
Zustimmungsregelung, enge: Organentnahme ist nur mit ausdrücklicher Zustimmung zu Lebzeiten des Spenders möglich. Diese Regelung gilt derzeit nur in Japan.
Zustimmungsregelung, erweiterte: Organentnahme ist möglich mit ausdrücklicher Zustimmung des Spenders oder wenn die Angehörigen nach dem bekannten oder mutmaßlichen Willen des Sterbenden entscheiden. Diese Regelung ist Grundlage des deutschen Transplantationsgesetzes, sie gilt in modifizierter Form ebenfalls in den Niederlanden, Großbritannien und Griechenland.

Biographische Hinweise zu den interviewten Personen

Angstwurm, Heinz, Prof. Dr. med.: Professor für Neurologie, Facharzt für Neurologie und Psychiatrie, Oberarzt der Neurologischen Klinik und des Neurologischen Konsiliardienstes der Ludwig-Maximilians-Universität München, bekannt durch seine Veröffentlichungen über den Hirntod; Juni 1995 und September 1996 Sachverständiger in der Anhörung zum Transplantationsgesetz im Ausschuß für Gesundheit des Deutschen Bundestages.

Feldmann, Georg (Pseudonym): Krankenpfleger im Bereich der Allgemeinchirurgie einer Universitätsklinik.

Grosse, Katharina, Dr. med.: Diplompsychologin und Urologin, jetzt Transplantationskoordinatorin für Berlin-Brandenburg bei der Deutschen Stiftung Organtransplantation.

Harten, Henning (Pseudonym), Prof. Dr. med.: Professor für Neurochirurgie und Oberarzt einer Neurochirurgischen Klinik; in einem Transplantationszentrum u. a. auch als Hirntoddiagnostiker tätig.

Ibach, Rainer (Pseudonym), Dr. med.: Ärztlicher Psychotherapeut und Psychoanalytiker auf einer Transplantationsstation.

Kernstock-Jörns, Hiltrud, Dr. med.: Ärztin und Psychotherapeutin in Berlin.

Kücük, Onur, Dr. med.: Anästhesist und Intensivmediziner; tätig als Transplantationskoordinator für Berlin-Brandenburg bei der Deutschen Stiftung Organtransplantation.

Loebe, Matthias, Dr. med: Leitender Oberarzt und Herzchirurg an der Klinik für Herz- und Thoraxchirurgie in Berlin am Deutschen Herzzentrum Berlin; seit 1994 tätig im Advisory Board von Eurotransplant als einer der fünf Repräsentanten der Deutschen Herztransplantationszentren.

Margreiter, Raimund, Prof. Dr. med.: Professor der Chirurgie und Leiter der Klinischen Abteilung für Transplantationschirurgie der Universitätsklinik für Chirurgie Innsbruck, Begründer der Transplantationschirurgie in Österreich.

Messner, Eva (Pseudonym): Intensivschwester an einem österreichischen Transplantationszentrum.

Müller, Andrea, Dr. med.: Oberärztin und Viszeralchirurgin am Virchow-Klinikum Berlin.

Peschke, Wolfgang, Dr. med.: Anästhesist und Intensivmediziner, Oberarzt der Anästhesieabteilung am St. Gertraudenkrankenhaus Berlin, führt u. a. die Hirntoddiagnostik durch.

Rogowski, Arthur; *Rogowski*, Monika: Eltern des 1990 verunglückten Sven Rogowski, der an der Medizinischen Hochschule Hannover explantiert wurde.

Rosenberg, Jan (Pseudonym): Intensivpfleger und Stationsleiter einer neurochirurgischen Intensivstation in einem Transplantationszentrum.

Seibold, Grit (Pseudonym): Intensivschwester an einem Universitäts-Klinikum und zur Zeit Stationsleiterin einer kardiologischen Station.

Steinmann, Reinhard, Dr. med.: Traumatologe und Viszeralchirurg im Dienstgrad eines Oberfeldarztes am Bundeswehrkrankenhaus Ulm, bekannt durch Publikationen zu Abtreibung, Sterbehilfe und „Euthanasie".

Torsten, Renate (Pseudonym): Witwe von Werner Torsten, der 1998 infolge einer Hirnblutung verstarb und dessen Organe mit Zustimmung seiner Angehörigen explantiert wurden.

Vogelsang, Frauke: Examinierte Krankenschwester, tätig als Transplantationskoordinatorin bei der Deutschen Stiftung Organtransplantation an der Medizinischen Hochschule Hannover.

Wasmuth, Gabriele (Pseudonym), Dr. med.: Anästhesistin an einer Universitätsklinik.

Weinzierl, Johanna (Pseudonym): Operationsschwester an einem österreichischen Transplantationszentrum.

Worm, Margot (Pseudonym): Operationsschwester an einem Transplantationszentrum.

Zieger, Andreas, Dr. med.: Neurologe und Neurochirurg; Ärztlicher Leiter der Station für Schwerst-Schädel-Hirngeschädigte im Evangelischen Krankenhaus Oldenburg; bekannt durch seine Arbeiten zum Rehabilitationswesen, zur Therapie von Wachkoma-Patienten; im Juni 1995 Sachverständiger in der Anhörung zum Transplantationsgesetz im Ausschuß für Gesundheit des Deutschen Bundestages.

Evan Imber-Black:
Die Macht des Schweigens
Geheimnisse in der Familie
Aus dem Amerikanischen von Rita Seuß und Sonja Schumacher
371 Seiten, gebunden, ISBN 3-608-93456-1

»Der schöne Schein verdeckt allzuoft Abgründe, in denen es von Spannungen brodelt. Welchen Einfluß Geheimnisse auf das Seelenleben des einzelnen und das komplizierte System Familie haben können, hat Imber-Black auf mutigen Expeditionen erfahren.«
Der Spiegel

»Es ist fesselnd zu lesen und geht unter die Haut.«
Psychologie heute

»Nach der Lektüre des Buches gehört kein Vergrößerungsglas dazu, um den Fluch zu ermessen, der von entlarvten Geheimnissen ausgehen kann. Die eindringliche Darstellung macht deutlich, daß die Reaktionen bei jedem, der durch ein Geheimnis gefangengehalten wird, nicht auf das nahe Umfeld beschränkt bleiben.«
Die Zeit

»Imber-Black zeigt eindrucksvolle Beispiele von Zwangshandlungen, Gewalttätigkeit oder Selbstdestruktion, die Ausdruck von über Jahrzehnte verschwiegenen ›Geheimnissen‹ sind.«
Frankfurter Rundschau

Gina Maranto:
Designer-Babys
Träume vom Menschen nach Maß
Aus dem Amerikanischen von Wolfgang Krege,
407 Seiten, gebunden, ISBN 3-608-91896-5

Gina Maranto geht mit diesem spannenden, minutiös recherchierten Buch den historischen Wurzeln der neuen Reproduktionstechnologien nach. Anhand zahlreicher Beispiele aus der Anthropologie, Tierverhaltensforschung, Genetik und Philosophie belegt sie, wie Menschen immer wieder nach »Verbesserung« ihrer Art strebten. Ein kritisches Buch über die psychischen, moralischen und sozialen Implikationen der neuesten Reproduktionstechnologien und ihrer zukünftigen Entwicklungen.

Klett-Cotta